가넬로크
KB027761

# 하얀 늑대들

White Wolves

X

윤현승 장편소설

제우미디어

## 윤현승

1978년생. '다크문'으로 1999년부터 작품 활동을 시작해 이후 '하얀 늑대들',
'라크리모사', '뫼신사냥꾼' 등을 출간했으며, 2020년 현재 온라인에서
'이스트 로드 퀘스트'를 연재하는 등 활발한 활동을 이어가고 있다.

# 하얀 늑대들·X

**초판 1쇄** | 2020년 02월 27일
**초판 6쇄** | 2024년 07월 17일

**지은이** 윤현승
**펴낸이** 서인석 | **펴낸곳** 제우미디어 | **출판등록** 제 3-429호
**등록일자** 1992년 8월 17일 | **주소** 서울시 마포구 독막로 76-1 한주빌딩 5층
**전화** 02-3142-6845 | **팩스** 02-3142-0075 | **홈페이지** www.jeumedia.com

**제우미디어 트위터** twitter.com/Jeumedia
**제우미디어 페이스북** facebook.com/jeumedia
**제우미디어 네이버 포스트** post.naver.com/jeumediablog

**ISBN** 978-89-5952-620-8
978-89-5952-610-9 (set)
• 파본은 구입하신 서점에서 교환해드립니다.

**만든 사람들**
**출판사업부 총괄** 손대현 | **편집장** 전태준 | **책임 편집** 성건우
**기획** 홍지영, 박건우, 장윤선, 안재욱, 조병준
**디자인 총괄** 디자인그룹 헌드레드 | **영업** 김금남, 권혁진

외전

# 전쟁의 주시자

✦ 차례 ✦

작가의 말

## 외전을 시작하기에 앞서

총 열 개의 에피소드로 이루어진 하얀 늑대들 외전은 본편의 로크 전쟁 직후에서 시작되어, 본편과 상관없는 시간대의 스토리로 자유롭게 점프합니다. 때론 본편의 과거일 수도 있고, 본편 이후의 얘기일 수도 있으며, 시간 순서대로 배열되어 있지도 않습니다.

모든 에피소드는 본편과는 직접적으로 연결되어 있으나, 각 에피소드끼리는 서로 독립되어 있습니다. 또한 각 에피소드의 주인공들은 본편에서 출현한 적이 있는 캐릭터이기도 하고, 언급조차 없는 캐릭터이기도 합니다.

즉, 이 외전은 말 그대로 본편에서 다뤄지지 않았으나 다룰 필요 없는, 사족에 불과한 사소한 얘기들입니다. 그럼에도 이 외전을 내놓는 목적은 하나뿐입니다.

외전을 다 읽고 나면 본편을 또 읽고 싶어지게 만들기!

여러분들에게 다시 한번 하얀 늑대들의 감동이 이어지길 기대합니다.

◈ Prologue ◈

# 전쟁이 끝난 자리

제이메르는 꿈에서 커다란 날개를 펼치고 있는 라이를 보았다. 그의 날개는 하얗고 아름다웠다. 단 한 번도 라이를 미적 영역에서 관찰한 적이 없는 제이는 한참이나 그 날개의 아름다움에 취해 바라보았다.

'라이.'

제이가 불렀다. 어째서인지 목소리가 입을 틀어 막힌 것처럼 나오다 말았다.

라이는 제이가 빌려줬던 칼을 쥐고 서 있었다. 그의 등으로 죽음을 각오한 결의가 엿보였다.

갑자기 태양이 사라지고 하늘 전체를 어둠이 뒤덮었다. 라이의 머리 위로 검은 날개가 활짝 펼쳐져 있었다. 단순히 햇빛을 가리는 그림자가 아니었다. 끈적끈적한 물감처럼 호흡마저 가로막는 어둠이었다. 멀쩡히 숨을 쉬면서도 익사하는 기분이 들었다.

제이는 날개를 펼친 검은 짐승을 올려다보았다. 머리를 짓누르는 묵직한 존재감에 고개를 들기조차 힘들었다. 그 존재를 확인하는 순간 제이는 라이가 얼마나 무모한 전투를 시작하려 하는지 알 수 있었다.

검은 드래곤, 카-구아닐!

죽지 않는 자들의 군주가 하늘 산맥에 던져 놓은 자신의 복제물. 드래곤이 아니면서 드래곤의 힘을 가진 괴물. 인간을 멸망시키는 전쟁의 선봉장…….

제이도 그 힘을 코앞에서 목격했다. 아침의 드래곤 레-가넬과 그와 동급의 힘을 가진 셀바이크, 둘을 동시에 상대하면서 밀리지 않는 모습을 보았다. 또 셀 수 없이 많은 로크 병사들이 종이 인형처럼 그 발아래 찢겨나가던 광경을 선명히 기억하고 있었다.

라이는 지금 그런 괴물을 상대로 싸우려고 했다.

구아닐의 포효가 대지를 흔들었다. 축복의 탑이 무너지던 순간이 떠올라 제이는 공포에 질려 귀를 막았다.

'뭘 하려는 거야? 설마 그놈과 싸울 생각이야! 도망쳐!'

제이가 외쳤지만, 마찬가지로 소리가 먹혔다.

라이는 묵묵히 칼을 들고 말했다. 그의 목소리 역시 물속에 잠겨 물밖의 소리를 듣는 것처럼 불분명해 무슨 말을 했는지 알아들을 수 없었다.

라이는 날개를 크게 퍼덕이더니 드래곤을 향해 곧장 날아가 칼을 휘둘렀다. 검은 날개와 흰 날개가 하늘을 그리는 곡선이 눈을 어지럽혔다.

'라이, 너…….'

드래곤의 불길이 라이를 추적하다가 제이의 얼굴로 쏟아졌다. 제이는 급히 얼굴을 가렸다. 하지만 아무 일도 일어나지 않았다.

다시 눈을 뜨니 말을 탄 두 사람이 보였다. 둘 다 로브를 깊이 쓰고 있어 얼굴은 보이지 않았으나 제이는 누군지 알 것 같았다. 카셀과 타냐였다.

'야, 너희들 어디 가……?'

제이는 소리를 질렀다가 입을 다물었다.

두 사람이 타고 있는 말 앞에 레미프 한 명이 나타났다. 여자 레미프였는데 눈을 감고 있었다. 그녀는 카셀에게 뭔가 말했지만, 들리지 않았다. 그런데 갑자기 그 레미프가 제이에게 고개를 돌렸다.

제이는 뒤를 돌아보았다. 아무도 없었다. 다시 앞을 보니 레미프 여인이 바로 앞까지 와 있었다.

제이는 당황한 나머지 자기도 모르게 뒤로 물러섰다.

"이, 이거 꿈 아니었어? 너, 나 보여? 누구야, 너?"

제이의 물음에는 대답하지 않고, 눈을 감은 여인은 손을 내밀었다. 그리고 뭔가 레미프어로 말했는데 알아들을 수가 없었다. 나디우렌 어쩌고 하는 단어만 들렸다.

제이는 갑자기 무서워졌다.

'이게 꿈이면 보통 이런 순간 깨야 되는 거 아니야?'

이건 새나디엘 여왕이나 타냐를 처음 만났을 때 맛보았던 '간격을 잴 수 없는 공격'이었다. 제이는 여전히 그런 접근이 익숙지 않았고 익숙하지 않아 무서웠다.

"뭐? 알아듣게 말해!"

제이는 비명이라도 지르듯 말했다.

그 레미프 여자는 천천히 날개를 펼쳤다. 그리고 감고 있던 눈을 떴다. 그 눈을 보는 순간 제이는 고개를 돌려 비명을 지르다가 잠에서 깨었다. 그러면서도 마지막 자존심을 지키며 중얼거리고 있었다.

'그럼 그렇지. 꿈일 줄 알았어…….'

"제이메르. 일어나라."

누군가가 어깨를 흔들었다. 제이는 반사적으로 침대 옆에 내려놓은 칼로 손을 뻗었다. 하지만 그 손은 순식간에 제압당했다.

로일이었다. 아무리 자다 일어나는 순간이었다 해도 그게 또 막히니 불쾌했다.

"뭐냐?"

제이는 관자놀이를 엄지로 꾹꾹 누르며 일어났다.

"꿈 한번 과격하게 꾸는군."

제이는 창피한 나머지 주위를 두리번거렸다. 여럿이 자는 곳이었지만 다행히 여길 집중하는 이는 없었다.

"혹시 나, 소리 질렀냐?"

"아니, 몸을 꿈틀대긴 하더군."

"진짜? 젠장!"

로일이 엄지로 등 뒤를 가리켰다.

"몸 괜찮으면 일어나. 좀 걷자."

"안 괜찮아."

그러면서도 제이는 침대에서 일어났다.

"그런데 무슨 꿈 꿨어?"

로일이 물었다.

"알 거 없어."

창피해 죽을 지경이었지만 제이는 아무렇지도 않은 척 대꾸했다.

'그 레미프 여자, 누구지?'

제이는 사람 얼굴을 잘 기억하지 못했다. 그런데 그의 기준으로는 다 비슷해 보이는 레미프들을 일일이 구별해서 기억하는 건 거의 불가능했다. 그래도 이 정도 깊은 인상이라면, 이름은 잊어버렸더라도 언제 어디에서 봤는지 정도는 기억할 수 있었을 것이다. 하지만 기억이 나지 않았다.

'아예 본 적이 없는 여자인가?'

로일은 전투에서 입은 부상으로, 어제까지만 해도 사선을 넘나들었다. 제이도 나름대로 걱정해 준답시고 병원 근처를 서성거려 봤는데 불안해하는 라틸다를 더 불안하게 만든다는 이유로 쫓겨났다.

제이도 익셀런 기사에게 찔린 자리가 영 불편해서 부목을 대고 있었다. 전날 로핀을 화장할 때는 얼굴에 불을 직접 댄듯한 통증이 달아올라 가까이 다가갈 수가 없을 지경이었다.

로일과 제이메르, 두 병자는 상대가 살아 있다는 것만으로 만족해 굳이 서로의 안부를 묻지 않았다. 날씨 좋지, 살아남아서 다행이야, 라틸다는 좀 어때, 팔은 괜찮아 등등의 작은 이야기에서 점차 깊은 이야기를 끌어내는 대화가 서로에게 일어날 리 없다는 사실도 알고 있었다. 그래서 둘은 꽤 오랫동안 말없이 로크 시내를 걸었다. 차림새로는 그저 그런 부상자 두 명에 불과했는데도 알아보는 사람이 많았다.

"죄송하오, 목이 아파서 말을 하기가 곤란하군요."

로일은 대강 그런 핑계로 말을 걸어오는 기사나 대신들을 부드럽게 떨쳐 냈다.

'목이 아프니 곤란하다……. 아주 쓸 만한걸!'

제이는 귀찮을 때 써먹어 보려고 속으로 로일의 말투를 흉내 내어 중얼거렸다.

그때 한 어린 여성이 하얀 천으로 곱게 싼 빵을 들고 다가왔다. 얼굴에 홍조를 띠고 접근하는 모습을 보고 제이는 가볍게 손을 내밀고 말했다.

"미안하지만, 이 친구는 이미 애인이 있는 남자라오."

제이는 속으로 생각한 말을 훌륭히 성공시켜서 뿌듯했다. 하지만 여인의 표정이 살짝 흔들리더니 빵은 제이의 앞으로 다가왔다.

"영웅 제이메르 님을 위해 아침부터 구웠어요."

제이는 의아해 하며 물었다.

"영웅 누구?"

"제이메르."

"뭘 잘못 안 모양인데……."

그녀가 계속 난처한 얼굴로 빵을 내밀고 있으니, 제이는 하는 수 없이 받았다. 그리고 속으로 연습한 대로 말했다.

"어, 내가 지금은……, 목이 아파서……, 곤란하오."

"빵을 못 드시나요?"

"아니, 그게 아니라……."

제이는 빵을 한 입 물었다.

"맛있게 먹겠소."

여인은 기쁜 얼굴로 인사하고 물러났다.

옆에서 로일이 웃다가 제이가 돌아보니 웃음을 그쳤다.

"왜 웃어?"

"안 웃었어."

"빵 좀 먹을래?"

"조금만."

전쟁은 로크 밖에서 벌어졌지만 어수선한 건 시내였다. 세상을 끝장내는 전쟁이 승리로 끝났다고는 해도 전후 처리가 저절로 이뤄지는 건 아니었다. 제이는 거기에 별 관심을 두고 있지 않았으나 그 과정이 전쟁을 준비하는 과정만큼이나 힘들고, 괴롭다는 것 정도는 알고 있었다.

"카셀은 정말 가 버렸나?"

빵을 우물거리며 로일이 물었다.

"그걸 왜 나한테 물어? 듣자니 제일 마지막 순간에 만난 건 너던데?"

"아주 멀리서 내게 칼을 던져 주긴 했지."

로일은 자신의 손바닥을 내려다보았다. 그는 이십 년쯤 전 과거를 회상하는 늙은이 같은 미소를 보이더니 다시 말했다.

"카셀은 갈 곳을 간 거겠지. 할 얘기가 많았는데 아쉽군."

'너보다야 내가 많지…….'

제이는 투덜거리면서도 고개는 반사적으로 끄덕거리고 있었다.

"그런데 난 왜 찾아왔냐? 그거 물어보려고?"

로일이 갑자기 걸음을 멈추더니 말했다.

"여기다."

제이는 주위를 두리번거렸다.

어느새 남쪽 성문에 가까이 와 있었다.

"여기? 여기 뭐?"

성문 주변의 성벽은 모즈들의 투석기 공격에 얻어맞아 몰골이 흉했다. 근방에 무너진 집도 많았고 소 한두 마리로는 옮기기도 힘든 돌덩이들이 여기저기 길을 막고 있었다. 하지만 성벽을 수리하거나 돌을 치우는 사람은 거의 보이지 않았다.

'여기에 쓰일 일손조차 부족한 모양이네. 아프다고 마냥 누워만 있을 순 없겠군.'

로일은 바닥을 가리키며 말했다.

"여기에서 죽지 않는 자들의 군주가 쓰러졌어."

로일은 뒤이어 손가락으로 지붕 위를 가리켰다.

"그리고 저기에서 카셀이 칼을 던져 줬지."

"흐음. 그리고 너는 하얀 늑대들의 할아버지격인 그란돌이라는 사람을 쓰러뜨렸고?"

"할아버지?"

로일은 웃음을 터트렸다.

"재미있는 표현이군."

"틀렸어?"

"아니, 정확해."

제이는 로일이 웃게 내버려 두고 말했다.

"엄청난 싸움이었겠군."

"글쎄……."

로일은 뺨을 긁적이며 말을 이었다.

"사실 잘 기억이 나질 않아. 어떻게 칼을 휘둘렀지? 이렇게 했던가, 저렇게 했던가, 하며 열심히 곱씹어 봤는데 마지막 일격의 기억이 없어. 게다가 이제 그때처럼 칼을 휘두를 수도 없는 몸이 되어 버렸으니 재현도 못 하겠다."

"너 정도 녀석이 그런 게 어딨어? 좀 쉬면 되겠지. 전만큼은 아니고. 약해졌겠지만. 그래도. 뭐."

제이는 띄엄띄엄 말했다.

"의사나 마법사들이 와서 내 몸을 보더니 차마 뭐라 말을 못 하고 가 버렸는데도?"

"아무렇지도 않으니까 말을 안 한 거 아니야?"

"그런 거면 좋겠군."

로일은 부드럽게 미소 지었다. 어딘지 동정이 가는 얼굴이었다.

제이는 위로할 줄 모르니, 신경질적으로 말했다.

"재현이라는 게, 몸으로 좀 안 되면 어때? 머리로는 되잖아."

제이도 최근 들어 해보는 짓이었다.

자기보다 강한 상대, 쉐이든부터 시작해서 블랙, 로일, 던멜, 아즈윈……. 그런 놈들을 상대로 일일이 몸으로 싸워봤다간 목숨이 몇 개라도 모자랐다. 그러니 머릿속으로만 싸움을 걸었다. 그래봐야 누구 하나 이겨 본 일이 없었다. 특히 로일은 칼을 한번 대 보기도 힘들었다. 그런 로일과 과거 수호기사를 맡았던 할아버지와의 대결이라…….

'화이트 게이트 앞에서 있었던 쉐이든과 블랙의 대결보다 더 엄청났을까? 역사에 길이 남을 싸움이었겠군.'

제이는 그 싸움을 놓친 게 아쉬웠다. 만약 그 싸움을 봤다면, 축복의 탑 앞에서 벌어진 드래곤끼리의 전투를 보지 못한 걸 아쉬워했겠지만.

"이미 해봤다. 의사들이 내 몸에 매달려서 날 살리겠다고 허둥대는 동안 마흔다섯 번 정도. 너무 아파서 그런 거라도 해서 신경을 돌려야 했지."

"그래서 잘 됐어?"

"말했잖아. 모르겠다고. 어떻게 재현해 봐도 지기만 하더라."

로일은 바닥에 한쪽 무릎을 대고 앉아 오른손으로 흙을 쓸었다.

"몇 번을 싸워도…… 같은 결과였다."

"해봐서 아는데, 머리로 해 봐야 별로 믿을 게 못 돼."

나름대로는 위로한답시고 말했지만 귀찮아서 적당히 내뱉는 어조가 되어버렸다.

'굳이 날 만나러 온 애한테 이렇게 말하면 안 되지!'

제이가 혼자서 반성하고 있을 때 갑자기 로일이 말했다.

"라이!"

"으음?"

제이는 흠칫 놀랐다.

"왜 놀라?"

"아니, 그냥. 라, 라이가 왜?"

괜히 방금 전 꿨던 그 생생한 레미프의 날개가 떠올라 제이는 말을 더듬었다. 그리고 이 녀석이 왜 자기 대결 얘기를 하다 말고 난데없이

라이를 언급했는지 궁금했다.

"라이라는 레미프에 대해 묻고 싶다. 말해 봐라. 그가 어느 정도 실력자인지?"

로일은 진지하게 묻고 있었다. 그래서 제이는 쉽게 대답하지 못하고 우선 팔짱부터 끼었다.

가끔 카셀은 말이 막힐 때면 이런 자세를 잡아 상대를 긴장시키곤 했다. 그리고 속으로 잽싸게 계산을 한 다음 마치, '나는 그 문제에 대해서 수없이 고민해 보았다. 그러니 감히 내 결론에 대들지 마라.' 하는 식으로 대꾸하곤 했었다. 못된 자식!

"그러니까,"

제이는 열심히 머리를 굴렸다. 하지만 실패했다. 카셀처럼 팔짱 낀다고 카셀처럼 말하게 된다면 지금까지 이런 고생 안 했겠지.

"몰라!"

제이의 대답에 로일은 묵묵히 흙만 쥐었다 폈다.

"네 그 간격으로 말해 봐라. 라이가…… 나보다 더 앞서던가?"

"모른다니까."

"대충이라도 좋으니 가늠해 줘 봐. 난 라이를 만나 보지 못했잖아."

"그게 왜 그렇게 알고 싶은데? 머릿속으로 마흔다섯 번을 싸워 봐도 질 상대였다 치자. 하지만 실제로는 이겼잖아. 왜 그걸로 고민해? 그리고 라이가 왜? 네 말대로 넌 라이와 싸워 본 적 없잖아. 그 하얀 늑대 할아버지도 라이를 만나 보지 못했을 것이고……."

"만나 봤다."

"응? 누구랑 누구?"

로일은 알 듯 말 듯 미묘한 표정으로 웃었다.

"어쨌든 말해 봐. 앞으로 내가 얼마나 오래 살지 모르지만 남은 삶에, 네 대답이 큰 도움이 될 것 같아서 그래."

"이런 제기랄."

제이는 욕부터 내뱉었다. 그런 부담감 주는 부탁을 해 오니 또 한 번 생각을 깊이 하지 않을 수가 없었다. 거의 머릿속이 뜨끈뜨끈해질 정도로 고민한 뒤에야 제이는 대답했다.

"설명이란 건 정말 자신 없으니 참고해서 들어."

"참고하마. 나도 그 심정 알아."

"퀘이언이란 사람을 만났었는데……."

"마스터를? 아, 그랬었지 참. 그래, 마스터는 어떻던가?"

"엄청났다. 간격으로 말하자면, 그 사람한테는 그게 안 통했다. 아이린도 그랬고……."

제이는 얘기 도중에 그 당시가 생각나 한 번 몸서리를 쳤다.

"그리고?"

로일이 재촉했다.

"너희 하얀 늑대들은 간격을 좁혀 오는 게 굉장히 빨랐다. 너나, 던멜이나, 쉐이든이나, 아지윈이나,"

"아즈윈."

"어, 그래. 아즈윈."

제이는 헛기침을 하고 말을 이었다.

"도저히 내가 당할 수 있는 수준이 아니었지. 그러다 라이를 만났다. 같이 연습도 해 봤고. 그런데 말이다, 라이는, 뭐랄까, 강약의 패턴이 아주……. 아니, 간격으로 설명을 하던 중이었지? 그러니까 간격으로 말하자면 말이야, 이를테면, 아니, 저기, 예를 들자면 말이지!"

제이는 손을 크게 저으며 뭔가 설명을 이어가려고 애를 썼다.

로일은 참을성 있게 기다리다 물었다.

"예를 들면?"

"기다려 봐."

제이는 두 손을 허우적대며 말을 이어 보려다 갑자기 침울해졌다. 하지만 마침내 해결점을 찾아냈는지 로일의 옆에 앉았다.

"이런 거야. 잘 봐."

제이는 말로 설명하길 포기하고 그림을 그렸다. 로일도 그게 낫다 싶어 제이의 손가락을 유심히 살폈다. 하지만 그림이 엉망이라 뭘 묘사하고 있는지 도무지 알아볼 수가 없었다.

"이게 너고, 이게 라이야. 이걸 이렇게 하면 네가 이렇게 되는 거지. 알겠어?"

로일은 바닥에 그어진 선 몇 개를 두고 연구해 보았다. 사람도 작대기 하나로 그렸고 칼도 작대기 하나로 그렸고 칼의 이동 경로랍시고 그려놓은 것도 작대기 하나였다.

"이 선이 너야?"

로일이 물었다.

"아니, 그건 칼이야."

제이가 대답했다.

"그럼 이게 너야?"

로일이 또 물었다.

“아니, 그건 간격이다. 대체 설명을 어떻게 알아들은 거냐?”

“설명을 안 했잖아.”

“그랬군.”

제이는 자기 그림을 보고 한참 고민에 빠졌다가 대답했다.

“결론만 말하자면 라이가 더 강하다.”

“들인 시간에 비하면, 너무 단순한 결론 아니야?”

로일이 인상을 찌푸리자, 제이가 조심스럽게 물었다.

“그럼 다시 그려볼까?”

로일은 발로 제이의 그림을 지웠다.

“아니, 그림은 이제 됐어.”

“나도 그만할래.”

옆에서 웅성거리는 사람들의 목소리가 들렸다. 제이가 돌아보니 대여섯 명쯤 되는 마을 사람들이 서 있었다. 그들은 하나같이 손에 빵이나 술, 과자 같은 것을 들고 있었다.

“저, 혹시 영웅 제이메르 님이 아니십니까?”

한 청년이 대표로 다가와 조심스럽게 물었다.

“아닌데?”

제이가 딱 잘라 말했다.

“아니라고요?”

“아니라니까.”

"정말요?"

"귀찮게 굴래? 지금 바쁘니까 저리 가!"

그들은 의아해 하며 물러났다. 하지만 다들 미련을 못 버리고 아예 가진 않고 기다렸다.

"왜 거짓말을 해?"

로일이 물었다.

"그럼 내가 영웅이 아닌데, 영웅이라고 말해?"

"음? 아니라는 게 그쪽이었어?"

"그쪽이 아니면 어느 쪽 얘기야? 그보다 라이 얘긴 왜 꺼낸 거야?"

"그냥……."

로일은 스쳐가듯 말을 덧붙였다.

"라이가 아니었으면 내가 졌을 거라는 얘기를 하고 싶었다."

제이는 심장 한 쪽이 아파 왔다. 하지만 아무렇지도 않은 척 말했다.

"그러고 보니 아까 그 말, 무슨 뜻이야? 라이와 누가 만났다고?"

"그란돌."

"라이가 너와 그란돌의 싸움에 끼기라도 했었어?"

"간접적으로."

로일은 또 한 번 그때 그 싸움을 머릿속에 그리며 눈을 감았다.

"나는 그란돌의 기술을 가지고 있었다. 오직 하얀 늑대만 쓸 수 있는 기술이었지."

하얀 늑대의 기술……. 갑자기 빅터와 로핀의 싸움이 떠올랐다.

전쟁터 한가운데에서 펼쳐진, 목격자가 자기 한 명밖에 없었던 그 전투 또한 로일과 그란돌의 대결 못지않은 역사적 광경이었다. 제이는 로핀이 했던 말, 쓰던 검술을 자세히 기억하고 있었다. 언젠가, 그래, 언젠가는 '재현'해 보기 위해.

그 순간 뭔가 제이의 머릿속을 찡 울렸다가 사라졌다.

'어? 방금 뭔가 떠올랐는데?'

해야 할 일을 남겨뒀는데, 그걸 잊어버린 기분이 들었다.

로일은 계속 말했다.

"몸에 조금 무리가 가는 기술이지. 그란돌과 난, 이를테면 그 기술로만 싸웠다."

"정해진 기술로만 싸웠다고? 그런 멍청한 짓이 어디 있어?"

"맞아. 어딜 칠지 말해 주고 때리는 훈련 같았지."

제이는 회심의 일격이라거나 필살기 같은 말을 싫어했다. 그런 기술을 쓸 생각을 하면 거꾸로 빈틈이 커졌다. 체력적으로도, 심적으로도.

"그 기술로만 공격하고 그 기술로 피했지. 그러다 보니 마지막 순간에는 칼을 휘두를 힘이 남아 있지 않았어. 하지만 나는 휘둘렀고 그분은 휘두르지 못했지. 그 차이였다."

"기억 안 난다며?"

"옆에서 본 던멜이 말해준 거야."

로일은 어깨를 으쓱하며 말을 이었다.

"그 차이를 만들어 낸 건 그란돌이 입은 상처였어. 그는 처음부터 배에 부상을 입은 채로 싸웠었다."

"부상?"

"직접 옷을 들추고 본 건 아니지만 배 쪽인 것 같았다. 옆구리거나……. 내게 절대로 불리했을 상황을 동등하게 만들어 준 그 부상을 어디에서 입었던 걸까? 그리고 죽지 않는 자들의 군주가 부활시킨 육체가 평범한 칼에 영향을 받을까?"

로일은 제이가 허리에 차고 있는 칼을 가리켰다.

"너, 르고에게서 칼을 두 자루 가져왔다고 했지?"

"그랬지."

"그중 한 자루는 라이에게 줬고?"

"그랬지."

"죽지 않는 자들의 군주는 라이의 찢어진 날개를 던져 주며 카셀이 죽었다고 거짓말을 했었지. 그때 그 라이를 누가 죽였을까? 라이가 그때 싸웠던 자가 누구였을까?"

"그럼 넌 라이를 죽인 게 그란돌이었다고 생각하는 거냐?"

제이는 침을 꿀꺽 삼켰다.

'그럼 꿈속의 그 광경은 뭐지? 라이는 구아닐에게 죽은 게 아닌 거야?'

로일은 헛기침을 몇 번 한 후에야 다시 말했다. 목의 통증이 단순히 사람 만나기 싫어서 내뱉은 변명은 아닌 모양이었다.

"적어도 그란돌의 배에 낸 상처는 르고의 칼이어야 하지. 그 전투에서 르고의 칼을 가지고 있었던 사람은 울프 기사단과 너, 그리고 라이뿐이야."

"그건……."

그 순간 제이는 누군가에게 뒤통수를 방패로 얻어맞은 듯 아찔해졌다.

대낮에 꿈을 꾸는 것도 아닌데, 라이가 보였다.

구아닐이 태워 버린 검은 들판 위에서 라이는 아직 살아 있었다. 오히려 구아닐 쪽이 상처 입고 피를 흘리고 있었다. 이제 더 이상 라이의 상대는 구아닐이 아니었다. 꿈속에서조차 음산한 기운을 보이는 회색 로브의 마법사도 아니었다. 검을 든 남자였다.

제이는 그란돌이라는 기사를 본 적이 없었다. 그러나 제이는 반사적으로 그자가 그란돌이라고 확신했다. 생각했던 것보다 훨씬 젊은 얼굴이었고, 생각했던 것보다 체구는 크지 않았다.

구아닐도, 회색 로브의 마법사도 라이와 그란돌의 싸움에 끼어들지 못했다. 제이가 감히 간격을 잴 수 없는 차원의 싸움이 벌어지려 했다.

제이는 두려워 고개를 돌려 버렸다.

"왜 그래?"

로일이 걱정스러운 얼굴로 물었다.

당연히 제이가 서 있는 자리는 불타 버린 검은 들판이 아닌, 로크의 도시 한가운데였다. 라이도, 검은 드래곤도, 회색 로브의 마법사도 없었다.

"아니, 현기증이 좀……. 나 좀 가 볼 곳이 있는데 가도 되냐?"

지금 제이에겐 이런 얘기를 서슴없이 받아 줄 사람이 필요했다.

'아이린.'

로일은 하고 싶은 얘기가 남은 얼굴이었지만, 옆으로 물러나 주었다.

"그래. 나중에 더 얘기하자."

제이가 빠른 걸음으로 걸어갈 때 아까 말을 걸어왔던 마을 사람들이 또 다가왔다. 어느새 대여섯 명에서 열대여섯 명으로 늘어나 있었다.

"역시 영웅 제이메르 님이 맞죠?"

다른 사람들도 저마다 한 마디씩 했다.

"부디 저희가 준비한 선물을 받아주세요, 영웅님!"

"아침부터 영웅님께 드리려고 과자를 구웠어요."

"저희 집 대대로 내려온 보석이에요. 부디 이 목걸이를 해주세요, 영웅님."

제이는 더 빨리 걸으며 소리쳤다.

"영웅은 내가 아니라, 쟤야! 저리 가. 내가 지금, 그러니까……, 목이 아파서……."

말하다 보니 뭔가 앞뒤가 맞지 않아, 제이는 그냥 달아나버렸다. 아무리 부상 중이라지만, 보통 사람들의 걸음으로 제이를 따라잡을 수는 없었다.

물어물어 찾아간 곳은 가장 격전지였던 로크의 북쪽, 축복의 탑이었다. 무너진 탑 주위로 백여 명의 병사들이 바쁘게 돌을 나르고 기중기를 돌리고 있었다. 돌가루와 흙먼지가 뿌옇게 날렸다.

아이린은 없었다. 대신 메이루밀이 있었다.

"여어, 캡틴 제이메르. 걸어 다닐 만해?"

메이루밀이 다가오는 제이메르를 먼저 알아보고 인사했다.

제이는 어색하게 손을 들어 인사하려다 그냥 내려 버렸다.

"마스터 아이린을 찾고 있습니다만?"

"글쎄, 방금 전까진 내 옆에 있었는데, 어디 갔지? 무슨 일인데?"

그는 빠르게 물었다.

"어, 뭐 좀 물어볼 게 있어서요."

"내가 대답해 줄 수 없는 일인가?"

루밀이 워낙 부드럽게 미소 지으며 물어와, 하마터면 제이는 꿈 얘기를 해 버릴 뻔했다. 제이는 겨우 참아냈다.

"개인적인 얘기입니다. 그리고 전 캡틴이 아닙니다."

"아니라고? 그럼 왜 다들 그렇게 부르고 있지?"

제이에겐 관심 없는 얘기였다.

"제가 압니까?"

"위대한 기사단의 캡틴이란 건 보통 그런 법이지. 어쨌든 잠시만 거기 기다려보게."

'뭐가 보통 그런 법이야?'

영문을 알 수 없는 말이었지만 제이는 넘어가기로 했다.

루밀이 탑 쪽으로 다가가 병사 몇을 불러 뭔가를 지시하는 동안, 제이는 주변을 살폈다. 여긴 딱히 그에게 빵을 내미는 사람은 없었다. 대신 끝없이 '캡틴 제이메르'라고 외치며 지나가는 병사들의 인사를 받아야 했다. 물론 대꾸는 하지 않았다.

'아이린이 어디 있는지 모르면 그냥 가라고 하지, 뭘 기다리라는 거야?'

메이루밀 역시 잘 알고 지내는 사람이 아니었다. 그가 어지간한 고위관직자 못지않은 신분이라는 것을, 카셀에게 들은 정도가 고작이었다.

그 역시 꼴을 보니 지금 침대에 누워 쉰다고 해도 아무도 뭐라 하지 않을 정도로 큰 부상을 입고 있었다. 그런데도 열심히 제 할 일을 찾아다니고 있었다. 사실 로핀이 오기 전, 전쟁이 일어나기까지의 모든 상황을 조율했던 사람도 이 사람이었다. 가장 눈에 띄지 않는 곳에서 조심스럽게, 그리고 철저히.

'그러고 보니 난 또 내가 있을 자리를 잃었군.'

루밀이 얘기를 끝내고 다시 돌아오자, 제이는 탑이 무너진 자리를 가리키며 물었다.

"근데 이건 무슨 작업입니까? 탑을 도로 쌓는 일?"

성벽을 보수해야 할 사람들이 여기에 다 집결했다는 생각이 들 정도로 많은 인원이 부서진 돌을 끌어 올리거나 나르고 있었다. 단순히 보수 작업이라고 하기에는 표정이 다들 다급했다. 어깨만 성하다면, 최소한 아프지만 않으면 일단 팔 걷어붙이고 돕고 싶은 분위기였다.

"아니. 탑이 부서질 때 밑에 깔린 사람들이 많아."

루밀이 대꾸했다.

"아!"

구아닐이 드래곤 가넬을 쓰러뜨린 후, 꼬리로 축복의 탑을 부수던 광경은 지금도 생생했다. 다들 패배를 떠올렸던 순간이었고, 제이도 마찬가지였다. 그래서 무너진 탑에 깔려 빠져나오지 못한 생존자가 있을 거라는 생각에는 미치지 못했다. 아직도 돌 밑에 깔린 채로 숨을 쉬며 구해 달라고 애원하는 사람들…….

전장에서 부상당한 병사들 중 많은 이들이 치료가 늦는 바람에 전사했다. 대규모 전쟁에서의 사망자란, 대부분 이런 곳에서 생겼다. 그리고 메이루밀이 이런 자리에 서 있는 건 누구보다 자연스러워 보였다.

"급한 거 아닙니까? 사람들을 더 불러와서라도 서둘러야……."

제이가 허둥대며 물었다.

“서두른다고 될 일이 아니야. 급하게 치우다가 더 무너질 수도 있으니까. 그보다 아까 아이린이 너에게 보여 줘야겠다고 한 게 있다.”

“뭔데요?”

“카-구아닐.”

메이루밀이 앞장서 걸었다.

“따라와라. 내가 대신 보여주마.”

구아닐이 노려보는 전장에서 어떻게 싸울 수 있었는지 지금 생각해도 신기했다. 아침의 드래곤 가넬의 보호 아래였다고는 해도 구아닐의 날개가 펼치는 암흑은 인간이 감당하기 힘들었다.

다시 꿈속의 라이가 떠올랐다.

‘그 꿈이 사실 그대로라면 대체 넌 어떻게 구아닐과 단신으로 싸울 수 있었냐? 그리고 왜 그 모습을 보여 주는 것이냐?’

제이는 고개를 저었다.

‘아니, 그건 라이가 보여준 광경이 아닐 거야. 카셀도 아니겠지. 그럼 그 눈을 감은 여자 레미프? 그 여자가 누군데?’

제이는 ‘왜’라는 의문을 품에 안고 구아닐의 시체 앞에 섰다. 잘려 나간 머리가 몸체에서 서른 걸음쯤 떨어진 곳까지 굴러가 있었다. 죽어 있는데도 그 웅장한 육체를 다시 보게 되자 제이는 다시금 전장의 공포를 맛보았다.

“돌이…… 되어 버렸군요.”

마치 사막 한가운데에서 비를 맞지 않아 갈라진 바위처럼, 오랫동안 햇빛에 구워지다 못해 바삭바삭하게 타 버린 검은 숯덩이처럼, 드래곤의 육체는 부식되어 있었다. 제이는 입을 헤 벌리고 구경하느라, 메이루밀의 '죽은 셀바이크는 사-크나딜과 레-가넬이 직접 하늘 산맥으로 옮겨갔지만 구아닐의 처리는 로크의 몫으로 남겨 뒀다.'라는 설명은 듣지도 못했다.

한참 구경하던 제이는 바보 같은 질문을 했다.

"드래곤은 죽으면 돌이 됩니까?"

"그럴 리가 있나?"

루밀은 큰 소리로 웃으며 말했다.

"이 녀석은 '본래' 모습으로 되돌아간 거야."

왜 돌이 본래 모습인지에 대해 제이는 별로 궁금하지 않았다.

루밀도 긴 설명은 하지 않고, 잘려 나간 드래곤의 머리를 가리켰다.

"이걸 봐라."

몸체도 그렇지만 머리도 천 년 전에 만들어졌다가 야만인들이 부숴버리는 바람에 천 년 동안 방치된 석상 조각 같았다. 제이는 구체적으로 머리의 어디를 가리키는지 알 수 없었다.

"어디요?"

"이거."

루밀은 손가락을 더욱 가까이 댔다. 제이는 그가 가리킨 드래곤의 뺨 옆을 한참이나 살펴보았다.

"칼자국이군요."

"자네 생각도 그렇지?"

말투가 마치 지금 발견한 사람 같았다.

"그런 격전 속에서 칼자국 하나 있다고 이상한 건 아니잖아요?"

"관점에 따라서는 그렇기도 하지."

제이는 드래곤의 이마에 시커멓게 뚫린 자국을 가리켰다. 비록 석상이긴 했지만 불로 태운 흔적은 분명하게 남아 있었다. 제이는 그곳을 가리키며 말했다.

"제가 보기에는 뺨의 그 상처보다는 이 상처가 더 치명상 같은데요?"

"맞다. 베나 에실크가 꿰뚫은 자국이지."

칼의 이름이 복잡해서 헷갈렸지만, 제이도 어렴풋이 기억이 났다. 베나 에실크는 가넬이 로핀에게 준 드래곤의 검이었다. 그걸 아즈윈이 받아서 구아닐의 머리를 찍었다.

"그 순간 구아닐의 몸을 감싸는 가장 강력한 보호의 힘이 사라져 버렸고, 그 다음 아즈윈이 도끼로 구아닐의 목을 날릴 수 있게 된 거다. 넌 직접 현장에서 봤으니 나보다 더 잘 알겠군."

"아주 자세히 봤죠."

로핀에게 아즈윈의 활약상을 정확히 설명해 주기 위해서라도 열심히 봐야 했다!

"그런데도 뺨에 난 상처가 더 중요한 건가요?"

"한 드래곤 기사가 봤다던데, 울프 기사 한 명이 구아닐 위로 달려올라가 뺨에다 칼을 찔러 넣었다고."

"사실이에요. 실디레였죠."

루밀은 크게 고개를 끄덕였다.

"르고의 칼에 울프의 힘! 충분히 드래곤의 얼굴에 상처를 낼 만해. 하지만 그 한 방에 이 거대한 악의 화신이 바닥에 머리를 처박아 아즈윈의 사정거리에 들어가 버렸다……? 뭔가 이상하지 않아?"

제이는 턱을 긁적였다. 듣고 보니 그도 그랬다. 가넬과 셀바이크 두 드래곤과의 싸움에서도 밀리지 않았던 구아닐이었다. 아무리 울프의 기사라지만 칼 한 방에 균형을 잃은 건 분명 납득하기 힘든 일이었다.

“하지만 그땐, 그러니까 그 당시에는 왠지……, 전혀 이상하지 않았어요. 그러니까 분위기가요. 드래곤이 쓰러지는 게 당연해 보이는…….”

고작 오십 기에 불과한 울프 기사단이 언덕을 달려 내려오는 모습은 거짓말처럼 극적이었다. 몇 만이나 뒤엉킨 군대와 군대의 중심으로 그 숫자의 기사가 뛰어든 것이 그렇게까지 위협적이었는가를 지금 생각해 보면, 절대 그렇지 않았다. 하지만 그 순간은 마치 마법처럼 그 너른 전장을 울프 기사단이 지배해 버렸다.

“그렇긴 하지. 우리가 십 년 전에 익셀런 기사단을 골드 게이트 앞에서 깨 버렸을 때도 다들 기적이네, 전설이네 난리였지만 막상 전투에 참여했던 우리는 어쩐지 그게 당연하게 여겨졌거든.”

울프 기사단이 어떻게 시간 맞춰 도달했는지는 아직도 의문이었다.

울프 애 하나 붙잡고 물어볼까 했지만, 현재 아란티아로 귀환하지 못한 울프들은 대부분 큰 부상 때문에 누워 있는 상태였다. 아픈 애 붙잡고 그런 걸 따져 물을 마음이 들지 않았다.

‘아, 내가 카셀의 어느 부분에 구체적으로 화가 났는지 알았다.’

울프 기사단을 어떻게 데려왔는가? 바로 그 부분의 이야기를 듣지 못했다!

속이 뒤집어졌다. 대체 어떤 천신만고를 겪고 나타난 건지 얘기를 해 줘야 할 거 아니야, 얘기를!

생각해 보니 울프들에게 묻고 싶지도 않았다. 카셀에게 듣고 싶었다. 또 한 번 작은 모닥불을 피워 놓고 손짓 발짓 해 대며 극적인 재미를 이끌어 내는 녀석의 입담을 듣고 싶었다.

'아껴 두자. 다시 만나면 들을 수 있게.'

제이는 입맛을 다셨다.

"아무튼 난 그 부분에 착안해서 한 가지 가설을 세웠지. 구아닐은 울프 기사단과 붙기 전에 이미 상처를 입고 있었다……."

루밀은 구아닐의 몸체를 가리키며 말을 이었다.

"그럼 그 시점이 언제지? 가넬이나 셀바이크에게? 지금 보면 알겠지만, 카-구아닐의 시체에는 그 두 드래곤에게 입은 상처가 남아있지 않아. 전투 중에 모조리 회복되어버린 거야! 그런데 칼자국은 남아있지."

제이는 새삼 구아닐의 시체를 다시 살폈다.

"실디레가 찌른 거 한 번, 아즈윈이 찌른 거 한 번. 나머지는……."

"그래. 그걸 알고 싶어서 자넬……."

"라이."

제이는 짧게 대답했다.

루밀은 놀란 얼굴로 말했다.

"역시 자네가 알고 있었군?"

"오늘부터 알아요."

"그게 무슨 말인가?"

제이는 설명할 자신이 없어 얼버무렸다.

"그런 게 있어요."

"그러고 보니 죽지 않는 자들의 군주를 무너뜨린 칼은 다 르고가 만들었네요? 라이의 칼, 실디레의 칼, 게랄드의 도끼, 베나 에실크는 아니지만, 아란티아의 보검도."

제이는 괜히 화제를 돌리려고 길게 말했다.

"새삼 돌아보니 그렇구나. 인간이 만든 무기로 신을 죽인 셈이지. 마스터 르고의 힘이 이 멀리 떨어진 전장에까지 미치고 있었군."

루밀은 재미있어 하며 자연스럽게 말을 이었다.

"난 이곳이 아닌, 로크 남쪽에 있었다. 거기에서 죽지 않는 자들의 군주와 싸웠지. 로일과 아이린이 해내긴 했지만, 그 순간 이곳에서 구아닐이 죽지 않았다면, 살아서 남쪽 성문으로 날아와 불을 뿜었다면 어떻게 됐을까?"

루밀은 몸서리를 쳤다.

"어떤 멍청하면서도 가넬로크에 대한 충성심이 똘똘 뭉친 의회 의원이 와서 나한테 따지더라. '울프 기사단이 이 전쟁의 승리를 가져가 버렸다. 모든 전투는 드래곤 기사단과 로크의 군대가 했다! 그럼 울프 기사단이 와서 한 일이 뭐였냐?' 난 그 말에 동의했다. 모든 전투의 영광은 로크의 병사들과 카모르트에서 온 원군, 이로피스의 기사단, 그리고 드래곤 기사들에게 돌아가야 해. 울프 기사단이 와서 해 주고 간 일은 하나뿐이야."

제이가 루밀의 말을 받았다.

"구아닐을 죽였다?"

"바로 맞혔어!"

루밀은 극적으로 크게 말했다가 다시 작게 말했다.

"그 구아닐을 죽인 건 아즈윈이고 구아닐을 바닥에 추락시킨 건 실디레라는 울프 기사였다. 그런데 구아닐이 상처를 입은 상태가 아니었으면 울프 기사가 왔어도 소용없었어. 하늘을 나는 드래곤을 어떻게 떨어뜨릴 수 있었겠어? 마법사들의 목격에 따르면, 최후의 순간 구아닐은 분노의 탑에서 날아온 라틸다의 마법도 이겨내고 일어났는데!"

"라이가 없었다면 그 일이 일어나지 않을 수도 있었겠네요."

제이는 왼쪽 어깨를 오른손으로 움켜잡았다. 오래 서 있었더니 또 상처가 벌어지고 아파 왔다.

"로일도 그 비슷한 말을 했는데……."

"걔가 뭐랬는데?"

라이는 이 모든 전투가 시작되기 전에 그란돌과 구아닐, 이 두 거대한 존재에게 미리 상처를 입혔다…….

제이는 떨리는 어깨를 꾹 눌렀다. 떨림이 고통 때문인지 두려움 때문인지 알 수 없었다.

루밀이 걱정스레 제이의 어깨를 쓰다듬었다.

"자네, 괜찮나? 검상은 며칠 뒤에 증상이 나타날 수도 있으니, 지금이라도 가서 부상을 돌보게. 내가 너무 오래 붙잡아 뒀나 보군."

"아닙니다. 가볼 곳이 생각났어요."

제이는 아까 왔던 길을 되돌아보며 물었다.

"라이의 날개, 로크의 방벽 뒤로 떨어졌었다고 했죠?"

"죽지 않는 자들의 군주가 가져와 우릴 그 날개로 위협했지."

"그 날개, 어디 있습니까?"

"마지막 전투 직전에 아로크의 탑에 보관해 둔 뒤로 잊고 있었네. 여기 일만 정리되면 날개만이라도 화장시킬지, 어째야 할지 고민해 봐야겠어."

"그 일, 제가 해도 될까요?"

루밀은 싱겁게 웃으며 말했다.

"이제 자넨 그런 일에 관한 한 누구의 허락을 받을 사람이 아니다, 제이메르. 자네가 허락을 내려줘야 할 위치지."

로크로 돌아가는 마차가 있어 제이와 루밀은 짐칸에 얻어 탔다. 짐칸에는 구조 작업에 열심인 일꾼들을 먹이고 남은 빵이 바구니에 담겨 있었다. 제이는 그걸 하나 들고 씹다가 루밀에게 조심스레 물었다.

"마스터 메이루밀?"

"왜 그러나, 캡틴 제이메르?"

"캡틴은 빼시지요."

"그럼 자네가 먼저 마스터를 빼."

"메이루밀."

"제이메르."

루밀은 책을 읽다 눈이 아프다며 먼 곳을 응시하는 학자 같은 시선으로 말했다. 다른 한편으로는 무의식중에 간격을 재고 있는 제이에게 경고를 보내는 검사의 시선이기도 했다. 퀘이언이나 아이린에게 괜한 간격 싸움을 했다가 호되게 당해 본 경험이 있는 제이는 재미로라도 시비를 걸지 않았다.

"로핀이 마지막에 남긴 말에 대해……."

제이는 시비조가 되지 않기 위해 조심스럽게 물었다.

"대해?"

"딱히……."

"딱히?"

"……하실 말씀 같은 거 없습니까?"

제이는 나름대로 공들여 조심스럽게 물었지만, 루밀은 내뱉듯이 쉽게 대답했다.

"별로. 난 알고 있었어."

제이는 그가 어느 부분을 알고 있다는 건지 혼란스러워 입을 다물었다. 그리고 혼자 골똘히 따져보며 빵만 씹었다.

루밀은 친절하게 그 부분을 말해 주었다.

"자기가 내기 이겼다며? 난 내기 시작할 때부터 로핀이 이길 걸 알았어. 녀석만 제대로 제자를 길렀지. 솔직히 나나 아이린이나 퀘이언, 어느 누구도 제자라는 존재를 키운 게 아니었다. 그저 인재를 발굴한 거지. 그러니까 로핀이 이긴 게 맞아. 그 내기는 시작부터 형평성에 어긋나 있었어. 그리고 솔직히 말해서……."

루밀은 그 부분에서 굉장히 오래 생각했다. 생각하는 중간에 인상을 찌푸리며 고개를 젓기도 했다. 그는 시체가 쌓인 전장을 지나며 흔들리는 마차의 진동에 자연스럽게 머리를 흔들었다.

"내기만이 아니라, 이 전투 전부가 녀석의 승리다."

"저도요!"

긴 생각 끝에 내린 루밀의 말에 제이는 급히 덧붙였다. 루밀과 제이가 동시에 놀랐다. 제이는 당황해서 사과했다.

"그러니까 제 말은……."

루밀은 웃기만 했다.

"자네도 그렇게 생각한다고?"

"네. 왜 그리 생각하느냐고 물어보면 설명할 자신은 없지만요. 그 말은 자신 있게 할 수 있습니다."

뭔가 앞뒤가 맞지 않은 것 같아 제이는 말해 놓고 고개를 갸웃거렸다. 그리고 루밀이 트집 잡기 전에 괜히 먼저 트집을 잡았다.

"로핀의 장례식, 안 오셨죠?"

"안 갔다."

"왜 안 왔어요?"

"할 일이 많아."

"그래도 왔어야죠."

루밀은 차갑게 대꾸했다.

"울프 기사단에 있을 때부터 로핀은 늘 일을 벌였고, 난 늘 수습했다. 지금도 마찬가지야. 이번엔 특히나 수습할 일이 많지. 녀석의 시체를 태운 불빛을 바라보는 것보다 녀석의 뒷수습을 하는 게 내 일이야."

제이는 그렇게 말할 수 있는 루밀이 부러웠다.

'어떻게 하면 저렇게 자기 할 일을 정확히 알 수 있을까? 난 아직도 내가 있을 자리도 모르겠는데.'

제이는 속으로만 그렇게 말하고, 겉으로는 여전히 따지듯 말했다.

"그분의 죽음이 슬프지 않으십니까?"

"슬퍼해야 하나?"

"글쎄요, 적어도, 어느 정도는……. 음, 그래야 하지 않나 해서."

루밀은 느긋하게 짐칸 손잡이에 손을 올려놓았다.

"로핀이 죽을 때 옆에 있었다고 했지? 어땠나? 녀석이 억울해 하며 죽었나? 더 살아야겠다고 발버둥 쳤나?"

"그런 건 아니지만 적어도 저는 라이의 죽음을 듣고……."

"듣고?"

루밀이 뒷말을 재촉했다.

……슬퍼했나?

제이는 자문해 보았다. 그때는 슬퍼할 겨를이 없었다. 지금 와서 슬픈가 하면 그것도 아니었다.

"모르겠네요. 저도 라이의 죽음이 슬프지 않아요."

루밀은 풍경으로 시선을 돌렸다. 그리고 끝까지 눈물을 보이지 않았다. 그 모습이 차가워 보이진 않았다.

"너 그 팔, 안 움직이지?"

루밀이 갑자기 물었다.

제이는 방금 하던 얘기는 끝나버린 건가 싶어 당황했다.

"조, 조금요."

"나아질 거라고 기대하지 마라. 점점 악화될 거다."

"지금은 아프지만 조만간……."

"아니. 넌 이제 그 팔은 쓰지 못해."

제이는 도전적으로 팔을 올려보았다가 아파서 눈을 찌푸렸다.

"찔린 위치가 좋지 않아. 그렇다고 아예 그 팔을 못 쓰지는 않을 거다. 네가 기존에 쓰던 검술을 쓸 수가 없다는 뜻이지."

"예언이라도 하는 것 같네요."

"로핀의 마지막 싸움 봤지?"

"그래서요?"

"로핀이 외팔이라는 게 티가 나던가?"

"으음, 로핀의 검술을 따라 하라는 얘기입니까?"

"로핀은 한 팔을 잃기 전에 그란돌의 후계자였어. 난 로핀이 팔을 잃고 하얀 늑대의 이빨마저 잃었다고 생각했지만 다시 만난 녀석은 아직도 그 이빨을 간직하고 있었다. 그리고 내 생각에 로핀은 그 이빨을 보였을 것 같은데, 어땠나?"

"아, 그 빅터와의 마지막 대결에서 쓴 기술은……."

"기술 얘기가 아니야."

루밀은 제이의 말을 끊었다.

"제이메르, 넌 그란돌에 이은 최강의 늑대가 마지막 불꽃을 일으키는 최후의 순간에 옆에 있었다. 이 전투의 핵심이었던 축복의 탑 가장 가까운 곳에서, 가장 격전지의 중심에 있었다. 넌 그랜드 마스터 러스킨이 화이트비를 깨뜨리던 그 순간에 루티아에 있었다. 검은 기사들이 도로 부활해 일어나 화이트 게이트로 진격해 왔던 아란티아에서 모든 사건을 이끌어 온 카셀의 가장 가까이에서 가장 오랫동안 지키고 있었다. 내가 들은 정보는 이런데, 틀린 부분이 있나?"

"대충 다 맞는 것 같습니다만……."

제이는 자신 없이 대답했다.

"그럼 다시 말해, 네가 이 모든 것의 '목격자'구나."

"그런가요?"

제이는 '그래서 어쩌란 말입니까.' 하는 투로 대꾸했다.

"넌 라이의 죽음이 슬픈 게 아니라, 슬퍼할 겨를이 없는 거다. 나도 그래. 다들 비슷해. 슬픔은 나중에 찾아올 거야. 어느 날 일어나 세수를 하고 수건으로 얼굴을 감싸 쥘 때라거나, 감기에 걸려 콧물을 흘리고 있을 때, 그럴 때 찾아오겠지. 빠르다고 더 슬픈 게 아니고, 늦었다고 잊어버린 게 아니야. 그때 받아들이면 돼. 그리고도 계속 할 일을 해나가야지."

루밀은 흔들리는 마차 너머에 공허한 시선을 던졌다. 제이는, 그래서 결국 내가 할 일이 뭐냐고 묻고 싶었지만 묻지 않았다.

전장에 설 때도 그랬다. 자신이 설 자리는 오직 자신만 알려 줄 수 있었다. 어차피 그의 성격에, 남이 시켜도 안 할 테니까.

루밀은 짐마차를 타고 그대로 의회 건물로 직행했고 제이는 중간에 내렸다. 둘은 서로에게 작별 인사도 하지 않았다.

제이는 뭔가를 두고 온 기분이 들어 자꾸 뒤를 돌아보았다.

아로크의 탑 앞에 선 제이는 허리에 손을 얹고 꼭대기를 올려다보았다. 탑 꼭대기의 지붕 위에 하늘 산맥에서 온 짐승이 서글피 울고 있었다. 카셀이 하늘 산맥에서 타고 왔다가 버리고 가 버린 하얀 털의 짐승, 베논이었다. 서 있는 위치가 아슬아슬해서 밑에서 올려다보기만 해도 아랫배가 시큰거렸다.

"저 녀석, 왜 저러는 거요?"

제이는 지나가는 노인을 하나 붙잡고 물었다. 차림새를 보아하니 마법사였고, 갈 길이 급한지 걸음이 빨랐다.

"낸들 알아? 아까부터 계속 울어 대는데 처분할 방법도 없고, 원."

마법사 노인은 투덜대며 지나갔다가 흠칫 놀라며 돌아섰다.

"혹시 영웅 제이메르 님이 아니시오?"

"아닌데?"

"아, 미안하군."

노인은 머쓱해 하며 돌아섰다가 다시 돌아섰다.

"맞는 것 같은데?"

"아니라니까."

제이가 다시 손을 휘젓자, 결국 노인은 고개를 갸웃거리며 탑으로 들어갔다.

"대체 누가 저런 소문을 퍼트린 거야?"

제이는 다시 탑 위의 베논을 올려다보았다.

아이린의 옆에 있을 때는 얌전했다. 하지만 지금은 뭐가 그리 서글픈지 하늘을 바라보며 울고 있었다. 방향을 보니, 남쪽이었다.

"고향을 바라보는 건가?"

제이는 탑으로 들어갔다.

좀 전의 그 마법사 노인이 입구를 막고 있었다.

"이곳은 출입 금지다. 들어가려면 출입증을……."

노인은 말하다 말고 또 흠칫 놀랐다.

"자넨?"

제이가 물었다.

"저 베논 좀 보려고 그러는데, 그 출입증 같은 걸 어디서 발급 받는 거요?"

노인은 눈을 가늘게 뜨고 물었다.

"당신이 캡틴 제이메르라면 가능하지."

"캡틴은 아니오. 제이메르는 맞지."

"아까는 아니라며?"

"영웅이 아니라고."

"제이메르는 맞고? 그 드래곤 기사단과 함께 위대한 전투를 이끌었던 그 제이메르?"

제이는 귀찮아서 적당히 대답했다.

"그 제이메르 맞소."

"그럼 들어가도 좋소."

제이는 떨떠름한 마음으로 탑을 올라갔다.

꼭대기 방은 전쟁 때 로크의 방벽을 만들었던 타냐가 지키던 곳이었다. 핏자국이 아직도 남아 있었다. 타냐가 흘린 피였다. 제이는 피가 퍼진 흔적을 손바닥으로 짚어 보더니 중얼거렸다.

"이 정도 출혈이었으면 정말 죽었겠는걸. 살아 있더라도 후유증이……. 아니지. 내가 그 여자 걱정을 왜 해 주고 있나?"

제이는 창문으로 고개를 내밀고 '아우웅' 하는 이상한 소리를 내고 있는 베논을 불렀다.

"야, 이리 와."

제이가 손짓했다. 베논은 눈치를 살피더니 밑으로 엉금엉금 내려왔다. 고양이의 발톱과 산양의 발굽을 합쳐 놓은 듯한 묘한 발로 지붕을 움켜쥐고 창문 안으로 미끄러지듯이 들어왔다.

"너 그렇게 시끄럽게 굴면 여기 사람들이 가둬버릴지도 모른다?"

제이는 녀석의 머리를 쓰다듬으며 말했다.

베논은 동그란 눈동자로 제이를 물끄러미 바라보았다.

이 동물은 루티아에서 본 적이 있었다. 당시 카구아라고 알고 있던 익셀런 제1기사단 녀석들이 타고 다니던 검은 털의 동물. 하지만 지금은 눈처럼 하얀 털빛이었다. 익셀런 놈들이 타고 있을 때는 사악해 보이던 악마의 짐승이 지금은 애완동물처럼 순한 눈망울을 하고 있었다.

"어제 그 꿈이 예지몽 같은 거라면……."

제이는 손바닥을 주먹으로 탁 쳤다.

"옳아, 너 그 시나비아라는 레미프한테 가려는 거지? 그럼 널 타고 가면 카셀을 따라잡을 수 있다는 소리구나! 이리 와 봐."

말을 들을까 했지만, 당기지 않아도 잘 따라왔다. 계단도 잘 따라 내려왔다.

탑의 입구에 있는 마법사 노인은 제이가 베논을 데리고 나가는 모습을 보고, 몹시 반가워했다. 잘 가라고 인사도 해주었다.

탑을 나오자마자, 제이는 베논의 등 쪽으로 돌아갔다.

"내가 널 탈 수 있을지 모르겠지만, 어디 한 번……."

베논은 제이가 타길 기다려주지 않고 달리기 시작했다.

"어? 야, 잠깐, 잠깐!"

속도를 붙인 베논은 따라갈 엄두도 낼 수 없게 달려가 버렸다. 제이는 베논의 등을 향해 손만 내밀었다.

녀석은 집들 사이로 사라졌다. 오늘 떠나는 마지막 마차를 놓친 여행자처럼 제이는 내밀었던 손을 접었다. 보는 사람이 있고 없고를 떠나 무척이나 민망했다.

"애초에 묶여 있던 것도 아니고, 잃어버려도 내 잘못 아니지, 뭐."

제이는 뒤통수를 긁적이다가 다시 아로크의 탑으로 돌아갔다.

애초에 가려고 했던 곳은 탑의 꼭대기가 아니라, 지하 창고였다.

라이의 날개가 보관된 곳.

"이런 경우에는 내가 무슨 말을 해야 할지 모르겠지만……."

창고 경비는 아직 자기가 얼마나 큰 잘못을 저질렀는지 모르는 모양이었다.

제이메르 역시 그 경비가 저지른 잘못을 잘못이라고 조목조목 설명할 자신은 없었다.

"그러니까 요점을 말해 보자면, 여기 보관된 라이의, 그러니까 레미프의 날개를 잃어버렸다, 그거지?"

제이는 가급적 화난 얼굴을 보이지 않으려고 애쓰며 물었다.

"아닙니다, 캡틴 제이메르."

"누구더러 캡틴이래?"

제이는 결국 화를 내 버렸다.

경비는 어깨를 움츠렸다.

“캐, 캡틴 아니십니까? 다들 그렇게 부르기에 저도…….”

제이는 욱신거리는 어깨를 짚고서 눈살을 찌푸렸다. 기분 탓인지 모르지만, 호칭에 존경심까지 담겨있었다.

“아니면 뭐야? 없다며? 어디 갔는지도 모른다며?”

“그게, 말씀드리자면…….”

병사는 어물어물 말을 이었다.

“이, 이런 누추한 곳에 캡틴 드래곤께서 행차하시니, 일을 순서대로 말씀드리지 못했습니다만…….”

제이는 ‘캡틴 아니라고!’를 외치려다, 이놈의 호칭 때문에 계속 얘기가 빙빙 도는 기분이 들어 내버려 두고 말했다.

“그럼 순서대로 말해. 처음부터, 차근차근.”

“에, 예. 우리 가넬로크를 위해 싸운 하늘 산맥의 엘프인…….”

“레미프!”

“……어, 어, 그러니까 레미프인 라이 님의 한쪽 날개를, 뭐랄까, 아로크의 마법사들께서 부패되도록 둘 수 없다며 마법으로 특수 처리까지 했고, 제가 그 신비로운 마법의 현장에 있었죠. 이 전쟁이 무사히 끝나면, 어, 그러니까 그 당시에는 모두 죽느냐 사느냐 바빠서 일단 여기에 방치된 건 사실입니다만, 아무튼 무사히 끝나면, 루티아로 이송해 가자고 했었지요. 그 뒤 전 전쟁이 끝난 직후, 본래 임무는 이곳 창고 지키기였고, 별다른 상부 지시가 없어서 계속 여기 있었는데…….”

제이는 얘기 진행이 느려 답답했지만 내버려 두었다. 누군가 자기 얘기를 들으면 이보다 더 하면 더 했지, 덜 하지는 않을 거라는 생각

때문에 공감도 됐다.

“그날 밤에, 캡틴 울프가 가져갔어요.”

제이는 코끝을 긁적였다.

“설마 그 캡틴 울프라는 게 카셀을 말하는 건 아니겠지?”

“맞습니다. 캡틴 카셀 울프요.”

제이는 하도 어처구니가 없어 아예 웃음을 터트렸다. 병사는 허둥지둥 덧붙였다.

“저 같은 말단이 그런 분의 명령에 토를 달 수야 없지 않습니까?”

제이는 병사의 어깨를 도닥거리며 창고의 구석으로 이끌었다.

창고에는 로크의 전쟁이 끝난 후 수거한 물자 중 가장 귀한 물건들이 보관되어 있었다. 특히 마법사들의 도구 등이 많이 있었고, 일부는 값을 매기려면 경매라도 붙여야 할 정도로 엄청난 보물이었다.

덕분에 창고의 경비는 삼엄하기 그지없었다. 제이도 캡틴이라는 달갑지 않은 칭호가 없었다면 들어오기 힘들었을 것이다.

제이는 병사에게 대단한 협박이라도 해 볼 양으로 머리를 굴렸다. 하지만 결국 튀어나온 말은 뒷동네 건달 같은 목소리가 되고 말았다.

“너, 거짓말하면 죽는다?”

“거, 거짓말 아닙니다.”

제이는 비슷한 어조로 계속 대화를 끌어갔다.

“그 녀석이 언제 여기 왔다고?”

“전쟁이 끝난 밤이요.”

“혼자?”

“아! 캡틴 울프의 뒤에는 루티아의 마법사도 있었습니다.”

"루티아? 타냐 걔도 여기 왔어?"

병사는 한순간 존경에 가까운 눈초리로 제이를 바라보았다. 제이는 그 시선이 뭘 의미하는지 한참 후에 깨달았다. 그것은 '죽지 않는 자들의 군주조차 막아 낸 루티아의 마스터를 이름으로 부르고, 걔라고 표현하다니, 역시 캡틴 제이메르는 대단해!' 하는 눈빛이었다.

"네, 굉장히 초췌한 모습이긴 했어도 분명 마스터 타냐였습니다. 그 두 분이 바로 그 엘프의……."

"레미프라니까!"

"죄송합니다, 캡틴."

"캡틴도 아니야!"

"죄, 죄송합니다, 캡티, 아니, 저, 제이메르."

병사는 아예 울 것 같은 얼굴로 말했다.

"여하튼 그 두 분이 와서 레, 레미프의 날개를 가져가셨습니다."

"그런데 보고도 안 했고?"

"보고를……, 누구한테 해요? 여기 최고 관리자가 전데요."

"어? 그래?"

"그리고 아로크의 마법사들한테 보고까진 아니고 말은 했지만, 캡틴 울프가 가져갔다니까 다들 그러려니 했고요."

"그렇구나……."

병사는 슬그머니 제이의 어깨 너머로 구해달라는 신호 같은 걸 보냈다.

제이가 돌아보니, 문밖에 옹기종기 서 있는 병사들이 보였다. 병사들은 제이가 무서워서 안에 들어오진 못했지만, 달아나지도 않았다.

"너희도 봤어?"

제이가 물었다.

"네."

"진짜?"

다들 서로의 눈치를 살피면서도 긍정의 뜻을 밝혔다.

"네."

제이가 의아해 하며 고개를 갸웃거릴 때, 한 명이 용기를 내어 말했다.

"저, 하나 부탁드려도 되겠습니까?"

"뭔데?"

"악수 한 번만 해주실 수 없을까요?"

제이는 눈살을 찌푸렸다.

"누구랑?"

"물론 캡틴 제이메르와 저희들이요."

"나 캡틴 아니라니까! 대체 누가 그딴 헛소문을 퍼트리고 다니는 거야?"

제이가 소리 질렀다.

"나다."

그때 드래곤의 기사 한 명이 창고 문 너머에서 말했다. 브란더였다.

"왜, 틀렸나?"

상처에 붕대를 감고 한 겹밖에 안 되는 헐렁한 헝겊 옷 한 벌을 입고 나타났으나 여전히 육중한 몸이었다. 벌어진 셔츠 틈으로 보이는 가슴 근육에 댄 헝겊에는 갈색 약초 즙이 배어 나와 있었다.

"틀리고 자시고 그건……."

제이는 따지려다 말았다. 말발로는 드래곤 기사단을 이길 수 없었다.

"뭐, 됐고, 카셀이 라이 날개 가지고 간 거 너 알고 있었냐?"

"나도 그거 확인하려고 여기 와 본 건데, 가지고 간 게 맞는 것 같군."

브란더는 고갯짓으로 문을 가리켰다.

"나갈래? 네가 찾는 게 여기 없다면 더 있을 이유도 없을 테니."

"그러지."

"먼저 나가 있겠다. 볼일 보고 나와라."

"볼일 없어. 같이 가."

"악수 안 해 줄 거야?"

"뭐 하러?"

제이는 울먹이는 병사들을 버려두고 창고를 나갔다.

"네 얘기와 내가 시찰 나가서 들은 얘기를 합쳐보면 이렇게 되는군."

브란더는 짧지 않은 이야기를 시작했다.

"전쟁이 끝난 후, 캡틴 카셀은 마스터 타냐를 데리고 아로크의 탑을 나서기 전, 라이의 날개를 가져갔다. 꽤 많은 병사들이 목격한 걸 보니, 딱히 숨어서 움직이지도 않았던 거지. 병사들의 입장에선 전쟁도 승리로 끝났겠다, 아란티아의 캡틴 울프와 루티아의 마스터 타냐가 같이 돌아다니고 있는 모습이 전혀 이상할 게 없었어."

브란더는 굳이 손가락으로 방향을 지목했다.

"날개를 가진 카셀은 말을 타고 남문을 통과했다고 하더군. 아무리 전쟁이 승리로 끝났다고는 해도 경비병들이 남문을 활짝 열어 두진 않았어. 그때 일반 사병들은 모즈들이 다 죽었다는 사실을 아직 몰랐으니까. 그래서 밤중에 캡틴 카셀이 문을 열어달라는 요청을 해 온 사실이 기록됐지."

"창고 병사들처럼, 되어버린 건가? 열어주고, 보고 없이?"

"전쟁 직후, 승리를 만끽하고 있던 분위기도 한몫했지. 그저 통과 절차대로 어딜 가냐고 물었고 캡틴 울프는 가야 할 곳이 있어 간다…… 라고 대답을 했다더군. 달리 뭘 어떻게 더 했겠나? 경비병은 형식상 필요하니 서명이나 해 달라고 했고 캡틴 울프는 서명을 남기고 떠났지."

전쟁 직후에 그런 절차를 지킨 병사도 대단하고, 그걸 따른 카셀도 대단했다.

"서명은 진짜였어?"

"내가 직접 확인하고 오는 길이다."

카셀과 함께 다녀 본 제이는 그 상황이 머릿속에 그림처럼 그려졌다. 당당하게 갈 곳을 가겠다고 말하는 카셀을 어느 누가 막겠는가?

제이가 머릿속으로 이런저런 생각으로 바쁠 때 브란더는 정색하고 말했다.

"그런데 제이메르."

"뭐냐?"

"정말 캡틴 드래곤이 될 생각은 없나?"

제이는 딱 끊어 말했다.

"없다."

"흐음, 그럼 어쩌지? 난 벌써 서류 작업을 끝내 뒀는데."

"아하, 그래서 의회 의원이 나더러 캡틴이라고 서슴없이 불렀군?"

"맞아."

"그 서류 있지?"

"기사단 사무실에."

"태워 버려."

브란더는 큰 소리로 웃음을 터트렸다. 그리고 큰 동작으로 손을 넓게 펼쳐 보였다.

"모르나 본데, 제이메르. 넌 이미 정신적으로 이 로크의 캡틴이고, 영웅이다."

"네가 자꾸 그런 이상한 소문 퍼트리니까 사람들이 나한테 빵을 주잖아!"

"내가 로크 전체에 그런 소문을 퍼트릴 수 있을 정도로 영향력이 있는 사람인 줄 아나? 그리고 내가 캡틴이라고 널 부른 건 요 이틀밖에 되지 않아."

"그럼 누가 그런 헛소문을 퍼트리고 있는데?"

"그 엄청난 모즈의 군대를 상대로 새벽까지 홀로 맞서던 너의 등을 보고 살아남은 병사들이! 최후의 순간 레-가넬께서 날개를 펼쳐 너를 보호하던 모습을 목격한 수천 명의 병사들이!"

"기억 안 나."

퉁명스럽게 말하긴 했지만, 제이는 진짜로 그때 일이 거의 기억에 없었다.

“그 전투의 여운은 그 다음 날의 전투에서도 이어졌다. 전쟁에 종지부를 찍은 건 울프 기사단일지 모르나 그 전투를 이어 가는 힘은 너에게 있었다.”

“네 생각이겠지! 난 모르는 일이야.”

제이는 혼자서 성큼성큼 걸어가 버렸다. 부상을 입은 탓에 제이의 걸음을 못 따라잡는 브란더가 숨을 헐떡이며 물었다.

“어딜 그렇게 급히 가는 거야?”

“자러 간다! 꿈을 꿔서 확인해 볼 게 있어.”

“무슨 엉뚱한 소리야?”

“꿈에서 어떤 여자가 뭔가 말했는데, 제대로 들어야겠어.”

브란더는 결국 뛰듯이 걷는 제이의 발걸음을 따라잡지 못하고 멈춰섰다. 그는 뒤에서 어깨를 으쓱하더니 큰 소리로 말했다.

“내일까지 의회로 나와. 만약 정말 캡틴 드래곤의 자리가 싫다면 와서 널 이미 캡틴이라고 인정하는 의원들과 기사들을 설득시켜라. 그 다음은 네 맘대로 해도 돼.”

“너, 내가 제일 못하는 게 뭔지 알아?”

제이는 뒤를 돌아 말을 하면서도 걸음을 멈추지 않았다.

“남을 설득하는 일이야!”

반쯤은 농담으로 했던 말이었는데, 제이는 진짜로 카셀이 나오는 꿈

을 꿨다. 타냐도 카셀의 뒤에 말을 타고 있었다.

"야, 거기 두 녀석, 거기 안 서!"

제이는 소용없다는 걸 알면서도 소리 질렀다. 둘은 들은 척도 않았다. 꿈이니까 당연하지! 그렇게 생각했지만 괜히 들었는데도 모른 척하고 있는 것 같아 화가 났다.

"못된 놈들."

창고 병사의 말은 사실이었다. 카셀의 말 뒤에는 하얀 날개가 실려 있었다.

두 녀석의 뒤에는 아까 아로크의 탑에서 전력으로 달려가 버렸던 베논까지 있었다.

'벌써 옆에 있다면, 이틀 거리를 따라잡은 건가? 아니면 카셀과 타냐가 엄청 천천히 가고 있는 건가?'

베논은 방향을 잘 못 잡아 자꾸 비틀거렸다. 그럴 때마다 타냐가 목에 맨 줄을 당겨 방향을 고쳐 주었다. 베논은 그때마다 무아앙 하는 염소와 소의 중간쯤 되는, 가는 울음소리를 냈다.

풍경이 낯이 익었다. 무너진 축복의 탑 근처와 비슷하다는 생각이 들었는데 왜인가 봤더니 산도 거의 없고 마을도 없는 사막 같은 넓은 평원에 모즈들의 시체가 시커멓게 늘어져 있어서였다.

로크를 공격해 온 모즈들의 시체보다 훨씬 많았다. 제이의 시야 안에서는 시체가 늘어진 끝이 보이지 않았다. 만약 이 숫자의 모즈들이 합류한 다음에 적군이 로크를 공격했다면?

'이건 막지 못해. 울프 기사단이 뭐든! 왜 적장은 이 모즈들을 기다리지 않았을까?'

멀리 꼭대기에 눈 덮인 하늘 산맥이 보였다. 두 사람이 도착한 자리는 땅이 시커멓게 탔고 아지랑이 비슷한 습기가 피어오르며 악취가 났다. 바닥은 말랑말랑해 말이 통과하기 힘든 지형이었다. 도저히 그런 환경이 조성될 수 없는 목초지에 뜬금없이 나타난 늪지대였다.

'라이와 구아닐이 싸웠던 장소다!'

제이는 전날 봤던 꿈을 떠올렸다.

카셀이 말에서 내렸다. 까맣게 타 버린 땅의 중심부에 라이가 쓰러져 있었다.

한쪽 날개가 뜯겨진 레미프의 시체. 카셀은 그의 몸에 또 하나의 날개를 덮어 주고 무릎을 꿇었다. 그러면서 뭐라고 말했는데 들리지 않았다.

제이도 다가가 라이의 시체 앞에 무릎을 꿇었다. 이미 죽은 그에게, 카셀과 타냐에게도 들리지 않는 목소리를 내는 게 무슨 소용 있겠는가? 그래도 제이는 말했다.

"역시 너였구나. 구아닐과 그란돌을 맨 처음 저지했던 녀석이."

카셀은 타냐와 힘을 합쳐 라이의 시체를 말에 실었다. 그리고 두 사람은 말을 끌고 걸어갔다.

천천히.

제이는 항상 카셀과 같이 움직일 때 시간에 쫓겨 빨리 걸었다는 사실을 깨달았다. 둘의 답답할 정도로 느린 걸음이 한편으로는 부럽기도 했다.

'이제 쫓아오는 적도 없고, 시간에 쫓길 일도 없겠지.'

하늘 산맥을 얼마 남겨 두지 않고, 숲길 도입부에 수많은 레미프들이 기다리고 있었다. 그중 눈을 감고 있는 여자 레미프는 아주 덩치 큰 남자 레미프의 품에 안겨 있었다. 꿈에서 봤던 바로 그 여자 레미프였다. 지금도 꿈이지만…….

아니, 진짜 이게 꿈인가?

일반적으로 말할 만한 바로 그 '꿈'이라고 할 수 있나?

제이는 깊게 생각하지 않기로 했다.

그 여자 레미프는 남자 레미프의 품에서 나와 자기 혼자 힘으로 서더니 힘겹게 인사했다.

"기다리고 있었습니다, 하늘 산맥에서 온 마법사."

"시나비아, 여기까지 나와 계셨군요."

카셀과 타냐도 고개를 깊이 숙여 그녀에게 인사했다.

"이 일은 당신의 책임도, 의무도 아니었습니다. 아니, 당신이 해서는 안 되는 일이기도 했지요."

시나비아는 느릿느릿 말을 이었다. 제이는 그녀의 말을 알아들을 수 있었다. 꿈이라 그런 걸까? 아니면 이 레미프가 인간의 언어로 말하는 걸까?

"하지만 우리는 하늘 산맥을 떠날 수 없고, 라든의 영혼을 다시 불러올 책임이 있기에 당신의 기더를 억지로 끌어당겼지요. 저와 통하는 우그는 당신뿐이었습니다. 한 명의 영혼은 사라졌더군요."

"로핀…… 말씀이시군요."

카셀은 슬픈 목소리로 말했다.

"네. 그래서 선택의 여지가 없었습니다, 당신들 두 우그 외에는."

"그랬군요. 고맙습니다. 당신이 아니었다면 저는 라이에게 했던 말을 지키지 못했을지도 모릅니다. 다행이에요."

카셀은 라이가 실린 말을 끌고 왔다. 덩치 큰 레미프 여러 명이 날개를 덮은 라이의 시신을 옮겨 갔다. 모든 것은 조심스럽고 조용하게, 그리고 천천히 진행되었다.

"라든의 홉트께서 점을 치셨습니다. 더 이상 어둠의 힘은 당신 앞을 가로막지 않을 겁니다. 하지만 하늘 산맥에서도 커다란 변화가 있을 겁니다. 혹 되돌아올 생각은 없나요? 우리는 당신 같은 우그의 도움이 필요합니다."

카셀은 주저 없이 고개를 저었다.

"제가 할 일은 따로 있습니다."

"뭘 하실 생각인가요? 당신의 마법으로 인간들의 세상을 지배할 건가요?"

카셀은 보일 듯 말 듯 희미한 미소를 지었다.

"아니요, 농사를 지을 겁니다."

"이런 일을 겪은 후 평범한 일상으로 돌아갈 수 있다고 생각하십니까?"

시나비아의 목소리는 도전적이었다.

카셀은 여유 있게 받아넘겼다.

"어렵겠죠. 그러니 그런 평범한 일상조차 모험이 되겠죠."

시나비아는 갑자기 크게 웃음을 터트렸다.

"그 모험에 나디우렌의 축복이 있기를."

시나비아는 갑자기 뒤에서 멍청히 바라보는 제이를 넘어다보았다. 카셀이 있는 방향도 제대로 보지 못하는 장님 레미프가, 꿈속에서 방관자로 존재하는 자신을 발견했다는 사실에 제이는 의외로 놀라지 않았다. 오히려 눈을 감았는데도 강렬한 시선이 느껴져, 그 부분에서 놀랐다.

"역시 당신도 여기 불려 왔군요."

시나비아의 말에, 카셀과 타냐가 영문도 모르고 뒤를 돌아보았다. 하지만 그 두 사람의 눈에 자신이 보일 리가 없었다. 이건 꿈이니까!

"너 뭐야? 나한테 할 말 있어?"

제이가 물었다.

시나비아는 대답해 주지 않았다. 그냥 일방적으로 말해 주기만 했다.

"당신의 기더는 아직 어둠과 연결되어 있습니다. 그러니 이 전쟁은 당신에게 끝이 아니라, 시작이 되겠군요."

제이는, 뭔 소리인지 알아듣게 말씀하시지! 하는 소리를 내지르려다가 실패했다.

오직 시나비아만 말했다.

"그 시작에 나디우렌의 축복이 있기를."

'나디우렌이 뭔데?'

제이는 다시 한 번 소리 지르려다 실패했다. 그리고 그 순간에 잠이 깨어 버렸다.

제이는 잠에서 깨어 몽유병 환자처럼 어슬렁거리고 걸어가 남쪽 성문에 다다랐다. 일찍 잔 탓에 깬 시각은 새벽이라 하기에는 애매한 한

밤중이었다.

제이는 대충 겉옷만 걸치고 성문 앞에 섰다.

"캡틴 제이메르! 어딜 가십니까? 밤에는 외출이 금지되어 있습니다."

성문 경비가 깍듯이 경례까지 붙이며 말했다.

"밖엘 좀……. 허가증이 필요한가?"

제이는 난처해하며 물었다.

"규정상 해 본 말입니다."

경비는 얼른 밑에 있는 동료를 깨웠다.

"어이, 문 열어! 캡틴께서 나가신다."

아직 보수가 완전하지 않은 탓에 문 열리는 소리가 소름 끼쳤다. 문이 열리는 사이 경비는 또 친절하게 보고까지 했다.

"마스터 아이린께서도 외출하셨습니다."

"마스터가? 어디로?"

"모즈들의 시체가 있는 곳으로 간다고 하셨습니다."

"모즈들의 시체라니?"

"순찰병들의 보고가 있었습니다. 여기에서 말로 반나절 떨어진 평원에 수천 마리 모즈들의 시체가 쌓여 있답니다."

제이는 꿈에서 봤던 그 광경이 떠올랐다. 그곳은 반나절 거리는 아닐 것이다. 즉, 모즈들의 시체가 쌓여 있는 곳이 또 있다는 뜻이었다.

"말 한 마리 빌릴 수 있을까?"

제이의 말이 떨어지자마자 순식간에 말이 대령되었다.

"언제 돌아오십니까?"

"반나절 거리면, 왔다 갔다만 해도 정오에나 돌아오겠군. 언제까지 말 돌려줘야 해?"

"아니, 말이야 뭐……. 식사 준비를 해둘까 해서 여쭈었습니다."

제이는 멍한 눈으로 손을 저었다.

"그런 건 됐어."

"다른 건 필요 없습니까?"

"물 좀."

말이 떨어지자마자 물주머니가 그의 말안장에 놓였다.

성문을 통과하며 제이는 중얼거렸다.

"캡틴이라는 직함, 되게 편리하구나."

반나절까진 걸리지 않았다. 아침 해가 뜨기도 전에 수많은 모즈들의 시체가 깔려 있는 평원이 나왔다. 제이는 천천히 말을 몰며 근방을 돌다가 멀리 사람의 그림자를 발견했다.

"마스터!"

제이는 반갑게 손을 들어 부르다가 슬그머니 손을 내렸다. 아이린은 뒤를 돌아보았다가 황급히 눈물을 닦았다. 그리고 애써 웃으며 말했다.

"여긴 어떻게 알고 왔어?"

"성문 경비에게 들었습니다."

제이는 말에서 내려 아이린의 옆에 섰다.

한참이나 두 사람 사이에 말이 없다가 아이린이 먼저 입을 열었다.

"이 모즈가 진짜 주력 부대였어. 듣자니, 여기서 남쪽으로 더 가면 또 있다더군."

합치면 몇 마리나 될까?

세 볼 엄두도 안 났다.

“로크가 그날 점령당했다면 이 군대는 곧장 대륙 각지를 휩쓰는 악마의 군대가 되었겠지. 로크와 카모르트, 아란티아의 연합군도 막아 내지 못한 군대를 이로피스나 카모르트가 막아 낼 수 있을 거라곤 보지 않아. 하지만 다행히도 죽지 않는 자들의 군주가 죽으면서 모즈들이 모조리 힘을 잃었지.”

“이 전쟁에는 제가 모르는 요소가 아주 많았군요.”

로핀이 봤던 전쟁.

카셀이 봤던 전쟁.

그리고 그 옆에 가장 접근해 있었던 자신.

“시간 싸움이었어.”

아이린은 한 번 숨을 깊이 내뱉고 말을 이었다.

“죽지 않는 자들의 군주에게는 천 년을 준비한 전쟁이었고 테일드에게는 팔 년을 준비한 전쟁이었지. 둘 중 어느 쪽도 우열을 가릴 수가 없었을 거야. 왜냐면 서로가 서로의 생각을 완벽하게 알고 있었거든. 마치 상대의 패를 알고서 카드를 치는 것과 비슷했달까? 죽지 않는 자들의 군주는 익셀런 제1기사단을 개입시켰고 테일드는 울프 기사단을 개입시켰지. 저쪽에는 빅터가 있었고 이쪽에는 로핀이 있었고……. 한쪽으로 기울어지지 않는 균형이 서로를 견제하다가 결국 예측할 수 없는 불특정 요소가 마지막 승부를 결정지은 거야.”

“그게 뭐죠?”

“너도 아는 거야.”

“……카셀이군요.”

제이는 시나비아라는 레미프 앞에 선 카셀의 뒷모습을 떠올리며 말했다.

"맞아. 하지만 지금 당장 눈에 보이기에는 카셀 하나지만, 아마도 너나 내가 모르는 많은 일들이 있어 여기에 이르렀을 거야. 과거의 작은 일 하나가 비틀어졌으면 우린 승리하지 못했을 것이고, 적에게 그런 균열이 있었다면 애초에 우리가 이런 슬픔을 맞이할 일도 벌어지지 않았겠지."

제이는 아란티아에서 카셀과 처음 만났던 순간들을 떠올렸다. 그때 제이가 작은 실수를 저질러 카셀을 빌리와 슈벨로부터 지키지 못했다면 이 전쟁은 어떻게 됐을까? 거꾸로 좀 더 노력해서 빌리와 슈벨을 죽여 버렸다면?

그 이후 타냐를 만나지 못했다면?

카셀이 라이를 만나지 못했다면?

가정의 가정이 꼬리를 물고 제이의 머릿속을 혼란으로 뒤덮었다.

"그란돌이 로일과 싸우기 전에 라이에게 부상을 입었대요. 그리고 구아닐이 아즈윈의 도끼에 목이 잘리기 전에 또 라이가 상처를 냈고요."

"내가 모르는 재미있는 이야기가 있나 보네?"

말은 그리했지만, 아이린의 표정은 어두웠다.

"바로 그런 거지. 우린 과거의 그림자들이 떠받들어 준 기둥 위에 서 있었어. 얼마나 많은 기둥인지는 아무도 모를 거야."

"테일드 같은 대단한 마법사도 카셀의 등장을 전혀 몰랐던 건가요?"

"죽지 않는 자들의 군주가 예측하지 못했듯이, 테일드도 예측하지 못했어. 그가 개입한 건 아란티아의 보검을 만드는 것까지였지. 누가 그 칼을 가지게 될지는 자기도 모른다고 했어. 내가 처음 테일드를 만났을 때만 해도……, 그러니까 그 처음이란 건…….”

아이린은 말을 잇지 못하다가 갑자기 울음을 터트렸다. 제이는 당황한 나머지 위로하지도 못하고 그냥 아이린의 어깨만 살짝 잡았다.

아이린은 돌아서더니 제이의 가슴에 얼굴을 파묻고 엉엉 울었다.

“추웠다고 했어.”

아이린의 어깨가 심하게 떨렸다. 마치 옷 한 겹 입고 눈보라 치는 산자락에 홀로 서 있는 어린아이처럼 부들거렸다.

“날 처음 만난 날에도 살얼음판을 걷다가 물에 빠져 허우적댔지. 추우면 마법도 쓸 줄 모르는 녀석이…… 그런 곳에서 그렇게 오랫동안 떨고 있었던 거야. 난 그 사이 뭘 했던 거지? 또 로핀이 혼자서 하늘 산맥과 아크랜드를 오가며 세상을 구하려고 헤맬 때 나는 뭘 했던 거지?”

전쟁이 끝난 직후에도 웃음을 보였던 아이린이었지만, 지금은 계속 울었다. 제이는 그녀가 울고 있는 동안 껴안아 주는 것 외에는 아무것도 해 줄 수 없었다.

“마스터, 이제 어쩌실 겁니까?”

아침이 되어 둘은 나란히 말을 타고 로크로 향했다. 아이린은 제이의 물음에 길게 생각하지 않고 대답했다.

“테일드가 다녔던 길을 그대로 되짚어 보고 싶어. 로핀이 그사이 뭘 했는지도 보고 싶어. 남은 내 인생 전부를 털어서라도.”

아이린은 하늘을 보며 한숨을 길게 내쉬었다. 마치 그 한숨 한 번으로 슬픔을 모두 날려 버릴 듯 가벼운 미소까지 지었다.

"너는? 고향에 돌아갈 거니?"

"그러려고 했는데, 어떻게 될지 모르겠어요."

그걸 꿈이라고 해도 될지 모르지만, 꿈에서 들은 말이 신경 쓰였다.

'그 시나비아라는 레미프가 날 꿈속으로 이끌었다면 그 이유가 뭘까?'

역시 고민한다고 나올 해답은 아니었다.

"어쨌든 일단 고향에 가긴 갈 겁니다."

"만날 사람이 있다고 했었지? 여자야?"

"딱히 다른 맘 있어 가는 건 아닙니다."

제이는 자기 말투가 변명처럼 들려 헛기침을 한 번 했다.

"무엇보다 그 여자는 결혼했거든요."

아이린은 장난치듯 말했다.

"그러라고 해도 안 그러겠지만, 넌 정착해서 살지 마라. 그 여자가 잘 살고 있다면 괜히 흔들지 말란 소리야."

갑자기 어린 시절의 아버지가 떠올랐다. 영원히 극복하지 못할 마음의 상처. 그러니 자기도 모르게 반항조로 대꾸가 튀어나왔다.

"왜요? 나라고 못할 거 같아요?"

"너만이 아니야. 이런 큰일을 겪고, 소박한 삶을 살 수 있는 사람은 없어."

아이린의 목소리와 시나비아의 목소리가 겹쳐 들렸다.

"카셀은 그럴 수 있다던데요?"

“카셀이 그런 말을 했어?”

“꿈에서 들었어요. 꿈은 아니지만.”

“그게 무슨 소리야?”

“그런 게 있어요.”

“그런 게 어디 있어?”

“나중에 얘기해 줄게요. 지금 얘기하면 정리가 안 될 것 같으니까.”

아이린은 곰곰이 생각하다가 고개를 끄덕였다.

“뭐, 카셀 그 녀석이라면 가능하겠네. 하지만 넌 안 돼.”

제이는 콧김을 푹 내뱉었다.

“카셀은 카셀, 나는 나. 대신 다른 건 되겠죠. 카셀이 안 되는 거.”

“어? 그걸 내가 말해서 가르침을 안겨주려고 했는데, 네가 먼저 말하면 어떡하니?”

“하나만 여쭤보겠습니다!”

“뭐든지.”

“로핀이 평생을 떠돌아다닌 게 정말 이번 전쟁 하나를 준비하기 위해서였습니까?”

“무슨 뜻으로 묻는 건지 잘 모르겠는걸. 녀석이야…….”

아이린은 먼 곳에 시선을 두었다.

“녀석이야…….”

아이린은 끙 앓더니 말을 이었다.

“모르겠다.”

“전 알겠어요.”

“응? 뭔데?”

"마지막 순간, 그분은 웃었어요. 그 긴 여정의 끝이 이 전쟁이었다면, 자신의 죽음으로 이 전쟁을 승리로 이끌었다 해도, 마지막 순간 그런 멋진 미소를 지을 수 없었을 거예요. 아마도 그분에겐 모험이, 그러니까 제 말은 모험 자체가 목적이었을 겁니다. 말은 잘 못하겠지만 아무튼 제 생각엔 그래요."

제이는 뒤통수를 긁적였다.

"넌 정말 대단해, 제이메르!"

아이린은 경이에 가까운 얼굴로 제이를 돌아보았다.

"뭐가요?"

"그래, 그래. 그랬구나."

아이린은 호탕하게 웃었다.

"제이메르, 넌 네가 앞으로 뭘 할지 정했구나. 오히려 내가 뭘 할지 네가 날 가르쳐주는구나. 이제부터 내가 널 스승이라 불러야 될 지경이야."

"그, 그게 무슨 말이에요? 아까 남은 인생 다 바쳐 할 일이 있다고 말했잖아요?"

"자포자기로 말했어. 그런데 아니었어. 그러면 안 되지! 고마워, 제이메르. 아아, 몸이 간지러워서 견딜 수가 없네. 나 먼저 가야겠다. 제이메르, 몇 년 뒤에라도 꼭 다시 만나자꾸나."

"예? 몇 년 뒤라니…… 아니, 저기!"

제이가 놀라 손을 내민 사이 아이린은 말을 급히 몰아 로크로 달려가 버렸다. 쫓아가지 못할 속도는 아니었지만 제이는 그러지 못했다.

"갑자기 어린애가 돼 버리셨네."

제이는 까닭 모를 웃음이 나왔다.

"그리고 난 딱히 할 일을 정했다고 안 했는데?"

깨달음은 조용히 찾아왔다.

"내가 할 일이라."

메이루밀은 선문답을 하고 있는 것이 아니었다. 아이린은 엉뚱한 소리를 하지 않았다. 심지어 브란더조차 의도하지는 않았겠지만, 제이메르에게 길을 일러 주고 있었다. 시나비아가 하고 싶어 했던 말은 그들의 말 전부였다.

"아, 이제야 내가 서 있을 곳이 어디인지 알겠네."

어차피 오늘 로크에 입성해 봐야 또 브란더가 나타나 캡틴이 어쩌니 저쩌니 하고 들이댈 게 뻔했다. 로크에 두고 온 짐이 좀 있었지만 이제 다 필요 없는 것들이었다.

루밀의 일을 돕고 싶었지만, 그건 루밀의 일이었다.

로일과 할 얘기가 남았지만, 나중으로 미룰 수 있었다.

의회 의원들은, 알게 뭐야!

처음 카셀과 타냐, 라이와 함께 로크로 들어왔을 때 제이는 나갈 때도 모두와 함께라는 생각을 은연중에 하고 있었다. 그런데 셋은 먼저 떠났다. 그러니 그 역시 있을 이유가 없었다.

지금 당장이라도 카셀과 타냐를 쫓아가면 베논이 따라잡았듯이 금방 따라잡을 수 있었다. 하지만 제이는 말 머리를 다른 쪽으로 돌렸다. 그저 시선만 카셀이 갔을 것이라고 생각되는 방향에 두고 말했다.

"나중에 보자, 카셀. 재미있는 얘기 잔뜩 듣고 가마."

하늘 산맥에서 불어오는 바람이 등을 떠밀며 마치 시나비아의 목소리를 실어 날라주는 기분이 들었다.

'당신의 모험에 나디우렌의 축복이 있기를.'

「Prologue. After war」 끝

◆Episode 1◆

# 안녕하세요, 여왕님

검은 머리의 소년은 아무리 높게 잡아도 열다섯 살 정도밖에 안 되어 보였다. 십 년은 객지 생활로 찌든 차림새였고, 얼굴은 1년쯤 씻지 않은 것처럼 더러웠다.

'저 옷도 입은 다음에 한 번도 안 빨았을 거야.'

에밀은 주저앉은 채로 소년의 머리부터 발끝까지 살폈다.

소년이 짊어지고 있는 누더기 배낭은 하도 많이 꿰매서 이젠 바늘로 쿡 찌르면 안에 든 물건이 터져 나올 것 같았다.

대신 그런 행색에 어울리지 않게 칼은 끝내줬다. 그리고 칼 솜씨는 더 끝내줬다. 어린아이 치고는 제법이다, 라는 수식어를 붙일 수도 없을 정도였다.

소년은 손에 묻은 피를 로브에 탁탁 털어 닦아내면서 힐끔하고 에밀을 쳐다보았다.

딱히 경계하는 눈빛은 아니었다. 그래도 에밀은 겁을 먹었다.

'설마 내가 다음 차례인 건 아니겠지?'

자신보다 대여섯 살은 더 어려 보였지만, 에밀은 그 아이와 자존심 싸움을 하고 싶은 생각이 요만큼도 없었다. 조금이라도 위협하면 달아날 생각이었다. 이놈의 후들거리는 다리가 움직여 줄 때 얘기겠지만.

여차하면 무기도 꺼낼 생각이었다. 치즈나 겨우 써는 주머니칼이었지만.

"저……."

에밀이 가까스로 입을 떼자, 소년이 손을 불쑥 내밀었다.

"내놔."

"뭐, 뭘?"

"돈이랑 먹을 거, 다."

에밀은 소년의 등 뒤에 죽어 있는 사내들을 넘어다보았다.

방금 전 그들도 에밀에게 돈과 먹을 것을 내놓으라고 협박했다. 물론 에밀은 있는 건 다 줄 생각이었다. 옷이랑 신발을 벗어달라고 해도 줄 생각이었다. 속옷만 남기고 다 털어가도 목숨만 살릴 수 있다면 그럴 수 있었다.

그런데 한 명이 에밀을 죽이자고 제안했다.

'오랜만이잖아. 사람 죽이는 거. 난 벌써 열흘째 한 명도 못 죽여 봤어!'

그 미친놈의 제안에 다른 세 미친놈이 논쟁을 펼치기 시작했다.

'가끔 칼에 피를 묻혀야 칼날이 잘 선다고 그러더라.'

'어떤 병신이 그러냐? 피 묻으면 칼날 녹슬어.'

'녹슨 건 네 칼솜씨고!'

그들은 짧게 투닥거리더니 대뜸 에밀에게 칼을 휘둘렀다.

에밀은 납작 엎드려 피했다. 보고 피한 건 아니었다. 그냥 그게 그가 할 수 있는 전부였다.

겁에 질린 나머지 몸이 굳은 에밀은 그 후 달아나지도 못했다. 꼼짝없이 죽었구나 생각하고 고개를 들어보니 그 소년이 나타났다.

소년은 다짜고짜 그들 넷의 목에 칼을 찔러 넣었다. 찔렀다 빼는 속도가 어찌나 빠르고 정확한지, 에밀이 곡괭이질을 한 번 하는 것보다 그 애가 네 번 칼질하는 게 더 빨랐다.

네 번째 녀석은 아예 목이 잘려 나갔다. 그때 튀어 오른 피가 나무 잎사귀를 타고 끈적끈적하게 떨어지고 있었다. 5분 전만 해도 청량감 가득했던 숲은 어느새 피 냄새가 진동하고 있었다.

웩.

자신에게 돈과 먹을 걸 요구하던 놈들이 이 소년에게 죽었는데, 지금 그 소년이 다시 돈과 먹을 것을 요구하고 있었다.

에밀은 겁에 질려 말했다.

"도, 돈은 없고 내가 가진 건 딱 두 가지뿐이야."

"뭔데? 별거 아닌 거면 가만 안 둔다?"

소년의 칼 솜씨에 비해 위협하는 솜씨는 대단치 않았다. 차라리 방금 전 죽은 강도들이 병신 같은 논의를 할 때가 더 무서웠다.

"하나는 빵."

에밀은 가방에서 빵 조각을 두 개 꺼내며 말했다.

소년이 낚아채듯 빵을 가져갔다.

"또 하나는?"

"……또 하나는 이야기야."

소년은 별 바보 같은 소리 다 듣겠네 하는 표정으로 물었다.

"그런 거 필요 없어. 돈 없는 거 맞아?"

에밀은 가방을 탈탈 털어 보였다. 약간의 빵가루와 공짜로 줘도 안 가져갈 잡동사니만 조금 떨어졌다.

소년은 빵을 한입 뜯으며 에밀을 노려보았다. 에밀은 제자리 뜀뛰기까지 해서 동전 한 푼 없음을 증명했다.

"봤지?"

그제야 소년은 돌아섰다. 에밀은 겨우 안도하며 다시 배낭을 꾸렸다.

소년은 칼을 들고 죽은 사내들 주위를 돌아다녔다. 그것만으로도 에밀은 소름이 끼쳤다.

소년은 시체를 하나씩 살펴보더니 그중 한 명의 어깨를 발로 밀었다. 엎드려 있는 시체의 얼굴이 보이게 돌리고 있는 것이었다.

소년은 손에 들고 있는 빵을 입에 물더니 두 손으로 칼을 쥐었다.

"저, 지금 뭐 하는……."

소년이 칼을 휘둘러 목을 내리쳤다.

"으윽!"

에밀은 뒤로 물러나 고개를 돌렸다.

소년은 아직 덜 잘린 목을 향해 한 번 더 칼질을 했다. 그렇게 잘린 머리는 가죽 주머니에 담았다. 그 작업을 하면서 소년은 계속 빵을 물고 있었다.

에밀은 일부러 딴 곳을 보며 물었다.

"뭐, 뭘 하는 거야, 지금?"

"현상금 받으려면 머리가 필요해."

"아아. 유, 유명한 도적들인가 보네?"

"유명하진 않아도 현상금이 꽤 많아. 레드 게이트의 하이로드는 영지 내 도적들을 철저히 관리하거든."

"아, 그럼 날 구해준 게 아니라……."

소년이 칼을 도로 치켜드는 바람에 에밀은 깜짝 놀라 입을 다물었다. 하지만 소년은 그저 피 묻은 칼을 풀숲에 문질러 닦을 뿐이었다. 그리고 칼을 들어 날을 한 번 확인했다. 아직 덜 닦였지만 만족한 듯 그냥 칼집에 꽂아 넣었다.

소년은 머리가 든 가죽 주머니를 손에 쥐고 돌아섰다.

'그냥 가려나 보다. 다행이다.'

에밀은 안도의 한숨을 내쉬었다. 그러다 생각을 바꾸었다.

"저기, 있잖아!"

소년은 만사가 귀찮다는 표정을 드러내며 돌아보았다.

"뭐?"

"레드 게이트의 하이로드라면 아라딜을 말하는 거지?"

소년은 자세히 보지 않으면 분간도 안 될 정도로 살짝 고개를 끄덕였다.

"그럼 그……."

에밀은 피 뚝뚝 떨어지는 가죽 주머니를 슬쩍 가리키며 말을 이었다.

"……머리를 들고 가는 곳은 아라딜의 성이겠네?"

에밀은 하이로드의 이름을 딱 두 명 알았다. 사실 나머지도 다 알고 있었는데, 지금은 경황이 없어서 그 둘밖에 기억이 안 났다.

레드 게이트의 하이로드, 아라딜.

화이트 게이트의 하이로드는 아란티아의 여왕 새나디엘.

"그래야지. 현상금 주는 곳이 거기니까."

"나도 거기로 가는 길이거든."

"그래서 뭐?"

"같이 가지 않을래?"

그 제안에 소년은 눈을 무섭게 치켜떴다.

에밀은 침을 꿀꺽 삼키고 소년의 대답을 기다렸다.

"너랑 같이 가야 할 이유를 모르겠는데?"

"어차피 갈 길이니까 동행을 하자는 거지."

"그러니까 왜 내가 그래야 하는데? 그렇게 하면 나한테 무슨 이득이 있지? 돈 줄 거야? 너 돈 없다면서?"

에밀은 잠시 말문이 막혔다.

소년이 돌아서려 하자 에밀은 다시 용기를 냈다.

"돈은 없지만 이야기가 있어. 아까 말했지? 나한테는 빵과 이야기가 있다고."

"난 옛날 얘기 따위 질색이야. 만날 공주님이 왕자님과 사랑에 빠지지."

소년은 가래침을 카악 뱉었다. 하지만 소리 내는 모양새가, 그냥 어른 흉내에 불과했다.

"노래라면 더 질색이다. 만약 음유시인 같은 놈들한테 현상금 걸리면 난 제일 먼저 달려갈 거야!"

"그거 참 안됐구나. 이야기의 즐거움을 모르다니. 하지만 내 얘기를 듣고 나면 생각이 조금 달라질걸."

소년은 칼을 도로 뽑아들었다. 아직 칼날에는 피가 묻어 있었다.

"싫다고 했지?"

에밀은 얼른 주머니에서 하얀 손수건을 꺼내 흔들었다.

"그건 뭐야? 항복이라고?"

"이 손수건에 관련된 얘기인데 말이야."

"너 진짜 죽을래?"

"이 손수건을 아라딜에게 갖다 주면 금화 오십을 줄 거야."

소년은 잠깐 멈칫했다. 그리고 웃음을 터트렸다.

"이 도적 목 하나에 얼마인 줄 알아?"

소년은 머리가 든 가죽 주머니를 흔들었다. 피가 튀자, 에밀은 질색하며 고개를 뒤로 물렸다.

"그, 글쎄?"

"금화 열이다. 아무리 현상금을 후하게 거는 아라딜이라도 사람 목숨 하나에 금화 열이라고."

소년은 턱짓으로 에밀이 든 손수건을 가리키며 말을 이었다.

"그런데 고작 그런 헝겊 쪼가리 하나에 금화 오십?"

"협상만 잘하면 그 두 배일 수도 있고."

소년은 긴 호흡을 내뱉었다.

에밀은 씨익 웃어 보였다.

"얘기 듣고 싶어졌지?"

그러자 소년이 칼날을 얼굴 바로 앞까지 들이밀었다.

에밀은 웃음을 거두고 눈을 질끈 감았다.

"눈 뜨고 잘 봐. 여긴 하루 종일 기다려도 지나가는 사람들이 한두 명 있을까 말까 한 숲이야. 목격자 같은 건 없을 거야. 그러니까 나도 증거로 목을 들고 가는 거지."

소년은 현실적인 협박을 이어갔다.

"게다가 너 하나 죽어봐야 도적들에게 죽었거나 아니면 그놈들과 한 패거리라서 죽었나 보다 하지, 네가 왜 죽었는지 열심히 조사할 사람도 없을 거야."

소년은 칼을 까닥거렸다.

"무슨 뜻인지 알지?"

에밀은 침을 한 번 삼키더니 고개를 끄덕였다.

소년은 칼을 집어넣더니 말했다.

"해 봐. 그 금화 오십짜리 얘기."

"아, 그전에……."

에밀은 주위를 돌아보며 솔직하게 말했다.

"자리를 좀 옮기면 안 될까? 나 이런 광경 별로 익숙하지 않아서……."

소년은 고갯짓을 하며 앞장섰다.

"따라와."

"우선 레드 게이트의 군주 아라딜에 대해 설명하자면……."

숲을 걸어가며 에밀이 얘기를 시작했다.

"재미없어."

소년이 중간에 말을 끊었다.

"뭐! 아직 얘기 시작도 안 했는데?"

"내가 얘기 듣는 거 별로라고 했잖아. 설명 듣는 건 더 싫어."

에밀은 주눅이 들어 더 얘기하지 못했다. 그렇다고 당장 소년이 뭔가 저지르지는 않았다. 그냥 한동안 숲길을 걷기만 했고, 에밀도 말없이 뒤를 따랐다.

한 시간쯤 걷자 숲을 벗어날 수 있었다. 시야를 가리는 나무들이 끝나고 넓은 평지가 나오자, 에밀은 마치 지금까지 누가 코를 막고 있기라도 한 듯 숨을 몰아쉬었다.

"고마워. 덕분에 위험한 곳을 벗어났어."

"애초에 여길 지나간 것부터 바보짓이었다. 여긴 나도 조심하는 곳이야."

"너처럼 대단한 검술가도?"

"활 맞으면 나처럼 대단한 녀석도 죽지."

"아, 그렇구나."

"너 바보구나?"

"그쪽으로는 바보야."

"다른 쪽으로는 아니고?"

"그럴지도."

"이런 바보 같은 얘기는 관둘래. 이제 넌 너 갈 길 가고 난 나 갈 길 가면 돼."

소년은 잘린 머리가 든 자루를 들고 성큼성큼 걸어갔다. 따라오지 말라는 듯 걷는 속도가 빨랐다.

"그런데 머리는 왜 하나만 가져가?"

에밀이 졸졸 따라가며 물었다.

소년은 귀찮아하면서도 대답해줬다.

"현상금 걸린 게 얘 하나라서."

"동료 같던데 같이 현상금 걸린 게 아니었어?"

"모르긴 해도 아마 동료는 아니었을 거야. 만약 다른 세 녀석이 이 녀석 목에 현상금 걸린 걸 알았다면 현상금은 오늘 나한테 죽은 그놈들 몫이었겠지."

"너 사람 많이 죽여 봤겠다?"

"먹고살 만큼은 죽여 봤지."

"어쩌다 이 길로 빠진 거야?"

소년은 걸음을 멈추고 돌아보았다.

"이 길?"

"내 말은, 어, 그러니까, 현상금 사냥꾼 같은 거 말이야."

소년은 네 명을 그 자리에서 아무렇지도 않게 죽일 수 있는 칼잡이다운 눈빛을 보였다. 에밀은 혼자 두근두근하면서 대답을 기다렸다. 하지만 전혀 상관없는 질문이 붙었다.

"너 왜 자꾸 따라와?"

"아, 아마 같은 길이라서?"

에밀은 더듬거렸다.

"난 네 금화 오십짜리 얘기를 듣겠다고 했지, 내 얘기를 캐물어도 된다고는 하지 않았어!"

"미안해. 하지만 내 얘기는 네가 안 듣겠다고 한 거잖아."

"재미없으니까! 손수건 얘기도 거짓말이지?"

소년이 눈을 가늘게 뜨고 노려보았다.

에밀은 어색하게 웃으며 뒤통수를 긁적였다.

"모든 얘기는 순서가 필요한 법이야."

"나한테 그렇게 말한 검술 선생은 나한테 죽었어."

"왜…… 죽였는데?"

"선생은 늘 내게 검술에는 순서가 필요하다고 말했는데, 난 아니라고 했거든. 순서가 왜 필요하지? 사람은 목을 찌르면 죽어."

"그야 그렇겠지."

"배를 찌르면 좀 오래 걸리고."

"음, 그것도 그렇겠지……."

"베는 건 위험해. 칼이 박혀서 안 빠져 나올 때가 있으니까."

"으음."

에밀은 신음을 내뱉었고 소년은 계속 얘기했다.

"그렇게 말했더니 검술 선생이 비웃으면서 자길 한번 찔러 보래. 그럼 내 말을 인정해 주겠다나? 그래서 하라는 대로 했지. 그런데 인정해 주지 못했어."

"왜?"

"그 한 방에 죽었으니까."

에밀은 등골이 오싹했지만 지적하지 않을 수가 없었다.

"그거 너 몇 살 때 일이야?"

"몰라. 열 살이던가? 한 3, 4년 전 일이었던 것 같아."

"거봐. 방금 네 얘기는 네 나이라는 배경 설명이 반드시 필요했어. 그래야 검술 선생이 네게 칼을 찔러보라고 말하는 부분이 납득이 가거든."

소년은 짜증을 냈다.

"알아들었잖아? 그럼 되는 거지."

"그렇긴 해."

"넌 복잡하게 말하는 거 좋아하는구나? 그래서 손수건이 왜 금화가 되는지도 간단하게 설명 못 하는 거지?"

"음, 네 말이 맞아. 찌르면 사람은 죽는다? 정말 간단하면서도 강렬하구나. 네 검술처럼 나도 얘기를 간단하게 줄이는 법을 배울 필요가 있겠어."

"뭘 혼자 감탄하고 지랄이야?"

소년은 투덜대며 혼자 앞서가기 시작했다.

에밀은 혼자 남는 게 무서워 서둘러 소년의 뒤를 쫓아갔다.

"그거 알아? 레드 게이트의 하이로드, 아라딜은 내기를 밥 먹기보다 좋아한대."

에밀은 다시 얘기를 시작했다.

소년은 인상을 찌푸렸다.

"또 거기서부터 시작이야?"

"아니. 아까는 레드 게이트와 화이트 게이트의 차이와 설정으로 얘기를 시작하려고 했어. 하지만 지금은 뺐지. 네 말이 맞는 것 같아서."

"흐음, 그래서?"

"젊은 시절에는 자기 약혼녀를 걸고 내기를 한 적도 있었대. 그것만 봐도 내기를 얼마나 좋아하는지 알 수 있지."

에밀은 소년이 또 중간에 얘기를 끊을까 봐 말을 빨리했다.

"아라딜은 내기를 해서 뭔가를 따내는 게 좋은 게 아니라, 상대의 굴복을 즐기는 모양이야."

"아무리 귀족이라도 자기 여자를 막 내기에 걸어도 되는 거야?"

마침내 이 소년은 얘기를 듣기로 결정한 모양이었다.

"당연히 안 되지. 그 일 때문에 가문에서 퇴출당할 뻔했다더라고. 하지만 제 버릇 개 주진 못하고, 지금까지도 무모한 내기를 자주 했다더라."

"그런 소문은 조금 들어본 것 같아."

"그런데 최근에는 무려 게이트 운영권을 놓고 다른 하이로드들과 주사위 게임을 하려고 했대."

"게이트 운영권이 뭐야?"

"통행세 같은 거 말이야. 게이트 지나갈 때 돈 내잖아."

"난 한 번도 통행세 같은 거 내 본 적 없는데?"

에밀이 의아해하며 물었다.

"너 아란티아 사람 아니야? 한 번쯤은 게이트 이용해 봤을 거 아니야?"

"난 다른 길로 다녀."

"게이트를 통과하는 길이 아니면 위험하다던데?"

소년이 힐끗 돌아보았다.

에밀은 즉시 사과했다.

"미안해. 네 실력이면 위험할 이유가 없겠네."

"그런데 하이로드가 그런 운영권을 내기에 걸어도 되는 거야?"

"당연히 안 되지! 다른 하이로드들은 하기 싫어하기도 했고. 그런데 아라딜이 집요하게 하자고 괴롭히는 거야. '이 겁쟁이들, 나한테 지는 게 겁나냐!' 이러면서."

소년이 아주 짧게 키득거렸다.

에밀은 못 본 척하고 얘기를 이어갔다.

"그래서 다른 게이트의 하이로드들이 여왕에게 청원을 했대. 아라딜 좀 말려달라고."

소년은 이미 뒤를 알겠다는 듯 고개를 끄덕였다.

"여왕이 못 하게 해서 소동이 끝났겠군?"

"아니. 말리지 않았어. 여왕은 아라딜에게 이런 편지를 쓴 거야. '아라딜. 내기는 나랑 합시다. 나와 게임을 해서 진 쪽이 이긴 쪽의 소원을 들어주기로!' 그러자 아라딜은 당장 여왕의 도시, 나디움으로 달려갔지. 그렇게 해서 만난 둘은……."

에밀은 소년이 뒤를 돌아보며 걸음을 멈추는 바람에 얘기를 멈췄다.

초원에 시원한 바람이 불어와 두 사람의 땀을 식혔다.

"뭔가 얘기가 빠진 것 같은데?"

"뭐가?"

"여왕이 뭐 하러 굳이 그래? 그냥 하지 말라고 윽박지르면 그만이잖아? 여왕이니까!"

소년은 생각할수록 이상하다는 듯 말을 이었다.

"게다가 내기를 못 하게 하겠다면서 내기를 하자고 했다고?"

에밀이 어깨를 으쓱했다.

"그래서 내가 모든 얘기에는 순서가 필요한 법이라고 했잖아."

소년이 눈살을 찌푸렸다.

"아라딜은 늘 여왕과 내기를 하고 싶어 했어. 아주 오래전부터, 그러니까 아라딜이 너보다 어렸을 때부터 말이야."

이번엔 에밀이 앞서 걸으며 얘기를 이어갔다.

"그때마다 새나디엘 여왕은 정중히 거절했고, 아라딜은 매번 실망했는데 마침내 여왕이 먼저 요청해 왔으니 거절할 이유가 없었지. 영지의 중요한 업무를 다 팽개치고 달려온 아라딜은 여왕에게 인사도 제대로 하기 전에 카드부터 펼쳐 놓았어. 그리고 게임을 시작하기 전에 소원부터 말했지. '내 소원은 폐하의 옷이오!' 하고."

"그 사람이 그런 취미가 다 있었어?"

소년이 놀라 물었다.

"아내 선물이래."

"다른 여자가 입은 옷으로 마누라 선물을 하겠다는 거야?"

소년이 의아해했다.

에밀은 깔깔대고 웃었다.

"그렇게 생각할 수도 있겠군. 어쨌든 아라딜의 혼자 생각만이 아니라, 아내의 부탁이기도 했대."

"애처가라는 소문은 들은 적이 있어."

"결혼하기 전의 아내를 내기에 걸었던 죄책감도 조금 있었다고 생각해. 그런 아내가 여왕의 옷을 한번 입어 보는 게 소원이라니, 내기로 걸 만하지. 사실 아라딜은 2년 전부터 옷을 대여해 달라고 공식 문서까지 작성해서 보냈을 정도였대."

"하이로드의 아내라면 돈도 많을 텐데, 그냥 사면 되지 않아?"

"아무래도 여왕의 옷이니까. 게다가 옷 만드는 게 취미래. 빌려서 따라 만들고 싶었던 것 같아."

"그래서 아라딜과 여왕이 카드 게임을 한 거지? 어떻게 됐어?"

"여왕이 이겼어."

"그게 다야?"

"응."

소년은 실망하며 물었다.

"보통은 그 부분이 얘기의 하이라이트 아니야?"

"내가 게임을 직접 본 건 아니니까."

"흐음."

앞서가던 에밀이 뒤를 힐끗 돌아보니 소년은 얼굴을 찌푸리고 있었다. 에밀은 소년이 흥미를 잃기 전에 얼른 얘기를 이었다.

"여왕은 승자의 권리로 소원을 말했어. 하이로드들과의 내기를 금지시킨 거야."

"난 내기 도박으로 인생 망친 사람을 서른 명쯤 알아. 절대 끊을 수 없지. 남이 하지 말란다고 안 할 수 없어."

소년은 예순 넘은 노인처럼 말했다.

"그건 여왕도 알고 있었던 것 같아. 사실 아라딜이 내거는 내기는 레드 게이트 사람들한테 꽤 재미있는 이벤트가 됐다고들 하니까."

"자주 있었던 일이지. 빨간 리본을 묶은 돼지를 잡는 사람에게 금화 한 개를 준다거나, 자두 맞추기 활쏘기 대회라거나……."

"참가해 본 적 있어?"

"나이 제한 때문에 못 했어."

소년은 중얼중얼 말하다가 에밀이 걸음을 멈춘 걸 발견하고 같이 멈췄다.

"왜?"

에밀은 갈림길을 가리키며 물었다.

"어느 쪽으로 가야 돼?"

"왼쪽."

에밀이 앞장서서 왼쪽 갈림길로 걸었다.

소년은 에밀의 옆에 따라 붙었다.

"그래서 여왕이 내기 도박을 금지시킨 걸로 얘기가 끝난 거야?"

"네 말마따나 도박에 중독된 사람은 끊으란다고 끊지 않아. 그래서 여왕은 석 달에 한 번, 자기하고만 카드 게임을 할 수 있게 허락해 줬대. 마을 사람들을 즐겁게 해주는 이벤트까지 금지시킨 것도 아니고."

"그렇군."

소년은 고개를 끄덕였다. 그러다 갑자기 손에 들고 있는 사람 머리가 들어 있는 가죽 주머니를 휘저으며 물었다.

"잠깐. 이 얘기가 손수건이랑 무슨 상관이야?"

"이제부터가 그 얘기야."

에밀은 엄지를 치켜세운 다음 자신을 가리켰다.

"내 얘기이기도 하고."

자신 있게 말하긴 했지만 절로 소년의 눈치를 보게 됐다.

소년은 얘기를 재촉하는 시선으로 커다란 눈을 깜빡거렸다.

'다행이다. 계속 들어줄 건가 봐.'

에밀은 걸음을 빨리했다.

'얘기 끝나기 전에 아라딜의 성에 도착하면 좋으련만.'

*에밀이 도적들을 만나 죽을 뻔하다가 소년의 도움을 받아 살아남기 일주일 전.*

에밀은 화이트 게이트 안에 위치한 여왕의 도시 나디움에서, 일주일 후 벌어질 일은 꿈에도 모르고 한가롭게 폭포를 바라보고 있었다.

"우와, 끝내준다. 이게 아란티아 여행의 백미로구나!"

카모르트 출신 에밀은 아란티아를 여행하면서 비로소 이 나라의 영토 체계를 알았다.

카모르트는 수많은 귀족들이 무수히 쪼개진 영지를 관할한다. 반면 아란티아는 다섯 개의 '게이트'로 나눠진 다섯 개의 영지를 다섯 명의 '하이로드'라는 귀족이 관장하고 있었다.

여왕의 도시 나디움을 감싸는 성이 화이트 게이트, 화이트 게이트를 감싸는 성이 골드 게이트, 그것을 감싸는 성이 레드 게이트, 그다음 그레이 게이트, 그다음 블루 게이트가 감싼다. 각 게이트 사이의 거리가 며칠 거리라는 점만 빼면, 에밀은 이 구조가 나디움이라는 도시를 감싸는 양파 껍질 같다는 생각이 들었다.

에밀은 각 게이트를 통과할 때마다 나디움의 아름다움에 대해 귀에

못이 박히도록 들었다. 그런 나디움의 중심에 바로 이 폭포가 있었던 것이다.

여왕의 성 뒤편에 버티고 있는 산에서 성안으로 폭포가 떨어지고, 폭포가 만든 연못은 정원으로 이어지고 연못에서 흐르는 물줄기는 성 밖으로 이어져 나디움을 가로질러 흘렀다.

에밀은 폭포를 바라보다가 갑자기 떠오른 듯 허둥대며 배낭을 열었다.

"어? 어디 갔지?"

에밀은 몇 번 더 뒤적이다가 그냥 안에 든 물건들을 다 끄집어내기 시작했다.

일주일 동안 빨지 않은 수건과 옷을 시작으로, 이젠 버려도 아무도 안 집어갈 여분의 신발 두 켤레, 낡아서 언제 끊어질지 모를 밧줄, 빵 한 조각과 바꾼 목각 인형, 지나가는 장사꾼이 짐 날라줘서 고맙다는 뜻으로 준 기름병…….

마지막으로 꺼낸 것은 술이 든 가죽 주머니였다.

"휴우, 여기 있었군. 놓고 온 줄 알았네."

에밀은 안에 든 술의 양을 흔들어서 체크했다.

"좋아. 새지도 않았고."

에밀은 헝겊으로 돌돌 말아둔 나무 술잔을 꺼내 폭포수 아래 고인 연못 물에 씻었다. 잔을 씻으면서도 그의 시선은 폭포를 향하고 있었다.

에밀은 다시 배낭 옆에 앉아 잘 씻은 나무 잔에 술을 따랐다.

"자, 그대의 아름다움에 건배!"

에밀은 폭포를 향해 잔을 한 번 내민 다음 한 모금 들이켰다. 그리고 있지도 않은 음악을 감상하기라도 하듯 몸을 좌우로 까닥거리며 흐뭇하게 웃었다.

"당신 거기서 뭐 하는 거야?"

뒤에서 여자의 목소리가 들렸다. 돌아보니, 한 여자가 열 걸음쯤 떨어진 자리에 팔짱을 끼고 서 있었다.

복장으로 미루어 보아, 시녀 같았다. 폭포 쪽에서 바람이 불어와 치마를 흔들었지만, 그녀는 치마를 쥐는 동작 한 번 보이지 않고 에밀을 노려보기만 했다.

외모만 보자면 자신보다 두어 살 정도 더 많겠다 싶었지만, 눈동자만큼은 날카롭고 예리해 나이 측정이 불가능했다. 더 많을 수도 있고, 의외로 더 어릴 수도 있겠다 싶었다.

에밀은 웃으며 인사했다.

"안녕하십니까? 역시나 아름다우신 나디움의 또 다른 시녀님. 저는 카모르트에서 온 가난한 여행자입니다."

"또 다른? 여기 오는 동안 시녀를 여럿 만났나 보지?"

"두 명이요. 여기까지 안내해 주었죠."

"안내라고? 널? 여기까지? 그냥?"

그녀는 빠른 어조로 물었고, 에밀은 상대적으로 느릿느릿 대꾸했다.

"그냥이라면 그냥이라고 할 수 있죠. 친절했고요."

"그 두 명이 누군데?"

"그걸 왜 묻나요?"

"너 같은 이방인을 여기까지 안내한 벌을 내려야 하니까!"

"그럼 말 안 할래요."

그녀는 잠시 에밀을 노려보더니 물었다.

"그럼 그건 됐고, 지금 뭐 하고 있는 거지?"

"지금 저는 제 인생에서 가장 즐거운 한때를 보내고 있습니다."

"술 마시면서 폭포를 바라보는 게 그렇게 기쁜 일인가?"

"그렇다마다요."

시녀는 폭포를 힐끗 올려다보고 도로 에밀을 돌아보았다.

"난 하루에 열 번도 넘게 지나치지만 그렇게 대단하다는 생각은 안 드는걸?"

에밀은 손가락으로 폭포를 가리켰다.

"어떤 사람에게는 큰 감동을 안겨주는 그림이 어떤 사람에게는 낙서에 불과할 것이고, 어떤 사람에게는 끝내주는 음악이 다른 사람에게는 소음이 될 수도 있지요."

"그래서 댁은 이 폭포가 끝내준다?"

시녀가 물었다.

에밀은 고개만 끄덕였다.

"그런데 술은 왜 마셔? 그것도 미친 사람처럼 실실 웃으면서."

"이봐요, 시녀님. 당신은 여태껏 제가 본 중 가장 아름다운 여인이며, 시녀가 아니라 공주님이라고 여겨도 될 정도로 품격 있는 목소리로 말하고 있지만, 적어도 지금 이 순간 저 폭포에 취해 있는 절 괴롭힐 정도는 아니에요. 그러니 잠시만 조용히 계셔주시겠어요?"

시녀는 어이가 없어 입만 딱 벌렸다.

에밀은 도로 폭포 쪽으로 시선을 돌리고 술잔에 남은 술을 여러 차례 나눠 마셨다.

에밀은 잘게 튀는 폭포의 물방울이 머리카락을 푹 적실 무렵이 되어서야 자리에서 일어났다. 돌아섰더니 시녀는 아직도 그 자리에 서 있었다.

“어? 아직 계셨군요.”

“웃기지 마.”

“네? 뭐가요?”

“내가 여기 있었다는 거 알고 있었으면서 모른 척하고 있잖아.”

“아니, 정말 몰랐는데요. 물론 폭포에 집중하려고 시녀님이 없어져 주길 바라긴 했지만요. 그런데 왜 계속 거기 계셨어요?”

“당신은 외부인이고 외부인이 성안을 혼자 돌아다니게 둘 수는 없으니 서 있었던 거야. 그리고 당신한테 할 말이 있었는데, 들어주질 않아서 기다릴 수밖에 없었지.”

“아아, 그랬군요. 죄송해요. 하지만 이 순간 저 장관을 놓치면 평생 후회할 거라고 생각했거든요.”

에밀은 술잔을 들어 보였다.

“이미 술도 두 잔 정도밖에 남지 않아서 각별히 아껴야 할 판에 시녀님의 말을 들었다가는 또 한 잔을 따라야 하죠. 그러면 제 계획은 완전히 틀어져 버리지요. 그래서 가급적 아무도 없다고 생각하기로 했죠. 딱히 시녀님을 무시한 건 아니었어요.”

“술 마시는 것도 계획을 세워 가며 마셔?”

“안 그러면 모자라게 되니까요.”

“다 떨어지면 또 구하면 되지.”

“돈이 없는걸요. 있다 해도, 이건 아버지께서 직접 담근 술인데 전 아직 이것보다 좋은 술은 만나보지 못했어요."

에밀은 술이 들어 있는 가죽 주머니를 들어 보였다.

"이 여행은 아버지가 반대하신 여행인데, 전 일부러 아버지께서 아끼는 최고의 술을 몰래 담아 왔죠. 그리고 앞으로 어떤 멋진 장관을 보게 되면 그때마다 한 잔씩 마시자, 그리고 집에 돌아갈 무렵에 빈 술 주머니를 보며 그 순간의 장관을 하나하나씩 되짚어 보자 하는 계획이지요."

에밀은 벌써 그 순간을 음미하듯 눈을 감았다.

"그럼 여행이 끝나 집에 돌아가서 아버지한테 두들겨 맞아도 버틸 수 있을 것 같거든요."

"추억을 떠올리는 계획이라면 차라리 그림으로 그려두지그래?"

"그림 잘 못 그려요."

에밀은 술잔을 씻고 가죽 주머니와 함께 가방에 넣었다. 그리고 꺼내 놓은 물건들을 도로 차곡차곡 넣으며 중얼거렸다.

"어쨌든 큰일이에요. 이제 두 잔밖에 안 남았거든요."

"앞으로 세 번의 장관을 만나게 되면 한 번은 놓치겠네?"

"그렇지요. 그나마도 한 잔은 가넬로크의 드래곤을 보면 마시기로 결정했거든요. 그러니 아란티아에서 마실 술은 한 잔밖에 안 남았어요. 아란티아에 오는 동안에 워낙 절경을 많이 봐 버려서……."

"그럼 그 한 잔은 뭘 보고 마실 거야?"

"당연히 아란티아의 여왕님이죠!"

에밀은 큰 소리로 말했다.

시녀는 한숨을 푹 내쉬었다.

"왜요?"

에밀은 불안한 목소리로 물었다.

"난 여왕님을 만나 뵙겠다고 찾아온 수많은 여행자들을 만나 봤지만 너처럼 멍청한 애는 처음이야."

에밀은 잠시 말문이 막혔다.

시녀는 폭포를 바라보며 말했다.

"너 때문에 여왕님은 오전 일과 중에서 가장 소중히 여기는 목욕 시간을 망쳤어. 그건 꽤 큰 죄야. 하지만 그 부분은 용서하도록 하지."

"죄송해요."

"용서한다고 했으니까 사과하지 않아도 돼."

"죄송해요."

"다음, 여왕님은 점심때 왕실 대장장이 르고와 점심 약속이 되어 있어. 그런데 너 때문에 그게 취소될 판이야. 그 부분도 용서하지. 어차피 르고는 아직 자고 있으니까. 이놈의 노인네는 약속을 지키는 꼴을 못 봤어!"

시녀는 얘기의 말미에 대뜸 소리를 질렀다. 폭포 떨어지는 소리를 이겨낼 정도로 소리가 쩌렁쩌렁 울렸다. 에밀은 자기도 모르게 숨을 헉 하고 들이마셨다.

"자, 다음, 여왕님은 저녁때 하이로드 아라딜과 카드 약속이 되어 있었어."

시녀의 말에 에밀이 할 말이 있다는 듯 손을 들었다. 그러자 시녀가 손을 내저었다. 에밀은 시무룩하게 손을 내렸다. 시녀는 계속 말했다.

"난 여왕님께 늘 '중대한 사안들이 널려 있는 바쁜 일정 속에서 하이로드와 카드놀이나 하는 게 잘하는 짓은 아니다.'라고 주장해 왔어. 하지만 아라딜을 내버려 두면 내기로 또 무슨 짓을 할지 모르니 어쩔 수 없이 허락하는 거야."

에밀이 또 할 말 있는 표정으로 입을 반쯤 열었다가 시녀가 노려보자 입을 다물었다.

"뭔데? 말해 봐."

"아니, 저……. 꼭 시녀님이 여왕님의 일정을 허락하는 것처럼 말씀하고 계셔서요."

"맞아. 내가 허락하는 거. 폐하께서 직접 일정을 정하면 엉망진창이 되거든. 그게 왜?"

"아닙니다. 아무것도. 계속 말씀하시죠."

시녀는 헛기침을 한 번 하고 말하려다, 인상을 구겼다.

"무슨 말 하려고 했는지 까먹었잖아!"

"그럼 저부터 얘기해도 될까요?"

"해 봐."

시녀는 팔짱을 끼고 쳐다보았다.

"하이로드 아라딜 대신 제가 왔습니다."

에밀이 말했다. 그러자 시녀가 손가락을 치켜들었다.

"그래, 그거!"

"네?"

"까먹은 얘기가 그거였어. 대체 여길 어떻게 들어온 거야? 통과해야 할 관문이 한두 개가 아닐 텐데?"

"허가증이 있어요."

에밀은 주머니에서 꼭꼭 접어둔 양피지를 꺼냈다.

"여왕님을 만날 허가증을 여왕님이 발행한 적이 있다고?"

"아니요. 아라딜이 발행한 문서예요."

에밀은 양피지를 시녀에게 내줬다.

그녀는 잠시 양피지의 내용을 확인했다.

'이 문서를 가지고 있는 사람은 나, 레드 게이트의 하이로드 아라딜을 대신하니 입성을 허락하여도 무방함.'

시녀는 양피지를 휙 던져버렸다.

에밀이 깜짝 놀라 소리쳤다.

"그거 정말 하이로드께서 작성한 문서인데요!"

"그래서 뭐? 난 이런 통행증 처음 본다! 아라딜 그 양반, 바보 아냐? 어디서 이딴 형식에도 안 맞는 문서를 너 같은 놈한테 들려 보냈대? 게다가 이런 양피지 쪼가리 한 장으로 여기까지 들어와 있다고? 말도 안 돼."

"뭐가 말이 안 돼요?"

"화이트 게이트 안에서는 여왕을 제외한 모든 이들이 평등해."

시녀는 도도한 시선으로 말했다.

"여기서는 레드 게이트의 아라딜이든, 울프의 기사든, 시녀든, 한쪽이 다른 한쪽에게 명령을 내릴 수는 없어. 그러니 하이로드가 발행한 허가서의 권한은 여기에서 통용되지 않아."

"아, 어쩐지 아무도 이걸 확인하려고 하지 않더라니."

에밀이 투덜대며 양피지를 집어 들었다.

"뭐야? 그걸로 여기 들어온 게 아니라고? 그럼 울프의 기사라도 쓰러뜨리고 여기까지 쳐들어 온 건가?"

"울프의 기사를 만나긴 했지만……."

"만나서?"

"들여보내줬죠."

"어떻게?"

시녀가 물었다. 에밀은 눈만 깜빡거렸다.

"대답하면 안 될 것 같은데요."

"어째서?"

"그 울프 기사들이 시녀님한테 혼날까 봐서요."

시녀는 헛기침을 하고 말했다.

"혼 안 낼게. 무슨 짓을 한 건지 말해."

"딱히 이상한 짓을 하진 않았어요. 그냥……."

"그냥?"

"……친해졌는데요."

시녀는 '푸하' 하고 짧게 웃음을 터트렸다. 하지만 눈빛은 여전히 날카로워 에밀은 눈을 똑바로 마주치기가 힘들었다.

"정리하자면, 아라딜이 발행한 허가서를 들고 화이트 게이트를 통과해 울프의 기사들과 시녀들의 안내를 받아 여기까지 들어올 수 있었다?"

시녀가 한 걸음 다가와 얼굴을 들이밀며 물었다.

"그런 셈이군요."

"그래서 그 목적은 여왕님을 만나 뵙고 술을 한잔하시겠다?"

"음, 틀린 말은 아니지만……. 네, 맞아요."

그녀는 한참이나 에밀의 얼굴을 뜯어보더니 뒤로 한 걸음 물러섰다. 숨도 못 쉬고 있던 에밀은 숨을 내뱉을 수 있었다. 잠깐 그녀가 가까웠던 순간의 향기가 남아 코끝을 간질였다.

"여왕님께선 자길 만나러 온 여행자가 구제불능 꼴통일 경우에는 엉덩이를 걷어차서 내쫓고, 적당히 멍청하면 밥이나 먹이고 내보내라는 명령을 하셨지."

에밀은 당황해서 물었다.

"전 어느 쪽인데요?"

"밥 먹었어?"

시녀는 한심해 죽겠다는 표정으로 등을 돌리며 물었다.

"아직 안 먹었는데요."

"잘됐네. 식은 고깃덩어리라도 줄 테니 그거나 먹고 나가."

"그, 그럼 전 적당히 멍청한 쪽인가요?"

"그게 중요해?"

"그럴 수는 없어요! 전 정식으로 허가서를 받고 들어온……."

"아까도 말했지만 그건 권유서야. 레드 게이트의 하이로드가 자신의 권한을 십분 발휘하여 '부디 이렇게 해주길 부탁합니다' 정도지, '해줘야 한다!'고 요구한 게 아니야."

"그럼 적어도 여왕님께 의사를 여쭐 수는 있지 않을까요?"

"내 의견이 곧 폐하의 의견이야. 당신을 여기 들여보낸 울프 기사들도 나중에 폐하께 벌받을 거야."

"혼 안 낸다면서요?"

"내가 안 낸다고 했지, 여왕님의 처벌을 피할 순 없어. 널 처벌하지 않고 내보내 주는 것에 감사하도록."

시녀는 몸을 휙 돌려 걸어갔다.

에밀은 뒤통수를 긁적이며 시녀의 뒤를 따라갔다. 혹시라도 말은 저렇게 해놓고 알현실 같은 곳으로 안내해주는 게 아닐까 하는 기대도 있었지만, 그녀는 정말로 주방으로 갔다.

"폐하의 명령이에요. 다들 나가요!"

시녀는 주방에 있는 일꾼들을 쫓아냈다. 다들 귀찮아하면서도 '명령'이라는 말에는 순순히 따랐다.

딱 봐도 주방의 대장쯤으로 보이는 요리사가 시녀에게 삿대질을 하면서 저항했다. 외국어라서 알아들을 수가 없었는데, 대충 '네가 뭔데 이래라 저래라야?' 하는 말 같았다.

시녀는 똑같은 외국어로 맞서 삿대질을 해댔다.

그 남자 요리사는 키가 2미터쯤 되는 근육질에 나이도 40대 후반 정도 되는데, 키 작고 아담한 어린 시녀는 전혀 기가 눌리질 않았다. 요리사는 투덜대며 결국 주방을 나갔다.

'음, 아까 화이트 게이트 안에서는 누구나 평등하다더니 진짜네. 시녀 주제에 수석 요리사와 싸우다니.'

시녀는 식은 고기를 화로에 얹어 적당히 데운 다음 접시에 얹어 좁은 식탁에 내려놓았다.

"먹어."

멀뚱히 식탁에 앉아 있던 에밀은 입맛을 다시며 말했다.

"이거 빨리 나가 달라는 재촉이군요?"

"눈치가 없진 않네."

시녀는 낡은 나무 탁자 맞은편에 앉았다.

“저, 그 허가증에 꼭 의존하는 건 아니지만 적어도 그 증서는 하이로드의 사신 자격을 갖는다고 아라딜께서 그러시던데…….”

에밀은 포크로 고기를 깨작거리며 변명조로 말했다. 시녀는 빨리 먹고 꺼져라 하는 얼굴로 두 손으로 턱을 괸 채 쳐다보기만 했다.

“네. 그 권한은 딱 화이트 게이트 통과까지라는 거죠? 알았어요. 먹고 갈게요.”

에밀은 포기하고 고기를 씹었다. 고기는 잘 씹어지지도 않을 정도로 질겼고, 제대로 데워지질 않아 안은 차가웠다.

주방 안은 에밀의 고기 씹는 소리만 들렸다. 그는 불편해서 여러 번 자세를 고쳐 앉았다.

“그나저나 너 같은 애가 대체 어떻게 아라딜에게서 그런 허가증을 얻어낸 거지?”

시녀는 좀 지루했던지, 입을 열었다.

“가짜는 아니잖아요.”

“맞아. 아라딜의 서명도 확실하고 인장도 확실했어.”

“그런데 그렇게 던져버려요?”

“아라딜한테 일러바칠 거야?”

“아니요.”

“그럼 됐네. 어쨌든 넌 하이로드의 사신이 아니잖아. 외국에서 온 여행자라며? 그런데 어떻게 그런 걸 가지고 있는 거야?”

“그야 아라딜께서 발행해 주셨으니까요.”

“어떻게? 돈? 돈으로 하이로드를 꼬셔 내려면 적어도 대상인이라 불리는 인간 다섯 명이 전 재산을 털어야겠지."

"네. 돈 많아 보이더라고요."

"협박했어? 아니야. 블루 게이트의 탈룬드나 그레이 게이트의 큐디노르라면 모르겠다. 그 아라딜을? 자기 딸이 납치됐어도 태연히 범인 수배 명령을 내리고 나중에 잡아 온 범인을 구두 굽으로 걷어차 턱뼈를 날려 버렸던 남자를?"

시녀는 흥분해서 떠들었다.

에밀은 멍청히 그녀의 말을 듣더니 고개를 끄덕였다.

"확실히 그 정도 카리스마는 있어 보이긴 했죠……. 음, 나 엄청 무서운 사람이랑 얘기했던 거구나?"

"그러니 말해 봐. 대체 어떻게 그 허가증을 받아 냈지?"

"음, 이봐요, 시녀님. 그렇게 윽박지를 필요는 없잖아요. 우선 와인이라도 한잔 줘요. 뭐 비싼 걸 달라는 건 아니고, 그냥 적당히 입술이라도 적실 정도로……. 도저히 씹은 고기를 삼킬 수가 없을 정도라고요."

"얻어먹는 주제에 까다롭네. 보통 그 경우에는 물을 달라고 해야 하지 않아?"

말은 그렇게 하면서도 시녀는 주방 옆에 있는 작은 창고로 들어갔다.

에밀은 고개를 쭉 내밀고 창고 안을 들여다보았다. 창고 안에는 치즈와 말린 고기, 햄이 주렁주렁 매달려 있었다.

시녀는 바닥에 있는 나무문을 들어 올렸다. 꽤 무거워 보이는 문인데도 한 손으로 벌컥 여는 것도 모자라, 한 손으로 문을 지지한 상태에서 안에 있는 와인을 다른 한 손으로 꺼내 들었다.

'나도 농사로 잔뼈가 굵었다고 생각했지만, 이건 뭔가, 완전히, 분명하게, 수준이 다르군.'

에밀은 깨달음을 얻은 듯 고개를 끄덕였다.

시녀는 무슨 와인인지 확인도 안 하고 코르크를 뽑아서 아무 잔이나 꺼내서 따라주었다.

"됐지요, 까다로운 손님분. 이제 말해 보시지요."

시녀는 비아냥거리듯 말했다.

"성질도 급하셔라. 그러고 보니 우리 서로 소개도 안 했군요. 성함이 어떻게 되세요?"

에밀이 물었다.

"쉐라."

"음, 좋은 이름이군요. 제 이름은……."

"네 이름 따윈 듣고 싶지 않아. 난 업무상 기억해야 할 이름이 천 명도 넘는데 거기에 쓸데없는 이름을 들여놓고 싶지 않으니까. 아라딜 얘기나 해 봐."

에밀은 또 한 번 기가 질려 더 묻지도 못하고 일단 내온 와인부터 한 모금 했다. 그리고 흠칫 놀랐다. 아무거나 꺼내 온 줄 알았는데 기가 막히게 맛 좋은 와인이었다.

"호, 혹시 실수로 너무 좋은 술을 가져온 거 아니에요?"

"몰라. 아무거나 달래서 아무거나 준 거야. 그러니까 아무렇지도 않게 마시면 되지."

"으음."

에밀은 또 말문이 막혀 와인을 한 모금 했다.

"빨리 얘기 해."

"좀 먹고요. 사실 아까부터 배가 너무 고파서."

에밀은 겁먹은 눈으로 허둥지둥 고기를 썰어 입에 넣었다.

쉐라는 차가운 눈으로 쳐다보다가 말했다.

"난 어서 폐하께 돌아가서 당신을 돌려보냈다는 보고를 해야 해. 그리고 오늘은 특히 일정이 많은 날이지. 빨리 말 안 하면 이 와인병으로 댁의 머리를 후려쳐버릴 거야."

쉐라는 진짜로 와인병을 움켜잡았다.

"혹시나 해서 말해두지만, 그냥 하는 위협이 아니야. 난 울프 기사단 시험 보면 언제든지 합격할 수 있는 몸인데, 여왕님이 좋아서 시녀 노릇하는 여자니까."

에밀은 마시려던 와인잔을 내려놓고, 잽싸게 말했다.

"내기했어요."

쉐라가 와인병을 내려놓고 물었다.

"그러니까 아라딜과 내기를 해서 허가증을 받아 냈다?"

"바로 그렇습니다. 이제 먹어도 돼요?"

쉐라는 병을 내밀었고, 에밀은 빈 잔을 내밀어 와인을 받았다.

쉐라는 잔을 채워주고 물었다.

"그게 무슨 내기였는데?"

"무슨 내기였는지……."

에밀은 새로 채운 와인을 한 모금 마시고 말했다.

"맞혀 봐요."

“부엌에서 뭘 하고 있는 거냐?”

한 덩치 큰 남자가 들어와 물었다.

쉐라는 청년을 노려보는 시선 그대로 그를 돌아보았다.

“마스터 그란돌, 혹시 별 죄도 없는 사람을 뒈지게 패 버리고 싶을 때 있어요?”

“으음, 이 성안에서 쓰기에는 참으로 부적절한 단어를 쓰는구나……, 쉐라.”

그란돌은 쉐라의 이름을 말하면서 약간 더듬었다.

쉐라가 대답을 재촉했다.

“있어요, 없어요?”

“있지. 그것도 아주 많이……. 그런데, 그건 왜?”

“지금 제가 그렇거든요. 어떻게 하면 좋을까요?”

“흐음. 보통은 참아야지. 죄가 없는데 패면 그게 죄니까…….”

“당연한 소리를 하시네?”

“지금 이 상황이 대체 무엇이냐?”

그란돌이 약간 화난 얼굴로 돌아보자, 에밀은 와인잔을 입술에 댄 채로 얼어붙었다.

그란돌은 눈매만 보자면 옆집에 사는 맘씨 좋은 나무꾼 아저씨였다. 하지만 성에 들어와 친해진 울프 기사들이 해 준 얘기를 빌리자면, 그는 존재 자체가 불가능한 검의 실력자였다.

검의 신이 인간 세상에 잠시 내려와 그란돌을 제일 처음 만나면 그 길로 집에 돌아가 이불 속에 얼굴을 처박고 울 거라는 농담도 있었다.

무엇보다 그는 아란티아 여왕의 수호기사였다!

"저분이 마스터 그란돌이십니까? 와아, 이거야……. 처음 뵙겠습니다. 이거 참……."

에밀은 옆에 내려놓은 배낭을 들어 안에서 주섬주섬 술 주머니를 꺼냈다가, 망설인 다음 도로 집어넣었다.

쉐라는 그의 어수선한 모습을 한참 지켜보다가 물었다.

"마시려고?"

"마실 만한 분을 만났으니까."

에밀은 아쉬운 듯 말을 이었다.

"하지만 역시 두 잔은 남겨 둬야겠어요."

그란돌은 두 사람의 얘기를 듣더니 물었다.

"날 두고 술 마신다니, 그게 무슨 얘기야?"

"별 얘기 아니에요. 식사하러 오셨나요?"

"아니, 그건 아니고……."

"그럼 다른 급한 일 있어요?"

"아니, 그것도 아니고……."

"그럼 우린 할 얘기가 있으니 마스터께서는 좀 물러나 계세요."

"그, 그러지, 뭐."

그란돌도 쉐라의 윽박지르는 말투에 아무 대꾸도 못 하고 부엌을 나갔다.

'아무리 화이트 게이트 안에서의 평등 어쩌고 해도 감히 여왕의 수호기사를 앞에 두고도 저렇게 당당하다니? 보통 시녀가 아닌 건 분명

해.'

에밀은 머리를 굴렸다. 어쩌면 이 여자, 하늘 산맥의 드래곤이 인간으로 현신해서 여왕의 옆을 지켜 주고 있는 것은 아닐까?

그런 풍문이 없는 것도 아니니 괜히 그녀의 등선을 따라 자란 비늘 달린 날개를 상상하게 됐다.

"좋아. 맞혀 보라고 했겠다? 아라딜과 네가 무슨 내기를 했는지?"

쉐라는 의자를 더 끌어 앉으며 얼굴을 가까이 들이밀었다. 그녀의 도발적인 접근에 에밀은 저도 모르게 상체를 약간 뒤로 물렸다.

"내가 맞히면 어쩔 건데?"

쉐라가 물었다.

"글쎄, 그냥 던져 본 말이라 거기까진 생각을……."

에밀은 와인잔을 들었다 놓았다 하며 말을 이었다.

"어차피 내기로 시작된 거니까 마저 내기로 나가 볼까요? 만약 맞히면 쉐라 님의 소원을 들어드리죠. 하지만 틀리면 제 소원을 들어줘요."

"으음, 그거 혹시……."

"여왕님의 방식이죠."

에밀은 배시시 웃었다.

"그게 여왕님 방식인지 아닌지 네가 어떻게 알아?"

"아라딜께서 그러시던데요. 서로 소원 들어주기 내기를 한 적이 있다고."

"맞아."

"아라딜의 소원은 여왕님의 옷을 빌리는 거였죠? 아라딜의 부인이 간절히 원한다고 들었어요."

쉐라는 고개를 끄덕이며 인정했다.

"난 언제나 그깟 옷 빌려주면 그만이니 카드 게임 따위 하느라 귀한 일정 낭비하지 말라고 조언을 드렸지."

"듣고 보니 그러네요. 달라는 것도 아니고 그냥 빌리는 거라면, 빌려줘도 되지 않아요?"

"폐하의 말씀에 따르면 아라딜 부인은 폐하의 옷을 입어보는 걸 무슨 궁극의 목표인 양 생각하고 있어. 갖게 되면 그 순간이야 만족하겠지. 하지만 얼마 안 가 더 큰 욕심을 낼 거래."

"맞아요. 삶의 목표를 남의 힘으로 얻으면 결코 성취감을 가질 수 없게 되지요."

에밀이 중간에 끼어들어 말했다.

"너 직업이 뭐야?"

쉐라가 물었다.

"농부인데요. 왜요?"

"거짓말 마. 농사짓는 애가 어디서 그런 말을 배워?"

"어느 철학자의 책에서 읽었어요."

"농부의 집에 그런 책이 왜 있어?"

"아버지 것이에요. 아버지는 물론 할아버지께 받은 거고요."

"이상한 집안이네?"

"그런 말 많이 들었어요."

쉐라는 콧김을 한 번 내뱉더니 계속 말했다.

"어쨌든 폐하는 절대 아라딜에게 옷을 빼앗기지 않을 거래. 그럼 아라딜 부인은 끝내 자신의 손으로 폐하의 옷을 능가하는 옷을 만들 거라고. 덕분에 나만 귀찮아."

쉐라는 투덜대다가 이 모든 것이 에밀의 잘못이라는 듯 눈을 치켜떴다.

에밀은 잽싸게 말했다.

"그런 아라딜의 성향을 알고 저도 아라딜에게 내기란 걸 걸었어요."

"그 내기에 이겨서 허가서를 받아 내셨다? 흐음, 이제 좀 납득이 가는군. 하지만 이러면 규칙 위반인데? 아라딜은 폐하하고만 내기를 하기로……."

쉐라는 뒷말을 혼잣말처럼 중얼거렸다.

에밀이 조심스레 끼어들어 말했다.

"제가 내기에 이겼다고 한 적은 없어요."

"뭐어? 아까……."

쉐라는 아까 했던 말을 곱씹어 보더니 입맛을 다셨다.

"내기를 했다고만 했군. 맞아. 이겼다고는 안 했어. 교활한 녀석."

"교활할 것까지야."

에밀은 쉐라의 표정에서 복잡한 감정을 읽을 수 있었다. 짜증 난다는 표정인 것도 같기도 하고, 요 녀석 귀엽네 하고 바라보는 표정 같기도 했다.

'후자일 리가 없으니, 짜증을 내는 거겠군.'

에밀은 조심하기로 했다.

"그럼 내가 못 맞혔을 경우를 예로 들자. 나한테 무슨 소원을 빌 거야?"

"별로 대단치 않은 내기니 소원도 가벼운 걸로 할게요."

쉐라는 벌써 알겠다는 듯 고개를 끄덕였다.

“여왕 폐하를 만나게 해달라는 거지?”

“네. 그거요.”

“대체 왜 그렇게 폐하가 만나고 싶은 거야? 또 어디서 아름다운 외모에 태양처럼 찬란히 빛나는 머릿결, 손만 한 번 잡아보면 영원히 살 수 있고 어쩌고저쩌고 그렇고 저렇고 하다는 헛소문이라도 듣고 온 거야?”

“아름다운 외모도 헛소문인가요?”

“아니, 그렇진 않아.”

쉐라는 즉시 부정했다.

“어쨌든 제 소원은 여왕님 만나기예요.”

“내 권한이 아니야.”

“가벼운 식사 한 끼 같이 먹어주면 돼요.”

“안 된다고 했잖아.”

“차 한 잔이어도 좋고 술 한 잔이어도 좋아요.”

“어째서 다 먹는 쪽이냐?”

“그냥 만나게 해달라고 하면 한 1초 보여주고 땡! 끝났습니다! 하고 보내버릴 것 같아서요.”

“호오, 그거 좋은 방법인데?”

쉐라는 당장 어디 적어두기라도 하고 싶은 표정으로 좋아했다.

에밀은 식탁에 남은 고기 반 조각과 와인 한 잔을 손으로 펼쳐 보이며 말했다.

“딱 지금 이 정도만 있어도 돼요. 단지 지금 내 앞에 앉아 있는 사람이 쉐라 님이 아니라 새나디엘 폐하이기만 하면 된다 이거죠."

"아까부터 자꾸 쉐라 님이라고 부르지 마!"

"그럼 뭐라고 불러요?"

"그냥 쉐라라고 불러. '너'라고 호칭하고."

"흐음, 그건 나한테 너무……."

"너무 뭐?"

"……너무 좋은데?"

"좋으면 잘됐네. 뭐, 어쨌든!"

쉐라는 의자 등받이에 팔을 걸치고 한 발을 손으로 끌어당겨 의자 위에 척 하니 올렸다.

'우와, 과감하기도 해라. 여왕 시녀가 저러고 있어도 돼?'

에밀은 몇 달 전 술집에서 딱 저런 포즈로 앉아 있던 산적단의 여두목을 만난 일이 떠올랐다.

그때 에밀은 그녀의 명령에 따라 탁자에 올라가 노래를 불러야 했다. 다행히 너무 술에 취해 침대까지 불려가진 않을 수 있었다. 그 일을 생각하면 지금도 아찔했다.

반면, 쉐라는 같은 포즈임에도 뭔가 달랐다. 그녀가 탁자에 올라가 춤추고 노래 부르라고 명령을 내리면 기쁜 마음으로 할 수 있을 것 같았다.

"예를 들어, 내가 새나디엘 여왕이라 치자. 넌 마침내 여왕을 만난 거지?"

쉐라는 의자에 올린 손을 흔들거리며 물었다.

"예를 들면, 그렇게 되는 거겠지."

"감격할 테지?"

"엄청."

"그래서 그다음은? 뭐 할 건데? 아까 폭포수 보고 술 마시던 것처럼 술 한 잔 마시면서 여왕 얼굴 뚫어지게 감상할래? 응? 응?"

쉐라가 또 도발적으로 물어왔다.

에밀은 그녀의 얼굴을 뚫어지게 쳐다보다가 말했다.

"그나저나 쉐라 님은 아니, 쉐라 너 되게 예쁘다. 혹시 시녀는 결혼 못 하는 거야?"

쉐라는 의자에 발을 올린 자세를 풀었다.

"얘 아까부터 참 엉뚱한 얘기를 아무렇지도 않게 잘도 하네."

"그런 말 많이 들어."

"일단 결혼하면 그만두는 게 관례지. 하지만 특별히 그런 것에 관련된 규칙은 없어. 울프 기사들과 비슷해."

마침 주방 옆으로 기사 두 명이 뭐라고 잡담하면서 지나갔다. 쉐라와 에밀은 창문을 통해 그들을 바라보며 시선을 이동했다. 에밀이 물었다.

"울프 기사들도 결혼 안 하는 거야?"

"결혼해서 기사 활동하는 경우가 없어서 그렇지, 하지 말라는 규칙은 없다니까. 이상하게 그렇게 되더라."

쉐라는 잠깐 눈동자를 한 번 굴려 보더니 대뜸 소리쳤다.

"왜 얘기를 딴 곳으로 돌리는 거야? 폐하 만나서 뭘 하려는 거냐니까? 목적이 있긴 있지?"

"응. 있어."

"그게 뭐야?"

"내 천생배필을 만나게 해 달라고 할 거야."

쉐라는 천천히 몸을 뒤로 물리고 의자에 등을 푸욱 기댔다. 에밀은 약간 창피해서 고개를 숙이고 고기를 썰었다.

쉐라는 한동안 대꾸를 하지 않았다. 주방에는 식기가 달그락거리는 소리만 이어졌다. 마침내 그녀가 입을 열었다.

"고작 그거야?"

"그게 어때서?"

"내 시녀 생활 동안 그런 거 부탁한 사람 아무도 못 봤다."

"그럼 잘됐네."

"뭐가 잘돼?"

"그걸 요구하면서 성안까지 들어온 사람은 나밖에 없다는 소리잖아."

"그게 자랑이냐?"

"자랑이지!"

에밀은 포크로 쉐라의 얼굴을 향해 찌르는 시늉을 하며 얘기를 이어갔다.

"난 말이야, 아라딜에게서 그 허가증을 얻어 내기 위해 한 달이나 준비했어!"

쉐라는 포크의 위협에 고개를 슬쩍슬쩍 뒤로 물렸다. 아까와는 상황이 역전되었다.

"난 원래 아란티아에 왔을 때 제일 먼저 여길 찾았어. 하지만 화이트 게이트를 통과하는 데도 오래 걸리고 나디움에 들어오는 데는 더 오래 걸리고, 성안에는 아예 발도 못 붙였어."

"그야 당연하지. 여긴 아무나 들어올 수 있는 곳이 아니야."

쉐라는 포크를 피해 고개를 돌리며 말했다.

에밀은 아랑곳 않고 포크를 휘저으며 말했다.

"아무나 들어오는 관광지가 아닌 건 알아. 그래서 울프 기사들을 꼬셔내기 위해 일주일이나 근처 술집과 여관, 성 앞을 전전하면서 나름대로 울프라는 존재에 대해 연구했지. 그리고 작전을 짠 거야."

에밀은 포크를 탁자에 힘차게 내려놓았다.

"마침내 이런 결론을 내렸지. '오호라 적어도 하이로드쯤 되는 사람의 도움이 없으면 성안에 들어갈 수가 없군.' 난 그 길로 왔던 길을 되돌아가 레드 게이트의 성주를 찾은 거야."

"왜 하필 아라딜이었어? 골드 게이트의 하이로드 비노클라스의 성이 더 가까웠을 텐데?"

"알면서 물어? 당연히 나 같은 외국인 여행자가, 그것도 농부 출신이 하이로드를 만날 수는 없잖아. 카모르트로 치자면 왕실의 수호 가문쯤 되는 귀족인데. 만날 핑곗거리가 있어야 만나는 거 아니겠어? 결국 내기 좋아한다는 아라딜을 찾았고 성문에서 당당히 내기를 제안했으며 아라딜은 내기를 받아들였지."

쉐라는 턱을 쓰다듬으며 눈을 가늘게 떴다.

"얘기가 정리되는 것 같으면서도 뭔가 허전하네. 그런데 여왕이 천생배필을 만나게 해 줄 거라고 누가 그러디?"

"아닌가?"

"잘못 짚어도 한참 잘못 짚었어."

"거 이상하네. 분명히 그럴 거라고 생각했는데."

"……혼자 생각이었어?"

"아니, 블루 게이트에 들어오면서 어떤 사람을 만났는데 그 사람이 하는 얘기를 들었지. 그 사람도 자신의 사랑을 여왕이 점지해 줬다고 그러더라고."

쉐라는 기억을 더듬어 보더니 고개를 저었다.

"내가 아는 한 폐하께서 사랑을 점지해 주신 적은 없어."

"그럼 네가 모르는 한에서겠지."

에밀이 단언했다.

쉐라는 눈살을 찌푸리며 말했다.

"폐하와 관련된 사안 중에 내가 모르는 일이란 없어!"

"있을 거야."

"없어! 오히려 네가 만난 사람이 사기꾼이겠지. 그 사람, 이름이 뭔데?"

"몰라. 안 물어봤어."

에밀은 다시 한 번 기억을 더듬어 보았다.

블루 게이트 옆에 쭈그리고 앉아 둘은 온종일 잡담을 나눴는데, 서로 이름을 얘기하지는 않았다. 그는 자신의 정체를 밝히는 걸 약간 꺼렸고 에밀은 굳이 그걸 들추지 않았다.

에밀은 고개를 저으며 말했다.

"음, 역시 이름은 못 들었어. 마법사라는 것만 들었어."

"마법사?"

"응, 마법사."

"마법사? 사랑 점지? 음……, 아, 아, 설마?"

말하면서 쉐라의 눈이 커졌다.

에밀은 개의치 않고 말했다.

"그 사람은 자기 사랑이, 살얼음판 위에 선 것과도 같으리라 하는 계시를 받았대. 그래서 나도 여자 때문에 여행을 시작했다고 밝히고 여왕님 만나면 그런 계시 들을 수 있냐고 물었더니 그럴 수 있다고 그러던걸."

"넌 그 말을 믿었고?"

"응. 그게 어때서?"

"웃기잖아. 사기꾼일 수도, 단순한 거짓말쟁이일 수도 있는데."

에밀은 고개를 설레설레 저으며 말했다.

"난 수많은 사랑의 실패를 겪어봤어. 대부분 시작도 못 해보고 끝났지. 그래서 내린 결론은 나 같은 녀석이 진실한 사랑을 만나려면 기적이 일어나야 한다는 거야. 만약 내가 만난 마법사의 말이 진짜고 그 말을 따라 새나디엘 여왕님을 만나고, 여왕님이 내 인연을 점지해주면 난 기적을 만난 게 돼. 그게 아니라면……."

에밀은 잠시 뜸을 들인 다음 말했다.

"뭐, 처음부터 다시 시작해야겠지."

쉐라는 큰 소리로 웃었다.

지금까지 만난 중에 가장 시원스러운 웃음이었다.

"적어도 한 번은 기적을 겪었네. 내 기억이 맞다면 네가 만난 그 마법사는 루티아의 그랜드 마스터야."

"흐음, 그래?"

에밀은 시큰둥하게 대꾸하며 와인을 조금 마셨다.

쉐라가 고개를 갸웃했다.

"별 감흥 없나 보네? 아까 마스터 그란돌을 만나고서는 호들갑이더니."

"그 사람과는 어차피 미래를 위해 건배! 하면서 벌써 술 한 잔 나눠 마셨거든."

"네 감동의 기준은 하나도 이해가 안 가."

에밀은 그냥 웃기만 했다.

쉐라는 불만스럽게 말을 이었다.

"게다가 여자 만나는데 기적을 바란다고? 그런 멍청한 결론이 어디 있냐? 뭐든 그렇지만 사랑은 기적이 아니라 실행이야."

"음, 그건 맞는 말이야."

에밀은 갑자기 일어나더니 쉐라에게 손을 불쑥 내밀었다.

"나랑 데이트하자."

"왜?"

"보여주는 거야."

"뭘?"

"내가 얼마나 '실행'이라는 걸 못해서 심지어 기적을 필요로 하는 남자인지."

"이렇게 막무가내로 손을 내미는 모습만 봐도 벌써 얼마나 실행을 못하는지는 알 것 같다."

쉐라는 손을 내밀기는커녕 오히려 팔짱을 꼈다.

에밀은 내밀었던 손을 접으며 주눅이 든 목소리로 말했다.

"거봐. 그래서 기적이 필요하다는 거야."

“손 내밀고 있어 봐.”

“왜?”

에밀은 시키는 대로 손을 앞으로 내밀었다.

“고민 좀 해보게.”

쉐라는 에밀의 손을 유심히 관찰했다.

“무슨 고민?”

“여기서 내가 네 뺨을 후려치고 울프 기사를 부르는 게 맞을까, 미친 척하고 네 손을 잡는 게 맞을까, 그런 고민.”

에밀은 당황했다.

“데이트 신청한 게 그렇게 못된 짓이었어?”

“간다 치고, 가면 어딜 갈 거야?”

“아까 거기.”

“고작 거기?”

“너한테는 매일 보는 일상이겠지만 나에게는 더할 나위 없는 절경이니까.”

“날 배려한 코스는 아닌 거네?”

“그렇긴 하네…….”

에밀이 손을 접으려 하자, 쉐라가 와인병을 들어 내밀었다.

“이거 들어.”

에밀은 얼결에 병을 잡았다.

쉐라는 자리에서 일어나 선반에서 새 와인잔을 두 개 꺼내 한 손에 들었다. 그리고 반대쪽 손을 내밀었다.

“그래. 가자.”

"어째서?"

에밀이 오히려 놀라 머뭇거리자, 쉐라가 재촉했다.

"안 잡을 거야?"

에밀은 그녀의 손을 잡았다.

쉐라는 빙그레 웃으며 말했다.

"난 오늘 꿈을 꿨어. 일종의 계시 같은 거였지. 뭔가가 일어날 것만 같은데, 그게 좋은 일인지 나쁜 일인지 모르겠어. 근데 오늘 네가 나타났지. 난 이 계시의 끝을 봐야겠어."

쉐라는 에밀의 손을 끌어당겼다.

"무엇보다 난 네가 아라딜과 무슨 내기를 한 건지 아직 맞히지 못했거든."

쉐라가 안내한 곳은 '아까 거기'가 아니라, 다른 곳에 있는 정원이었다.

정원은 삼면이 뚫려 있었지만, 한쪽은 바위 절벽으로 막혀 있었다. 나디움을 파고 들어온 하늘 산맥의 산자락 중 일부였다. 그 절벽조차도 아름다운 꽃들이 장식하고 있어서 마치 인공적으로 바위를 대놓은 것처럼 보였다.

아까 봤던 폭포 떨어지는 방도 그렇고 여기 정원도 그렇고, 에밀은 나디움을 처음 건설한 사람이 이런 것까지 의도하고서 산 위에 성을 건설했을까 궁금했다.

정원에는 지나가는 사람들이 적지 않았다. 대부분 시녀들인데 힐끔 쳐다볼 뿐, 아무도 말을 걸지는 않았다.

“정원 뒤에 보이는 저 산은 뭐야?”

“저긴 아이나카스트 산이야.”

한동안 대화가 멈췄다. 에밀은 산을 바라보며 행복에 취해 입이 귀까지 찢어져 있었다. 와인을 많이 마시지도 않았지만 잔뜩 취한 기분이었다.

“이게 데이트면 넌 벌써 망한 것 같은데?”

쉐라가 참다못해 말했다.

“그건 네가 날 별로 좋아하지 않기 때문이야.”

에밀은 당연하다는 듯 말했다.

“뭐라고?”

“네가 날 좋아했다면 나랑 이렇게 있기만 해도 좋았겠지.”

“음, 너 천생배필을 만난 뒤에 정작 그 여자를 붙들지 못하면 어쩌나 하는 걱정 해 본 적 있니?”

“그땐 기적이 일어나야겠지.”

“또 기적 얘기야? 그러시구랴.”

“참, 네 소원은 뭐야? 그러니까 내가 맞히면 새나디엘 폐하를 만나는 소원을 말할 건데, 쉐라 넌?”

에밀은 그제야 산에서 시선을 떼고 쉐라를 돌아보았다.

“처음에는 네가 얼른 여길 꺼져 버리길 원했지. 그리고 난 내 본래 임무로 돌아가는 거야.”

“살벌해라. 그런데 이젠 바뀌었어?”

"어."

쉐라는 소원을 말했다.

"너 울프 기사단 해라."

에밀은 멀뚱히 쉐라의 눈을 바라보았다. 그녀도 피하지 않고 같이 바라보았다. 에밀이 더듬더듬 말했다.

"쉐라 너 너무 오랫동안 시녀 생활을 하느라 일반적인 단어 사용법을 잊어버린 모양인데 말이야, 소원이라는 단어는 그런 데 쓰는 게 아니라……."

"시끄러. 내가 이기면 넌 울프 기사단에 들어와야 해."

쉐라가 단정적인 어조로 말했다.

때마침 정원 옆으로 울프 기사 하나가 지나갔다. 나디움에 들어오기 위해 친해져서 이미 에밀이 아는 얼굴이었다. 에밀을 여기까지 안내해 준 사람이기도 했다.

그러고 보니 에밀은 그의 이름을 물어보지 않았다. 에밀은 그를 계속 울프라고 불렀고 그는 에밀을 여행자라고만 불렀다.

그는 별생각 없이 정원을 지나가다가 두 사람을 발견하고서 비명에 가까운 목소리로 말했다.

"이, 이보게, 여행자! 자네 거기서 뭘 하는 겐가?"

에밀은 뒤를 돌아보더니 손을 들었다.

"여어, 기사 울프! 보다시피 지금 데이트 중이야."

"뭐, 뭐어어?"

그는 경악했다.

옆에 있는 쉐라도 '애들은 가라'는 식으로 손을 휙휙 내저었다.

"가던 길이나 가요. 지금 바쁜 거 안 보여요, 다네돌?"

'이름이 다네돌이었구나? 외워두자.'

에밀은 쉐라에게 동의한다는 뜻으로 고개를 끄덕여 보였다. 다네돌이 뭔가 더 말하려고 하자 쉐라가 선수를 쳐 말했다.

"그리고 여기 이 사람, 안으로 들여보낸 게 당신이죠? 나중에 폐하가 혼내 줄 거예요. 일종의 직권 남용이니까."

다네돌은 그녀의 말에 반박 한마디 못 하고 붕어처럼 입만 뻥긋거렸다.

"아, 아니 그건……. 실은 그게 아니라……."

"가던 길이나 가시죠!"

쉐라가 명령조로 말하며 정원 출구 쪽을 가리켰다.

다네돌 울프는 당혹스러운 얼굴로 물러났다. 입 모양을 보니 '이런 말도 안 되는'이라고 중얼거리는 듯했다. 가면서도 몇 번이나 뒤를 힐끔거렸다.

"나더러 저런 울프 기사가 되라는 거야?"

에밀이 물었다.

"다네돌 같은 기사? 너는 무리 아닐까? 저 기사, 그란돌이 없었으면 수호기사감이었어."

"그래서 하는 소리야. 난 칼이라고는 돼지고기밖에 썰어 본 적 없어!"

"아까 소고기도 썰었잖아?"

"놀리지 마!"

"기사란 게 꼭 검을 잘 쓰라는 법은 없지."

"말이 되는 소리를 해. 기사란 검을 잘 쓰니까 기사라고 하는 거야."

"그런 규칙도 없어."

"다시 한 번 말하지만 소원은 그런 걸 말하는 게 아니야. 내가 해줄 수 있는 걸 부탁해야지."

"적어도 노력은 할 수 있잖아."

"노력한다고 되는 게 아니야. 너도 울프의 기사를 할 수 있을 정도라며? 그럼 그게 얼마나 어려운 일인지도 알겠네."

"너 같은 농부가 울프의 기사가 되는 건 기적이나 다름없다고 말하고 싶은 거야? 그럼 이번에도 기적이 일어나도록 실행에 옮겨 보렴. 좀 전에 나한테 데이트 신청했던 것처럼."

"그걸 여기에 써먹다니."

"넌 말도 안 되는 이유로 여왕 한번 만나겠다고 여길 들어온 녀석이잖아. 또 뭔가 방법을 찾아내 봐. 사기를 치든, 계략을 쓰든."

"으음, 할 말이 없군……. 뭐, 약속은 했으니 내기에서 지면 어떻게든 노력하도록 하지."

"후훗. 많이 노력해야 할 거야."

쉐라는 가늘게 뜬 눈으로 웃음 지으며 말을 이었다.

"왜냐면 난 아라딜과 네가 한 내기가 뭔지 알아 버렸거든. 이 내기는 내가 이겼어."

"정말?"

에밀이 화들짝 놀라 말했다.

쉐라는 이미 승리를 예감한 듯 미소를 지었다. 에밀은 따라 놓은 와인잔을 빙글빙글 돌려 보다가 고개를 저었다.

"거짓말. 난 아무 힌트도 주지 않았어."

"아니, 줬어."

"어디 말해 봐."

"아라딜과 여왕의 내기는 두 사람만의 사적인 일이야. 그걸 아는 사람은 나를 포함한 시녀 서너 명과 수호기사 그란돌로 한정되어 있지. 다른 울프 기사들은 거의 몰라. 그러니 오늘 여길 들어오느라 친해졌던 울프 기사, 이를테면 다네돌을 통해 알아낸 게 아니라는 소리지. 그렇다면 아라딜과 넌 그런 사적인 얘기까지 주고받을 정도로 친해졌거나, 적어도 거기에 필적하는 어떤 관계여야 하지. 여기까지는 맞았지?"

에밀은 고개를 끄덕일 뻔했지만 참았다. 그냥 넘겨짚는 얘기일 수 있었다.

"하지만 단순히 친하기만 하다면 아라딜에게 슬쩍 말해서 오늘 같이 껴서 여왕을 만나면 돼. 오늘은 폐하와 아라딜이 카드 내기를 하는 날이니까. 네 소원이 여왕을 만나기라면, 그게 더 쉬운 방법이었어."

쉐라는 에밀의 반응을 보지 않고 말했다.

"하지만 너는 굳이 허가증이라는 요상한 문서를 들고 와서, 굳이 어렵게 울프들과 친해진 다음에 성안으로 들어온 거야. 그리고 아까 아라딜과 내기에 이겨서 허가증을 얻지 않았다고 말한 걸 보면 아라딜과 너의 내기는 현재 진행형이라는 거지."

에밀은 결국 참지 못하고 감탄사를 내뱉었다.

"와아, 너 대단하다."

"아직 안 끝났어!"

쉐라는 신이 난 목소리로 말을 이었다.

"귀족도 뭣도 아닌 네가 아라딜을 내기에 끌어들여 화이트 게이트를 통과할 수 있는 허가증까지 만들게 할 수 있는 건 내가 알기로 딱 하나밖에 없어."

쉐라는 씨익 웃으며 얘기를 마무리했다.

"그건 여왕의 옷이야."

"맙소사."

에밀은 허무하게 손에서 힘이 빠지는 바람에 와인잔을 기울이고 말았다. 와인이 옷에 흘렀지만 닦을 생각도 못 했다.

"넌 아라딜에게 여왕의 옷을 가져다주겠다는 내기를 했고 밑져야 본전인 아라딜은 옷을 갖고 와 보라는 내기를 하면서 화이트 게이트를 통과할 수 있는 허가증을 내준 거겠지. 정리하자면 이런데, 어때?"

에밀은 뒤늦게 입을 닦으며 말했다.

"이렇게까지 쉽게 맞혀 버리면 내가 너무 불리했다는 생각이 드는데?"

"미안하지만 내기는 내기야. 그리고 하나 더 미안한 건, 절대 폐하의 옷을 내줄 수는 없다는 거야. 아라딜의 부인은 스스로 옷을 만들어야 해."

"그건 처음부터 알고 있었어. 내가 무슨 염치로 여왕님의 옷을 빌릴 수 있겠어? 하지만 아라딜과의 내기에서 패해도 난 여왕님을 만날 수 있으니까."

"안타깝게 됐네. 자, 시간 늦었다. 가야지."

쉐라가 엉덩이를 털고 자리에서 일어났다.

"아직 안 끝났어. 나에게도 기회를 줘야지."

에밀은 아직 일어나지 않았다.

"무슨 기회?"

"너도 문제를 내 봐. 내가 맞힐게."

"쪼잔한 자식! 울프 기사가 되는 게 그렇게 무서워?"

"무서운 게 아니라 못한다니까 그러네. 하지만 네가 낸 문제를 틀리면 할게."

쉐라가 팔짱을 끼고 에밀을 깔아보았다. 에밀은 더 이상 그녀의 강한 눈빛에 지지 않고 말했다.

"어서! 그래야 공평하지."

"이제 아예 억지네. 좋아."

쉐라는 허리에 손을 얹었다. 그리고 문제를 생각해 내는 듯 먼 곳에 시선을 두었다. 에밀도 같은 곳을 보다가 눈을 감았다. 때마침 따스한 바람이 불어왔다.

"문제!"

쉐라가 말했다.

"준비됐어."

에밀이 잽싸게 대꾸했다.

"이지선다야."

"쉽군."

"여기 있는 내가……."

쉐라는 에밀이 '맞혀 봐' 하고 문제를 냈을 때와 똑같은 표정으로 문제를 냈다.

"여왕 새나디엘일까, 시녀 쉐라일까?"

에밀은 쉐라를 노려보았다. 쉐라가 자길 보는 게 맞나 확인하려고 뒤를 한 번 돌아봐야 할 정도로 오래 노려봤다.

"왜?"

쉐라가 참지 못하고 물었다.

에밀이 손가락을 치켜들고 소리쳤다.

"이 비겁한 놈!"

쉐라는 깜짝 놀라 물었다.

"으잉? 이게 그런 심한 말을 들을 정도로 잘못된 문제인가?"

"그건 반칙이야. 난 그 문제를 절대 맞힐 수 없어. 그리고 넌 그걸 알고 그 문제를 낸 거야. 그러니까 비겁한 거야."

"뭐가 비겁하다는 건지 모르겠네. 모르면 찍으렴? 둘 중 하난걸."

"그런 뜻이 아니야. 넌 처음부터 이 문제를 내기 위한 발판을 준비해 두고 있었어."

"고작 이 정도 문제를 위해 준비까지 하진 않았어."

"했어! 너, 내가 이런 질문을 하길 기다렸지? '당신 혹시 시녀가 아니라 여왕님 본인 아니세요?' 그렇지?"

"으음, 그건……, 사실이야."

"그리고 난 끝까지 그 질문을 하지 않았어. 그러던 중에 내가 문제를 내 보라고 하니, 기회다 하며 문제를 낸 거야."

"호오, 이것 봐라? 내가 그런 생각하고 있는 건 어떻게 안 거야?"

"아까 마스터 그란돌은 '쉐라'라는 이름으로 널 부르기까지 고민하는 모습을 보였어."

"그란돌은 원래 사람 이름을 잘 못 외워."

"또 넌 시녀라고 하기에는 너무 많은 여왕의 정보를 알고 있었어."

"그야 난 폐하의 가장 가까운 곳에 있는 시녀니까."

"또 다네돌은 널 보자마자 허둥지둥 달아나 버렸어. 아까 나랑 단둘이 만나서 얘기할 때는 그렇게 당당하던 기사 중의 기사가 왜 널 보고 허둥댔을까?"

"그건 그냥 네가 너무 깊숙한 곳까지 들어온 것 때문이겠지."

"하나하나 따지면 그렇게 돼. 하지만 전부 합치면 이상해. 그리고 넌 내가 의심을 하기 시작했다는 사실을 알고 있었어."

"뭐, 그렇다 치자. 그래서? 얼른 맞혀봐? 거기까지 봤다면 더 잘 맞히겠네."

"그래서 더더욱 못 맞히는 거야. 네가 여왕일 경우, 저의 무례함을 용서하소서, 그런데 계속 무례를 저지르겠나이다!"

에밀은 자리에서 일어나 정중하게 예를 갖춰 인사한 다음 말했다.

"네가 여왕이고 내가 그걸 맞혔다 치자. 그럼 아까 나더러 울프 기사가 되라고 했던 소원은 취소가 되지?"

"그렇게 되지."

쉐라는 재미있다는 듯 싱글싱글 웃었다.

"하지만 그 경우 난 여왕님과의 식사를 이미 해버린 셈이라고. 내 소원이 이미 성취가 되어버린 거란 말이야!"

"그러네. 다 식은 쇠고기와 함께."

"자, 다시. 네가 여왕일 경우, 저의 무례함을 한 번만 더 용서하소서."

에밀은 또 두 손을 펼쳐 인사한 다음 말했다.

"내가 널더러 시녀라고 대답해 버리면, 난 방금 전까지의 행복을 나 스스로 부정하는 게 돼."

"뭐가 행복했는데?"

"난 네가 여왕이라고 가정했거든."

"응?"

쉐라가 눈을 동그랗게 떴다.

"그냥 상상력을 발휘한 거야. 네가 여왕이면 끝내주겠다 하고. 왜냐면 지금까지 본 너는 여왕이라고 해도 전혀 이상할 게 없거든."

에밀은 붉게 달아오른 얼굴로 말을 이었다.

"당당하고 아름답고 신비로운 표정으로 날 감싸주는 모습이……. 난 지금 아란티아의 여왕이랑 손잡고 정원에 와서 같이 와인 마시면서 아이나카스트 산을 본 거야……."

에밀은 잠시 눈을 감고 다시 한 번 상황을 떠올렸다.

"그렇게 생각하고, 집으로 돌아가려고 했어. 그러니까 난 네가 시녀여도 시녀라고 대답해선 안 돼. 내 상상을 부정하게 되니까. 네가 여왕이면 다 싱거워지게 돼. 야생의 꽃은 바위틈에서 자랄 때 아름다운 법이야. 그걸 따면 그건 그냥 죽은 꽃이야. 즉, 난 아무것도 대답할 수 없어. 그러니까 이건 비겁한 문제야."

에밀은 눈물까지 글썽거렸다.

"이거 어째 미안하네."

쉐라가 손수건을 내밀었다.

에밀은 손수건을 받아 고개를 돌리고 눈물을 닦았다.

"언제부터 그 생각한 거야?"

"데이트 신청할 때."

"그럼 네 상상 안에서 넌 감히 여왕님한테 데이트 신청을 한 용감한 남자였겠군?"

"내 안에서만. 그럼 난 오늘을 기점으로 용감한 남자가 될 수 있을 것 같았거든."

에밀은 배낭을 열더니 가죽 주머니를 꺼냈다. 그리고 술잔을 꺼내 술을 한 잔 따랐다. 이제 주머니에 남은 술은 가까스로 한 잔 분량뿐이었다.

"그거 마시려고?"

쉐라가 물었다.

"응."

에밀은 쉐라의 얼굴에 대고 술잔을 내밀었다.

"난 끝까지 널 여왕이라고 생각하겠어. 그럼 마셔야지. 맞다 틀리다 대답해 주진 마."

에밀은 술을 입에 확 털어버렸다.

"포기하는 거야?"

쉐라가 물었다.

"포기할래. 이거야 여왕 만나기보다 드래곤 타고 날아다니는 게 더 쉽겠다. 그러니 드래곤을 만날 술만큼은 남겨 놓겠어."

에밀은 다시 가죽 주머니를 배낭에 넣었다.

쉐라는 입을 가리고 숨죽여 웃었다.

에밀은 방금 꿈에서 깨어난 듯 화들짝 놀라며 손에 든 그녀의 손수건을 내밀었다.

"참, 이거."

"필요한 거 아니었어? 너 가져. 누구 줘도 되고."

"아무나? 예를 들어 아라딜의 부인이라고 해도?"

"줘도 돼. 허락할게."

쉐라는 한 번 더 강조하더니 미련 없이 돌아서서 정원을 가로질러 갔다.

"저, 쉐라."

에밀이 불렀다.

쉐라가 돌아섰다.

"응?"

"널 한 번만 여왕님이라고 가정하고 불러 봐도 돼?"

"네 상상 속에서 난 이미 여왕님이지 않아?"

쉐라가 유쾌한 목소리로 말했다. 그러자 에밀은 정중히 한 손을 가슴에 올리고 고개를 숙여 말했다.

"만나서 즐거웠습니다, 새나디엘 여왕 폐하."

"나도 즐거웠어. 잘 가렴, 카모르트의 여행자."

쉐라는 눈웃음을 마지막으로 돌아서서 정원을 나섰다.

에밀은 오랫동안 정원에 서서 그녀가 남긴 향기를 벗어나지 않았다.

나디움 성은 화이트 게이트라 불리는 성곽으로 둘러싸여 있었다. 그래서 나디움에 사는 사람들도 형식적으로나마 이곳을 드나들 때는 검사를 받을 수밖에 없었다.

그런데 이 금발의 청년은 아주 쉽게 검사를 통과하고 있었다.

'흐음, 문지기는 또 어떻게 구워삶았을라나?'

쉐라는 화이트 게이트의 망루에 서서 떠나는 여행자의 뒷모습을 바라보고 있었다.

"어이, 거기 누구야?"

게이트의 경비병이 망루를 점검하다가 뒤늦게 쉐라를 발견하고 다가왔다. 그는 그녀의 복장을 보고 대충 직책을 짐작하고 말했다.

"폐하의 시녀라고 해도 여기 있으면 안……. 윽!"

경비병은 말하다가 얼어붙었다.

쉐라의 옆에 여왕 수호기사가 서 있었다.

"마, 마스터 그란돌!"

경비병은 한 걸음 물러나 인사를 올렸다. 그란돌이 사과의 뜻으로 손을 들었다.

"미안하네. 금방 갈 테니 잠시만 있게 해주게."

"네, 밑에서 대기하고 있겠습니다."

경비병이 계단을 내려가 물러난 뒤 쉐라와 그란돌은 한참이나 더 그 자리에 서 있었다.

"성문 관리가 허술한 거 아닐까? 울프들의 경계심도 그렇고. 아무 연고도 없는 여행자가 정원까지 들어왔어."

쉐라가 중얼거렸다.

"확인해보겠습니다."

그란돌이 순순히 대답했다가 따져 물었다.

"그런데 정원에는 직접 데리고 들어가시지 않았습니까?"

"아, 참. 그랬지. 그럼 폭포까지."

그란돌은 불만스럽게 웅얼거리다가 다시 따지듯 말했다.

"부엌에서 폐하를 보고 얼마나 놀랐는지 아십니까?"

"맞장구나 잘 쳐주지."

쉐라, 아니 새나디엘이 말했다.

"맞춘다고 맞췄는데요."

그란돌이 당황하며 말했다.

"어색했어. 다 들통났잖아."

"그럼 미리 언질이나 주시던가요. 두 번이나 놀랐습니다. 폐하를 뵈러 갔더니 쉐라가 폐하의 옷을 입고 있더군요. 그리고 부엌에 갔더니 폐하께서 쉐라의 옷을 입고 계셨고요."

"쉐라는 나름대로 행복해하고 있지 않을까?"

"쉐라가 부담스러워 지붕에서 뛰어내리기 전에 돌아가시지요."

"내 위치란 게 그런 거지. 가장 편하게 옆에 있을 만한 시녀조차 어려워하는……."

"세상 누가 새나디엘 폐하를 상대로 편할 수 있겠습니까?"

그란돌은 자신의 웃옷을 벗어 그녀의 어깨를 덮어 주었다.

"어제 비가 와서 저녁은 춥습니다. 이제 그만……."

"그런 애가 있으면?"

"그런 애라니요?"

"내 정체를 알고도 편하게 대할 정도의 강심장이라면 어디에 쓸래?"

"그런 자가 있다면 남녀 불문에, 검술도 보지 않고 울프 기사단의 캡틴으로 삼겠습니다……."

그란돌은 어깨를 으쓱하며 말을 이었다.

"……만, 그런 사람이 어디 있겠습니까?"

새나디엘은 이제 보이지도 않는 청년의 뒷모습에 계속 시선을 두었다.

그란돌이 물었다.

"혹시 저 청년을 염두에 두고 하시는 말씀입니까?"

"아니. 저 아이는, 레미프 식으로 말하자면 내 '기더'에 속하지 않아. 옆에 머물지 않을 아이지."

"그럼 캡틴감이 아니겠군요."

그란돌은 아쉬워했다. 그는 요새 그 일로 고민이 많았다.

"그러게. 저 아이는 분명 나와의 내기에서 이길 거야. 이기라고 준 과제니까."

"무슨 내기였는데요?"

"드래곤 데려오기."

"그건 제게 맡겨도 못하겠는데요?"

"잰 할 거야. 아마도."

새나디엘은 그란돌의 손을 잡아 자신의 어깨를 감싸게 하고서 말을 이었다.

"그런데 다시는 못 만날 것 같기도 해. 정말 이상한 예감이야. 보내지 말고 잡아뒀어야 했을까? 오늘 꿈에서 본 계시가 괜히 날 더 혼란스럽게만 하는구나."

새나디엘은 긴 한숨과 함께 계단을 향해 걸어갔다.

계단 옆에 서 있던 경비병이 옆으로 물러났다. 그란돌이 바로 뒤따르려다 고개를 돌렸다.

"아란티아는 스스로 지키는 나라, 폐하께서 그리 말씀하셨죠?"

"응."

"저 청년이 필요했다면 아란티아는 그를 붙들었을 겁니다. 지금 떠나더라도 만약 필요하다면 다시 부르겠죠. 그러니 떠나게 두시죠. 지금 아란티아는 안전하다는 뜻이니까."

새나디엘은 큰 소리로 웃었다.

"요새 들어 그란돌이 나보다 더 현명하다는 생각이 들어. 그보다 하얀 늑대 문제는 어떻게 되어 가? 뒤를 이을 만한 재목이 안 보인다며?"

"그러게 말입니다. 울프 기사로서는 훌륭하지만 '하얀 늑대의 이빨'을 가질 만한 녀석은 아직 보이지 않는군요."

"네 말대로 알아서 나타나 주겠지."

"그러길 바랍니다."

*다시 일주일 후.*

"……그리고 난 그 길로 나디움을 떠나 아라딜의 성으로 가던 중에 산적을 만났고 네가 날 구해주게 된 거지."

에밀은 얘기를 마무리 지었다.

다행히 소년은 끝까지 얘기를 들어주었다. 하지만 개운한 표정은 아니었다.

"그래서 결국……, 쉐라가 여왕이었어? 아니면 시녀였던 거야?"

검은 머리의 소년은 꼭 물어봐선 안 될 질문을 하는 것처럼 조심스러웠다.

"글쎄, 어떨까? 별로 알고 싶진 않아. 때론 막연하게 두는 게 더 좋은 때도 있거든."

에밀이 다독이듯 말했다.

"그게 뭐가 좋아? 이러면 얘기가 끝난 게 아니야."

소년은 버럭 화를 냈다.

"그리고 얘기가 끝난 게 아니면 나와의 약속도 어긴 거지!"

"아니야. 얘기는 끝났어. 그다음은 네가 알아서 해석해도 돼."

아라딜의 성이 보였다. 에밀은 별일 없이 도착해 다행이었지만, 소년은 여전히 불만투성이의 얼굴이었다.

사실 아무 일도 없는 건 아니었다.

아라딜의 성까지 오는 길목에서 두 사람은 한 번 더 도적들을 만났다. 하지만 그들은 소년의 얼굴을 보자마자 달아나 버렸다. 소년도 굳이 그들을 뒤쫓지 않았다. 현상금이 걸려 있지 않아서였다.

"너한테는 두 번이나 목숨을 빚진 셈이구나. 정말 고마워."

에밀의 말에 소년은 짜증을 냈다.

"그래서 쉐라는 시녀야, 여왕이야?"

"그건 그냥 너 혼자 생각해 보라니까 그러네."

에밀은 웃으며 하이로드의 성문 앞에 섰다. 소년은 씩씩대며 따라왔다.

근엄하고 위협적인 표정을 짓고 두 사람의 접근을 바라보던 성문지기들은 에밀을 보자마자 긴장된 표정을 풀었다.

"오오, 또 왔군, 자네. 로드께서 기다리시네."

"예, 감사합니다. 잠시만요."

에밀은 성문 옆에 짐을 잠시 내려놓고 어깨를 풀었다. 소년도 배낭을 옆에 내려놓았다. 사람 목이 든 자루는 오는 길에 버리도록 설득해, 소년은 빈손이었다.

"여기서 잠깐만 기다릴래? 아라딜을 만나 뵙고 올게."

에밀이 돌아서려는데 소년이 갑자기 그의 옷깃을 잡았다.

소년이 불안한 얼굴로 물었다.

"들어가면 언제 와?"

"금방 나올 거야. 한 시간쯤 걸리려나?"

"여기로 나올 거지? 뒷문으로 나간다거나 그러는 건 아니고?"

"왜 그런 질문을 해?"

"그냥……."

소년은 망설이다가 갑자기 협박조로 말했다.

"어쨌든 너 도망가면 안 돼! 그럼 가만 안 둘 거야! 알지? 내가 맘만 먹으면 너쯤은……."

에밀은 흥분한 소년의 머리를 쓰다듬었다.

"내 짐 여기 다 두고 가잖아."

소년은 그제야 에밀의 옷깃을 놓았다.

"최대한 빨리 나올게."

에밀은 혼자서 성안으로 들어갔다. 소년은 에밀이 배낭을 내려놓은 나무 아래에 쪼그리고 앉아 기다렸다.

소년이 불안해서 앉았다 일어나길 백 번쯤 반복하니 성문지기가 화를 냈다.

"야, 정신 사나워!"

그러자 옆에 있던 다른 성문지기가 동료에게 경고했다.

"잰 내버려 둬."

"응? 왜?"

"오늘 네 마누라가 차려준 저녁밥을 네 손으로 떠먹고 싶거든, 재가 앉았다 일어나기를 하든, 팔 굽혀 펴기를 하든, 그냥 내버려 둬."

"누, 누군데 그래?"

"묻지 말고 내가 시키는 대로 해."

두 사람은 그 뒤 소년에게 말을 걸지 않았다.

소년도 굳이 문제를 일으키고 싶지 않아 성문에서 멀리 떨어진 나무 밑으로 자리를 옮겼다. 여전히 앉았다 일어나길 반복하면서.

나중엔 지쳐서 결국 소년은 쭈그리고 앉아 있기만 했다.

에밀은 한 시간이 지난 후에 나타났다. 소년은 벌떡 일어났다. 하지만 안 기다린 척 시큰둥한 얼굴로 말했다.

"늦었잖아!"

"아라딜이 했던 얘기를 몇 번이나 더 들려달라고 해서. 여차하면 오늘 밤새 붙잡아둘 기세라 거절하기 힘들었어."

에밀은 찰랑거리는 동전 주머니를 들어 보였다.

"약속한 금화 백 개에다 네가 머리를 내다 버린 그 현상범의 상금까지 합쳐 백열 개야."

소년은 돈주머니를 받으면서도 얼떨떨해했다.

"이런 거금을 정말 주는 거야? 전에 산적단 하나를 전멸시켰을 때도 이런 돈 못 받았는데."

"우어, 산적단 하나를 통째로?"

소년은 뭘 그리 놀라냐는 듯 무덤덤하게 고개를 끄덕였다. 에밀은 새삼 소년의 실력에 감탄했다.

"그런데 이걸 다 주는 거야? 조금쯤 빼돌렸어도 난 몰랐을 텐데."

소년이 물었다.

"내 목숨을 생각하면 그럴 이유가 없지. 그 순간 죽었으면 이런 돈이고 뭐고 아무것도 없었을 테니까. 사실 네 얘기를 했더니 아라딜께서 널 한번 뵙자고 하시더라."

"왜?"

"네 실력이 그토록 대단하면 레드 게이트의 기사를 시켜줄 수 있대."

소년은 태어나 처음으로 만져 보는 거금을 받았을 때보다 더 눈을 크게 떴다.

"정말?"

"응. 하지만 내가 거절했어."

소년은 깜짝 놀랐다.

"무슨 짓이야? 아라딜의 눈에 띄기가 얼마나 어려운지 알아? 평생 직장이 보장된다고."

"네 입에서 그런 단어가 나올 줄은 몰랐네. 대신 이걸 받아냈으니 가져."

에밀은 품에서 작은 양피지를 내주었다.

"뭔데?"

"화이트 게이트 통행증이야. 대신 이번에는 좀 다른 목적의 서명이 들어 있지."

소년은 글씨를 읽을 줄 몰라 양피지를 받고도 고개만 갸웃했다.

"이번에도 무슨 내기한 거야?"

"이번 건 그냥 받은 거야."

"아, 맞다. 결국 아라딜과의 내기는 뭐였던 거야? 이 돈을 받아냈다는 건 내기에서 이겼다는 건데 넌 여왕님 옷을 못 가져왔잖아!"

"궁금해?"

"응."

"맞혀 봐."

에밀이 장난스럽게 물었다. 소년도 웃음을 터트렸다. 여기까지 오는 짧은 여행에서 처음 보는 어린애다운 웃음이었다.

소년은 길게 생각하지 않고 대답했다.

"날 처음 만났을 때 손수건을 보여 줬고 그걸로 돈을 받아 낸 걸 보니, 손수건 가져오기?"

"정답!"

에밀이 가볍게 박수를 쳤다. 소년도 뿌듯해 했다.

에밀이 자세히 설명했다.

"아라딜도 나 같은 여행자가 여왕의 옷을 가져오는 건 무리라고 알고 있었어. 그래서 손수건이라도 가져와 보라고 하더군. 난 당연히 그 정도는 충분하다고 했고 아라딜은 무리일 거라고 했지. 왜냐면 여왕의 손수건을 받는다는 건 그녀의 총애를 받는 사람임을 증명하는 거니까."

"하지만 네 얘기대로라면, 넌 손수건을 못 얻을 수도 있었잖아."

"난 처음부터 내기에 이길 생각이 없었어."

"질 경우에 처벌 같은 거 없었어?"

"저 내기 좋아하는 아라딜이? 울프 기사단을 뚫고 나디움을 쳐들어가 여왕님을 만나겠다고 공언하는 가난한 농부한테 실패하면 처벌을 내리겠다고?"

에밀은 고개를 젓는 것으로 말을 마무리했다.

소년은 입을 헤벌리고 놀라워했다.

"어떻게 하면 그런 걸 생각해 낼 수 있지?"

"깊이 생각한 건 아니야. 그저 뭔가를 하면 행운이 따라와. 아무것도 하지 않으면 아무 일도 벌어지지 않아. 그게 다야."

에밀은 소년을 손가락으로 가리켰다.

"너도 여기저기 많이 다녀 봐. 많이 듣고 많이 보고 많이 경험하고……. 넌 검술까지 뛰어나니까 나보다 더 멋진 여행을 할 수 있을 거야. 그럼 나보다 더 잘 할 거야."

소년은 주저하다가 물었다.

"너 앞으로 계속 여행할 거지?"

"그럼."

"어디로 가?"

"가넬로크."

"드래곤 데리러?"

"내기는 진행 중이니까."

"거기……, 나도 같이 가도 될까?"

소년이 조심조심 말했다.

"너도 앞으로 경호원이 필요할 거고……, 자연스럽게 나도 너처럼 여행할 수 있게 되고……."

"아니, 넌 안 돼."

에밀이 단호히 거절했다.

소년은 상처 받은 얼굴로 물었다.

"왜? 내가 너한테 못되게 굴어서?"

"그게 아니라! 넌 그 양피지를 들고 나디움으로 가야 하거든."

소년의 매끈한 얼굴이 주름졌다.

"난 딱히 나디움에 가고 싶은 생각 없어."

"내 말대로 해 봐. 그 통행증을 들고 화이트 게이트로 가. 그 안에 적힌 내용을 누구한테 읽어 달라고도 하지 말고. 그냥 나디움으로 가서 울프 기사단 아무에게나 그걸 보여 줘."

에밀은 이름을 하나 떠올렸다.

"다네돌 울프 정도가 좋겠군. 그럼 넌 재미있는 테스트를 받게 될 거야. 당연히 내가 통과 못 한 어떤 테스트를!"

"그럼 어떻게 되는데?"

"그다음에는 새로운 길이 보일 거야. 네가 아까 말한 평생직장을 얻을 수도 있고 나보다 더 멋진 여행을 할 수 있는 기회를 얻을 수도 있어. 네 선택이니 네 마음대로 하렴. 아, 참!"

에밀은 가방에서 고급스러운 펜과 잉크병을 꺼냈다.

"이것도 아라딜이 준 선물이지. 이거 되게 좋은 펜이다?"

에밀은 자랑조로 말했지만 소년은 전혀 부러워하지 않았다.

에밀은 헛기침으로 민망함을 감추고 말했다.

"네가 하도 무서운 나머지 아직도 네 이름을 묻질 못해서. 양피지에 써야 해서 그러는데 이름 좀 알려줘."

"로핀."

소년이 대답했다.

"좋은 이름이군. 울프라는 성이 붙으면 더 좋은 이름이 될 거야. 로핀 울프. 딱 좋아."

에밀은 열심히 양피지에 소년의 이름을 쓰며 중얼거렸다.

로핀은 머뭇거리다가 말했다.

"죽이겠다고 협박했던 건 미안해."

"괜찮아. 결국 안 죽였으니까."

에밀은 양피지를 입으로 불어 잉크를 말리며 제대로 썼나 확인했다.

'나는 기사감이 못 되지만 이 소년은 어떨까요? 울프 기사단은 나이도 성별도 신분도 묻지 않지요? 서로 소원 들어주기가 되어 버렸으니 저 대신 로핀이라는 소년을 보냅니다.'

에밀은 양피지를 말아 소년에게 내주었다.

"자, 다 됐어. 잘 간직해. 나디움으로 가는 길은 잘 알고 있지?"

"당연하지."

로핀은 고개를 끄덕이며 물었다.

"넌 가넬로크 가는 길 알아?"

"잘 몰라."

"강을 따라가면 안전해. 중간중간 경비대도 많고. 돈이 필요할 거야."

로핀은 돈주머니에서 동전 열 개를 꺼내 에밀에게 내밀었다.

"늘 한 개만 꺼내. 그게 전 재산인 양. 그럼 경비대가 많이 도와줄 거야. 여관 같은 데선 꺼내지 마."

"고마워."

새로운 모험을 시작하는 에밀의 눈동자는 전장을 향해 돌격하는 기사의 눈빛과도 같았다.

"그럼 잘 가."

에밀은 몸을 돌려 손을 내밀었다.

"잘 가."

로핀은 생전 처음 해 보는 듯 어색한 악수를 나눴다.

에밀은 아쉬워하는 로핀을 두고 빠른 걸음으로 걸었다.

"잘 가. 조심해."

로핀은 몇 번이나 더 작별 인사를 했지만 에밀은 뒤를 돌아보지 않고 손만 흔들어 보였다.

에밀은 아라딜의 성이 보이지 않을 즈음에야 뒤를 돌아보았다. 적막감이 찾아왔다.

로핀을 두고 온 게 조금 후회가 되었다.

'같이 다니면 좋긴 했을 텐데.'

후회를 털어내기 위해 에밀은 다음 여행지의 목적을 떠올렸다.

"드래곤이 과연 마지막 술 한 잔의 가치가 있을지 모르겠군."

에밀은 힘차게 발걸음을 내디뎠다.

"가자. 드래곤 데리러!"

「Episode Emile. Greeting, my Queen」끝

◈ Episode 2 ◈

# 마녀, 마스터 그리고 대장장이

“르고. 아란티아의 보검 하나 만들어줘.”

여왕 새나디엘은, ‘벽에 못 박게 망치 하나 만들어 줘.’ 같은 투로 말했다.

“뭘 만들라고요?”

아란티아 왕실 대장장이 르고는 자신의 귀를 의심했다.

“보검.”

“무슨 보검이요?”

“아란티아의 보검.”

르고는 새벽부터 불려 나오는 바람에 아직도 졸린 눈을 깜빡였다.

이제 르고는 육십을 넘어 칠십에 가까운 노인이지만, 몸은 열 살짜리 꼬마였다. 그는 자신이 당황하는 표정을 지으면 상대에게 귀엽게 보인다는 사실을 잘 알고 있었다. 그래서 항상 근엄한 표정을 유지하고 싶지만, 이럴 때는 저절로 그런 표정이 되고 말았다.

'내가 이 자리에서 바로 못 만든다고 말하면 억지를 부리겠지?'

르고는 잠시 고민하는 척한 다음 말했다.

"폐하, 전 칼을 만드는 일에 있어 세 가지 원칙을 가지고 있습니다. 저 역시 여느 대장장이처럼 칼 만드는 욕심이 한도 끝도 없지만 그 원칙을 벗어나는 짓은 한 적이 없어요."

"알아. 들은 적 있어. 1번, 드래곤이 만든 칼을 능가하는 칼은 만들 수 없다. 만들지 마라! 2번, 그걸 만들 재료를 구하려고도 하지 마라. 없다. 그러니 만들지 마라! 3번, 좌우지간 만들지 마라!"

새나디엘은 숨도 안 쉬고 말했다.

"잘 아시는군요."

"이 원칙에 들어 있는 드래곤이 만든 칼이라는 건 '베나 실크'를 말하는 거지?"

"맞습니다."

르고는 한숨을 쉬었다. 그건 오래전 떠나간 첫사랑을 떠올린 사춘기 소년의 한숨과도 같았다.

오래전 르고는 여왕 수호기사의 검, 베나 실크를 보고 첫눈에 빠졌다.

'갖고 싶다!'

잘빠진 곡선, 자신감 넘치는 칼날과 햇빛에 반사될 때마다 변하는 빛깔, 무엇보다 그 강도와 날카로움은, 인간이 만든 모든 칼의 정점에 서 있는 위대한 칼마저도 부엌칼로 추락시켜 버릴 만한 놀라운 물건이었다.

'저 칼의 주인이 되고 싶다!'

르고는 베나 실크의 주인이 되려면 여왕의 수호기사가 되는 방법밖에 없다는 사실을 깨달았다. 그래서 그는 여왕의 수호기사가 되기로 했고, 되었다.

물론 여왕 빼곤 누구에게도 한 적이 없는 얘기였다. 이런 얘길 들으면 좌절감에 빠지는 기사들이 속출할 테니까.

수호기사에, 베나 실크의 소유자였던 적이 있는 르고라서 그 칼의 위력과 위험성을 잘 알고 있었다.

그래서 세상에서 가장 위대한 칼을 울프 기사 중 가장 뛰어난 검사에게 안겨 주고 여왕을 지키게 하는 수호기사라는 지위는 너무 위험한 제도라고 생각했다.

'세상에서 가장 막강한 방패이자 위험한 무기를, 여왕의 옆에 아무런 안전장치 없이 두다니!'

천 년 동안 나라가 유지되면서 수호기사의 반란이 한 번도 없었다는 것 자체가 '아란티아의 축복'이라고, 르고는 생각했다.

"베나 실크를 흉내 낸 검을 만들어 본 적이 없는 건 아니잖아?"

새나디엘이 물었다.

"그야말로 흉내에 불과했습니다. 비유하자면 칼을 처음 잡아 본 꼬마가 울프 기사의 검술을 흉내 내본 정도지요. 원칙을 어긴 것도 아니고요. 그런데 지금 폐하의 목소리에는 베나 실크 수준의 보검을 요구하는 바람이 깃들어 있군요."

"맞아. 베나 실크에 필적하는 위대한 아란티아의 상징물을 만드는 거야!"

새나디엘은 '못 만든다고 하면 혼내 줄 거야.' 하는 장난스러운 미소를 머금고 있었다. 자존심 강한 르고는 차마 못 만든다고는 말은 할 수 없었다.

"문제가 있습니다, 폐하."

르고는 옷을 여미며 말했다. 폭포가 떨어지며 튀는 물방울이 얼굴에 닿고 차가운 수증기가 공기 중에 맴돌았다.

'하필이면 성내에서 가장 추운 곳에서 만나자고 하다니. 의도한 게 야!'

몸이 허약한 르고는 겉옷을 입고도 으슬으슬 떨고 있었고, 여왕은 속이 거의 비치는 거나 다름없는 하얀 옷 한 겹만 입고도 봄볕 아래 서 있는 것처럼 따뜻해 보였다.

"말해 봐."

새나디엘이 재촉했다.

르고는 두 번째 규칙을 말했다.

"재료가 없습니다."

"테일드가 가져 왔어."

"흥, 루티아의 그랜드 마스터께서 하늘 산맥에서 굴러다니는 신기한 쇳덩어리라도 들고 왔나 보죠? 그런 걸로는 안 됩니다. 아시지 않습니까? 베나 실크는 단순히 예리하기만 한 칼이 아니라 나디우렌의…….
관두지요. 말해 무엇 합니까?"

르고는 말을 하다 말고 손을 내저었다.

"가져왔다니까?"

"가져왔다니요?"

"테일드도 바보는 아니야."

새나디엘은 펄럭이는 소매를 오른손으로 고정시키고 왼손을 길게 빼 폭포가 떨어지는 호수에 손을 담갔다.

여왕의 저런 소녀 같은 모습을 볼 수 있는 것도 일종의 특권이었다. 수호기사나 시녀 둘 정도?

이미 젊은 시절 예고 없이 옷을 훌렁훌렁 벗어 남성을 시험하던 장난질에 익숙한 르고였다. 그러니 지금은 다섯 살짜리 딸아이가 '나 목욕하는 거 훔쳐보면 안 돼!' 하고 경고하는 모습을 바라보는 아빠의 심정으로 서 있을 수 있었다.

물론 겉보기로 보자면 자신이 오히려 아들 쪽이지만.

"매번 하는 짓만 보면 바보 맞지요, 뭘."

르고는 루티아의 그랜드 마스터를 잔뜩 흉볼 준비를 했다.

"바보라니 너무 하십니다, 마스터 르고."

그때 테일드가 르고 옆으로 불쑥 튀어나오며 말했다.

"으앗, 깜짝이야!"

르고는 화들짝 놀라며 가슴에 손을 얹었다.

"어머, 귀여워라."

새나디엘이 그 모습을 보고 자기 뺨에 손을 얹으며 감탄했다.

르고는 그 말에 자존심이 팍 상했다. 하지만 따지고 보면 천 년을 산 여왕이 육십 먹은 노인쯤이야 얼마든지 귀엽게 볼 수도 있었다.

르고는 민망한 나머지 괜히 옷을 털며 말했다.

"테일드. 어찌 그런 곳에 숨어 있나?"

"숨다니요? 그냥 서 있었는데요."

테일드는 능구렁이 같은 미소를 지었다.

르고는 여왕에게 경고했다.

"수호기사도 없이 이런 곳에서 루티아의 마법사와 단둘이 계셨습니까? 큰일 날 일입니다."

"그래서 르고를 불렀잖아. 난 르고만 옆에 있어주면 누구도 무섭지 않아."

새나디엘은 키득대며 말했다.

"그러게 말입니다. 예전의 르고였다면 절 위협의 대상으로 보지도 않으셨을 텐데요."

테일드는 코를 훌쩍이며 말했다.

새나디엘이 물었다.

"응? 감기 걸렸어?"

"얼마 전에 물에 빠져서."

"어쩌다가?"

"예언하셨잖아요, 나 물에 빠질 거라고."

"그렇게 얘기 안 했을걸."

"살얼음판! 계시하셨잖아요."

"그 말 한 거 되게 오래전인데?"

"십 년쯤 전이었죠."

둘은 르고가 전후 맥락을 유추할 수 없는 잡담을 나누었다.

르고는 일생 동안 앓아온 두통을 감내하는 노인네처럼 손가락으로 관자놀이를 꾹꾹 눌렀다.

이십 년 전에는 왕실의 커튼 뒤에 숨어서 자신을 놀래 주려 하는 꼬마 마법사를, 역습으로 커튼을 확 걷어 심장 마비 직전까지 놀라게 한 적이 있었다.

그런 꼬마가 이젠 루티아의 그랜드 마스터가 되어 있었다.

비록 르고가 예전처럼 감각이 예리하지는 않다고 해도 바로 옆에 가만히 서 있는데도 발견할 수가 없는 경지에 이른 것이다. 그리고 지금 슬그머니 당시의 복수를 하고 있었다.

'망할 자식.'

르고는 속으로만 중얼거린 다음 물었다.

"그란돌, 이 게으름뱅이는 지금 어디 있나?"

"가넬로크에서 사신이 와서 마중 나가 계십니다."

테일드가 또 코를 훌쩍이며 대답했다.

"가넬로크에서 무슨 일로 사신을 보내왔어?"

"제가 요청했죠. 이번에 쓰일 보검 재료 중 하나를 이송해 왔습니다. 드래곤 기사단이 직접 가져왔지요."

"재료는 테일드 자네가 가져왔다고 하지 않았나?"

"제가 가지고 온 건 돌이고, 가넬로크의 사신이 가지고 온 건 칼 손잡이에 박을 보석입니다."

르고는 테일드가 주눅이라도 들길 바라며 일부러 큰소리로 비웃었다.

"난 칼에 절대 장식을 하지 않네. 설사 그게 보검이라 해도! 그런데 가넬로크에서 경호까지 받으며 옮겨 온 대단하신 보석님을 칼에다 박아달라고? 절대 안 돼."

르고는 새나디엘을 돌아보며 의기양양하게 말했다.

"폐하, 보석 박힌 칼을 원하시면 다른 대장장이를 알아보시길 바랍니다."

"직접 보면 생각이 달라지실 겁니다."

테일드가 말을 끊으며 말했다. 그의 자신감 있는 표정을 보자 르고는 생각이 달라졌다.

마법사들은 원래 말과 표정으로 사람을 제압할 줄 알기 마련인데, 테일드 같은 경우에는 그 능력이 각별했다. 그리고 현자라는 말을 듣기 시작하면서부터는 설득 당하는 상대가 기분이 나쁘지 않게 조절할 줄 알기까지 했다.

그 꼬마 마법사가 이렇게 크다니, 르고는 기특하면서도 분했다.

르고가 테일드를 째려보며 물었다.

"정말?"

"정말."

테일드는 엄지를 슬쩍 치켜들었다.

르고는 그 보석이 어떤 물건인지 보지 않을 수가 없게 되었다.

그 보석은 어둠 속에서도 스스로 빛을 냈다. 신비롭고 아름다웠다. 마치 새나디엘처럼!

자기도 모르게 거기에 압도당하자, 르고는 테일드에게 지는 기분이 들어 툭 내뱉었다.

“밤에 잃어버리면 찾기는 편하겠군.”

“보검은 이미지도 중요하지요.”

테일드도 그 빛을 처음 보는 사람처럼 감탄하고 있었다.

“하지만 이 보석이 정말 중요한 이유는 그런 겉모습에 있지 않습니다. 제가 가져온 검의 재료인 바위를, 칼이라는 세속적인 물건으로 묶을 매개체가 될 거니까요.”

“드래곤의 영혼이 담긴 보석이라고 했던가?”

“네. 르고의 세 가지 원칙에 위배되지 않는 조건으로도 충분할 겁니다.”

“어떻게 그렇게 되지?”

“인간은 드래곤이 만든 검을 능가하는 검을 만들 수 없다고 하셨지 않습니까? 그럼 드래곤의 힘을 빌리면 되지요.”

이렇게까지 말하니 테일드가 가져왔다는 바위의 정체도 궁금해졌다.

“어디 그 재료란 놈을 한번 봐 보세.”

바위는 울프 기사 두 명이 낑낑대고 대장간 앞으로 옮겨 놓고 있었다. 그리고 자랑스럽다는 듯 한 명이 말했다.

“어떻습니까? 이 무거운 걸 우리 둘만으로 옮겼죠.”

“수레를 쓰지 그랬나?”

르고가 물었다.

칭찬을 기대했던 둘은 머리를 감싸 쥐고 그 자리에 털썩 주저앉았다. 한 명이 다른 한 명을 쳤다.

“내가 수레 쓰자고 했잖아.”

“힘으로 옮기면 칭찬해 주실 줄 알았지! 너도 동의했잖아!”

테일드와 르고는 그들을 무시하고 바위 앞에 섰다.

“어떻습니까?”

테일드가 떠보는 투로 물었다.

“어떠냐니…….”

르고는 입을 다물었다.

시커먼 바위의 크기는 무릎까지밖에 오지 않았고 무게는 갑옷 다섯 세트 분량은 될 법했다.

보양은 작은 개처럼 보였고 거칠지만 척 봐도 질이 좋았다. 특별히 제련하지 않고 바로 써도 좋을 정도였다.

하지만 르고가 놀라고 있는 건 그 부분이 아니었다.

‘이 바위, 살아 있어!’

영혼이 숨 쉬고 있었다. 무생물인 바위가 영혼의 숨결을 내뱉고 있다는 사실도 놀라웠으나 그 영혼의 힘이 대단히 위협적이라는 점에서 또 한 번 놀랐다.

르고는 조심스럽게 석상 같은 바위를 쓰다듬으며 물었다.

“테일드, 자네 혹시 마법으로 무슨 장난을 친 건가?”

“장난이요?”

“이를테면 살아 있는 동물을 마법으로 돌로 만들었다든가?”

“에이, 설마요. 제가 아무리 장난이 심해도 살아 있는 동물을 녹여서 칼을 만들라고 하겠습니까?”

“그래. 아무리 자네가 개자식이라도 그 정도로 타락하진 않았겠지.”

"개…… 뭐요?"

테일드가 상처 받은 얼굴로 물었지만 르고는 바위 주위를 맴돌며 관찰하느라 대꾸하지 않았다. 그는 바위를 손가락으로 찔러 보기도 하고 손등으로 쳐보기도 했다.

"어디서 난 건가?"

"하늘 산맥에서 발견했습니다."

"하늘 산맥은 나도 가 봤어. 하지만 이런 게 마구 굴러다니는 곳은 아니야. 솔직히 불어."

"정말입니다. 어느 날 자다가 예감이 좋기에 점을 쳐 봤죠. 그날 행운의 색은 검정, 행운의 숫자는 3, 동쪽으로 가면 귀인을 만나리라! 옳다구나 하고 정처 없이 동쪽으로 걷다 보니……."

"걷다 보니 이게 턱 하고 나왔다?"

"아니요, 그랬으면 좋았을 텐데 그대로 석 달이나 걸었죠."

"루티아의 그랜드 마스터가 자리를 비우고 석 달이나 헤매고 다녀? 그것도 행운 점 하나 치고? 마스터 러스킨이 인생에서 단 하나 실수한 게 있다면, 자넬 그랜드 마스터로 추천한 거야."

"그 정도로 열심히 찾아다닌 물건이라는 거죠. 눈 속에 파묻힌 걸 맨손으로 파내느라 동상에 걸릴 지경이었다고요."

"그러다 감기 걸렸나?"

"아니요. 감기는 여자애 쳐다보다가 얼음물에 빠져서……."

르고는 갑자기 그 얘기에 호기심이 생겼다. 테일드의 눈빛은 단순히 사고를 회상하고 있는 게 아니었다.

'어쭈, 이 녀석 봐라? 사랑에라도 빠졌나?'

테일드는 잽싸게 화제를 넘겼다.

"어쨌든 이렇게 열심히 했으니 그다음은 르고가 처리해 주십시오."

"부담 주는 방법도 여러 가지군. 일단 한번 살펴보겠네. 하지만 아무리 재료가 좋아도……."

"아직도 삼 원칙이 해결 안 됐나요?"

테일드는 어린애처럼 웃었고 르고는 대꾸하지 않았다.

"일단 한번 생각해보세요. 르고가 못 하겠다고 하시면 보검은 없던 일로 해요. 폐하는 제가 설득하죠. 제가 제안한 거니까."

테일드는 콧물을 훌쩍이며 물었다.

"내일쯤 와 보면 될까요?"

"그러든가."

아무래도 테일드를 이렇게 능구렁이같이 키운 게 자신 같아서 대놓고 화도 못내는 르고였다.

르고의 주변에 건방진 걸로 치자면 테일드 말고도 하나 더 있었다.

로핀.

검에 관한 재능으로만 치자면 여왕의 수호기사인 그란돌과 비교할 만했다.

처음 하이로드 아라딜의 괴상망측한 화이트 게이트 통행 허가서를 들고 찾아왔을 때부터 특출났다. 그때 로핀을 테스트했던 울프의 기사 다네돌은 호들갑을 떨었다.

'드디어 나타났습니다. 하얀 늑대가 될 수 있는 자질이요!'

직접 보니 호들갑을 떨 법도 했다. 실제로 로핀은 열여덟 살에 같은 울프의 기사들 중 누구도 상대하지 못할 정도로 성장했다.

이십 대 중반인 지금은 자기 스승인 그란돌도 여차하면 꺾을 기세였다.

로핀을 두고 그란돌과 르고는 완전히 다른 시각을 가지고 있었다.

그란돌은 '녀석이 실크를 쥐었을 때의 일을 생각하면 벌써부터 설렌다.'라고 말했고, 르고는 '녀석이 실크를 쥐었을 때의 일을 생각하면 벌써부터 끔찍하다.'라고 말했다.

'너무 예측불허야. 꼭 이게 좋다고만은 할 수 없어.'

망나니 같은 성격에, 위험하다 싶을 정도의 장난질은 예사고, 잘생기기까지 하는 바람에, 나디움의 처녀들을 닥치는 대로 홀리고 다녔다.

그래도 자기가 울프라는 자각은 하는지 여자들을 침대로 끌어들이지는 않았다.

'불행 중 다행인 건지, 다행 중 불행인 건지……. 차라리 이놈은 여자에 빠져 지냈으면 좋겠네.'

로핀은 바위 주변을 빙글빙글 돌아보면서 말했다.

"우와, 이 돌땡이 살아 있네요."

르고는 차를 마시며 로핀이 하는 양을 멍하니 지켜보았다.

"알아보겠냐?"

"알다마다요. 심장이 쿵쾅거리는 소리가 들릴 지경입니다. 이걸 용광로에 처넣어야 한다니 가슴 아프시겠습니다."

'그렇게도 생각할 수 있군.'

르고는 속으로만 생각하며 차를 후루룩 마셨다.

로핀은 오랫동안 바위를 바라보며 물었다.

“이걸로 뭐 만들 거예요?”

“칼. 폐하가 말 안 하디?”

“폐하께서요? 아니요.”

“그럼 나도 말 못 한다.”

“흐음, 아란티아의 보검이라도 만드시려나?”

르고는 뜨끔했으나 모른 척했다.

“너 또 여행 다녀왔다면서? 이번에는 어딜 갔다 왔느냐?”

르고는 원래 여행을 좋아했다. 하지만 몸이 이렇게 어린아이가 되어버린 뒤로는 화이트 게이트도 벗어나 본 적이 없었다.

로핀은 한자리에 한 달 이상 머물면 이끼라도 낄까 무서워 허둥지둥 짐을 싸는 녀석이었다.

또, 한 번 떠나면 반드시 뭔가 저지르고 돌아왔다. 그러니 돌아와서 풀어놓는 이야기 듣는 맛이 쏠쏠했다.

녀석에게는 특이한 지론이 있었다.

‘실행하면 기적이 일어난다! 움직이면 인연이 생긴다!’

어디서 그런 말을 배웠는지 물었지만 가르쳐주지 않았다.

“이번엔 론타몬까지 가 봤어요.”

“꽤 멀리 갔다 왔구나. 재미있는 일은 있었느냐?”

“멋진 기사감을 또 발견했습니다. 여자인 데다 이제 막 스무 살인데도 실력이 보통이 아니더군요. 아이린이라는 이름이었습니다.”

로핀은 흐뭇해하며 덧붙였다.

“그래서 ‘베나 에사르크’를 잠시 맡겨 두었습니다.”

르고는 마시던 차를 뿜어냈다.

“바, 방금……?”

르고는 거칠게 기침을 토했다. 로핀이 다가와 등을 두들겨 주었다. 르고는 그의 손길을 거부하고 다시 물었다.

“방금 뭘 어쨌다고 했냐?”

“베나를 아이린이라는 여자애한테 주고 왔다고요.”

르고는 숨을 헐떡거릴 정도로 놀라 말했다.

“음, 혹시나 해서 묻는 거다만, 로핀! 그게 적당히 비싼 값을 매길 수 있는 고급 칼이 아니라는 것 정도는 알고 있지?”

“주인을 스스로 찾아가는 검이라는 건 알죠. 그 애가 주인이 아니면 저한테 돌아오겠죠, 뭐.”

저 대범함만큼은 역대 울프들 중 최고라 할 만했다. 아무리 주인을 스스로 찾는 검이라는 사실을 알고 있다고 해도 그걸 남에게 선뜻 던져 주고 올 수 있다는 건 보통 뱃심이 아니었다.

“넌 왕국도 팔아먹을 놈이야.”

르고는 이마를 짚고 혀를 찼다.

“그 칼을 내주고 중요한 인재를 찾는다면 좋은 거래죠. 또 칼은 르고가 얼마든지 만들 수 있잖아요.”

로핀이 당연하지 않냐는 투로 말했다.

“너 같은 놈한테 베나 에사르크를 주다니…….”

르고는 한번 뱉어 낸 차를 또 마시기 꺼림칙해서 찻잔을 옆으로 치웠다.

“제 칼은 준비됐나요?”

“아직 작업 중이다.”

르고는 먼지 쓸 듯 손을 내저었다.

“이제 가거라. 정신 집중하는 데 방해된다.”

로핀은 몇 번 더 바위를 건드려 보더니 나갔다.

르고는 로핀의 뒷모습을 바라보며 혼잣말을 했다.

“아란티아의 보검이라면 당연히 울프 기사단의 캡틴이 가질 물건이겠지? 못마땅하지만 만약 보검을 만들면 저 녀석 것이 되겠군.”

저녁 무렵 테일드가 다시 찾아왔다.

“어떻습니까? 만들 수 있겠어요?”

“모르겠어.”

“못한다고는 안 하시네요?”

“난 칼을 만들 때 항상 그걸 쓰는 주인을 염두에 두고 만들어. 아무리 급한 물건이라도 그 기사의 검 쓰는 버릇까지 파악하고 나서야 작업을 시작하지. 하지만 보검이라면 울프들의 캡틴이 가지게 될 게 아니냐?”

“아마도 그렇겠죠.”

“그럼 이상하지. 아무리 캡틴 울프가 가진다 해도, 보검이란 건 전투가 주목적일 수는 없어. 게다가 드래곤의 보석을 손잡이에 달라니?”

“동기 부여가 안 되시나 보죠?”

“동기 부여라. 그래, 그게 안 돼. 아무리 위대한 칼이라고는 해도 장식용 칼이잖아. 어떻게 만들어야 할지 감이 안 와.”

“하지만 못 만든다고는 하지 않으셨으니 기다리겠습니다.”

르고는 대꾸하지 않았다. 그 뒤로 며칠 기다리던 테일드는 결국 너무 오래 루티아를 비워둔 게 걱정된 나머지 돌아가고 말았다.

혼자 검은 돌을 바라보던 르고는 마침내 자신이 왜 칼을 만들지 못하는지 깨달았다.

"내 안에서 아직 울프 기사단의 캡틴이 될 사람을 찾지 못한 거야."

르고는 누구에게도 말하지 못할 비밀을 중얼거렸다.

"로핀은 늑대들을 이끌 수 없어."

"벌써 석 달째야, 르고."

뒤에서 머리를 두 갈래로 늘어뜨리고 얼굴에 주근깨가 낀 말괄량이 십 대 소녀가 말을 걸었다.

'어떤 애가 함부로 작업장에 들어온 거야?'

르고가 돌아봤더니 새나디엘이었다. 심지어 맨발에 바지는 무릎까지 걷어붙이고 있었다. 반팔 셔츠는 찢어져서 배꼽이 보였고 가슴도 살짝 드러나 있었다.

심심풀이로 물고 있던 연초 파이프가 땅에 떨어진 줄도 모르고 르고는 입을 딱 벌렸다.

"자, 장난이 너무 심하십니다?"

르고는 떨리는 목소리로 말했다.

"물고기 잡아 왔어. 같이 먹자."

새나디엘이 바구니를 내밀었다.

"그란돌이 이러고 다니는 거 압니까?"

"몰라. 그러니까 우리끼리만 몰래 먹어야 해."

"옷차림 얘깁니다."

"아, 이거?"

새나디엘은 셔츠를 들썩여 보이더니 말했다.

"전에 보더니 귀엽다고 하던데?"

"맙소사, 수호기사란 녀석이……."

르고는 혀를 찼다.

"르고가 너무 까다로운 거야."

새나디엘은 십 대 소녀가 아빠한테 투정부리는 것처럼 불평을 늘어놓았다.

"이거 하지 마라, 저거 하지 마라. 옷도 정해주질 않나, 밥 먹을 장소를 지정하질 않나, 아무 데서나 편하게 벗지도 못하게 하고, 아침엔 술도 못 마시게 하고!"

"전부 당연한 건데요? 그란돌이 너무 풀어주는 겁니다!"

"헤네시아에 비하면 그란돌도 까다로운 편이야. 그 앤 모든 면에서 방관자였지. 그땐 천국이었어."

"이백 년 전 수호기사까지 꺼내깁니까? 그분은 그냥 게을렀던 거죠."

"흥!"

새나디엘은 콧김을 내뿜으며 돌의자에 앉아 다리를 길게 폈다.

아무리 방목한 망아지 꼴을 하고 있어도 그녀의 아름다움을 감출 수는 없었다. 그 다리 펴는 느긋한 동작 하나만으로 충분히 남자를 설레게 하는 몸의 곡선을 보여 주었다.

'늙은 게 좋은 점도 있어. 저런 걸 봐도 별생각 없을 수 있으니까.'

르고는 새나디엘이 가져온 바구니를 들었다.

"그럼 구울 테니 거기 얌전히 계십시오."

"응, 알았어."

"뭐 만지지 말고요."

"응. 알았어."

르고는 물고기를 손칼로 손질하다가 돌아보았다.

어느새 새나디엘은 벽에 걸어놓은 망치와 톱을 만지작거리고 있었다. 르고가 노려보자, 그녀는 안 한 척했다.

르고는 다시 생선 다듬기에 집중했다. 새나디엘은 탁자에 턱을 괴고 그 모습을 구경하며 말했다.

"생각해 보니 나한테 물고기 잡는 법을 가르쳐 준 건 르고였어. 그리고 물고기 잡을 때 이렇게 바지를 걷으라고 말한 것도 르고였고."

"찢어진 셔츠 입으라고는 안 했어요."

"이건 찢어진 걸 입은 게 아니라 좀 전에 찢어진 거야."

"음, 옷 얘기는 이제 그만하죠."

"자기가 먼저 시작해 놓고선."

르고는 내장을 빼고 비늘을 벗기고 먹기 좋게 다듬은 생선을 긴 쇠꼬챙이에 꽂았다.

"그런데 르고는 왜 항상 혼자서 밥 먹어?"

"식당까지 걸어가는 게 귀찮아서요."

르고는 겉보기에 열 살이지만 체력은 어쩔 수 없는 육십 대였다. 그리고 식당까지 가는 길은 계단이 너무 많았다.

새나디엘은 옆에 놓은 프라이팬을 들어 보이며 물었다.

"칼 만드는 대장간에 요리 기구라니, 이것도 르고가 만든 거야?"

"무시하지 마십시오. 어지간한 칼도 그 프라이팬이랑 부딪치면 깨질 걸요?"

"잘난 척은!"

르고는 모닥불을 피우고 거기에 꼬치 끼운 생선을 걸었다. 한동안 새나디엘이 말이 없자, 이번엔 르고가 먼저 입을 열었다.

"석 달이나 지나고 나서야 물어보는 것도 우습긴 하지만 말입니다."

고개를 들어보니 새나디엘은 두 손으로 볼을 감싸 쥐고 모닥불을 바라보고 있었다.

르고는 물고기를 불 위에 계속 올려놓으며 물었다.

"천 년 동안이나 보검 없이 잘 살았으면서 갑자기 왜 만들려고 하는 겁니까?"

"테일드가 재료를 갖다 줘서?"

새나디엘은 말꼬리를 올렸다.

"스스로도 왜 만드는지 의문이십니까?"

"그런가?"

"그리고 아란티아의 보검이라 할 만한 칼은 이미 있잖아요. 베나 실크."

"외부에 대대적으로 홍보할 용도의 칼은 따로 있어야 하지 않을까?"

"그럼 그런 장식용 칼을 굳이 영혼이 담겨 있는 돌에, 드래곤의 힘이 담긴 보석을 쓸 것까지는 없지 않습니까?"

"그건 그래. 하지만 테일드는 꼭 이걸로 칼을 만들어야 한대."

"테일드가 원흉이군요."

"아니야. 테일드도, 나도 영향을 받은 거야. 그 사람이 우리 둘을 움직여 보검을 만들자고 결정짓게 만든 거야."

새나디엘은 생선 굽는 고소한 냄새를 코로 킁킁대며 말했다.

"호오, 여왕과 그랜드 마스터 두 사람에게 영향을 주다니, 그 대담하면서도 멍청한 녀석은 누굽니까?"

"르고."

"예, 말씀하십시오."

"아니, 방금 그건 '르고, 내 말 좀 들어보세요.' 하는 뜻이 아니라 르고가 말한 그 '대담하면서도 멍청한 녀석'이 르고라는 뜻이야."

미로를 한참이나 돌고 돌았더니 제자리로 돌아온 기분이 들었다.

여왕이 자길 놀리기로 작정하고 말을 꺼낸 건가 싶었지만, 한 번 더 곱씹어 보니 놀리는 투로 말하는 분위기는 전혀 없었다.

새나디엘은 추가로 설명했다.

"그러니까 보검이 필요하다고 결정지은 사람은 르고고, 테일드는 그 명령에 따랐으며 나는 열심히 거기에 의미를 부여하고 있는 거야."

종종 새나디엘은 시간을 앞질러 얘기하곤 했다.

그녀와 처음 대화하는 사람은 마치 예언자의 불분명한 상징성을 듣는 심정으로 감탄할지 모르지만, 르고가 보기에는 여왕 자신도 어느 부분에서 어느 얘기를 해야 할지 헷갈리는 것이었다. 천 년이나 산 부작용일 수도 있었다.

르고는 생선을 뒤집으며 물었다.

"그거 괴이하군요. 제가 저 자신에게 보검 제작을 의뢰했단 뜻입니까?"

"그렇게 말할 수도 있겠지. 어쨌든 이건 르고가 원한 일이야."

"한 가지 분명히 해두자면 전 원한 적이 없습니다. 제가 요새 기억력이 좀 오락가락하는 건 사실이지만 이런 중요한 일을 기억 못 할 리가 없지요."

"음, 그럼 나중에 원하게 되려나?"

새나디엘은 고개를 갸웃거렸다.

"이젠 미래의 저 자신이 의뢰했다고 하시는 겁니까?"

"그것까지는 모르겠는걸. 테일드가 이 바위를 찾은 것도, 때마침 가넬로크와 연락이 닿은 것도, 모두 르고가 내게 영향을 줘서 그래. 그래서 나와 테일드가 같은 소리를 듣게 된 거고 테일드는 '워그'가 내는 목소리를 들은 거지. 행운의 색은 검정, 행운의 숫자는 삼……."

"예, 예. 넘어갑시다. 제가 괜한 걸 물었군요."

마법사 둘의 선문답을 시간 차 둬서 들으니 더 헷갈렸다.

"고기나 먹읍시다. 다 익었네요."

르고는 다 구운 생선꼬치를 새나디엘에게 내밀었다.

"뜨거우니까 조심하시고요."

새나디엘은 꼬치를 받아들고 빙그레 웃었다. 먹을 걸 받고 좋아하는 어린아이 같은 표정으로, 그녀는 의미를 알 수 없는 말을 덧붙였다.

"워그는 내 아주 오래전 친구야. 그가 다시 나디움으로 돌아온 건 분명 이유가 있어서일 거야. 그리고 분명히 말할 수 있는 건 워그의 목소리를 끌어들인 게 바로 르고의 강렬한 의지였다는 거지."

여왕은 정말 살아 있는 존재를 대하듯 바위를 바라보았다.

'워그가 뭐지? 천 년 전 친구? 하지만 돌인데?'

르고는 굳이 지금 이해하려고 하지 않았다. 그녀의 이야기는 언제나 나중에 깨달을 수 있었다.

"앗, 뜨거!"

새나디엘은 생선을 먹다가 입술을 데었다.

르고는 느릿느릿 경고했다.

"뜨겁다고 했잖아요. 사람 말 좀 들으세요."

"이렇게 뜨거운 줄 알고 있었으면 호오 호오 식혀서 줘야지!"

"아예 씹어서 달라고 하시죠?"

르고는 개의치 않고 생선을 먹었다.

"옛날의 르고는 좀 더 자상했는데."

새나디엘은 불평하면서도 계속 생선을 먹었다. 입 주위가 까맣게 된 것도 모르고 입술을 오물거리면서 먹는 그녀의 모습을 보니 좀 전에 귀찮았던 마음은 씻은 듯이 사라졌다.

울프 기사단에 지망해서 테스트까지 통과한 주제에 울프가 아닌 녀석이 하나 있었다.

검술에 재능은 있었으나 미묘하게 약했고, 하는 행동을 보면 여왕의 시녀보다 당당하지 못했으며 근육 없는 마른 체격이라 미덥지 못한 외모였다.

"저, 실례합니다만……."

그의 이름은 퀘이언 간트, 아직 울프의 성을 받지 못한 이 청년에게 르고는 묘하게 애착이 갔다. 마치 젊은 시절의 자신의 모습을 보는 것 같아서.

르고도 베나 실크라는 목표가 없을 때는 검술에 흥미를 느끼지 못했고, 울프의 성을 받지도 못했다.

"이 밤중에 무슨 일이냐, 퀘이언?"

르고는 여전히 보검 제작에 동기를 찾지 못하고 있었다. 그래서 괜히 잠이나 깨려고 심심풀이로 칼을 하나 만들어 식혀 두고 있었다.

"이상하게 들리시겠지만……."

퀘이언은 조심스럽게 말을 이었다.

"절 부르지 않으셨습니까?"

"언제?"

"꾸, 꿈에서요."

르고는 이 건실하지만 모자란 청년을 어떻게 다독여서 도로 침대로 보낼까 고민했다. 그러다 문득 새나디엘과 생선을 먹으며 했던 대화가 떠올라 생각을 바꿨다.

"꿈에서 무슨 일이 있었는데?"

"커다란 늑대가 나타났습니다."

르고는 깜짝 놀랐다. 하지만 내색하지 않고 별거 아닌 척 물었다.

"나타나서?"

"어떤 커다란 새와 싸웠습니다. 그 격렬한 전투는 마치 두 마리 드래곤이 격돌하는 것 같았지요."

말하면서 점점 자신감이 사라졌는지 퀘이언은 기어들어 가는 목소

"이게 웃어?"

에밀은 화를 냈다.

"그래, 웃기겠지. 고작 술 한 잔 가지고 심각하게 계획을 세우는 내 모습이 네가 보……."

"그럼 데려와 봐."

쉐라가 에밀의 말을 끊으며 말했다.

"뭘?"

"드래곤."

"뭐 하자는 거야?"

"내기하자."

"또?"

"또."

쉐라는 빙그레 웃으며 말을 이었다.

"이번 내기가 더 재미있을 거야."

허리에 손을 올리고 에밀을 내려다보는 쉐라의 눈동자와 머리카락이 점차 환하게 밝아지기 시작했다.

"드래곤을 데려와 봐. 그럼 넌 여왕을 만나는 것은 물론이고 천생배필까지 얻게 될 거야."

에밀은 눈을 세게 감았다가 떴다. 그사이 쉐라의 모습은 거짓말처럼 평범하게 되돌아왔다. 머리카락이 잠시 휘날렸던 것도 정원에 부는 바람 때문이라고 변명하듯, 쉐라는 머리카락을 쓸어 넘기며 말했다.

"이제 난 진짜로 가 봐야 해. 나가는 길은 알지?"

"알아."

리로 덧붙였다.

"드, 드래곤이 싸우는 걸 본 적은 없지만 비유하자면 그렇다는……."

"그래, 그래. 그다음엔 무슨 일이 벌어졌어?"

르고는 귀찮아하는 말투로 뒷말을 재촉했다. 하지만 속으로는 경악하고 있었다.

"늑대가 이겼습니다. 하지만 늑대도 피투성이가 되었죠. 늑대는 죽어가며 바닥에 쓰러져 숨을 몰아쉬고 있었어요. 슬픈 눈이었습니다. 하지만 무서운 건 그 새가 아직 죽지 않았다는 것이었습니다. 그 새는 이렇게 말을 했어요. 다시 일어나겠다, 반드시 다시 일어나 널 죽이겠다……. 그러자 늑대는 그 시기가 언제든 그 자리에 내가 있겠다, 하고 말하더군요."

"늑대와 새가 말하는 꿈이라……? 그거 재미있군."

"음산한 꿈이었습니다. 자고 일어났더니 이불이 흠뻑 젖을 정도로 땀을 흘렸더군요. 사실 이불 빨래까지 하고 오던 차였습니다. 날씨가 좋아서 금방 마르겠지만 다시 잠들기도 뭐하고 해서 괜히 여기 와 봤는데……."

퀘이언은 혼자 열심히 설명하다가 제풀에 지쳤다.

"죄송합니다. 꿈에서 막 깼을 땐 반드시 말해야 하는 사안이라고 생각했는데, 막상 말하고 보니 바보 같았네요. 주무세요."

"잠깐 거기 서 봐라."

르고 역시 꿈으로 미래를 예견한다거나 계시를 받는다는 건 말도 안 된다고 생각했다. 하지만 여기는 나디움이고 여왕의 옆이니 그런 일이 벌어져도 이상할 게 없었다.

르고는 인자한 얼굴로 물었다.

"헌데 그 꿈을 꾼 다음, 왜 날 찾아왔지? 네 동료에게 말해도 될 것이고, 여왕님을 찾아가도 될 것이고, 아니면 네 스승인 그란돌을 먼저 찾아가는 게 순서지."

"그 늑대가 사라지고……."

퀘이언은 망설이며 말을 이었다.

"어둠이 짙게 내렸는데 그 어둠 속에서 마스터 르고가 절 불렀어요. 여기로 오라고."

르고는 웃음을 터트렸다.

"난 꿈에서 계시를 내리는 엄청난 마법사가 아니란다. 게다가 널 부르고 싶으면 그냥 내 조수 하나 시켜 불러내면 그만이지 뭐 하러 귀찮게 네 꿈에 등장하느냐? 게다가 방금 난 칼을 만드느라……."

갑자기 등골에 소름이 끼쳤다.

새나디엘의 말이 떠올랐다.

'이건 르고가 원한 일이야.'

그와 동시에 또 다른 여자의 목소리가 귀청을 때렸다. 바로 옆에 있는 퀘이언의 목소리보다 더 선명하게 들렸다.

'당신이야! 당신이 해야 할 일이야.'

르고는 눈을 몇 번 깜빡이며 '과거의 일'을 떠올렸다.

퀘이언은 르고의 급격한 표정 변화에 놀라 조심스레 불렀다.

"저, 마스터 르고?"

"아, 음……. 미안하구나. 잠시 딴생각을 했다."

르고는 허리를 두드리며 일어났다. 그리고 머리를 짚더니 퀘이언에게 말했다.

"맞다."

"예?"

"내가 부른 게 맞아."

"꿈에서요?"

"내가 그 꿈을 꾸게 만든 건 아니지만 널 부른 사람은 내가 맞을 게다. 나도 잘 모르겠으니 그 이상은 묻지 말거라."

르고도 아직 영문을 모르고 있으니 퀘이언은 더더욱 알 길이 없었다. 그는 어린아이의 모습을 한 늙은이의 지시를 기다리며 묵묵히 서 있었다.

"당장 떠날 채비를 갖춰라. 같이 갈 곳이 있다."

"어, 어딜요?"

"가면서 얘기해 주마. 한 사흘 비울 텐데 문제가 있는 건 아니겠지?"

"사흘이나요?"

"안 되나?"

"아닙니다. 하지만 빨래랑 연습장 청소를 맡은 게 있어서……."

"내가 울프 기사단에 뭔가를 요구할 권한 같은 건 없다만, 그깟 건 어떤 식으로든지 면제시켜주마. 어서 가볍게 챙겨 와."

르고도 조수를 불러 여행 갈 준비를 시켰다. 그리고 새벽이 되기도 전에 길을 떠났다. 여왕에게 보고도 안 했다.

그는 오직 퀘이언만 데리고 하늘 산맥의 입구인 아이나카스트 산을 올랐다.

"하늘 산맥을 그냥 들어가면 길을 잃어버린다는데, 괜찮나요?"

케이언은 걱정했다.

르고는 목에 건 목걸이를 만지작거리며 말했다.

"나디우렌의 증표가 있는 자, 아니면 루티아의 마법사만이 하늘 산맥에서 길을 잃지 않지."

르고는 자기 짐까지 어깨에 짊어지고 따라오는 케이언을 돌아보았다. 케이언은 처음 올라와 보는 하늘 산맥을 신기해하며 두리번거렸다.

르고도 하늘 산맥은 오랜만이었다. 먼발치에서 보면 아름답고 처음 발을 들이면 신기한 마음이 앞섰지만 막상 깊숙이 들어오면 귀신이라도 튀어나올 듯 음산한 곳이었다.

깊이 들어갈수록 점차 주변이 안개로 차 열 걸음 앞도 잘 보이지 않았다.

케이언은 행여 르고의 옷자락이라도 놓칠까 뒤를 바짝 따라왔다.

"마스터 르고는 많이 올라와 보셨나 봐요?"

케이언이 겁에 질린 목소리로 물었다.

"아니, 사십여 년쯤 전이었나? 그때 이후로는 나도 처음이야."

르고는 오래전 기억을 더듬으며 말했다.

"그때라면 마스터 르고가 수호기사였을 때 아니었나요?"

"세상 무서울 게 없던 시절이었지. 그런데도 난 이 산에서 길을 잃었지."

르고는 조금 쑥스러워하며 웃었다.

"그럼 지금은 괜찮나요?"

"지금은 증표를 가지고 있으니 괜찮아. 날 헷갈리게 할 마법만 없다면 말이야."

퀘이언은 르고의 목걸이를 유심히 관찰하며 물었다.

"그런 증표는 역시 아무나 갖지 못하는 물건이겠죠?"

"그렇지. 내 경우에는 선물 받은 거다."

"누구에게서요?"

"마녀."

"마녀요?"

"그래. 마녀. 우린 지금 마녀의 성으로 가고 있단다. 내 기억이 정확해야 할 텐데. 이 나이에 이런 산에서 길을 잃으면 죽고 말 거야."

퀘이언은 기겁을 했지만, 르고는 조용히 미소 지었다. 솔직히 출발할 때는 자신이 없었지만, 막상 산길을 걷다 보니 조금씩 옛 기억이 떠올랐다.

그날의 냄새, 그날의 풍경, 그날 '그녀'의 얼굴.

'내가 왜 대장장이가 됐는지 잊어버릴 정도로 긴 세월이었던가?'

마녀가 사십 년 전에 했던 예언 같은 말들이 하나씩 떠올랐다. 그때의 예언은 모두 한 인물을 계시하고 있었다.

세상을 구할 영웅!

만약 테일드가 늑대의 영혼이 담긴 돌을 가져온 일부터 퀘이언이 잠자다 일어나 대장간으로 이끌려온 일련의 일들이 모두 연관되어 있다면 해답은 하나뿐이다.

'아란티아의 보검을 가지는 자가 세상을 구할 영웅이 될 것이다.'

밤이 되어 노숙을 준비했다. 르고는 모포를 두르고 앉아만 있었다. 나무를 모아 불을 지피고 수프를 끓이는 등 일은 퀘이언이 혼자서 다 했다.

퀘이언의 입장에서는 르고가 아무 일도 안 하고 앉아만 있는 게 더 편했다.

스승님의 스승님이라는 그의 위치 때문이 아니었다. 이런 위험한 숲 속에서 괜히 그가 이리저리 움직이면 퀘이언이 더 신경 쓰였다.

퀘이언은 아직 누군가를 지키면서 싸울 자신이 없었다. 고향에서야 백 년에 한 번 나올 천재 소리를 들었지만, 여기 와 보니 그의 재능이란 아무것도 아니었다. 그는 자신감을 잃었다.

"드세요."

퀘이언이 수프를 그릇에 떠서 내밀고 자기도 한 그릇 손에 쥐었다.

르고가 수프를 한 스푼 뜨며 물었다.

"그러고 보니 넌 어째서 울프의 기사가 되고 싶었느냐?"

"모르겠어요. 요새 제가 저 스스로에게 자주 하는 질문이죠."

"내 보기에 너는 가능성이 충분하다만……. 좀 더 자신감을 가지고 도전해 볼 마음은 없는 게냐?"

"로핀이라는 거대한 벽을 보니 도전할 맘도 안 나던걸요."

르고는 흐뭇하게 웃었다.

"인생에선 언제나 벽을 만나기 마련이지. 벽이 높을수록 그다음 올라가는 단계도 높아지고 포기하지만 않으면 아무리 높은 벽도 넘을 수 있는 법이야."

"하지만 로핀은 너무 높아요. 다들 로핀이 울프 기사단의 캡틴감이라고 입을 모으더군요. 마스터 르고 생각에는 어떠세요?"

"확실히 그 녀석은 대단하지. 하지만……."

르고는 뒷말을 하지 않았다.

퀘이언으로선 뜻밖이었다.

'동의하지 않으시네? 마스터 그란돌도 인정할 정도의 로핀을?'

르고는 고개를 저으며 말했다.

"너라고 로핀을 못 따라잡을 이유가 있겠느냐?"

"다른 사람이라면 모르겠지만, 로핀은 아니에요."

"본인이 나서서 한계선을 그을 필요는 없다."

퀘이언은 무릎을 끌어안고 조용히 장작불만 바라보았다.

"내가 잔소리를 하고 말았구나. 미안하다."

"아니에요."

퀘이언은 자리에서 일어났다.

"땔감 좀 더 구해 올게요."

"불빛을 벗어나지 마라."

퀘이언은 르고의 경고대로 장작불이 보이는 자리만 돌아다니며 땔감을 모았다. 안개 때문에 젖은 게 많아 마른 땔감을 모으기가 쉽지 않았다.

'르고는 추위를 많이 타니까 밤새 쓰려면 많이 모아야 해.'

땔감을 찾던 퀘이언은 사사삭 하고 뭔가 움직이는 소리가 나서 고개를 들어보았다.

작은 소녀가 나무 뒤에 숨어서 얼굴을 반만 내밀고 자신을 보고 있었다. 검은 머리에 검은 눈동자를 하고 있는 소녀였다.

"어흑?"

퀘이언은 자기도 모르게 이상한 외마디를 내질렀다.

소녀는 안개 속에서 거의 윤곽만 확인할 수 있을 정도로 잠깐 흐릿하게 보였다가 도로 사라져 버렸다. 검은 머리카락이라고 생각했지만 어둠 속이라 과연 그 색깔이 맞을까도 싶을 정도로 순식간이었다.

퀘이언은 얼이 빠져 한참이나 숨을 멈추고 있었다. 그러다 품에서 나무를 떨어뜨려 발가락을 찧었다.

"윽!"

퀘이언은 한 발을 쥐고 낑낑댔다. 그 사이에도 계속 주변을 살폈다. 그리고 다시 떨어뜨린 나무를 주울 때도 주변을 살폈다.

아무도 없었다.

'뭐였지?'

퀘이언은 화톳불 옆으로 돌아왔다. 르고는 벌써 잠들어 있었다. 무서워서 그를 깨우고 싶었지만, 방금 본 걸 설명할 자신이 없어 포기했다.

'잠이나 자자. 잘못 봤을 거야.'

하지만 퀘이언은 방금 본 모습이 떠올라 잠을 이룰 수가 없었다.

'옛날 얘기에서는 딱 이런 말 하고 유령한테 당하고 말지. 자지 말자. 제대로 본 것 같아.'

퀘이언은 칼을 꽉 쥐고 주변을 경계했다. 그리고 잠시 후 잠들었다.

"일어나! 젊은 놈이 늙은이보다 늦게 일어나?"

르고가 자고 있는 퀘이언을 발로 걷어차 깨웠다.

퀘이언은 어린아이의 모습을 한 르고가 그런 말을 하는 게 여전히 익숙하지 않았다. 퀘이언은 일어나자마자 전날의 일을 얘기할까 하다가 왠지 바보 같아 아무 말도 하지 않았다.

'애초에 꿈 얘기를 하지 말았어야 했어. 괜히 르고가 나 때문에 고생하고 있잖아. 더 이상 바보가 되면 안 돼. 울프 기사단에서 쫓겨나면 갈 데도 없는데.'

퀘이언은 속으로 다짐했다.

다시 여정이 시작되었다. 퀘이언은 어제 봤던 걸 말하는 대신 다른 걸 물었다.

"지금 가는 곳이 마녀의 성이라고 하셨잖아요? 어떤 마녀인지 여쭤도 될까요?"

"긴 얘기지. 어떻게 시작하면 좋을까? 혹시 사십여 년 전 아란티아에서 벌어진 대장장이들의 대규모 실종 사건에 대해 알고 있느냐?"

르고는 질문으로 얘기를 시작했다.

"아란티아의 실력 있는 대장장이들이 실종되고 하이로드들이 그 대장장이들을 찾으려고 현상금을 걸었다는 정도만 알고 있습니다."

"호오, 네 나이치고는 많이 알고 있구나."

"역사책을 좀 읽어 뒀습니다."

"그래, 그래. 그리고 더불어 아주 많은 칼들이 사라졌단다. 베나 에사르크조차 도난당할 정도였으니까."

"로핀의 검까지요?"

“맞다. 로핀 그 녀석이 던져 버리고 온 그 칼 말이야. 그 생각을 하니 지금도 속이 쓰리구나. 내 이놈의 자식을 그냥…….”

르고는 작은 손으로 작은 가슴을 쾅쾅 두들겼다. 퀘이언은 별수 없이 그가 귀엽다는 생각을 하고 말았다. 그런 말을 좋아하지 않으니 절대 말할 수는 없지만.

“하지만 로핀 말이, 베나 에사르크는 스스로 주인을 찾아가는 칼이라면서요?”

“그렇게들 말하지. 그렇게 되길 바라고. 하지만 만약 그 칼이 되돌아오지 않으면 로핀의 엉덩이를 까뒤집어서 회초리를 후려쳐 줄 테다!”

르고는 한참이나 씩씩댄 다음에야 얘기를 계속 이어 갔다.

“난 수호기사로서 폐하의 곁을 떠날 수 없었지만, 수수방관할 수도 없었어. 문제는 심각해지고 있었는데, 새나디엘은 알아서 하라며 강 건너 불구경만 했고! 하지만 난 눈치가 빨랐지. 폐하는 누가 범인인지 알고 있었어.”

“그렇게 큰 사건인데 범인을 알면 직접 잡으러 가진 않더라도 하이로드들에게 말해줘야 하는 거 아니에요?”

“그러게나 말이다! 여쭤도 모른 척할 뿐이고. 결국 난 직접 범인을 찾기로 결심했단다.”

퀘이언은 직감했다.

‘난 지금 르고의 가장 큰 비밀을 듣고 있는 거야.’

많은 이들이 궁금해 하지만 아무도 듣지 못한 르고의 비밀.

어째서 르고는 어린아이의 몸인가?

퀘이언은 마침내 그 궁금증이 풀리길 기대하며 얘기에 집중했다.

"수호기사의 업무까지 보면서 사건 조사를 하기는 쉽지 않았지."

르고는 느릿느릿 얘기를 이어갔다.

"하지만 대장장이들의 실종 사건을 다양한 각도에서 조사한 직후 용의자를 마법사라고 단정하게 되었지."

"특별히 그렇게 생각하신 이유라도?"

"대단한 추리를 한 건 아니야. 어떤 대장장이가 묵은 여관의 2층이 지붕 채로 날아갔다거나 경비병 수십 명이 둘러싼 대장간 안에 숨어 있던 대장장이가 눈 깜짝할 사이에 사라졌다든가……. 그런 현상을 들으면 당연히 마법이라는 단어밖에 안 떠오르지!"

퀘이언은 걷다가 잠깐 비틀거렸다. 발이 낙엽 속에 푹 파묻혔다. 수십 수백 년 동안 낙엽이 쌓이고 나무가 쌓이고 이끼가 쌓이면서 바닥은 늪지대나 다름없었다. 산길을 걷는 일에 자신 있는데도 몇 번이나 넘어지게 되었다.

"마법사의 소행이라면 루티아에 물어보면 되겠군요."

퀘이언은 낙엽에서 발을 빼며 그사이 열 걸음이나 앞서간 르고를 뒤따랐다.

"나도 딱 그런 생각을 하고, 범인이 마법사일 가능성에 대한 자문을 구하려고 루티아에 편지를 썼지. 그랬더니 '루티아는 이 일과 관련이 없습니다.' 하는 변명에 가까운 답장만 날아오더구나. 꼭 책임을 회피하려는 언사 같았어. 만약 루티아 출신 마법사 소행이면 난 루티아를 가만 안 두려고 했지!"

둘은 잠시 걸음을 멈추고 대화도 멈췄다.

워낙 험한 산이다 보니 걷는 동안 다양한 지형을 만나게 되었다.

십 미터는 오르막길이 되었다가 십 미터는 내리막길이 되길 반복하고 있었는데, 이번에 두 사람 앞을 가로막은 내리막길은 거의 절벽에 가까울 정도로 가팔랐다.

"내가 먼저 가마. 조심해서 따라오너라."

"어, 괜찮으세요?"

르고를 업고 가야 하나 고민하던 퀘이언이 깜짝 놀라 물었다.

"그럼!"

르고는 절벽과도 같은 내리막길을 미끄러지듯 내려갔다.

노숙을 하면 체력이 떨어지기 마련인데도 르고는 전날보다 힘이 넘쳐 보였다. 걸으면서 말을 했지만 숨도 헐떡이지 않았다. 퀘이언이 보기에는 마치……, 마법사 같았다.

수염을 길게 기른 노인네면서 젊은이보다 더 힘이 좋은 루티아의 마법사!

'옛날 얘기 하면서 젊어지기라도 하신 건가?'

퀘이언은 겨우 르고를 따라 내리막길을 내려갔다. 평지가 나오자 르고는 쉼 없이 얘기를 이어갔다.

"그 사건에 관련된 소문도 무성했지. 범인은 사실 칼을 증오해서 칼 만드는 사람을 다 죽이는 살인마라든가, 예전에 대장장이 시험을 봤다가 떨어진 견습생이 복수를 하고 있다든가. 신빙성 하나 없는 소문들 사이에 어쩐지 그럴듯한 소문이 끼어 있기도 해서 머리만 더 복잡해지기 일쑤였지. 그러다가 왕실 수석 대장장이 생펜까지 납치당해 버렸단다."

"나디움에서요?"

"그래! 울프 기사단이 득실대는 왕실 한가운데에서 납치된 거다. 울프들이 삼교대 하면서 지킨 대장장이가 사라지다니 내가 얼마나 황당했겠니? 하지만 더 황당한 건 혼란에 빠져 허둥대던 다음 날 왕실에 보관 중이던 베나 에사르크마저 도난당해 버렸다는 거야. 그것도 대낮에!"

르고는 흥분해서 손을 휘저으며 말했다.

"울프들은 눈이 시뻘게져 날뛰었지. 기사단의 권위야 안중에도 없지만 자존심만큼은 이 세상 누구 못지않은 녀석들이거든. 그런데 조사 중에 에사르크가 있던 자리를 중심으로 발자국이 남아 있더구나."

"갑자기 수상해지는군요. 눈 깜짝할 사이에 사라질 정도로 대단한 범인이 발자국을 남겨요?"

"예리하구나, 퀘이언. 그 자리를 직접 수색한 울프 녀석들은 '아자, 증거 잡았다. 잡으러 가자!' 하면서 난리를 피웠는데."

르고는 흐뭇한 얼굴로 퀘이언을 돌아보았다. 여전히 그는 힘이 넘쳤다.

"맞다. 아주 수상했지. 그건 마치, 날 잡으러 쫓아와라, 하고 억지로 남긴 흔적 같았지. 너라면 어떻게 했겠니? 난 젊은 혈기에 그 발자국을 따라가 버렸단다."

퀘이언은 '그거 참 경솔한 행동이었군요.'라고 말하려다 참았다. 그런데 르고가 속마음을 읽기라도 한 듯 말했다.

"참으로 경솔한 행동이었지. 물론 옆에서 '어서 따라가지 못해!' 하고 폐하가 등을 떠민 이유도 있었지만……."

"새나디엘 폐하께서 직접이요?"

"내가 아는 한 그렇게 적극적으로 뭔가를 하라고 소리를 지른 건 그걸 포함해 딱 세 번뿐이었단다."

"나머지 두 번은 뭔가요?"

"하나는 폐하의 개인 사생활이니 말해 줄 수 없지만 하나는 로핀이 구십 년 된 와인을 꺼내 마셨을 때였지. 값으로 치자면 귀족 지위를 살 만한 귀한 물건이었지. 그런데 로핀이 그걸 마시고 뭐라고 했는지 아느냐?"

르고는 로핀의 목소리를 흉내 내어 말했다.

"보관 상태가 안 좋아서 맛이 상했어요. 그래서 하는 수 없이 제가 다 마셔 버렸으니 너무 실망 마세요."

"로핀다운 행동이……라고 하기에는 진짜 좀 과격했네요."

"우연의 일치인지 폐하의 힘인지 로핀이 그 말을 하는 순간, 하늘에서 번개가 떨어져 정원에 있는 나무에 불이 붙었지."

"지, 진짜요?"

"솔직히 우연인 것 같긴 하다만, 그분이 좀 특별하잖니?"

"그래서 로핀은 어떻게 됐나요?"

"지금의 로핀을 보렴. 여전하지! 그냥 좀 혼나고 말았어."

퀘이언은 로핀이 '에이 혼났네. 헤헤' 하고 뒤통수를 긁적이는 모습을 상상할 수 있었다.

"로핀의 그런 성격을 열 조각 낸 다음에 딱 한 조각만 네 소심함에 갖다 붙이면 아마 퀘이언 넌 대단한 기사가 될 게다. 적어도 그런 강심장은 되어야 베나 에사르크를 자기가 갖겠다고 설치지."

"어? 로핀이 직접 에사르크를 달라고 요구했었나 보죠? 전 물려받은 줄 알았어요."

"그냥 지가 덥석 허리에 차더니 그다음 날부터 주인 행세를 하더구나."

"그냥 가졌다고요?"

퀘이언은 이해가 가지 않았다.

"어떻게 그럴 수가 있죠? 베나 실크와 동급의 칼이라면서요? 국보라면서요?"

"다들 그렇게 생각하고 못 한 걸 해낸 게 로핀이야. 그란돌은 '누군가 가지긴 가져야 할 검이었으니 주인 행세하는 녀석이 주인이다' 하며 내버려 뒀고, 다른 기사나 시녀나 대신들은 너무 황당해서 오히려 저지하지 못했단다. 폐하는 그 와인 사건 이후로 로핀이 왕 자리를 내놓으라고 설치지만 않으면 뭐든 용서하겠다는 태도였고……."

퀘이언은 혀를 내둘렀다.

"제가 아무리 노력해도 따라갈 수 없는 경지군요, 로핀은."

르고는 '그건 그래.'라고 동의하며 하던 얘기를 마저 했다.

"나는 울프 기사 두 명을 대동하고 발자국을 쫓아갔지. 하지만 아이나카스트 산 안에서, 바로 이 산이지, 그 흔적이 끊겼단다. 난 부하 둘을 잃고 길도 잃었지. 여왕 수호자의 검인 베나 실크를 가지고 있으면 나디우렌의 수호를 받아 하늘 산맥에서 길을 잃지 말아야 하는데도 그렇게 됐단다. 난 함정에 빠진 거지."

"그때 마녀가 나타났군요?"

퀘이언은 어젯밤 노숙하면서 봤던 소녀가 떠올랐다.

'그건 뭐였지? 설마? 아니야. 지금 마스터 르고는 사십여 년 전 얘기

를 하고 있어.'

"그래. 길을 잃은 날 마녀가 공격해 왔단다. 날 잠재우려 한 거야."

퀘이언은 긴장해서 침을 삼켰다.

당시 르고는 여왕 수호기사, 즉 최강의 울프 기사였다. 비교하자면 지금 스승인 마스터 그란돌과 동급이었을 것이다. 퀘이언은 그란돌이 누군가에게 기습을 당한다는 건 상상도 할 수 없었다.

제아무리 상대가 마법사라 해도, 루티아의 그랜드 마스터 정도가 아니고서야!

"그 당시에는 그런 게 모두 마법처럼 보였지만 실은 마법이 아니라 마법처럼 보이게 만든 일종의 트릭이었단다. 대장장이를 납치한 것도 모두 지하실의 비밀 통로를 쓰거나 독초를 써서 환각을 일으켜 대장장이를 지키는 경비들이 헛것을 보게 만든 거야. 날 길을 잃게 만든 것도, 날 잠재운 마법도 실은 약초의 연기로 인한 환각이었지."

퀘이언은 그 얘기를 들으며 괜스레 숨을 참았다. 나무 하나를 지날 때마다 숲이 풍기는 특유의 풀 냄새가 변했다.

하늘 산맥은 방금 지나온 길이, 돌아서면 뒤바뀌어 있는 곳이었다.

시간이 지날수록 숲의 마력이 퀘이언의 마음을 지배하고 있었고 점점 힘들어졌다. 그럴수록 르고의 걸음은 빨라졌는데, 문득 퀘이언은 르고가 빨라진 게 아니라 자신이 느려진 게 아닐까 의심스러웠다.

"나는 단검을 허벅지에 찍으면서 졸음을 참아냈지. 죽을 만큼 힘들었어. 마침내 내가 잠든 줄 알고 그 마녀가 접근해 왔다. 기회는 한 번뿐이었고 나는 전력을 다해 칼을 휘둘렀지."

"죽였어요?"

"죽이면 안 되지!"

르고는 큰소리로 말하더니, 누가 엿듣기라도 한 듯 목소리를 낮췄다.

"만약 그자가 납치범이라면 대장장이들을 잡아 놓은 곳을 알아내야 하고 훔쳐낸 베나 에사르크도 돌려받아야 할 것 아니냐? 부상만 입혀 놓아야지. 하지만 문제는 그 마녀를 부상 입혀 놓고 정작 난 졸음을 이겨내지 못하고 잠들어 버린 거야."

갑자기 돌풍이 불었다. 퀘이언은 깜짝 놀라 납작 엎드렸지만 르고는 고개만 슬쩍 젖힌 상태로 기다렸다.

그리고 돌풍이 그치자 아무렇지도 않게 걸어갔다.

퀘이언은 방금 뭐였어요, 하고 묻지도 못하고 허둥지둥 일어나 그를 따라갔다.

"마녀는 잠든 나를 들쳐 메고 산을 내려갔어. 난 정신을 거의 잃었지만 마지막까지 한 가닥 의식은 남겨둘 수 있었지. 어쩌면 그건 내 정신력이 아니라 베나 실크의 보호 덕이었는지도 몰라. 그 와중에 나는 한 가지 의문을 품고 있었지. 이 여자는 내 칼에 맞았는데 어떻게 아무렇지도 않을 수 있을까?"

"인간이 아니었나요?"

"얘기를 동화로 돌리지 말거라. 그 여자는 그냥 버틴 거야. 지금 이런 몸이 아니라, 젊은 시절의 덩치 큰 나를 들고 걸을 수 있을 정도로 힘이 장사인 여자였지만 칼에 맞고도 멀쩡할 수는 없었어. 그냥 악착같이 버티고 버텨서 나를 들고 자기 성까지 갔단다. 피를 흘리면서 말이야."

르고는 시야를 가리는 무성한 풀숲을 통과해 들어갔다.

퀘이언은 풀숲 때문에 보이지 않는 건너편이 절벽이나 내리막이면 어쩌려고 저러나 싶었지만 계속 따라갈 수밖에 없었다.

풀숲 너머는 평지였다. 하늘을 막는 울창한 나무가 없으니 오랜만에 푸른 하늘이 보였다.

나무 사이로 뾰족한 탑과 성벽이 있는 성이 보였다.

'이런 곳에 저런 거대한 성이?'

퀘이언은 걸음을 멈췄다.

"내가 그 여자에게 잡혀간 곳이 바로 저기란다. 루티아보다 훨씬 전에 하늘 산맥 안에 자리 잡고 있던 고대 도시. 그리고 천 년도 훨씬 지난 과거에 멸망한 문명."

퀘이언은 왔던 길을 되돌아보았다.

"우리 여기까지 오는 길이 꽤 험하지 않았나요? 그 여자 혼자 힘으로 이 길을 통해 르고를 옮겼단 말이에요?"

"대단했지. 그리고 그 여자는 그걸 끝으로 쓰러져 버렸단다. 나는 그 때쯤에 정신을 차려 버렸고……. 상황이 역전된 거야."

"마침내 그 여자를 잡아서 나디움으로 체포해갔다……, 로 끝나는 얘기는 아니겠네요?"

"그렇게 해야 했지만 그렇게 못 했단다. 그 여자는 배에서 피를 흘리면서도 내게 말했지. 칼을 빌려 달라고. 해야 할 일이 있다고."

"칼이란 건 베나 실크 얘기죠?"

"울면서 부탁했지만, 난 거절할 수밖에 없었다. 당연하지 않느냐? 이건 내 물건이 아니고, 다음 수호기사에게 물려주기 위해 잠시 맡아둔 칼이니까. 여자는 낙심하더니 그대로 기절해 버렸지."

르고의 얘기대로라면 사십여 년 전에도 여자 한 명이 살았던 성이지만, 수백 년은 아무도 살지 않았던 것처럼 방치되어 있었다.

성을 쌓아 올리는 방식이나 성벽도 퀘이언이 이제껏 보지 못한 특이한 방식이었고 성문에 아슬아슬하게 매달려 덜렁거리는 성벽의 장식도 퀘이언이 본 적 없는 짐승의 형상이었다.

퀘이언은 끝없이 주위를 두리번거렸다. 고대 도시와 마녀, 그리고 나디움의 마스터. 마치 그때 그 시절의 간접적인 목격자라도 되고 싶은 듯 하나도 놓치지 않으려고 열심히 살피게 되었다.

그러다 또 어제 봤던 소녀를 발견했다!

“저, 저기!”

퀘이언은 손가락을 들어 가리켰다. 그 순간 또 사라졌다.

이번엔 확실했다. 한눈을 판 것도 아니고 졸린 것도 아니고 밤도 아니고 안개도 없었다.

소녀가 잽싸게 숨은 것도 아니었다. 그냥 거품이 터진 것처럼 없어져버렸다.

퀘이언은 손가락만 허공을 가리키고 소리를 지른 바보가 되고 말았다. 앞서 있는 르고는 퀘이언이 내지른 외마디를 듣지 못하고 계속 성 안으로 들어가고 있었다.

‘날 따라다니는 귀신인가? 하늘 산맥은 원래 이런가? 르고에게 말할까? 말하면 창피할까?’

퀘이언은 얼른 그의 뒤에 따라붙었다.

“저…….”

“응? 왜?”

르고가 돌아보았다.

"아닙니다. 아무것도."

퀘이언은 말하려다 말았다. 그의 얘기를 먼저 다 들은 다음에 말해도 늦지 않을 것 같았다. 어쨌거나 직접적인 위해를 가한 것도 아니고.

"그래서 여자가 기절한 다음에는요?"

르고의 느긋한 목소리가 퀘이언의 마음을 진정시키는 데에 도움이 되었다.

"자길 베어 버린 남자를 여기까지 데려온 여자라니……. 그 상황에서 내가 뭘 할 수 있었겠느냐? 아무리 범인이라지만 나는 우선 그녀를 치료해 주었지. 그래도 혹시 몰라 일단 밧줄로 두 손과 발을 묶어 두고서 난 성 여기저기를 살폈단다."

"그래서 납치해간 대장장이들과 베나 에사르크를 찾았나요?"

"찾았지. 하지만 내가 생각했던 것과 조금 다르더구나."

낡은 성을 가로지르는 복도는 두 사람의 발소리 외에는 아무 소리도 들리지 않았다.

숲을 지나오는 동안 너무 자주 들려 아예 일상적인 소음이 되어 버린 새소리나 벌레 소리도 여기서는 전혀 들리지 않았다.

복도 중간중간에는 많은 출입문이 걸려 있었으나 그 흔적만 남아 있었다. 있더라도 부서져 있어 굳이 문을 열고 닫을 필요가 없었다. 하지만 르고가 인도한 복도의 끝에는 두툼한 쇠문이 굳게 닫혀 있었다.

무거운 문을 지탱하는 바퀴가 녹이 슬어 르고가 밀어도 열리지 않았다. 퀘이언도 같이 밀었지만 그래도 잘 밀리지 않았다.

퀘이언이 짐을 모두 옆에 내려놓고 있는 힘을 다해 밀자 비로소 슬금슬금 움직였다.

“그 마녀를 침대에 눕혀 놓고 제일 먼저 찾은 곳이 여기였지. 소음과 열기가 가득했으니 찾는데 어렵지도 않았어. 그땐 잘 열렸는데.”

르고는 조금 더운지 손부채질을 했다. 퀘이언은 계속 끙끙대며 문을 밀었다. 겨우 한 뼘 정도 열린 다음에는 더 열리지도 않았다.

퀘이언은 잠시 숨 돌리며 물었다.

“소음과 열기가 가득했다고요?”

“당시 이 안에는 엄청나게 많은 모루가 널려 있고 거대한 용광로에서는 쇳물이 끓고 있었으며, 그간 잡혀간 대장장이들이 그 앞에서 망치질을 하고 있었단다. 왕실 수석 대장장이인 셍펜은 아예 작업을 진두지휘하고 있더구나.”

“노예가 되어 일하고 있었던 건가요?”

“나도 처음엔 그렇게 생각했단다. 하지만 딱히 지키는 경비병도 없었고 납치범인 여자는 위에 부상당해 쓰러져 있는데도 그들은 달아나기는커녕 그 어느 때보다 열심히 일을 하고 있지 뭐겠니?”

퀘이언이 살짝 열린 틈을 들여다보니 안은 방금 르고가 말했던 그대로 모루와 도가니가 가득 찬 넓은 작업장이 있었다. 물론 그때와 같은 열기는 없었고, 먼지와 거미줄만 가득했다.

“조금만 더 열면 사람 한 명 통과할 정도는 되겠어요.”

퀘이언은 다시 팔을 걷어붙이며 물었다.

“그런데 여기서 그 사람들이 뭘 했는데요?”

“칼을 만들고 있었지.”

“무슨 칼을 만들려고 대장장이들을 굳이 납치까지 했대요?”

"글쎄, 뭐라고 말해야 할까?"

르고는 살짝 열린 문틈으로 안을 들여다보았다. 그의 얼굴에는 미묘한 감정이 떠올랐다. 행복한 건지, 슬픈 건지 알 수 없는 미소였다.

"막상 말하려니 어째 민망하구나."

르고가 고개를 설레설레 저으며 말을 이었다.

"세상을 멸망시킬 악마를 죽일 칼."

*40여 년 전.*

르고는 베나 실크로 두 손과 두 발을 결박당한 '마녀'의 목을 겨냥하고 비웃었다.

"악마를 죽일 칼?"

당시의 르고는 어린아이의 육체가 아니었다. 건장하고 근육질에, 헛기침만 하면 누구라도 기죽게 만들 덩치였다.

하지만 그녀는 두려움 없는 눈동자로 진지하게 고개를 끄덕였다.

오히려 비웃은 르고가 무안했다.

'서른 살도 안 되겠군. 꼬부랑 할머니일 줄 알았더니.'

마녀라는 편견 때문이었다. 이렇게 젊을 거라고는 생각 못 했다. 그리고…….

'이렇게 예쁠 줄도 몰랐는데.'

르고는 머리를 휘휘 저으며 말했다.

"여기 잡혀 있는 대장장이들은 네가 납치해 온 거 맞지?"

마녀는 고개를 끄덕였다.

"나디움에서 '베나 에사르크'를 훔쳤고?"

또 고개만 끄덕.

"그런 다음 일부러 발자국을 남겨 날 유도했지? 그런데 유도한 목적이 이번엔, 내 '베나 실크'를 훔치는 거고?"

르고는 마녀가 고개를 끄덕이기도 전에 계속해서 물었다.

"그리고 베나 실크를 훔치는 이유가 세상에 내려올 악마를 죽일 칼이 필요해서라고?"

말하고 나니 르고는 더욱 어이가 없었다.

마녀는 마침내 입을 열었다.

"근시일 안에, 정확히 십 년 뒤인지 이십 년 뒤인지는 모르겠지만 세상 누구도 막지 못할 악이 도래할 거야. 백 년 후일지도 몰라. 내년일지도 모르지. 확실한 건 '조만간' 그 악마가 세상에 모습을 드러낼 거야."

말투와 외모에서 그녀는 새나디엘과 비슷한 면이 있었다.

"대체 그딴 엉터리 계시를 내린 놈이 누구야? 여기 어디 그런 점쟁이라도 있나?"

"그건 이 성을 이어 가는 후계자에게 내려온 계시야. 이곳의 주민들은 천 년 동안 인간에게 허락되지 않은 공간에 사는 대가로 천천히 그 숫자가 줄어 갔고 마침내 나 하나만 남게 됐어."

마녀는 울먹이며 말했다.

"난 혼자서 살아갈 정도로 강한 여자가 못 돼. 하지만 그 계시를 지켜내기 위해 지금까지 버텨 왔어."

여자의 눈물을 보자 마음이 약해진 르고는 칼끝을 약간 늘어뜨렸다가 다시 마음을 다잡았다.

"그래서?"

"나 혼자 힘으로는 칼을 만들 수 없었어. 내가 계시 받은 칼은 모든 것을 벨 수도 있지만 스스로 그 악을 찾아갈 수도 있어야 해. 어둠 속에서 스스로 빛을 내야 하며 악마의 저주 앞에서도 부러지지 않아야 해. 당신의 그 칼, 그거라면 가능할지도 몰라."

마녀는 르고가 내민 칼을 더 가까이 보고 싶은 듯 얼굴을 칼 앞으로 내밀었다.

르고는 마치 그녀가 칼을 빼앗아 가기라도 할 것처럼 뒤로 물러났다. 그녀가 아직 밧줄에 묶여 있다는 사실을 잠시 잊어버릴 정도였다.

'나, 이 여자한테 겁을 먹었나?'

르고는 일부러 굵은 목소리로 말했다.

"옳은 말이다. 세상의 어떤 악이라도 내 앞에 나타난다면 나는 이 칼로 그 악을 무찌를 것이다."

르고는 베나 실크를 치켜들어 보였다.

"오십 년 후라면 난 못하겠지. 하지만 내 후계자가 그 일을 대신 할 거야. 지금은 쓸 만한 제자가 없지만 그때라면 나타나 주겠지. 아란티아는 스스로 지키는 나라니……."

"그렇지 않아!"

여자는 악을 썼다. 르고는 흠칫 놀랐다. 그녀의 목소리가 어찌나 날카로운지 방 안에 유리컵이라도 있다면 산산조각 날 정도였다.

"잘 들어, 이 잘난 척쟁이 기사 같으니! 계시에 나온 칼은 네 칼과 비슷하지만 같지 않아. 그 칼로는 악을 일시적으로 막을 순 있지만 영원히 없앨 순 없어. 새로 만들어야 해. 시간이 없어."

"오십 년 후라며? 왜 내일 당장 일이 터질 것처럼 애꿎은 사람들까지 납치하고 난리야!"

"그건……."

그녀는 말을 할 때마다 몸을 움찔거렸다.

"몰라. 나도 몰라. 나도 내가 왜 이렇게 서두르는지 모르지만 서둘러야 해."

르고는 그런 모습을 더 두고 볼 수 없어 그녀를 묶은 밧줄을 끊었다. 애초에 이런 여자를 상대로 베나 실크를 겨누고 있는 것도 못할 짓이었다.

마녀는 묶여 있던 부분을 손으로 주무르기만 할 뿐, 달아나거나 공격해 오진 않았다.

"더 들어주기도 힘들군. 난 이제 대장장이들을 데리고 떠나겠다."

르고가 선언하듯 말했다.

마녀는 시큰둥하니 대꾸했다.

"데려갈 수 있으면 데려가 봐."

"네 마법은 더 이상 내게 통하지 않는다! 날 막을 수 있으면 어디 막아봐라."

"누가 널 막겠대?"

르고는 그녀의 도전적인 목소리를 뒤로하고 다시 쇠문 뒤에 있는 대장간으로 돌아갔다. 대장장이들은 자기들을 구해줄 기사를 보고도 별다른 반응을 보이지 않았다. 그저 '누구지?' 하는 표정이 전부였다. 기대했던 환호 같은 건 없었다.

당연히 그들이 자기 얼굴을 몰라 저러는 거라 생각해, 르고는 왕실의 대장장이 셍펜을 붙잡고 말했다.

"구하러 왔소, 셍펜. 여왕 폐하께서 기다리시니 모두 데리고 떠납시다."

셍펜은 모루를 두들기던 망치를 쥔 손으로 이마를 훔친 다음 대꾸했다.

"싫소!"

르고는 허둥지둥 마녀에게 돌아왔다.

그녀는 르고를 막지 않겠다더니 정말로 막지 않았고, 심지어 한숨 자려고 침대에 눕던 중이었다. 르고는 그녀의 멱살을 잡아 도로 일으켰다.

"셍펜에게 무슨 짓을 해 놓은 거야? 최면? 독?"

마녀는 잠 깨워 짜증 난 얼굴로 말했다.

"사람 보는 눈이 그렇게 없으면서 어떻게 여왕의 수호기사를 할 수 있는 거지?"

"뭐라고?"

"보면 모르겠어? 난 강요하지 않았어. 모두 스스로 일을 하고 있는 거야. 그 정도 열정도 없는 사람은 아예 데려오지도 않았어. 납치한 건 사실이야. 하지만 나는 하늘 산맥 입구까지만 데려와서 물었어."

그녀가 얘기하는 동안 르고는 멱살을 잡은 손에 힘을 잃었다. 아무렇지도 않은 얼굴을 하고 있었지만 그녀는 칼에 찔린 부상자였다. 식은 땀을 흘릴 정도로 고통스러워하는 여자의 멱살을 잡고 흔들었으니, 죄책감이 앞섰다.

"세상의 악을 무찌를 검을 만들겠다, 돕겠는가……. 그렇게 하겠다고 말한 대장장이만 여기로 안내했고 모두 그 검을 위해 저렇게 땀을 흘리고 있지. 네가 돌아가자 한들 갈 것 같아?"

르고는 따질 힘도 없었다.

마녀는 르고를 한참 바라보다가 손을 내밀었다.

"잠깐 그 칼 좀 볼 수 있을까?"

아까부터 그녀와 눈이 마주칠 때마다 르고는 새나디엘을 떠올리고 있었다. 전혀 닮지 않은 얼굴인데도 분위기가 미묘하게 비슷했다.

"내가 왜 네 앞에서 이렇게 주눅이 드는지, 그 이유 좀 알고 싶군그래."

르고는 자기도 모르게 속마음을 털어놓으며 칼을 뽑아 손잡이 쪽을 내밀었다.

인간이 만든 어떤 무기로도 흠집 하나 낼 수 없는 칼이건만 그녀는 갓난아기를 껴안듯 조심스럽게 칼을 받았다. 그리고 섬세하게 칼끝부터 손잡이까지 매만졌다.

"훌륭해……. 이 칼을 만든 사람이 누구든 그 사람이라면 내가 계시받은 칼도 만들 수 있을 거야. 전에 네 여왕에게 잠시 빌린 그 칼과 동일한 사람 솜씨야."

"여왕님한테 빌렸다고?"

"베나 에사르크."

"그건 훔친 거잖아. 그리고 뭐? 잠시라고? 잠시이이?"

"그래. 잠깐 빌린 거야. 곧 돌려줄 거니까. 여왕한테 물어보기까지 했는걸. 대신 울프들을 속여서 가져갈 수 있다면, 이라는 조건을 붙이더군. 그래서 속였지. 널 포함해서."

르고는 난생처음 여왕을 욕하고 싶은 충동이 들었다.

"어쨌든 그건 됐고."

마녀는 희망에 찬 눈빛으로 물었다.

"누구지, 이 칼을 만든 사람은?"

"사람이 아니다."

"그럼 레미프?"

"아니. 드래곤이다."

"말도 안 돼! 드래곤이 망치질을 하는 모습은 상상할 수 없어."

"나도 폐하께 들은 이야기다. 드래곤은 자신을 상징하는 칼을 한 자루 토해 낼 수 있다. 이 칼, 베나 실크는 그중에서도 하늘 산맥의 여신 나디우렌의 영혼을 물려받은 칼이지. 그리고 네가 '훔쳐 간' 베나 에사르크 역시 드래곤이 만들었다."

"그럴 리가 없어! 계시에 의하면 드래곤이 아니라 사람이 만들……."

그녀는 침대에서 몸을 일으켰다가 배를 움켜잡았다.

"움직이지 마. 상처가 깊어."

르고는 그녀의 손을 잡았다. 배를 잡았던 손에 피가 흥건히 묻어 있었다.

"이리 와. 봐 주지."

"내버려 둬! 이런 거 나 혼자도 해."

"칼에 베인 상처를 치료하는 건 내가 어지간한 의사보다 낫다. 내가 해 놓은 짓이니 책임도 질 겸……."

르고는 그녀의 피 묻은 옷을 들추고 옆구리의 상처를 확인했다.

생각보다 심했다. 아마 여기까지 자신을 들쳐 업고 오느라 상처가 더 벌어진 게 분명했다. 하지만 이미 이건 인간이 감당할 수 있는 상처가 아니었다. 보통 사람이었다면 죽었거나 최소한 지금 기절해서 정신이 혼미해 있어야지, 지금처럼 따지고 화낼 기운이 있을 수 없었다.

르고는 이 여자의 진짜 정체가 궁금했다.

"꿰매 줄 테니 상처가 다 나을 동안 움직이지 마."

"안 돼. 해야 할 일이 많아."

"그 할 일이란 걸 내가 도와줄 테니까 지금은 가만히 있어."

마녀는 눈을 가늘게 뜨고 르고를 노려보았다.

"내가 잘못 들었나? 도와준다고?"

"뭘 도울지는 모르겠지만 네 옆구리를 벤 만큼은 돕도록 하지."

"어림없어. 날 도울 사람은 칼을 휘두르는 사람이 아니라 칼을 만드는 사람이야."

"아란티아에서 나보다 칼에 정통한 사람은 없다! 기본만 가르쳐 주면 저기서 작업하는 늙은이들보다 더 멋진 칼을 만들어 주지."

*다시 현재.*

"그래서 칼을 만들기로 한 거예요?"

퀘이언은 가까스로 한 명이 통과할 정도로 문을 열었다. 그는 이마에 맺힌 땀을 소매로 닦고 물었다.

"어째서 갑자기 마음이 바뀌셨어요?"

"운명……"

르고는 자리에서 일어나며 말을 이었다.

"……이라고 말하고 싶지만 그건 아니고. '오기'라고 말하면 좋을까? 아니야. 부끄러운 부분까지 들춰 보자면 그 여자는 굉장한 미녀였거든. 그 나이의 남자라면 왜, 그럴 수 있지 않겠나?"

"마스터 르고에게도 젊은 시절이 있었다는 사실을 깜박하고 있었네요."

"또 변명을 추가하자면 나 역시도 그 예언에 흥미가 있었단다. 또 그 마녀가 무죄인지 유죄인지 논하기 이전에 더 두고 봐야 된다는 의무감도 약간은 있었고……."

르고가 먼저 문틈을 통해 안으로 들어갔다. 어린아이 몸을 한 르고는 쉽게 통과했지만 퀘이언은 중간에 가슴이 끼어 낑낑대며 통과해야 했다.

르고는 긴 시간 동안 먼지 쌓인 작업 공간을 돌아보았다. 퀘이언은 르고의 작은 등을 바라보았다.

"좋은 추억이라도 있으신가요?"

"그래 보이나?"

"고향에 오신 것 같아 보여요."

"그럴 법도 하지. 여기에 십 년이나 있었는데."

퀘이언은 납득한다며 고개를 끄덕였다가 화들짝 놀랐다.

"수호기사셨잖아요? 십 년이나 공직을 비워 두셨었어요? 그리고 '옆구리를 벤 만큼만' 도와주신다고 해놓구선?"

"하나씩 물어라. 누구 취조하니?"

"죄송합니다."

"아니, 괜찮아. 놀랄 만도 하지. 폐하께서는 허락하셨다. 대신들은 반대했지만."

"그럼 그 사이 수호기사는 누가……?"

"비어 있었어. 그 당시 수호기사가 할 일이라고는 하이로드들 접대뿐이라 사실 없어도 되는 자리였고."

르고는 느긋하게 허리를 두들겨 가며 넓은 대장간을 샅샅이 뒤지기 시작했다. 퀘이언은 그의 뒤를 졸졸 따라다녔다.

"뭘 찾는 건지 말씀해 주시면 저도 같이 찾겠습니다."

"추억의 물건이야. 내 찾는 즐거움을 뺏을 생각 말고 넌 저기서 좀 쉬어라. 피곤해 보이는구나."

르고는 직접 먼지를 묻혀 가며 무거운 물건을 힘겹게 옮겼다.

그사이 안이 좀 쌀쌀해 퀘이언은 낡은 아궁이에 불을 지폈다. 밤이 되었어도 르고는 계속 물건을 찾느라 여념이 없었다.

"오늘은 결국 여기서 묵어야겠네요."

퀘이언이 피곤한 목소리로 말했다.

"아래층에 가면 침대가 있을 거야. 아니, 지금쯤 못쓸 물건이 되었겠군. 여기 아무 곳에서나 자거라."

퀘이언은 그냥 먼지 풀풀 날리는 작업장 구석의 아궁이 옆에 모포를 뒤집어쓰고 자리를 잡았다.

'돌아가서 혼나면 어쩌지?'

퀘이언은 그런 생각을 하며 잠에 빠졌다.

비몽사몽간에 목이 말라 일어나 보니 한 소녀가 옆에 서 있었다.

소녀는 씩 웃으며 손을 내밀었다. 딱 지금의 르고만 했다. 그 귀여운 웃음을 보자 도저히 손길을 거부할 수 없었다.

퀘이언은 소녀의 손을 잡았다.

소녀는 퀘이언의 손을 잡아끌어 르고의 옆으로 안내했다.

르고는 작업장 끝에 앉아 망치를 손에 쥐고 흐뭇한 미소를 짓고 있었다. 아마도 아까부터 찾던 추억의 물건이란 게 그것인 모양이었다.

하지만 그는 바로 옆에 선 퀘이언을 알아보지 못하는 것 같았다.

'여기 좀 보세요, 르고. 이상한 여자애예요. 어제부터 절 따라다녔어요. 르고는 안 보여요?'

퀘이언은 그런 말을 하고 싶었지만 말하지 않았다.

어린아이의 모습을 하고 있는 르고의 모습과 겹쳐 어른의 모습을 하고 있는 르고가 있었다.

그의 옆에는 르고가 말한 대로 수호기사의 자리를 스스로 내놓고 빠져들 만큼 매력적인 미모의 여인이 있었다.

그녀는 망치를 들고 르고에게 뭔가를 말해 주고 있었고 르고는 그녀가 시키는 대로 망치를 내려치고 있었다.

가끔 둘은 기분 좋은 키스를 주고받았다.

마치 두 명의 유령을 보는 것 같았다. 보이기만 하는 게 아니라 둘의 목소리도 들렸다.

'대장장이들은 돌려보내야겠어. 이제 이 일은 당신 혼자서 충분해.'

여자가 말했다.

'나 혼자서?'

르고가 물었다.

'지금은 못해. 하지만 언제고 해낼 거야.'

'어떻게 그렇게 확신하오?'

'나도 몰라.'

모른다고 하기에는 확신하는 어조가 담겨 있었다.

'하지만 그 계시에서는 르고 당신이 분명히 존재하고 있었어. 세상의 악을 물리칠 영웅은 당신이야.'

'오십 년 후가 될 수도 있다며? 그때쯤이면 난 꼬부랑 할아범이 되어 있을 거요.'

두 사람의 대화는 시간과 장소를 뛰어넘어 이어졌다.

소녀는 퀘이언을 낡은 성의 성벽 초소로 이끌었다.

성벽 초소에 서로 기대고 앉아 있는 르고와 마녀가 있었다. 둘은 말없이 하늘 산맥의 풍경을 감상하고 있었다.

그다음 소녀는 퀘이언을 복도의 반대편 끝에 있는 부엌으로 안내했다.

소녀와 퀘이언이 발을 내디디면, 원래 폐허였던 공간이 사람 냄새 나는 환한 공간으로 변했다. 부엌도 음식이 조리되고 깨끗한 천이 깔린 푸근한 장소로 변했다.

거기에 르고와 마녀가 서 있었다.

두 사람은 때로 즐겁게 얘기하기도 하고 때로는 논쟁을 벌이기도 하고 때로는 심하게 다투기도 하고 때로는 사랑스럽게 서로를 껴안기도 했다.

두 사람이 누구인지 그 바탕을 모르고 본다면 여느 연인들과 별로 다를 바 없는 모습이었다.

'난 지금 뭘 보는 걸까?'

퀘이언은 계속 그런 의문을 품고 이 광경을 지켜보았다.

다시 소녀는 퀘이언을 대장간으로 이끌었다.

르고는 불같이 화를 내고 있었고 마녀는 울고 있었다.

'미안해, 르고. 미안해.'

마녀가 사과를 해도 르고는 받아주지 않았다.

'어떻게 당신이 내게 이런 짓을 할 수 있소? 난 죽지 않고 살고 싶은 생각이 없소! 당장 원래대로 돌려놓으시오.'

'미안해. 되돌릴 수 없어.'

마녀는 얼른 덧붙여 말했다.

'하지만 영원히 살지는 않아. 내 실력으로는 수명을 늘리는 수준이니 불사는 아니야. 불사의 약이라고 이름 지었을 뿐, 실은 장수하는 약이지.'

'하아! 그거 참 다행이군.'

르고는 겨우 분노를 억눌렀다. 마녀는 조심스럽게 그의 어깨에 손을 짚었다.

'그런데 르고…… 저, 저기.'

마녀가 떨면서 말했다.

'그 약, 조금 부작용이 있어.'

'내가 감당할 수 있는 부작용인가?'

'경우에 따라 달라.'

그 말에 르고는 겁을 집어먹었다.

'뭔데?'

마녀는 르고의 시선을 외면한 채 말했다.

'어린아이가 되어 버릴 거야.'

르고는 입을 따악 벌리고 뭔가 말하려다 고개를 획 돌렸다. 분노가 지나친 나머지 화도 못 내고 있는 모습이었다.

르고는 한참이나 대장간 안을 서성대다가 겨우 입을 열었다.

'대체 왜 그런 짓을 한 거지?'

'당신이 이런 말을 한 적이 있었지? 오십 년 후라면 당신도 늙을 거라고. 하지만 당신은 늙지 않고 오래 살아야 해. 적어도 인간의 수명 이상으로 그 힘 그대로를 유지하게 만들고 싶었어. 오래 살 거야. 적어도 당신이 나이를 거꾸로 먹는 동안은.'

여자는 그 말을 하고 펑펑 울었다.

'미안해, 미안해. 난 당신에게 죽음보다 더한 죄를 지었어…….'

너무나도 서글피 우는 바람에 르고도 더 화를 내지 못했다.

퀘이언도 괜히 눈물이 났다.

두 사람이 사라졌다. 같은 공간이었으나 시간이 달라져 있었다.

르고는 전혀 변하지 않은 건장한 젊은이의 모습으로 망치를 두들기고 있었다. 반면 마녀는 늙었다. 아름다움을 잃지는 않았지만 분명 나이는 들어 있었다.

아직도 여자가 르고를 가르치고 있었다. 방금 그 광경을 봐서 그런지 둘은 전보다 더 깊은 애정을 보이고 있었다.

잠시 후 여자는 사라졌다. 멍하니 홀로 망치를 들고 마녀의 이름을 부르며 대장간을 헤매는 르고의 모습만 보였다.

퀘이언은 처음으로 마녀의 이름을 듣게 되었다.

생각지도 못한 이름이었다.

'르고, 왜 그 마녀를 그 이름으로 부르시는 거죠? 그건 사람 이름이 아니라 지명이잖아요.'

이내 르고의 모습도 안개처럼 사라졌다.

'이 광경이 뭘 의미하는지는 알겠어. 그런데 내게 왜 이런 걸 보여준 거니?'

퀘이언은 뒤늦게 의문을 품었지만 대답해 줄 소녀는 보이지 않았다.

퀘이언은 떨어지는 꿈을 꾸다가 깬 아기처럼 발작을 하며 일어났다. 옆에서 불을 쬐던 르고가 오히려 깜짝 놀랐다.

"놀래라. 다 큰 녀석이……."

르고는 가슴을 한번 쓸어내리고 자상하게 물었다.

"이상한 꿈이라도 꿨어?"

퀘이언은 주위를 돌아보았다. 당연하게도 처음 여기 들어올 때나 지금이나 변한 건 아무것도 없었다.

"제, 제가 얼마나 잤죠?"

"더 자거라. 한 시간도 안 잤다."

"예에?"

퀘이언은 과격하게 소리 질렀다. 그리고 손을 내려다보았다. 주변도 다시 살폈다. 소녀를 따라다니며 주변이 환하게 밝아졌던 순간이 아직도 생생했다.

"저 방금 십 년이나 이 성을 돌아다녔어요."

"너, 무슨 헛소리냐?"

르고는 혀를 찼다.

설명해도 모를 일이니 퀘이언은 포기했다. 그리고 깊은 한숨을 내쉬며 물었다.

"그런데…… 그 마녀는 그렇게 잘 지내다가 왜 갑자기 사라진 건가요?"

"나와 사는 동안 그녀는 언제나 자신이 가야 할 곳은 숲이라고 했었지. 그 애는 할머니가 되어 갔고 나는 어린이가 되어 갔으니 사실 계속 이어가기는 힘든 관계 아니겠느냐? 그래서 언젠가 떠날 줄은 알았는데, 어느 날 갑자기 말도 않고 사라져……."

르고는 쑥스러운 듯 웃다가 순간 깨닫고 물었다.

"잠깐, 그 부분은 내가 얘기해주지 않은 것 같은데?"

"십 년 동안 여길 헤매고 있었다니까요."

"이 녀석이 아까부터 영문 모를 소릴 하네?"

"그런데 말이죠, 르고. 만약 르고를 그렇게 만든 그 약을 그 여자도 먹었다면 어떻게 되는 건가요?"

"그럴 리가 있나? 내가 이렇게 된 건 어디까지나 부작용이지, 약의 효력이 아니었단다."

'그게 거짓말일 수도 있죠…….'

퀘이언은 생각만 하고 말하지는 않았다.

"더 자라니까. 날 밝으면 돌아가자. 네가 들고 갈 게 많아."

퀘이언은 십 년 동안 잠도 못 자고 돌아다닌 탓에 몹시 피곤해 또 금방 잠들었다.

퀘이언이 잠든 사이 르고는 퀘이언을 내려다보며 흐뭇하게 웃었다.

"날 여기로 끌어들이고 퀘이언에게 그런 꿈을 꾸게 만든 게 당신이구려. 이제야 어떤 칼을 만들어 낼지 알겠어……."

르고의 옆에는 어느 순간 소녀가 서 있었다. 그리고 그 소녀는 아궁이의 불을 쬐며 소년의 옆에 앉았다.

소녀의 미소는 언제나처럼 아름다웠고 르고도 덩달아 미소 지었다. 르고는 소녀를 바라보며 계속 말했다.

"당신이 받은 계시를 내가 지켜줄게. 세상을 구할 영웅은 내가 될 거야. 왜냐하면 그 악을 무찌를 칼은 모조리 내가 만들 테니까. 그런 의미였지, 루티아?"

소녀는 르고의 말에 고개를 끄덕이며 손을 잡았다. 두 사람은 오랜 시간 동안 아궁이의 불길만 바라보며 밤을 지새웠다.

퀘이언은 르고가 안겨준 연장을 잔뜩 짊어지는 바람에 휘청거리며 걸었다. 성문을 빠져나오며 누군가 쳐다보는 기분이 들어 성을 돌아보았지만 아무도 없었다.

"그런데 마스터 르고."

"오냐."

"그 마녀는 누군데 혼자서 이 성에 살았던 거예요?"

"하늘 산맥 남쪽에는 레미프가 살고 하늘 산맥 북쪽에는 인간이 살지. 하지만 간혹 그 규칙을 거슬러 남쪽에 사는 인간, 북쪽에 사는 레미프가 있었지. 이 성은 바로 그런 인간들이 살던 공간이었다."

"마법도시 '루티아'처럼요?"

"루티아는 논틸이라고 하는 드래곤에게 허락받은 공간이니, 이 성과는 다르지."

르고는 문득 떠올라 시험하듯 물었다.

"너, 어제 했던 말 말이다. 십 년 동안 성안을 돌아다녔다고."

"네. 꿈에서였지만요."

"그럼 그 마녀의 이름이 뭔지 아느냐?"

퀘이언은 불길한 예감이 들어 곧장 대답하지 않고 물었다.

"말해도 되는 이름인가요?"

"그럼 이렇게 물어보지. 마법도시 루티아의 제1대 그랜드 마스터의 이름이 뭔지 아느냐?"

퀘이언은 잠시 생각해보다가 깜짝 놀라 물었다.

"어, 그럼 그게……, '같은 이름'이었어요?"

"새나디엘은 사-나딜의 축복으로 천 년이나 살아왔지. 하지만 제1대 그랜드 마스터는 다른 방식으로 천 년을 이어 왔단다."

"이름을 계승하는 방식이군요? 루티아!"

르고는 흐뭇하게 웃으며 말했다.

"돌아가면 네가 제일 먼저 해야 할 일이 하나 있다, 퀘이언."

퀘이언은 조금 상기된 얼굴로 말했다.

"예, 뭐든 말씀하세요."

"하얀 늑대가 되거라."

퀘이언은 푸핫 하고 웃음을 터트렸다. 그러다 고개를 갸웃했다. 이상하게도 별로 위화감이 없었다.

르고는 그 모습을 보며 고개를 끄덕였다.

"너 방금 순간적으로 그 말이 그렇게까지 터무니없게 들리진 않았지?"

"터, 터무니없습니다. 전 아직 로핀만 봐도 좌절하고……."

"이성으로 너의 잠재력을 파묻지 마라. 이미 깨닫고 있을 거야. 네 목표는 로핀을 따라잡는 게 아니야. 그 위에 있지."

"아니, 로핀을 따라잡을 생각조차 한 적 없는데요."

둘은 나디움으로 돌아가는 순간까지 그 부분을 두고 논쟁했다. 퀘이언은 결코 물러서지 않았다.

르고는 서두르지 않았다. 어차피 보검이 만들어지려면 몇 년은 더 공을 들여야 하고 그 정도면 퀘이언이 자신감을 갖기에 충분한 시간이었다.

만약 퀘이언이 보검의 주인이 될 녀석이라면 그 시간은 조금도 아깝지 않았다. 천 년을 기다려 온 계시라면 더더욱!

'그런데 아직도 헷갈리는군, 루티아. 난 아무리 봐도 퀘이언이 베나실크의 후계자가 될 것 같거든. 그럼 정작 내가 만든 보검의 주인은 누가 되는 거지? 그가 내 옆에 있는데도 아직 발견하지 못한 건가, 아니면 아직 더 기다려야 하는 건가?'

르고는 기다리는 시간을 느긋하게 즐겨 보기로 했다. 그에게 허락된 생의 시간은 아직도 많이 남아 있으니까.

「Episode Regorr. The witch, the master and the blacksmith」 끝

◈Episode 3◈

# 검은 기억

손에 채워진 쇠고랑은 온몸의 털이 곤두설 만큼 차가웠다. 아이는 냉기에 놀라 손을 움츠렸다. 게다가 쇠고랑은 열 살 갓 넘은 소년이 감당하기에는 너무 무거웠다.

쇠고랑을 채우는 남자는 아이가 달아나려는 줄 알고 더욱 손을 세게 잡았다.

"움직이지 마!"

아이는 윽박지르는 어른의 목소리에 겁먹고 그대로 얼어붙었다.

방금 전까지 헝겊 인형을 가지고 놀던 아이의 손에는 시커먼 쇠고랑이 걸렸다. 어른들의 세계를 아직 몰랐지만, 이런 건 오직 중죄인들만 차는 거라는 것 정도는 알고 있었다.

'죄인? 그럼 내 죄목은?'

쇠고랑을 채운 남자는 아이의 손에서 자꾸 쇠고랑이 빠져나오는 걸 확인했다.

“이봐. 더 작은 거 없어?”

“그게 제일 작은 거야!”

그는 잠시 고민하더니 아이를 협박하는 것으로 쇠고랑을 대신했다.

“너 이거 풀면 죽는다? 알았지?”

아이는 본능적으로 이 말을 거역해선 안 된다는 걸 깨달았다. 그리고 이 쇠붙이의 차가운 느낌이 오랫동안 자신을 옭아맬 거라는 예감이 들었다.

그다음 어른들은 아이의 머리를 깎았다. 도착해서 깎으면 시간이 없다는 말이 들렸는데, 그게 무슨 의미인지 알 수 없었다.

아이는 어른들을 따라갔다. 커다란 짐칸이 달린 마차가 대기하고 있었다.

쇠고랑을 채운 어른이 아이를 번쩍 들어서 짐칸에 태웠다. 어른은 문을 잠그고 떠날 뿐, 아무 지시도 해주지 않았다. 아이는 어찌해야 할 바를 몰라 그냥 서 있었다. 곧 마차가 출발하며 흔들리는 바람에 아이는 짐칸 바닥에 주저앉았다.

짐칸의 천장과 벽은 모두 두꺼운 나무판자가 덧대어 있었다. 판자와 판자 사이로 햇빛이 들어와 내부를 밝혔다.

안에는 쇠고랑을 찬 남자가 세 명 더 있었다. 어두운 마차 안에서 풍기는 썩은 냄새가 실제로 살이 썩고 있는 냄새라는 건 반나절이 지난 다음에야 깨달았다.

“야, 여기 앉아.”

어두워서 얼굴이 보이지 않는 한 남자가 말했다.

아이는 비틀비틀 일어나 그의 옆에 앉았다. 그의 몸에서는 지독한 악취가 나고 있었다. 아이는 곧 그 냄새가 자신의 냄새가 될 것을 알 수 있었다.

앞니가 모두 빠진 그 남자는 새는 발음으로 물었다.

"너 이름이 뭐냐?"

"그레이그요."

"몇 살인데?"

"열 살이요."

"망할 놈들. 이런 애를 '검은 바위'에 가둔다고?"

그는 마차에 실려 가는 사흘 동안 몇 번이고 같은 질문을 했다. 그때마다 아이는 같은 대답을 해야 했고, 그는 같은 얘기를 반복했다. 이름도 세 번이나 물었다.

"우리가 가는 검은 바위라는 감옥은 창살도 없는데 탈옥한 사람이 하나도 없지. 매달 서른 명쯤 되는 시체가 실려 나오는데 바위를 깎아 내는 중노동을 하느라 죽는 거야. 너도 같은 일을 하게 될 거다."

마차는 끝없이 흔들렸다. 그레이그는 흔들림에 지쳐 몇 번이나 토하고 두 번 정도 실신했다. 깨고 나면 또 그 남자가 지치지도 않고 감옥의 실상을 얘기해 주었다.

그레이그는 듣지 않으려고 노력했다. 그리고 발목을 감싸 살갗을 벗겨 내는 쇠고랑을 움켜쥐었다.

쇠가 상처에 닿을 때마다 소름 끼치게 아팠다. 그때마다 비명을 질렀지만, 아무도 들어주지 않았다.

마차는 사흘 뒤에 멈췄다.

그레이그는 배가 고픈 상태를 벗어나 허기까지 잊고 있었다. 가끔 마차 문이 열리면 딱딱하게 마른 빵과 물인지 우유인지 분간할 수 없을 정도로 묽은 우유만 한 잔 제공됐다.

온몸이 나른했고 입에서는 피가 났다. 아이는 그게 토해서 나는 피인지, 잇몸에서 나는 피인지 구별하지 못했다.

"다들 나와."

잠겨 있던 짐칸의 문이 열리고 새로운 얼굴의 남자가 보였다.

두 명의 죄인이 비틀거리며 일어나 마차에서 나갔다. 그레이그도 따라갔다. 그런데 감옥 이야기를 해 준 남자는 일어나지 않았다.

"어서 일어나지 못해!"

화가 난 남자가 마차 안으로 들어와 발길질을 했다. 그래도 그 남자는 일어나지 않았다. 그는 뒤통수를 긁적이며 엎어진 남자를 발로 뒤집어 보았다.

"야, 이것 좀 봐 봐."

다른 어른이 다가와 살피더니 혀를 찼다.

"죽은 지 오래됐는걸."

"눈이 완전히 곪았군. 마차에 태우기 전부터 죽어 있었던 거 아니야?"

그레이그는 어쩌면 그 말이 맞을지도 모른다는 생각이 들었다.

'어쩌면 난 혼자서 대화를 주고받은 걸지도 몰라.'

아이는 마차에서 내리면서 죽은 남자를 돌아보았다. 퀭한 눈동자와 눈동자 위에 앉은 파리가 보였다. 정말 죽은 지 사흘은 되어 보였다.

"이름?"

조금은 인상이 좋아 보이는 간수가 친절한 목소리로 물었다.

"그, 그레이그요."

"성은?"

"웰치."

"그레이그 웰치, 맞지?"

"네, 네."

"대답은 한 번만 해."

"네."

"몇 살?"

"열 살이요."

"너 여기가 어딘지 알아?"

"거, 검은 바위요."

그레이그는 힘겹게 대답했다. 한 평도 안 되는 작은 방에는 낡은 나무 탁자 하나와 의자 두 개뿐이었다. 하지만 바로 방 바깥에 커다란 쇠몽둥이를 들고 있는 간수가 두 명이나 버티고 있다는 걸 알고 있었다.

"그게 뭔지는 알고?"

"감옥이요."

사실 그레이그는 마차 안에서 앞니 빠진 남자에게 듣기 전에, 할머니로부터 검은 감옥 얘기를 들은 적이 있었다.

할머니는 그레이그가 울면 무릎에 앉히고 그 감옥에 보내 버리겠다고 협박을 한 적도 많았다. 그럴 때면 무서워서 밤에 화장실도 가지 못했다. 하지만 그레이그는 어린 마음에도 막연히 그것은 먼 나라 이야기, 자기와 상관없는 동화, 할머니의 장난이라고 생각했다.

"감옥이 뭐 하는 곳인지는 아니?"

"죄인들을 가두는 곳이에요."

"맞아. 하지만 여긴 죄인들을 그냥 가두기만 하는 곳이 아니라 일도 시키는 곳이야. 못된 사람들이 일을 하면 선량한 사람들에게 보탬이 되지."

그는 인상 좋은 미소를 지으며 그레이그의 손에 채워진 쇠고랑을 확인했다.

"쇠고랑이 맞지 않는구나?"

"네."

"톰. 쇠고랑 제일 작은 거 있지? 그거 좀 가져와."

그가 밖에 대고 말했다. '네.' 하는 짧은 대답과 함께 발소리가 들렸다.

"너 여기 왜 끌려왔는지 아니?"

남자가 다시 물었다.

"몰라요."

"그건 네 아버지가 큰 죄를 지어서 그래. 그게 뭔지 아니?"

"몰라요."

"그럼 잘 설명해 줄게. 앞으로는 이런 설명할 시간이 아마 없을 테니까 잘 들어야 해. 넌 반역자의 아들이야."

그레이그는 차분하게 얘기를 들었다.

"네 아버지는 황제를 몰아내고 자신이 왕이 될 역적모의를 했단다. 그것도 모자라 마을에 불을 지르고 귀족의 딸을 겁탈하고 왕실의 물건을 중간에 낚아채 사리사욕을 채웠어. 그리고 네 어머니는 다른 귀족 남자들을 몸으로 유혹해서 왕실을 쥐고 흔들려고 했단다."

그는 어려운 얘기를 풀어서 설명하는 선생님처럼 말했다.

"그래서 네 아버지는 물론이고 네 어머니까지 그 자리에서 사형 당했지. 외동아들인 너는 그 핏줄이 이어지고 있을 테지만 너무 어려서 사형은 시키지 않은 거란다. 대신 여기서 늙어 죽을 때까지 노역을 해야 해. 참, 노역이 뭔지 아니?"

"네."

"똑똑하구나."

그는 손을 내밀어 그레이그의 머리를 쓰다듬었다.

"네 입장에서는 억울할지도 몰라. 왜냐하면 넌 네 아버지의 아들이 아닐지도 모르거든. 네 어머니가 워낙 몸을 함부로 굴리고 다녔으니까. 하지만 우리로서는 알 길이 없으니 그냥 죗값을 치르게 할 수밖에 없단다. 이해하지?"

그레이그는 우느라 대답하지 못했다.

"울지 마라, 얘야. 이런 데서 울면 안 돼. 난 평소에는 자상하지만, 애들이 울면 화가 나거든. 널 이 자리에서 피떡이 되도록 패버릴 수도 있어."

그레이그는 울음을 참느라 죽을힘을 다해야 했다. 그래도 딸꾹질하는 것처럼 몸이 떨리는 건 막을 수가 없었다.

문이 열리고 간수가 들어왔다. 그의 손에는 쇠고랑이 하나 들려 있었다.

"채워."

그가 명령하자 간수가 원래 차고 있던 헐렁한 쇠고랑을 벗기고 꽉 조이는 걸 대신 채웠다. 크기만 작았지, 무게는 같았다. 쇠붙이의 차가운 느낌도 같았다.

"다행이다. 딱 맞는구나. 나중에 크면 큰 걸로 바꿔줄게."

그가 고갯짓을 하자 간수가 그레이그의 어깨를 붙들었다. 아이는 강제로 의자에서 일어났다. 울음이 터졌다. 인상 좋은 남자가 말했다.

"울지 말라고 했지?"

그레이그는 고개를 끄덕이며 꾹 참았다. 하지만 울음으로 구겨진 인상은 펴지지 않았다.

"묻고 싶은 거라도 있어? 다시는 날 볼 일이 없을 테니 묻고 싶은 게 있으면 지금 물어야 해."

그레이그는 힘들게 입을 열었다. 막 울음을 참은 거라 목소리가 떨리고 발음도 뭉개졌다.

"이, 이거는……, 바, 바, 밤에 풀어줘요?"

"이거라니?"

그가 물었다. 그레이그는 대답 대신 쇠고랑을 찬 두 손을 내밀었다.

"안 풀어줘."

그는 웃으며 대답했다.

"넌 평생 그걸 차고 다녀야 해. 죽을 때까지."

감옥에 들어간 첫날부터 그레이그는 돌산에 올라가 돌을 짊어지는 일을 했다.

한쪽 면이 수십 길 절벽인 좁은 바윗길을 올라가 자기 몸무게만큼이나 무거운 돌을 짊어지고 다시 내려오는 작업이었다.

딱 두 번 오르내리자, 다리에 힘이 풀려 일어나지 못하게 될 정도였다.

저녁이 되자 죄수들이 우르르 어딘가로 이동했다. 그레이그는 죄수들을 따라갔다. 밥을 먹는 곳이었다.

죄수들이 줄을 서는 자리에 같이 서 있다가, 그들이 그릇을 집어 드는 모습을 보고 같이 그릇을 들었다. 그릇이 너무 더러웠지만 배가 고파서 그런 걸 따질 겨를이 없었다.

그레이그는 키가 너무 작아서 밥을 주는 죄수가 알아보지 못하고 지나칠 뻔하기도 했다.

뒤에 줄을 선 죄수가 빨리 가라고 등을 떠밀었다. 이대로 떠밀리면 밥을 못 타먹는다는 사실에 겁에 질린 나머지 아이는 필사적으로 그릇을 허공에 흔들었다. 비로소 그릇에 음식이 담겼다.

그릇을 놓고 먹는 자리도 없었다. 다들 아무 곳으로나 들고 가서 아무 데나 퍼질러 앉아서 먹었다.

그레이그는 제일 눈에 안 띄는 자리로 가서 조심스럽게 숟가락을 들었다. 재료를 짐작할 수 없을 정도로 묽은 죽이었다.

식사하는 동안 한 무리의 죄수들이 계속 그레이그를 힐끔거렸다. 눈을 마주치지 않으려고 그릇에만 집중하는 척했다.

식사를 끝내는 종이 울렸다. 죄수들은 또 어딘가로 이동했다. 그레이그는 또 그 뒤를 따라갔다.

바위산 뒤쪽에 바위를 깎아 만든 숙소가 있었다. 다들 각자의 방으로 들어가니 더 이상 따라갈 수가 없었다. 멀뚱히 서 있자, 간수가 한 명 다가왔다.

"너 왜 여기 혼자 있어?"

"어, 어디로 가야 하는지 몰라서요."

"오늘 들어온 녀석이구나. 방 번호와 죄수 번호는?"

"모르는데요."

그런 게 있다는 사실 자체도 몰랐다.

"그걸 모르면 어떡해?"

간수는 욕을 지껄이며 두루마리를 하나 펼쳤다.

"이름이 뭐냐?"

"그레이그 웰치입니다."

아이는 떨리는 목소리로 대꾸했다.

"이름 한 번 거창하네. 넌 지금부터 78번이다. 방 알려줄 테니 따라와."

간수가 앞장섰고 그레이그는 서둘러 따라가다가 바닥에 쓰러졌다. 두 다리를 묶고 있는 쇠사슬에 발이 엉켜 거기에 걸려 넘어진 것이었다.

간수는 감정 하나 드러내지 않은 차가운 표정으로 말했다.

"어서 익숙해지는 게 좋아. 평생 매고 살아야 하니까."

간수는 방까지 안내해주었다. 바위산과 연결된 감옥답게 감방도 돌을 파서 거기에 철창을 박아 놓은 공간이었다. '창살 없는 감옥'이라더니 여기 있었다. 하긴 같은 처지로 끌려오다가 아예 오지도 못하게 된 죄수가 뭘 알겠는가.

키가 작은 아이에게도 넓다고 할 수 없었다. 자라고 내준 이불도 겨우 바위의 냉기가 살에 직접 닿는 걸 막아 주는 정도였고, 침대는 지푸라기를 깔아놓은 게 고작이었다.

간수는 감방 문을 잠그고 떠났다. 사흘 만에 똑바로 누워 보았다. 올려다보니 천장에 돌로 새긴 낙서가 희미하게 보였다.

'염병할 죄도 없는 내가 왜 여기 있는 거야.'

'여길 나가면 다 죽여 버릴 거야.'

그나마 글씨를 아는 죄수가 쓴 건 그 두 줄이 다였다. 나머지는 그냥 음란한 그림이었다.

그레이그는 걱정되고 무서웠다.

'과연 난 이런 곳에서 잘 수 있을까? 하루는 잘 수 있다 쳐도 일주일을 잘 수 있을까? 아까 같은 밥을 내일도 먹는 걸까?'

그레이그는 온갖 걱정을 하며 눈을 감았다. 놀라울 정도로 빨리 잠들었다.

'내일이면 아빠가 날 구하러 와줄지도 몰라. 엄마가 데리러 올지도 몰라.'

그레이그는 괜한 희망을 품었다.

"78번! 농땡이 피울 거야?"

다음 날부터 그레이그는 더 이상 그레이그가 아니었다. 오직 78번으로만 불렸다.

그레이그의 이전에도 78번은 있었고 그 78번 이전에도 78번은 있었다.

그레이그의 바로 전 78번은 일주일 전 무너지는 바위에 깔려 지금도 바위 위에 눌어붙어 있었다. 그 후 비가 두 번이나 왔는데도 하얀 뼈가 새겨진 자국은 지워지지 않았다. 누가 치우지도 않았다.

그 이전 78번은 설사만 일주일 정도 하다가 죽었다. 간수들은 그가 죽기 전까지 독방에 가뒀다가 죽은 후에 불에 태워 땅에 묻었다.

그레이그는 자신이 몇 번째 78번인지 알지도 못했고 궁금하지도 않았다.

"78번!"

간수가 다가오는데도 아이는 일어나지 못했다.

"좋다, 78번. 지금 당장 일어나서 네 위치로 돌아가지 않으면 다시는 네 두 다리로 서지 못하게 밟아 주지."

그 말에 그레이그는 벌떡 일어났다. 놀라운 일이었다. 그의 협박에 못 이겨 억지로 몸을 일으켰는데 정말 일어날 수 있었다. 하지만 두 번 더 돌을 짊어진 채 왕복을 한 다음에 결국 기절하듯이 쓰러졌다.

'일어나야 해. 간수가 올 거야. 내 다리를 밟을 거야.'

그걸 알면서도 그레이그는 일어날 수가 없었다.

간수는 욕을 내뱉으며 쓰러진 아이를 몇 번 걷어차더니, 포기했다. 그리고 먹은 것도 없이 토해 놓은 토사물 속에 허우적대는 그레이그를 옆으로 패대기 쳐놓고 원래 자리로 돌아갔다.

그레이그는 저녁 시간이 다 됐는데도 일어날 수가 없었다. 배는 고팠지만 먹는 곳까지 가기가 힘들었다. 그때 한 남자가 옆에 앉았다.

"힘들어 보이네?"

그레이그는 겨우 몸을 돌려 앉았다.

"몇 번이냐?"

"78번이요."

"어려 보이는데 이렇게 힘든 일을 시키는구나. 난 49번이다."

그는 빵을 한 조각 내밀었다. 그레이그는 허겁지겁 빵을 받아먹었다.

49번은 수염이 지저분하게 나서 나이를 분간할 수 없는 생김새의 남자였다. 서른 살로 보였는데, 스무 살일지도 몰랐다. 얼굴은 날렵했고, 웃을 때 보이는 송곳니가 유독 길었다.

"네가 나르는 돌멩이는 쓰레기에 불과해. 안 할 순 없는 일이긴 한데, 별로 중요한 일도 아니지. 진짜 쓰이는 돌은 저쪽에서 작업해. 저쪽이 차라리 할 만한데 너처럼 어린애한테 저런 중요한 일은 안 시킬 거야."

49번은 바위산 중앙에 움푹 파여 있는 구멍에 세워진 마차를 가리켰다. 그 안에는 방금 식사를 마친 죄수들이 네모나게 깎은 돌을 마차에 싣고 있었다.

"저 마차가 감옥 밖으로 나갈 수 있는 유일한 출구지. 하지만 탈옥은 불가능해. 마차를 하나하나 검색한 다음에 내보내고 저 문을 통과한 다음에도 몇 번이나 더 검사를 해. 그다음은 또 10미터짜리 성벽이 가로막고 있지."

그레이그는 빵을 먹느라 정신이 없었다.

"맛있니?"

49번은 재미있다는 듯 물었다.

"네."

"더 줄까?"

그레이그는 조심스럽게 고개를 끄덕였다.

"이리 와. 우리랑 같이 먹자."

49번이 바위산 뒤로 안내했다. 그레이그는 절룩거리며 그의 뒤를 따라갔다. 빵을 먹으니 조금 걸을 만했다.

49번이 안내한 자리에는 49번보다 더 덩치 크고 지저분한 남자 세 명이 기다리고 있었다. 뭔가를 먹고 있지는 않았다.

"뭐야? 너무 어리잖아."

한 명이 그레이그를 보자마자 불만스럽게 말했다.

"클 때까지 기다리기라도 할래? 내일이면 바위에 깔려 죽을지도 모르는데."

49번이 그레이그의 머리를 쓰다듬으며 말했다. 그레이그가 뒷걸음질 쳤다. 49번은 머리를 쓰다듬던 부드러운 손을 옮겨 뒷덜미를 움켜쥐었다.

"우리가 시키는 대로만 하면 앞으로 쭉 편하게 지낼 수 있어. 매일 빵도 하나씩 더 먹을 수 있게 될 거야. 무슨 뜻인지 알지? 우린 널 해치려는 게 아니야."

그 순간 그레이그는 마차 안에서 죽은 남자의 얼굴이 떠올랐다.

'그 사람은 편하게 죽은 거야. 나도 그때 죽었으면 좋았을 텐데.'

"78번! 거기서 뭐 하는 거야?"

78번은 커다란 바위에 엎어져 자기가 흘린 피 냄새를 맡으며 잠시 정신을 잃었다.

'검은 바위'에서 5년 동안 복역하며 그가 체득한 기술이었다. 그는 원할 때 기절할 수 있었다. 하는 척만 하는 것이 아니라 진짜 정신을 잃어버릴 수도 있었다.

"78번!"

이제 소년은 자신의 본명도 잊어가고 있었다. 78번이 더 익숙했다.

간수의 목소리에 반사적으로 깨어나 보니 78번은 발가벗겨져 있었다. 다른 죄수들은 아무도 그런 모습에 관심을 가져 주지 않았다.

시체라면 작업이 끝난 후 밖으로 실어 낼 것이고 기절한 거라면 간수가 다가와 깨울 테니 다른 죄수가 다가올 이유가 없었다.

"일어나, 78번."

간수는 78번의 옆구리를 발끝으로 툭툭 두들겼다. 78번은 꿈틀대며 몸을 일으켰다.

간수는 혐오스럽다는 듯 78번의 다리와 등에 묻은 끈적한 어른의 흔적을 훑어보더니 조용히 팔짱을 꼈다.

78번은 일어났지만 비틀거리며 도로 주저앉았다. 간수는 채찍을 든 손을 까닥이기만 하고 치진 않았다.

78번은 일어나기 전에 바지부터 입었다. 힘겹게 바지를 끌어 올리는 손도 후들거렸다. 간수는 이미 상황을 모두 알고 있었다.

"앞으로 점심시간이 되면 네 방으로 들어가. 괜히 다른 죄수들 자극시키지 말고."

78번은 묻고 싶었다. 이게 내 잘못인가?

그럼 간수는 대답하겠지. 네가 감옥에 온 것부터가 네 잘못이다.

방에 틀어박혀도 소용없다고 말하고 싶었다. 안쪽에서 문을 잠글 수가 없으니까.

하지만 따져봐야 소용없었다. 78번은 고개만 끄덕였다.

"네 몸은 네가 알아서 지켜. 귀찮은 일 만들지 말고."

간수는 그 말만 남기고 자리를 떠났다.

맞는 말이었다. 이 감옥 안에서는 어떤 안 좋은 일이 벌어지든 자기 잘못이었다. 자기가 짊어진 돌멩이에 깔리면 짊어진 사람의 잘못이고, 헛디뎌 떨어져 죽어도 자기 잘못이었고, 다른 죄수에게 분풀이 대상이 되어 등을 찔려도 찔린 사람 잘못이었다.

'고분고분해야 돼. 안 그럼 나도 그 애들처럼 죽을 거야.'

사실 78번 말고도 검은 바위에 들어온 어린아이들은 많았다. 하지만 모두 일 년을 버티지 못하고 죽었다.

그래서 어른들은 하나 남은 노리개가 다치지 않도록 78번의 일을 줄여 주었다. 저항하면 일감은 다시 돌아왔다.

78번은 그 사실을 이용하기 시작했다. 고분고분할수록 편해졌고 모욕감에 저항하면 고통이 돌아왔다.

'착한 어린이가 될 것. 착한 어린이는 어른들의 말을 잘 들어야 해. 그래야 살아.'

그는 마음속 깊은 곳에서 끓어오르는 거부감을 짓눌렀다.

살기 위해서.

그런데 왜 살아야 하지?

78번은 곰팡이 핀 빵을 먹으며 5년 만에 처음으로 의문을 품었다.

살 이유가 없는걸.

어느 날 점심시간의 일이었다. 풀 한 포기 없는 78번의 방 안으로 하얀 나비가 한 마리 날아들었다.

간수의 말대로 점심시간 동안 방에 틀어박혀 침대에 누워 있던 참이었다.

나비는 그의 코끝에 앉아 날개를 접었다 폈다. 신기한 일이었다. 마치 나비가 그에게 말을 걸고 있는 것 같았다.

하얀 나비가 다시 날아올랐다. 그 순간 78번은 두 손으로 박수를 쳐 나비를 잡았다. 그 짧은 순간이 검은 바위 안에 있었던 5년 동안의 시간을 모두 합친 것보다 더 선명하게 머릿속에 남았다.

터진 곤충의 내장과 부서진 하얀 날개를 바라보자 형용할 수 없는 혐오감이 들었다.

바위에 깔려 수박처럼 부서진 사람의 머리통도 봤고 날카로운 바위에 배를 찢긴 죄수의 내장이 흘러나오는 광경도 보았다. 손가락으로 짓이긴 바퀴벌레와 손톱으로 터트린 벼룩, 돌멩이를 던져 깨뜨린 파리는 수를 셀 수도 없었다.

나비 따위 아무렇지도 않아야 했다.

그런데도 78번은 눈물을 흘렸다. 동시에 자신이 살아 있어야 할 이유가 없다는 사실을 깨달았다.

손바닥에서 부서진 나비를 바라보며 그는 지금까지의 인생에서 가장 현명한 결정을 내렸다.

'죽자.'

그리고 한 번 더 손을 움켜쥐어 나비를 더 잘게 부쉈다.

'그전에 다 부숴버리고 죽자!'

지금까지 안개 속에서 살다가 처음으로 맑은 하늘을 올려다본 사람처럼 머릿속이 맑아졌다.

'나도 이제 어른들만큼 컸고 어른들만큼 세졌어.'

78번은 주먹을 꽉 쥐어 돌벽을 후려쳤다. 별로 아프진 않았다.

'하지만 방심하면 안 돼. 그놈들은 여기 오기 전에 살인을 수도 없이 했던 놈들이야. 내가 그들을 죽일 만큼 강하지 않을 거야.'

78번은 밖으로 나갔다.

죄수 번호 49번이 두리번거리다가 그를 발견하고 손짓했다.

"어딜 갔던 거야? 이리 와."

78번은 순순히 따라갔다.

'운도 좋지. 제일 먼저 당신이 나타날 줄이야.'

49번은 바지춤에 손을 넣고 바위산의 내리막을 걸었다. 78번은 그의 등 뒤에 따라붙으며 기억을 떠올렸다.

'백서른네 번.'

78번은 그가 자기에게 그 짓을 한 횟수를 기억하고 있었다. 가장 먼저 저지르기도 했고, 제일 잔인하기도 했다.

49번은 검은 바위의 유명인사였다. 젊은 시절 강간과 살인 때문에 검은 바위에 끌려온 남자인데, 엉뚱하게도 리더십이 있어 많은 죄수들이 따랐다.

그 점이 중요했다.

'가급적 많이들 봐 둬.'

내버려 두면 49번은 가장 조용한 곳으로 78번을 데리고 갈 것이다.

그곳에서 급습하면 조용히 처리할 수 있을 테지만 그건 그가 원하는 바가 아니었다. 모두가 보는 자리일 필요가 있었다.

'내가 저지르면 간수들이 달려와 잡아갈까? 죄수들끼리의 살인도 처벌 대상일 테지. 사형이면 좋을 텐데.'

78번은 고개를 저었다.

'아니야. 당장 49번의 동료들이 달려와 날 죽일 거야. 그래, 그 편이 더 좋겠어. 어느 쪽이든 난 죽을 준비가 되어 있어. 그러니 당신도 같이 죽어!'

78번은 한 손에 쥘 수 있는 가장 커다랗고 뾰족한 돌을 골랐다. 그리고 발목에 걸린 쇠사슬을 철그렁거리며 49번 죄수의 뒤를 따라갔다.

그때 누군가 경고했다.

"어? 어? 야, 49번! 뒤 조심해!"

"뭐?"

49번이 뒤를 돌아보았다. 그 순간 78번은 49번의 머리를 돌로 내리찍었다.

1년쯤 전, 돌을 파던 중에 난데없이 지하수가 뿜어져 나온 적이 있었다. 뜨겁지도 차갑지도 않은 따뜻한 물이었다.

덕분에 죄수들은 때아닌 온천욕을 즐겼다. 78번은 5년 동안의 수감 생활 중 그때가 가장 기분이 좋았다.

딱 그때 지하수가 뿜어져 나올 때처럼 49번의 머리에서 피가 뿜어져 나왔다. 78번은 지하수를 맞을 때처럼 얼굴에 피를 얻어맞았다. 그때보다 기분은 훨씬 좋았다.

78번은 살인을 실행하기 전에 걱정이 몇 개 있었다.

첫 번째는 과연 할 수 있느냐였다.

정말 사람을 죽일 수 있을까? 막상 하려다가 머뭇거리지는 않을까? 그랬다간 49번이 반격할 것이다. 그리고 그는 절대 망설이지 않을 것이다.

다행히 그건 기우에 불과했다. 78번은 돌멩이를 내리치는 데 조금도 망설이지 않았다.

두 번째는 가능할까였다. 죽이는데 힘이 모자라지나 않을까? 너무 힘을 줬다가 빗나가면?

그 역시 걱정할 필요가 없었다. 돌 파편에 머리를 맞은 당일은 아무렇지도 않다가 다음 날 아침, 잠에서 깨지 못하는 경우도 많으니까. 돌이란 건 그랬다. 그러니 적당히 맞히기만 하면, 즉사시키진 못하더라도 며칠 더 괴롭힐 순 있을 것이다.

세 번째는 죄책감이었다. 이딴 놈을 죽이는 순간 통쾌함이 아니라, 죄책감 따위를 갖고 싶지 않았다.

세 번째 역시 일어나지 않았다.

'다행이다. 아무렇지도 않아.'

바로 옆에서 바위에 깔려 죽는 죄수를 몇 번이나 봤기에 피가 얼굴에 튀었어도 역겹다거나 무섭다거나 징그럽지 않았다.

'하긴, 이보다 더한 것이 얼굴에 튀어도 나는 백서른네 번을 참아냈어.'

속으로 하는 말이 입 밖으로 흘러나왔다.

"백서른네 번!"

49번은 머리에 피를 철철 흘리며 바닥에 쓰러져 허둥지둥 기어갔다. 49번은 어린애처럼 비명을 질렀고, 78번은 돌을 치켜들고 따라갔다.

"백서른네 번! 기억해?"

"사, 살려 줘!"

그는 피투성이 된 얼굴로 애원했다.

그게 자기 동료들을 부르는 소리인지 아니면 자기에게 부탁하는 말인지 78번은 알 수가 없었다. 어차피 멈출 생각은 없었다. 누구든 말리면 같은 꼴을 만들어 주리라고 다짐했는데, 아무도 말리지 않았다.

"나도 살려달라고 말했어."

78번은 49번의 발목을 밟아 멈춰 세웠다.

"그런데 넌 뭐라고 했지? 즐겨보라고 했지?"

78번은 피 묻은 돌멩이를 그의 얼굴 앞에 들어 보였다.

"너도 한번 즐겨봐!"

78번은 두 손을 내밀고 비는 49번의 얼굴을 내리쳤다. 뾰족한 돌멩이가 얼굴에 꽂혔다. 눈알이 터지고 코가 안으로 깨져 들어갔다. 49번은 뒤로 쓰러졌다. 그런 뒤에도 움직거렸다.

78번은 한 번 더 그를 내리쳤다. 그래도 움직였다.

78번은 계속 내리쳤다. 속으로 수를 세면서 쳤다.

백서른네 번까지 셀 생각이었다.

하지만 간수가 달려와 78번의 팔을 잡는 바람에 서른 번도 채우지 못했다.

"78번, 그만해!"

78번은 그제야 자신이 비명을 지르며 돌을 내리치고 있었음을 알았다. 울고 있었다는 건 한참 뒤에야 깨달았다. 돌은 이미 부서져 손에 남아 있지 않았다. 맨손으로 두개골을 깨고 있었던 것이다.

78번은 울었다. 지금까지 울지 않고 참았던 걸 전부 다 쏟아냈다. 5년이나 참은 눈물이었다.

78번은 엎드려 토했다. 그리고 또 울었다.

간수도 그건 말리지 않았다.

78번은 손가락 사이에 낀 49번의 살점과 피를 얼굴에 비비며 자리에서 일어났다.

주위에 많은 어른들이 있었다. 그중 자신을 건드리지 않은 남자를 골라내는 게 더 쉬울 정도였다. 노리개로 바라보던 눈빛은 더 이상 남아 있지 않았다. 오직 두려움만 있었다.

다음은 자기 차례일지도 모른다는 공포가 서려 있었다.

간수는 78번을 묶어 데려갔다. 78번은 저항하지 않고 끌려갔다.

'됐어. 이제 죽을 수 있어.'

간수는 78번을 독방에 가두었다. 죄수들끼리의 범죄를 저지르거나

설사를 하는 죄수를 가두는 곳이었다. 설사를 한 죄수가 갇혔다가 죽은 방에 다음 죄수가 들어가면 그 죄수도 설사를 하다가 죽는 일이 많았다.

78번은 어둠 속에서 기다렸다.

'사형은 어떤 방식이지? 고문으로 죽일까? 몽둥이로 쳐 죽일까? 교수형을 시킬까? 설사병으로 죽는 것만 아니면 뭐든 좋아.'

78번은 이왕 죽일 거면 빨리 죽이길 바라며 계속 기다렸다. 그러나 간수는 일주일 동안 밥, 어둠, 그리고 지루함만 던져 주더니 도로 풀어 주었다.

78번은 다시 자신의 방으로 돌아갔다.

그리고 다음 날부터 다시 돌을 져 나르는 일이 시작되었다.

'왜?'

어렸을 때부터 복종만 강요당한 터라, 의문을 갖는 것도 익숙하지 않았다. 간수에게 왜 사형을 안 시키냐고 묻는 요령도 없었다. 어차피 대답도 안 해줄 것이고.

결국 78번은 또 같은 일상으로 돌아왔다. 그는 늘 하던 대로 일을 하고 밥을 먹고 숨을 쉬며 삶을 이어 갔다.

부서진 나비의 시체가 떠올랐다.

'왜 난 지금도 살아 있는 거지?'

의문은 오래가지도 않았다. 그는 다시 노역을 일상으로 받아들였다.

그렇게 한 달쯤 지나자, 49번의 동료들이 찾아왔다.

예정된 수순이었다.

"어디 나도 뒤에서 쳐서 죽여 보시지?"

죄수 번호 188번. 그는 다섯 명 정도의 동료를 데리고 와서 열다섯 살의 78번을 구석에 몰아넣고 두들겨 팼다. 78번은 저항하지도 못하고 얻어맞았다. 기절하는 기술을 쓸 기회도 없었다.

이제 끝났나 싶을 때 188번이 말했다.

“감히 저항할 엄두도 못 내게 해 주겠어.”

두 명의 남자가 78번의 두 팔을 바위 위로 고정시켰다. 그리고 188번이 그 위로 쇠망치를 내리쳤다. 손목이 으스러졌고, 그는 그대로 기절했다. 이번엔 기술을 쓴 것도 아니었다.

78번의 팔이 회복되기까지는 일 년이 걸렸다. 뼈는 옆방의 늙은 죄수가 맞춰 줬지만 전문적인 의사는 아니라 일 년이 지나도 완치되었다는 개운함은 없었다.

그 늙은 죄수가 겨울 동안 감기로 죽은 다음에는 도와주는 이도 사라졌다. 돌을 짊어지는 일에서는 면제되었지만 그 외에는 어떤 배려도 없었다.

밥도 평소처럼 작은 나무 그릇에 담아 던져 주고 가 버렸다. 개처럼 엎드려 먹어야 했지만 78번은 수치를 알지 못했다.

78번은 차분하게 팔이 낫기를 기다렸다.

‘나는 이미 한 번 죽었어. 두 번인들 못 죽을까.’

일 년이 지나 다시 일터에 나가게 되었을 때 78번은 188번을 찾았다. 188번은 그 당시 일행들과 항상 같이 다녔다. 49번이 죽은 뒤로는 이제 그가 이곳의 대장이 되어가고 있었다.

그 남자는 살인죄로 90년 형을 선고받은 죄수였다. 지나가는 여행자들을 아무나 붙잡아, 사지를 잘라 길가에 늘어놓은 살인마.

기록상 그가 죽였다고 알려진 사람만 서른 명이 넘었다. 하지만 그가 한 명씩 죽일 때마다 팔에 새겼다고 하는 문신은 대충 세어 봐도 오십이 넘었다.

다들 그를 무서워했다. 그래서 좋았다. 이 녀석을 죽이면 그 다음 무서워할 사람이 정해질 테지!

78번의 복수는 검은 바위 내에서 이미 널리 퍼져 있었다. 그래서 그가 188번에게 복수할 거라고 생각하는 이가 많았고, 188번을 싫어하는 죄수들이 슬쩍 도와주었다.

"쓰다 망가진 연장 몇 개, 채석장 뒤에 묻어 뒀어."

누군지도 모르는 죄수가 다가와 78번에게 알려주었다. 78번은 고맙다는 인사를 하는 법을 배우지 못해 그저 고개만 끄덕였다.

간수들도 모른 척했다. 그들 입장에선 사실 은근히 골칫거리인 둘이 서로 싸우다 죽어 줬으면 하고 바라는 것 같았다. 그래서 78번이 188번 주위를 맴돌고 있는 것을 보고도 모른 척했다.

78번은 돌을 지어 나르며 몸이 회복되길 기다렸다.

그리고 전처럼 일할 정도가 되었을 때, 채석장 뒤로 가서 표시해 둔 땅을 팠다. 곡괭이나 망치, 정 등이 몇 자루 묻혀 있었다.

78번은 가급적 가벼운 녀석으로만 골라 단단히 헝겊으로 졸라맨 허리띠에 꽂았다.

점심시간이 되었고 78번은 188번이 밥을 먹고 있는 곳에 몰래 다가갔다. 다섯 명이나 같이 있었다.

'너무 많은데?'

78번은 다음 기회를 노릴까 하다가 생각을 바꿨다.

'지금 기회를 놓치면 슬슬 눈치를 챌지도 몰라. 다른 죄수가 일러바

칠 수도 있고.'

78번은 걸을 때마다 발에서 질질 끌리며 나는 쇠사슬 소리를 줄이기 위해 수도 없이 연습해 왔다. 움직일 때는 나비처럼 조용히, 공격할 때는 떨어지는 바위처럼 빠르게.

188번의 일행 중 누구도 뒤에서 접근하는 78번을 발견하지 못했다.

그가 188번의 머리에 정을 내리찍은 후에야 한 명이 눈치챘다. 정은 단숨에 끄트머리만 남겨 두고 188번의 머릿속으로 푹 파고 들어갔다.

'의외로 사람 뼈라는 게 연하구나?'

바위와는 전혀 다른 미묘한 쾌감에 78번은 놀랐다. 하지만 그걸 즐기고 있을 시간이 없었다.

"어? 어? 이, 이 새끼 뭐야?"

놀란 남자가 황급히 일어나 78번에게 달려들었다.

78번은 188번 머리에 꽂힌 정에서 손을 떼고 허리에 꽂힌 망치를 꺼내들어 휘둘렀다. 망치가 정확히 그의 머리를 맞혀 뼈가 깨졌다. 그 남자도 뒤로 발라당 넘어졌다.

머리에 정이 꽂힌 채로 기이한 팔 동작으로 허우적거리던 188번도 앞으로 픽 고꾸라졌다. 예전 49번처럼 엉금엉금 기어 달아나는 일도 없었다.

'이제 겨우 두 명.'

나머지 세 명의 저항도 만만치 않을 거라고 생각한 78번은 급히 허리에 매어 둔 다른 연장을 꺼냈다. 하지만 다른 녀석들은 달아났다.

78번은 그들이 가르쳐 준 교훈을 잊지 않았다.

'풀어 주면 반드시 복수가 돌아온다.'

돌을 깨는 연장들은 하나같이 무거워 던져서 맞추는 것만으로 모두 머리가 깨졌다. 신기할 정도로 잘 맞았다. 물론 78번은 이 일을 위해 한 달이나 망치로 원하는 곳을 맞추는 연습을 했다.

하지만 연습 때에도 열 번 중 두어 번은 실수했지만 이번에는 모두 명중했다.

'끝났다.'

78번은 모든 연장을 바닥에 떨어뜨려놓고 비무장 상태로 간수가 오길 기다렸다. 점심시간이 끝나고 나서야 간수들은 그 광경을 발견했다.

'이제 저들은 더 이상 날 검은 바위에 두지 못할 거야.'

경악하는 간수들의 표정을 보고 78번은 생각했다.

'이제야 죽을 수 있게 됐어.'

"넌 일주일 뒤에 처형될 거다, 78번."

간수가 말하며 독방 문을 닫았다.

'일주일이나 기다리라고? 그냥 그때 망치로 내 머리를 치는 게 나을 뻔했군.'

78번은 후회했다.

일주일은 생각보다 길었다. 하루하루가 고통이었던 오 년보다, 팔이 낫길 기다린 일 년보다 더욱 길게 느껴졌다.

일주일 동안 그는 온갖 상념에 사로잡혔다.

'난 왜 태어난 걸까?'

'그때 내 손에서 죽은 나비보다 더 의미 없는 삶이었어. 그 나비는 하늘을 날아보기라도 했지.'

'나도 누군가의 손바닥 안에서 으깨져도 좋으니 한 번만이라도 자유로워 봤으면.'

'죽으면 그리되려나?'

음식과 물은 계속 들어왔지만, 처음 사흘 동안만 먹고 나머지 나흘 동안은 먹지 않았다. 나른한 몸 상태가 차라리 마음에 들었다.

'굶어 죽는 것도 좋군. 난 뭐 하러 그렇게 악착같이 먹었던 걸까?'

마침내 독방 문이 열렸다.

"78번, 따라와라."

78번은 기쁜 마음으로 간수의 뒤를 따라갔다. 하도 오래 굶어서 다리가 후들후들 떨렸지만 이제 상관없었다. 죽음 뒤에 허기가 있을 리 없으니까.

궁금한 건 하나뿐이었다. 참수형일까, 교수형일까.

'죄인은 목을 남겨두지 않는다고 했어. 그럼 참수형일 거야. 내게 선택지를 줘도 난 참수를 택할 거야. 그때 그 나비처럼 단숨에 죽는 거야.'

간수가 데려간 곳은 78번이 처음 가보는 건물이었다.

당연히 검은 바위의 뒷산 어딘가로 데려가 목을 칠 줄 알았던 78번은 당황했다. 심지어 피가 덕지덕지 말라붙은 어느 처형실 같은 곳이 아닌, 탁자 하나 놓인 밀실로 안내되었다.

'혹시 교수형일까?'

밧줄로 사람을 매달기엔 좁고 천장도 낮았다.

그곳은 면회실이었다. 단 한 명도 면회를 올 사람이 없으니까 이 건물에 올 일이 없었던 것이다. 생각해 보니 처음 '검은 바위'에 왔을 때도 이런 밀실에서 시작되었다.

불길한 예감이 들었다.

'만약 첫날 심문했던 그 자식이 저기 앉아서 실실 웃고 있으면, 난 세 번째 살인을 저지르고 말겠어.'

배가 고파 힘도 없고 무기도 없지만, 평범한 어른 하나 목 졸라 죽이는 건 자신 있었다. 하지만 탁자 앞에 앉아 있는 건 그 남자가 아니었다.

좁은 창문에서 새는 희미한 태양빛이, 탁자 앞에 앉아 있는 남자의 가슴 아래쪽만 비추었다. 의도적으로 거기에 앉은 건지 아니면 빛이 비껴가고 있는 건지 그의 얼굴만 보이지 않았다.

간수는 아니었다.

그 남자는 낡은 셔츠만 입고 있었고 모자나 장신구는 하고 있지 않았다. 즉, 귀족은 아니었다. 손에 검은 가죽 장갑을 끼고 있었지만, 무기는 없었다.

마주 앉아 있는 것만으로 소름이 끼치는 남자였다.

"그레이그 웰치?"

남자가 가래 끓는 목소리로 물었다. 5년 만에 듣는 이름이라 남의 이름처럼 생소했다. 78번은 고개를 끄덕였다.

"우선 앉지그래?"

78번은 몇 년이나 자기 몸의 일부처럼 매달려 있는 발목의 쇠고랑과 쇠고랑에 연결된 쇠사슬을 질질 끌며 시키는 대로 앉았다.

"쇠사슬은 풀어줘라."

그가 명령했다.

간수가 놀라 말했다.

"어려 보이지만 검은 바위에서 여섯 명이나 죽인 흉악한 놈입니다. 이 애의 부모는 그 유명한……."

"풀어달라고 했지 않나?"

간수는 나직이 신음하더니 열쇠를 들고 78번의 쇠고랑을 풀어주었다.

1년에 한 번 정도 쇠고랑을 풀어줄 때가 있었다. 이음새를 수리하거나 몸을 씻길 때나 특별한 보상을 대신할 때.

이렇게 아무 이유 없이 풀어주는 건 처음이었다.

78번은 기쁘다기보다 얼떨떨했다.

'처형 전의 수순일까?'

남자는 다시 간수에게 명령했다.

"나가 봐라."

"단둘이 있겠다고요? 다시 말씀드리지만 이 애는 어려 보여도……."

"열여섯 살 정도라고 들었다. 그래서?"

"……아닙니다. 일 있으면 부르십시오."

간수가 나가고 단둘이 남게 되었다. 78번은 쇠고랑이 채워져 있던 손목과 발목을 주무르며 남자의 말을 기다렸다.

"너에 대한 모든 것을 조사했다, 그레이그. 감옥에 가기 전, 간 후. 그리고 사형수가 되기까지."

처형당하는 건 처음이니, 어떤 절차를 거치는지 모르는 게 당연했지만 뭔가 이상했다. 78번은 초조하게 물었다.

"언제 처형됩니까?"

남자는 피식 웃었다.

"그리 죽고 싶으냐?"

"예."

다시 '검은 바위'로 돌아가라고 하면 이번에는 어려운 길 택하지 않고 그냥 채석장 위에서 뛰어내릴 생각이었다.

"그럼 네가 들어온 그 문밖으로 나가면 된다. 널 여기 데리고 온 간수 두 명이 아직 기다리고 있다. 네가 도로 문을 나서면 처형장으로 안내할 사람들이다. 증인도, 재판관도 없이 칼을 가는 처형관만 기다리고 있을 것이다."

78번은 고개를 끄덕였다. 딱 원하던 대로였다. 생각 같아선 즉시 그 문을 나서고 싶었다. 하지만 이 음산한 분위기의 남자는 예상치 못한 말을 꺼냈다.

"하지만 네가 들어온 문이 아니라 내 뒤에 있는 문을 나서면 마차가 한 대 기다리고 있다. 간수도, 칼을 가는 처형관도 없지. 넌 그저 대기하고 있는 마차를 타고 이틀을 달려, 도착한 곳에서 내주는 칼 한 자루를 받으면 된다."

"무슨 뜻인지……, 잘 모르겠습니다."

78번은 상황을 이해하려고 애쓰면 애쓸수록 머리가 아팠다.

그 남자는 탁자 위에 내려놓은 두 손을 맞잡고 느릿느릿 물었다.

"억울하지 않았나?"

"네? 뭐가요?"

"아무 죄도 없이 검은 바위에서 6년이나 노역을 한 게."

78번은 의심 없이 고개를 저었다.

"제 아버지가 역적이라고 들었습니다."

"그건 네 아버지의 잘못이지, 네 잘못은 아니야."

남자는 숨죽여 웃었다. 순종적으로 듣기만 하던 78번은 그 웃음소리가 거슬려 그를 노려보았다. 잊었던 분노가 다시금 일어났다.

'이자는 나를 처형하러 온 게 아니야. 또 다른 고통의 장소로 끌고 가려는 거야. 그럼 지금 죽여 버리면 돼. 그럼 당장 바깥에 있는 간수가 나를 끌고 가겠지.'

하지만 78번은 그렇게 하지 않았다. 이 나이 많은 남자를 이길 자신이 없어서였다.

'서두르지 말자. 몇 년을 기다렸는데 몇 분 더 기다리는 것쯤이야.'

78번은 잠시 화를 누그러뜨리고 말했다.

"아버지의 잘못은 곧 아들의 잘못입니다."

"그럼 이건 어떤가? 자네 아버지가 역적이 아니라 의적이었다면?"

그의 말에 78번은 잠시 어리둥절했다.

"무슨 말인지 잘……."

"6년 전, 당시 론타몬의 왕은 자신의 사치를 유지하려고 근방 영지의 세금을 다섯 배 가까이 올렸으며, 귀족들의 반발을 잠재우려고 그들에게 자기 영지 내 처녀들의 초야권을 받을 수 있게 인정해줬지."

남자는 뭐가 그리 재미있는지 계속 웃으며 얘기했다.

"바로 그런 왕의 폭정에 저항해 들고일어난 의적이 있었는데, 그게 네 아버지였다. 어찌나 신출귀몰하고 검술이 뛰어난지 왕의 병사들은 잡을 수가 없었어. 그래서 당시 경비대장은 네 어머니를 인질로 잡아 네 아버지를 유인했지. 그 작전은 손쉽게 성공했다."

"제, 제 어머니는 귀족들을 유혹했다고 들었……."

"겁탈 당한 건 네 어머니 쪽이었다. 증거를 없애려고 죽였고."

남자는 탁자 앞으로 고개를 숙였다. 창문에서 비치는 햇빛 안으로 그의 얼굴이 드러났다. 창백한 얼굴에 떠오른 잔인한 미소가 보였다.

"자, 이제 네 어린 시절을 송두리째 앗아간 수감 생활이 조금은 억울해졌느냐?"

78번은 뒤를 한 번 돌아보았다. 그리고 그 남자의 어깨 너머의 문을 넘어다보았다.

"저 문을 나가……, 마차를 타고 가서……, 거기에서 주는 칼을 받으면……, 전 뭘 하게 됩니까?"

78번은 떨리는 목소리로 천천히 물었다. 검은 바위에서 사는 동안 질문 없이 살아왔지만 지금 이 순간 묻지 않고서는 견딜 수가 없었다.

"어떤 기사단의 일원이 될 거다."

"제가 기사가 된다는 말씀인가요?"

"그러하다."

남자는 자리에서 천천히 일어나며 물었다.

"난 여기까지밖에 설득할 수가 없군. 78번이 될 거냐, 기사 웰치가 될 거냐?"

그 순간 78번은 뒷문으로 나가 처형당하는 게 더 나을지도 모른다는 생각이 들었다. 그러나 본능이 사는 길을 택하게 했다.

"기사 웰치가 되겠습니다."

"슈라이튼 백작!"

밀실을 나가 마차를 향해 걸어가는 남자를 향해, 간수 중 한 명이 소리를 질렀다.

78번이 '검은 바위'에 처음 들어오는 날 봤던 간수였다. 6년 동안 한 번도 보지 못했지만 얼굴을 잊어버릴 수가 없었다. 그때보다 더 살이 쪘고, 옷은 더 고급스러웠지만 못 알아볼 수가 없었다.

'저 사람, 검은 바위의 소장이었구나. 당연히 그렇겠지.'

웰치는 다시 보면 죽일 거라던 다짐을 잊고, 본능적으로 고개를 숙이고 말았다. 그러자 뒤에서 남자가 말했다.

"고개 숙이지 마라. 넌 78번이 아니라 기사 웰치야."

남자는 소장을 향해 느릿느릿 돌아섰다. 자세가 하도 느긋하니, 위협적으로 뛰어오던 소장이 오히려 멈칫했다. 그는 헛기침을 한 번 하고 말했다.

"슈라이튼 백작, 난 이 건에 대해 아직 충분한 설명을 듣지 못했소!"

"그건 네가 게으르다는 소리다, 베리 소장. 난 이미 한 달 전에 통보했어. 여기서 죄인 열 명을 데려가겠다고."

"그건 내가 선택해서 줄 예정이었소!"

"네가 선택한 열 명은 다 죽어가는 병자들이었다. 내가 원한 건 건장한 청년이었어."

"그럼 다시 골라 드리겠소. 어쨌든 그 애는 안 되오."

베리 소장은 웰치를 향해 손을 내밀었다.

"78번! 이리 와라."

78번은 거의 반사적으로 그쪽으로 한 걸음 내디뎠다.

슈라이튼 백작은 나직이 웃으며 말했다.

"78번이라는 이름에 반응하지 마라. 네 이름을 잊었느냐?"

웰치는 움찔하고 멈췄다. 하지만 여전히 베리 소장의 눈은 마주치지 못했다.

스스로도 믿을 수가 없었다. 하지만 어린 시절의 공포는 몸에 새겨져 있었고, 그 반응을 숨길 수가 없었다. 슈라이튼 백작은 78번을 가만히 쳐다보더니 말했다.

"이대로 무시하고 가면 네 육체를 검은 바위에서 빼 올 수야 있겠지만, 네 영혼을 빼 올 수는 없겠구나?"

베리 소장은 백작에게 소리쳤다.

"마지막으로 요청 드리겠소. 그 애를 놓고 이곳을 떠나시오. 백작께서 부탁하신 열 명은 열흘 안에 마련해 드리리다."

베리 소장이 손짓하자, 간수들이 무기를 들고 다가오고 있었다. 백작의 마차에는 마부만 한 명 있을 뿐, 따로 경비병은 없었다.

만약 베리 소장이 마음만 먹으면 슈라이튼 백작은 죽고 웰치는 도로 78번이 되어 검은 바위로 끌려갈 판이었다. 그런데도 백작은 재미있다는 듯 웃고 있었다.

"웰치, 넌 세상 무서울 게 없는 기사가 되어야 한다. 그러려면 넌 내게 한 가지 증명을 해야겠어."

백작은 베리 소장이 들리게 큰 소리로 말을 이었다.

"저 녀석을 죽여라."

베리 소장은 오히려 웃음을 터트렸다.

"입조심하시오! 여긴 백작이란 지위가 목숨을 지켜주는 곳이 아니오!"

백작은 들은 척도 하지 않고 78번에게만 말했다.

"난 네게 이보다 더한 일도 시킬 거다. 고작 이 정도 일에 망설이는 놈은 필요 없다."

뒤이어 속삭이는 백작의 목소리가 등을 떠밀었다.

"저놈이 네가 죽인 여섯 명과 다를 게 있나?"

78번은 대답했다.

"없습니다."

"칼이라도 줄까?"

"없어도 됩니다."

"후환이 두려우냐?"

"아니오."

78번은 바닥에 떨어진 뾰족한 돌멩이를 하나 손에 쥐었다. 그리고 망설임 없이 뛰어나갔다.

베리 소장은 놀라서 도망도 못 쳤다. 고작 반걸음 정도 물러서다가 등을 돌린 게 고작이었다. 78번은 그의 뒤통수를 내리쳤다.

머리뼈가 부서지고 안에 든 허연 게 보였다. 곧 붉은 피가 모든 것을 감쌌다. 지금까지 저지른 살인 중 가장 쉬웠다. 나비를 부순 것만큼이나 쉬웠다.

'아니, 점점 쉬워지고 있는 거야.'

78번은 피 묻은 돌멩이를 들고 자리에서 일어났다. 간수들이 고함을 지르며 칼을 들고 달려왔다. 78번은 돌을 버리고 간수들의 칼을 기다렸다.

다른 간수들에게는 딱히 원한을 갖고 있지 않았다. 조금 괴롭힌 놈도 있지만, 죽일 정도는 아니었다. 하지만 공격해 오면 반격할 생각은 있었다.

그런데 간수들이 갑자기 놀라 칼을 버리고 달아났다. 78번이 아니라, 그의 뒤를 보고 놀란 것이었다. 그가 돌아보았으나 슈라이튼 백작이 웃으며 쳐다보고 있을 따름이었다.

"잘했다, 78번. 갈까?"

78번이 대꾸했다.

"제 이름은 78번이 아니라, 그레이그 웰치입니다."

"좋아. 방금 그 말 잊지 마라."

백작은 마차 쪽으로 걸어갔다. 78번은 베리 소장의 머리 부서진 시체를 두고 백작을 따라갔다.

간수들이 뭘 보고 달아났는지는 끝내 알지 못했다.

슈라이튼 백작은 가는 길에 다른 감옥에 들러 세 명의 죄수를 더 태웠다.

그레이그와 비슷한 또래의 소년도 있었고 스무 살 넘는 청년도 있었다. 다들 못 먹어서 삐쩍 말랐고 등에는 채찍 자국이 선명했다.

그들 넷은 오랫동안 같은 마차에 동승해 있었지만, 다들 말이 없었다. 자기소개 하는 시간을 갖지도 않았고 백작이 서로 소개시켜주지도 않았다.

마차가 멈춘 곳은 넓은 평지에 수십 개의 막사가 설치된, 임시 군 주둔지 같은 곳이었다. 넷 말고도 먼저 온 죄수들이 백 명 넘게 모여 있었다. 한쪽 평지에서 검술 훈련과 창술 훈련을 하는 모습이 보였다.

슈라이튼 백작은 그들을 내려준 다음 별다른 지시도 없이 마차를 타고 떠나버렸다. 잠시 후 누군가 다가와 멀뚱히 서 있는 넷을 데려갔다.

제일 먼저 배급된 것은, 백작의 말대로 칼이었다. 쇠고랑을 채우지는 않았다.

그다음은 막사였다. 네 명이 같이 쓰는 막사였는데, 침대는 네 개가 있었다. 막사 가운데는 불을 피우는 자리도 마련되어 있었다.

푹신하진 않지만 깨끗한 이불이 있었고 제법 괜찮은 신발과 새 옷이 지급되었다. 까칠한 옷감이 등에 닿으니 어색할 지경이었다. 침대는 너무 편해서 잠이 오지 않았다.

한참 뒤척이다 일어나 보니 넷 다 일어났다. 한밤중에 일어나 서로를 바라보던 넷은 실없이 웃기 시작했다.

그때 처음으로 그들은 서로의 이름을 말했다. 밤새 자기가 있었던 감옥 생활을 얘기하기도 하고, 당한 일을 털어놓기도 했다. 자기만 당한 줄 알았던 '그 일'도 예외 없이 비슷한 경험을 가지고 있었다. 그레이그는 벌써 이 세 명이 좋아지기 시작했다.

아침 식사로는 우유와 빵이 나왔다. 빵은 곰팡이가 피어 있지도 않았고 딱딱하지도 않았다. 우유는 방금 짠 듯 신선했다. 김이 모락모락 나는 빵을 손에 들자 그레이그는 눈물이 왈칵 쏟아졌다. 다른 세 명도 비슷했다.

그 모습을 보고 먼저 와 있던 사내들은 아무 말도 하지 않았다. 심지어 한 명은 와서 등을 토닥여 주기까지 했다. 먹을 걸 뺏어가지만 않으면 고마웠던 '검은 바위'의 죄수들에 익숙한 그레이그는 그 접촉이 어색했다.

오전에는 검술 훈련이 있었다.

점심으로는 감자 수프와 소시지가 나왔다.

오후에는 창술 훈련이 있었다.

저녁으로는 소스에 담근 돼지고기와 맥주가 나왔다. 한 명이 와서 맥주는 한 달에 한 번만 지급되는 거라며 넷에게 운이 좋은 거라고 말해주었다. 그레이그는 난생처음 맥주를 마셔보았다.

'맙소사, 이게 뭐야? 내가 방금 뭘 마신 거지?'

그레이그는 다음 날부터 난생처음으로 날짜라는 걸 체크하고 살았다.

'이제 맥주가 나올 때까지 29일 남았군.'

'이제 맥주가 나올 때까지 28일 남았어.'

'오늘은 맥주가 나오기까지 27일이 남은 날이군.'

'맙소사, 이번 달은 31일까지잖아? 그럼 28일 남은 거야?'

그의 머릿속에는 맥주라는 단어밖에 안 떠올랐다.

두 번째 맥주가 나오는 날, 슈라이튼 백작이 나타났다.

그가 여기 온 날 이후에도 꾸준히 죄인들이 모여 이제 이백 명이 넘는 청년들이 주둔지에 있었는데, 백작은 그들을 모두 모아놓고 일장 연설을 했다. 그는 맥주를 마시고 싶은 기대감에 백작의 연설을 듣지도 않았다.

연설 말미에 백작은 한 남자를 소개했다. 웰치보다 서너 살 정도 더 많은 남자였다. 얼굴에는 자신감 넘치는 미소가 떠올라 있었다.

"이제부터 이 친구가 너희들의 캡틴이 되어 이 기사단을 이끌어 갈 것이다. 모든 권한이 그에게 있으니 명령에는 절대복종하도록!"

백작은 그를 소개한 다음 떠나버렸다.

남자는 모두를 돌아보며 말했다.

"내 이름은 빅터다."

'슈라이튼 백작과 비슷하게 웃는군.'

그레이그는 보자마자 알았다.

'날 검은 바위에 가둔 베리 소장도 저렇게 웃었지.'

그들 모두의 공통점을 알았다. 앞에 있는 사람을 사람으로 보지 않는 것이다. 그래서 첫인상부터 좋게 가질 수 없었다.

"너희들은 죄인이다. 내 손에서 벗어나면 너희들은 길 가다 칼침 맞고 죽어도 하소연할 곳이 없는 놈들이란 소리지."

빅터는 단호한 어조로 말을 이었다.

"벗어날 수 있는 방법은, 이 나라의 법률상 존재하지 않는다. 하지만 내가 그렇게 해 주지. 이제부터 너희들의 주인은 슈라이튼 백작이 아니라, 나 빅터다!"

빅터의 말이 끝났지만 아무도 호응을 하지 않았다. 죄수로 살아온 사람들이라 이럴 때 박수를 쳐야 하는지 야유를 보내야 하는지 모르기 때문이기도 했다.

빅터는 그런 냉랭한 분위기를 전혀 어색해 하지 않았다.

"질문 있나?"

한 명이 손을 들었다.

"해."

"전 지금까지 석 달 정도 훈련을 받았습니다."

"석 달이면 초기 멤버로군. 그래서?"

"전 감옥에 갇히기 전에 기사단 생활을 했습니다. 하지만 지금 제가 받는 훈련은 여느 기사단 훈련과 다릅니다."

"아마 그럴 것이다."

"대체 우리 기사단이 하는 역할이 뭡니까?"

"드래곤 사냥이다."

아무렇지도 않게 엄청난 얘기가 떨어졌다. 다들 옆 사람을 힐끔거리고 쳐다보았다. 약간의 웅성거림이 이어졌다.

"여기 있는 대부분은 죽기 전까지 죄가 없어지지 않는 형벌을 받았을 것이다. 하지만 드래곤 사냥에 성공하면 너희들의 형벌은 지워지고 그땐 진짜로 론타몬의 정식 기사가 될 것이다."

웅성거림이 커졌다.

"뭔 소리인지 잘 모르겠나? 좀 과장해 볼까? 론타몬에서 기사란 곧 귀족이다. 너희 죄수들이 귀족이 된다는 거다. 원한다면 결혼도 하게 될 것이고, 운이 좋으면 평범하게 자식을 가질 것이고, 그 자식 또한 귀족이 된다는 뜻이다. 이제 좀 이해가 되나?"

그레이그는 마지막 말에 가슴이 흔들렸다.

'아들에게 물려 내려온 아버지의 죄가 사라진다.'

빅터가 온 다음 날부터 훈련은 더욱 가혹해졌다. 검은 바위에서 돌을 지고 날랐던 순간이 쉬웠다는 생각이 들 정도로 고된 하루가 이어졌다. 하지만 버틸 수 있었다. 훈련 중 사망자도 있었으나, 누구도 포기하지는 않았다.

빅터는 늘 모두를 죄인이라고 불러대며 훈련을 시켰다. 그레이그는 그 점이 마음에 들지 않았다. 아니, 빅터의 모든 면이 마음에 들지 않았다. 대신 그는 절대 부하들을 포기하는 법이 없었다. 훈련 중 괴로워하는 청년을 게으른 돼지니, 밥밖에 먹을 줄 모르는 거지 새끼니 하고 불러대긴 해도, 기어이 강하게 만들었다.

그레이그도 포기하지 않았다. 하루하루 강해지는 것이 느껴졌다.

세고 싶지 않은 긴 시간 동안의 훈련이 끝나고 마침내 모두에게 검은색을 입힌 갑옷이 내려졌다. 다들 기뻐했지만, 그레이그는 불편했다.

쇠고랑 대신 채워진 또 다른 족쇄 같았다.

검은 갑옷이 내려온 날, 왕실에서 정식으로 기사단에 이름이 내려졌다.

익셀런 기사단.

그레이그는 전쟁이 얼마 남지 않았다는 걸 알았다.

"기사도?"

빅터는 비웃었다. 하지만 그레이그는 진지하게 말했다.

"그래, 익셀런 기사단에 필요한 건 기사도다."

빅터가 처음 훈련을 시킬 때부터 지금까지 그는 한 번도 대장을 거역해 본 적이 없었다. 그래서 이런 말을 하는 것 자체가 거북했다.

"모두의 의견이냐? 기사도가 필요하다고?"

빅터가 물었다.

"아니, 나 혼자만의 생각이다. 그러니 네가 말해야 한다."

"나더러 녀석들에게 기사도를 가르치라고?"

"다들 따를 것이다. 당연하지 않나? 넌 우리 기사단의 캡틴이자 모두의 스승이니까."

"마음속으로 따르는 건 아니지. 다 알고 있다, 웰치. 기사단은 이미 상당수 널 따르고 있어."

빅터가 웃으며 말했다. 하지만 그레이그는 그의 웃음이 불안했다.

'질투하는 걸까? 이런 것에 신경 쓰는 녀석은 아닌 줄 알았는데.'

그레이그는 자신과 검술을 견줄 만한 사람은 다섯 명도 안 된다는 사실을 알고 있었다. 하지만 빅터는 감히 넘볼 수 없는 실력자였다.

"인정하지. 따르고 있다. 하지만 그건 그냥 동료애야."

그레이그는 차분하게 설명을 이어갔다.

"캡틴은 너다, 빅터. 넌 죄수들로만 구성된 익셀런을 휘어잡아 아무 문제도 일으키지 못하게 했지. 대단하다고 생각한다. 하지만 그건 불안한 복종이야. 적어도 내가 보기에는 그래."

"말이 길어지는군, 웰치."

"오랜 시간 동안 고민하고 내린 결론이라 그렇다. 너에겐 기사도가 없어. 지금 익셀런 기사단에 필요한 건 기사도다."

"너, 기사도가 뭔지나 알고 하는 소리냐?"

빅터는 의도하지 않아도 좌중을 압도하는 눈빛을 타고났다. 그래서 별 뜻 없이 한마디 내던져도 듣는 상대는 저도 모르게 움찔거리기 마련이었다. 그레이그도 예외는 아니었다.

"그리고 그걸 또 네 동료들에게 가르칠 수나 있겠나, 웰치? 죄인들에게 기사도를?"

"빅터, 너는 적어도 기사라는 직함을 정식으로 가지고 있고 우리는 모두 널 존경하고 있다. 굳이 거창한 철학으로 가르칠 필요는 없다. 우리에게 기사도가 뭔지 일깨우기만 하면 돼."

그레이그는 용기를 내어 말을 이었다.

"우리가 기사라는 사실을 누구도 아닌 우릴 가르친 네가 각인시켜 주면 된다. 그거면 될 거야."

"조건을 갖추기 전에 미리 죄수라는 신분에서 벗어나고 싶은 거냐?"

빅터는 비꼬는 말 따위는 하지 않았다. 단 한 번도 그는 논점을 흐리거나 불리하다고 자기주장을 굽히는 일이 없었다. 에둘러 말하는 배려도 없었다. 직설적이고 그만큼이나 잔인했다.

"웃기지 마라, 웰치! 너희들은 죄인이다. 이 일이 끝나면 기사 작위를 받는다는 것에 희망이 부풀어있나 본데, 내가 그 미래를 미리 보여주지."

빅터가 다가와 말하는 순간 그레이그는 그만 그의 시선을 피하고 말았다.

훗날 드래곤 기사를 상대할 때도 피하지 않고, 드래곤을 밧줄로 끌어당길 때도 두려움이 없는 공포의 기사가 될 그였지만 그 순간은 그렇게 되고 말았다. 베리 소장을 죽일 수 있었던 것도 슈라이튼 백작 덕분이었지만, 처음에는 시선을 내렸던 그였다.

더군다나 빅터는 원초적인 두려움을 끌어내는 눈빛을 가지고 있었다.

'이 녀석은 공포를 모른다. 그게 나처럼 겁 많은 녀석에게는 두려움 그 자체가 되는 거야.'

빅터는 막사 밖으로 나갔다. 밖에는 이미 이백여 명의 익셀런 기사들이 횃불을 들고 대기하고 있었다.

빅터는 피식 웃으며 아직 막사 안에서 나오지 못한 웰치를 돌아보았다.

"이래도 애들이 널 따르지 않는다고?"

빅터와 얘기를 해보겠다고 저녁 식사 시간에 말해두긴 했지만, 설마 다 같이 몰려올 줄은 그레이그도 몰랐다.

빅터는 이백여 명의 눈빛을 보고도 전혀 굴하지 않고 말했다.

"너희들은 곧 있을 전쟁에서 가장 먼저 승리로 이끄는 영웅이 될 것이다."

꼭 예언이라도 하는 말투였다.

"지금 너희들의 전력, 백작님께서도 놀랄 정도다. 너희들은 몇 년 되지도 않는 훈련으로, 태어날 때부터 기술을 갈고닦은 기사들을 박살 낼 것이다."

그레이그도 동의했다. 굳이 다른 기사단과 싸워 볼 필요도 없었다. 익셀런 기사단은 대륙 최강의 기사단이 될 것이다.

"너희는 전쟁 영웅으로 돌아와 약속대로 직위와 포상을 받겠지. 보상을 못 받을 걱정은 할 필요 없다. 슈라이튼 백작은 반드시 약속을 지킨다."

빅터는 '반드시'라는 단어를 강조했다.

"저, 정말입니까?"

한 명이 불쑥 묻자, 다른 한 명이 뒤이어 물었다.

"우리가 그저 던져 주는 먹잇감일지도 모른다는 말을 들었습니다."

"익셀런 기사단을 미끼로 내던지고 모든 공을 황실 기사단이 낚아챌 거라는 소문도 들었습니다."

빅터는 웃음을 터트렸다. 그리고 그레이그에게 시선을 던졌다.

"웰치, 네가 설명해 봐라. 익셀런이 미끼가 될 거라는 소문, 너도 동의하냐?"

"물론 아니야. 단순하게 생각해도 그렇게 되지 않아. 익셀런 기사단은 먹잇감으로 버리기에는 너무나도 훌륭하고 잘 조직된 군대니까."

웰치는 빅터 옆에 서서 모두에게 말했다.

"왕실에서는 여전히 인정해 주고 있지 않지만 실력 면에서는 부정하지 못해. 우릴 미끼로 쓰는 건 바보짓이야. 무엇보다 슈라이튼 백작이 미끼로 쓰게 놔두지 않을 거다."

말하다 보니 다른 부분이 걱정됐다.

'우리가 배운 건 드래곤 사냥이야. 드래곤 사냥이 끝나기 전까지는 버려지지 않을 거야. 하지만 그게 끝나면? 지금 빅터는 그 부분을 설명하고 있는 게 아닐까?'

빅터는 귀찮은 파리 대하듯 손을 휘저으며 말했다.

"자, 너희들이 버려질 일은 없다. 살아남으면 전쟁 영웅, 그게 너희들의 미래야. 그럼 그 후에는? 그때부터 너희들이 행복한 일상을 살아

갈 수 있을까? 내가 말한 대로 결혼해서 자식과 행복한 노후를 꾸릴 수 있을까?"

빅터는 점차 목소리를 높였다.

"절대 못할 거다! 그래, 거짓말이었어. 너희들이 훈련에 집중하도록! 너희들은 죄인이다. 오직 익셀런이라는 이름만이 너희 본성의 표출을 막는 유일한 방패다. 거길 벗어난 너희들은 전과자에 불과해."

모두의 눈빛에 분노와 반발심이 일었다. 그레이그는 서둘러 중재하려고 나섰다.

"빅터. 그건 지나친……."

하지만 빅터는 흥분해서 말을 멈추지 않았다.

"어린아이를 서른 명이나 겁탈하고 사형 선고를 받은 델크로는 기사단에서 벗어나는 순간 같은 짓을 할 것이다. 난 네 녀석이 전장에서 포로로 삼은 아이들을 어떤 식으로 처분할지 벌써부터 걱정이다, 델크로!"

빅터의 지적을 받은 델크로의 눈빛에 증오심이 일었다.

"클로더는 귀족이 되면 제일 먼저 결혼부터 할 것이고 매년 자기 아내를 갈아 치우겠지. 어째서인지 그 아내들은 의문의 살해를 당한 후이고 말이야."

클로더 역시 금방이라도 빅터에게 뛰어들어 멱살이라도 잡을 얼굴이었다. 그레이그가 말리려고 나서는 순간 빅터의 손가락이 그를 가리켰다.

"그리고 웰치란 녀석은, 글쎄."

그레이그는 자기도 모르게 어깨에 잔뜩 힘이 들어갔다.

"자기보다 상대가 더 강하다고 뒤통수를 돌로 후려치는 놈이 기사라고 할 수 있을지 모르겠군. 검은 바위에서 네 녀석은……."

"닥쳐!"

다른 이들을 말리려 했던 그레이그가 제일 먼저 빅터의 멱살을 잡았다. 빅터는 저항하지도, 피하지도 않았다.

그레이그는 숨을 몇 번 헐떡이다가 멱살을 놓았다. 오랫동안 그의 말에 복종하고 살아온 타성이었다.

"기사도가……."

그는 뒤로 물러서며 말했다.

"……스스로 기사가 되었다는 마음가짐이 그 모든 것을 바꿀 것이다."

"난 너희를 기사로 키우지 않았다. 살인 병기로 키운 거지. 익셀런 기사단 안에서 너희들은 너희가 좋아하는 살인을 얼마든지 저지를 수 있다. 그걸 원하지 않았나?"

"원하지 않았어. 우리는……."

그레이그는 모두를 돌아본 다음 말을 이었다.

"우리는 기사도를 지키는 기사가 되고 싶다."

"그게 너 혼자만의 망상이냐, 아니면 진짜 모두의 뜻이냐?"

솔직히 그건 확신할 수 없었다. 고작해야 열 명 정도의 의견만 물은 게 고작이었다. 그가 자신 없이 대답을 못 하자, 빅터가 소리쳤다.

"어차피 더 이상 난 너희들에게 가르칠 게 없다. 그리고 내가 맡은 캡틴이라는 자리는 임시였다. 오늘 정하도록 하지. 계속 날 캡틴으로 모실 자는 왼쪽에 서라."

빅터는 그를 노려보며 말을 이었다.

"그리고 웰치를 캡틴으로 모실 자는 오른쪽에 서라."

그는 당황해서 손을 내저었다.

"비, 빅터, 그게 무슨 소리냐?"

"네가 자처한 일이다!"

훈련 잘된 기사들답게 두 편으로 갈리는 데는 채 1분도 걸리지 않았다. 대여섯만 남기고 모두 오른쪽에 서 있었다. 빅터는 이미 예상하고 있었다는 듯 웃었다.

"오늘부터 너희들의 캡틴은 웰치다. 백작님께 보고는 내가 직접 올리도록 하지."

빅터는 그레이그에게 다가와 속삭였다.

"어디 기사도든 뭐든 네 뜻대로 해 봐라. 네가 맞나, 내가 맞나 내기할까? 사람의 본성이란 건 바뀌지 않는다. 너도 마찬가지고!"

빅터는 획 돌아서서 막사 안으로 들어가 버렸다. 빅터 쪽에 서 있던 기사들도 그를 따라 막사 안에 들어갔다.

남은 기사들은 조금 얼떨떨한 얼굴로 그레이그의 주위에 몰려들었다. 그는 모두를 향해 고백하듯 말했다.

"이러려고 시작한 얘기가 아니야. 모두에게 미안하지만, 난 캡틴을 맡을 역량이 되지 않아."

하지만 그의 말은 아무도 들어주지 않았다. 한 명이 외쳤다.

"캡틴 웰치!"

그러자 다른 사람들도 말했다.

"캡틴 웰치."

그레이그는 또 하나의 족쇄가 채워지고 있다는 걸 알면서도 거부할 수 없는 희열을 느꼈다.

"캡틴 웰치."

"캡틴 웰치."

빅터는 한 사건을 계기로 익셀런 기사단을 떠났다. 그레이그에게 있어 빅터는 슈라이튼 백작만큼이나 인생에 커다란 균열을 일으킨 존재였기에 충격적인 사건이 아닐 수 없었다.

어느 날 아침 익셀런 기사단에 외부인이 침입했다. 아니, 침입이라기에는 너무 당당하게 들어왔다. 초대라도 받은 것처럼!

그리고 빅터에게 싸움을 청했다. 안 그래도 최근 캡틴 자리를 넘겨준 후부터 모든 것에 신경질적으로 반응했던 빅터였다.

빅터는 모두가 보는 앞에서 정체를 알 수 없는 나그네와 검술을 겨루었다. 나그네는 주변에 수많은 익셀런의 기사를 두고도 전혀 굴하지 않고 빅터와의 싸움에 집중했다. 대담한 남자였다.

만약 그레이그에게 같은 상황에서 싸워보라고 하면 제 실력의 반의 반도 내지 못할 것 같았다.

결과는 무승부였다. 빅터와 나그네는 서로 한 팔을 빼앗고 빼앗겼다. 그레이그는 이전에도 이후에도 그런 멋진 대결을 보지 못했다.

빅터가 순순히 그자를 돌려보내 준 것은 놀라운 일이었다. 부정하고 있었겠지만 빅터에게는 이미 기사도가 마음속에 자리 잡고 있었다.

그 사건은 그레이그뿐 아니라 기사단 모두에게 충격을 안겨 주었다.

한 팔을 잃고 사경을 헤매다 정신을 차린 빅터는 몸이 회복되자마자, 기사단을 떠나 버렸다. 작별 인사 같은 건 어울리지 않았지만, 아예 익셀런에 미련을 두지 않는 모습이었다.

"돌아올 거야."

그레이그는 혼란스러워 하는 모두를 진정시켰다.

"내색하진 않아도 빅터는 익셀런 기사단을 소중히 하고 있어."

'아직 날 캡틴으로 인정하고 있진 않지만.'

웰치는 뒷말까지 하진 않았다.

전쟁을 준비하며 익셀런 기사단은 론타몬의 수도로 입성했다. 검은 갑옷인 데다가, 당시 론타몬에 떠도는 종교의 문장을 달고 다니는 통에 듣기 괴로운 루머가 떠돌았다.

'시체를 먹는 자들.'

'악마의 추종자.'

'괴물들.'

'살인자들.'

익셀런에 대한 공격적인 언사는 금방 기사단을 잠식했다. 이 젊은 기사들은 육체적으로는 무적에 가까웠으나 심적으로는 아직 단련되지 않아 그런 말들에 금방 휘둘렸다.

그레이그도 마찬가지였다. 칼에 베이는 건 참을 수 있으나 말에 베이는 건 힘들었다.

빅터의 말이 옳았다. 죄인임을 가장 의식하고 두려워하고 있는 사람은 다름 아닌 기사들 스스로였다.

그때 그는 한 소년을 만났다. 한 마리 나비가 그의 손에서 바스러졌을 때처럼 또 한 명의 소년이 그의 앞에서 쓰러졌다.

만약 나비였다면 그는 아무 생각 없이 또 한 번 손안에서 으깨버렸을 것이다.

그 아이는 뒤따라 달려온 어른들에게 붙잡혀 두들겨 맞았다. 어른들이라고는 하나 이제 막 스무 살쯤 된 청년들이었고, 소년은 열다섯 살이 될까 말까 한 어린애였다.

최근 떠도는 소문 때문에 기사도에 회의를 품던 그레이그였다. 그래서 나중에 후회할 걸 알면서도 꼬마가 당하는 꼴을 멍청히 보고만 있었다.

'저 소년이 잘못했을지도 모르지. 그래서 당연한 대가를 받고 있는 것인지도 모르지.'

웰치는 그런 생각으로 지켜보기만 했다.

소년은 어른들에게 둘러싸여 발에 채면서도 끝까지 비명 한마디 내지르지 않았다.

"이 개자식! 어디 또 일어나 보시지."

한 남자가 소년의 멱살을 잡아 일으켜 세웠다. 소년은 기절했는지 일어나지 못했다. 그 남자는 소년을 한 대 더 주먹으로 후려쳐 쓰러뜨리고 침을 뱉더니 자기 일행과 같이 길을 갔다.

'죽었나? 이제라도 도와줄까?'

그때 소년이 비틀거리며 일어났다. 그리고 바닥에 떨어진 굵은 나뭇가지를 하나 집어 들었다.

'멍청하긴. 일어날 힘이 있어도 지금은 기절해 있어야지.'

소년은 나뭇가지를 질질 끌고 청년들의 등 뒤로 다가가고 있었다.

'뒤를 칠 생각이군. 좋은 작전이야.'

그 순간 웰치는 가슴이 철렁 내려앉았다. '검은 바위'의 78번이 거기 있었다.

78번은 돌을 쥐고 있었고 그 소년은 나무를 쥐고 있는 것만 달랐다. 또한 쇠고랑을 차고 있지도 않았다. 그러니 더욱 조용하고 신속하게 뒤를 쫓아가 놈들의 뒤통수를 날려 버릴 수 있었다.

그러나 소년은 78번과 달랐다.

"야! 나 아직 안 끝났어!"

소년은 그 어른들을 향해 외쳤다. 그들은 바로 등 뒤까지 따라와 퉁퉁 부은 얼굴로 소리 지르는 소년을 보더니 화들짝 놀랐다.

"오냐. 네가 죽을 때까지 해보자 이건데……."

마침내 그들은 칼을 꺼냈다. 하지만 소년은 물러서지 않았다.

"내 잘못이 아니야. 네 패거리가 먼저 내 친구 누나를 건드린 거잖아?"

소년은 나뭇가지를 칼처럼 내밀었다. 자세가 범상치 않았다.

소년은 골목이 쩌렁쩌렁 울리도록 외쳤다.

"내 이름은 빌리 매트니다. 훗날 기사가 될 것이며 나는 이 싸움을 내 기사도의 이정표로 삼을 것이다."

그는 감탄했다.

'대단하군. 저 민망한 말을 저렇게 진지하게 하다니.'

그걸 들은 녀석들도 당황하긴 매한가지였다.

"지랄하고 자빠졌네, 이 개자식이! 넌 오늘 뒤졌어."

한 명이 칼을 들고 내리쳤다. 빌리라는 소년은 그 칼을 피하더니 나무로 남자의 머리를 내리쳤다. 나무가 부러지며 그 남자가 머리를 움켜쥐고 쓰러졌다.

다음에 소년은 그가 떨어뜨린 칼을 집어 들었다.

"자, 다음 대결은 누가……."

그 순간 패거리 중 한 명이 소년의 뒤로 돌아가 뒤통수를 칼등으로 내리쳤다. 소년은 하던 말을 끝내지 못하고 힘없이 쓰러졌다.

"이, 이, 이 자식 진짜!"

"내버려 두면 또 아까처럼 정식 대결하자고 설칠 거다."

머리를 움켜쥔 남자가 머리에서 피가 나는 걸 확인하고 소리쳤다.

"죽여 버려!"

"그만해라."

웰치가 다가가며 말했다.

"넌 뭐야? 저리 꺼지지 못해?"

갑옷도 없고 칼도 없으니 그들은 그의 정체를 알지 못했다. 그리고 굳이 그들에게 익셀런의 이름을 알리고 싶은 생각은 없었다.

그는 다가가 한 명의 목덜미를 잡아 벽에 내던졌다. 단검을 쥐고 휘두르는 녀석은 손목을 꺾어 부러뜨렸다.

다음 녀석이 오면 빼앗은 단검으로 배를 찔러주려 했으나, 더 이상의 싸움은 없었다. 그들은 모두 달아나 버렸다.

그는 쓰러진 소년을 안아 들었다. 소년은 퉁퉁 부은 눈을 뜨고 말했다.

"구해주셔서 감사합니다."

'아직도 정신을 안 잃었어? 대단하군.'

웰치는 감탄하며 빌리에게 말했다.

"뒤를 몰래 쳤으면 이길 수도 있었다. 왜 굳이 소리를 질러 알렸나?"

소년은 웃기도 괴로운지 얼굴을 찌푸리며 말했다.

"그렇게 하고 싶지 않았어요."

"왜?"

"기사도에 이유가 있나요?"

그는 피식 웃었다.

"네 이름을 기억해둬야겠구나. 집이 어디지? 데려다주마."

"내려 주세요. 혼자 갈 수 있습니다."

빌리는 혼자 서더니 비틀거리며 집으로 향했다. 묘한 운명이 그를 그냥 보내지 말라고 말했다. 그러나 그는 그대로 기사단으로 돌아왔다.

놀랍게도 그날 빅터가 돌아와 있었다. 그의 옆에는 스무 살이 되지 않은, 약간은 앳되어 보이는 청년이 서 있었다.

다들 웅성거리는 걸로 보아 중대한 얘기가 벌써 오고 간 모양이었다. 수상한 분위기가 전해져왔다. 오랜만에 빅터를 만나 한순간이나마 반가웠던 마음이 싹 사라졌다.

그는 태연한 척 다가가 인사했다.

"오랜만이군, 빅터."

빅터는 그의 인사도 받지 않고 대뜸 말했다.

"칼을 들어라, 웰치."

"무슨 일이냐?"

"너에게 캡틴의 자격을 물으러 왔다."

그는 물론이고 그 자리에 있는 모든 기사들이 놀랐다.

"비, 빅터. 웰치는 우리 캡틴이야. 이미 정해졌잖아."

다른 기사들이 나섰다.

"그래. 굳이 이럴 것 없어."

"너야말로 웰치에게 그걸 물을 자격이 있는 거냐?"

빅터는 손을 내저으며 그레이그에게만 말했다.

"난 지금 너한테 말하고 있다, 웰치."

"좋다. 그런데 어떤 식으로 물을 거냐?"

"검으로."

"그거 좋군."

익셀런에는 그레이그보다 강한 이는 없다고 해도 좋았다.

하지만 비슷한 실력은 몇 명 있었다. 레드워드, 홀튼, 포웰……. 또 그들을 중심으로 몇몇 기사들은 아직 캡틴 웰치의 지위를 인정하지 않고 있었다.

무엇보다 그레이그는 스스로 자신의 지위를 의심하고 있었다.

"그런데 시합이라니, 네가? 한 팔로?"

그가 물었다.

"한 팔로도 너쯤은 충분하다, 웰치. 하지만 그런 걸로는 네 안의 의심을 해결할 수 없지."

'내 속마음을 다 들여다보는 것처럼 말하는군.'

그는 눈을 가늘게 뜨고 빅터의 다음 말을 기다렸다.

"너랑 싸울 상대는 이 아이다."

빅터는 옆에 있는 청년을 앞으로 떠밀었다. 그리고 청년의 귀에 대고 속삭이듯 말했다.

"이기라고 하지는 않겠다, 네이슨. 하지만 전력을 다해야 할 거다."

네이슨이라는 청년이 물었다.

"싸우다 죽이면?"

"그건 어쩔 수 없는 일이고."

빅터가 웃으며 말했다. 그레이그는 화가 불끈 치밀어 올라 즉시 할버드를 치켜들었다. 네이슨은 칼을 들었다.

시합장으로 갈 필요도 없었다. 기사들이 모두 뒤로 물러나고 그 한가운데에서 싸움이 시작되었다.

금방 끝날 줄 알았지만 싸움은 길어졌다. 그레이그는 네이슨과 싸우며 놀라운 사실을 깨달았다.

'맙소사, 내 기술을 훔쳐내고 있군.'

둘 다 무기를 놓치면서 싸움은 무승부로 판가름이 났다.

하지만 누가 봐도 그 싸움은 그레이그의 패배였다. 방금 칼을 놓친 것도 네이슨이 의도한 바였다. 마치 이제 더 훔칠 게 없으니 끝내자는 듯이!

빅터는 승부가 나는 순간 모두에게 물었다.

"자, 네이슨과 웰치. 어느 쪽을 캡틴으로 모시고 싶으냐?"

그레이그는 빅터를 노려보았다. 그리고 눈으로만 물었다.

'뭐 하는 짓이야, 빅터?'

아무리 뛰어난 검사라 해도 익셀런 기사들이 생면부지의 어린 소년을 캡틴으로 모실 리가 없었다. 모두 그레이그의 뒤쪽으로 몰렸다.

놀랍게도 그 와중에도 몇 명은 빅터 쪽에 섰다.

'이미 얘기가 되어 있었던 모양이군.'

그는 대체 빅터가 왜 이런 쇼를 하고 있는지 궁금했다.

"하나 묻지. 너희들이 생각했던 기사도는 잘 지켜나가고 있나?"

빅터가 물었다. 아무도 대답하지 못했다.

"너희들을 바라보는 론타몬 귀족들의 시선을 봤을 것이다. 너희들에 관련된 소문도 들었을 것이다. 너희가 아무리 기사도를 지켜도 사람들은 너희를 악마의 기사라고 부를 것이다. 그런데 왜 기사도를 지키려 하지?"

빅터는 한 명 한 명 차례대로 노려보며 말을 이었다.

"차라리 살인 병기가 되는 편이 낫지 않겠나? 이래저래 서로 죽고 죽이는 전쟁터에서 정말 기사도가 필요할 거라고 생각하나?"

그는 빅터가 일부러 기사들을 흔들고 있다는 걸 알았다. 그리고 그에게 대답을 강요하고 있었다.

그는 오늘 만난 소년의 말을 떠올리며 빅터에게 말했다.

"기사도를 지키는 데 이유 같은 건 없다."

빅터는 웃으며 다른 기사들을 돌아보았다.

"다들 같은 의견이냐?"

한 명이 조심스럽게 말했다.

"빅터, 당신은 우리에게 검술을 가르쳐 주었소. 앞으로도 누군가 내게 검의 스승이 누구냐고 묻거든 난 언제든 당신의 이름을 말하겠소. 하지만 내 안에서 이미 캡틴은 웰치요. 난 기사도를 따르겠소."

뒤를 이어 다른 기사도 말했다.

"난 어딜 가도 기사가 아니었어. 내가 갇혔던 감옥에선 죄인이었고 이 도시에서는 괴물이었고 전쟁이 벌어지면 사악한 침입자가 되겠지. 하지만 웰치의 옆에 있으면 나는 기사야."

빅터는 크게 웃음을 터트렸다.

"말들 잘하는군. 책이라도 한 권씩 읽게 했나?"

빅터는 고개를 설레설레 젓더니 말했다.

"좋다. 익셀런 기사단을 키운 곳은 여기만이 아니다. 내일 그 모두를 통합한 삼백 기 기사단을 전부 너에게 맡기겠다, 웰치."

빅터는 네이슨을 포함한 자기 주변에 모인 기사들을 가리켰다.

"나는 여기 있는 녀석들만으로 팀을 하나 꾸려 웰치, 너의 지휘 아래 있겠다. 이제부터는 나도 널 캡틴 웰치라 부르겠다. 감당할 수 있겠나?"

그레이그는 잠시 눈을 감았다.

'이미 내 지위가 내 의지를 넘어섰군.'

그는 다시 눈을 뜨고 대답했다.

"하겠다."

"그럼 내 팀의 이름이라도 정해다오."

"익셀런 기사단 안에서 다른 이름을 허락할 수는 없다, 빅터. 하지만 널 존중하는 의미에서 네 팀을 익셀런 제1기사단이라 부르겠다."

"아주 좋군."

빅터는 만족한다는 듯 고개를 끄덕이더니 뒤이어 외워 놓은 대사를 한꺼번에 쏟아내듯이 말했다.

"어제 슈라이튼 백작은 대륙 정복 전쟁을 시작하라고 지시하셨고, 익셀런의 캡틴을 론타몬의 군 총사령관으로 임명하라고 하셨다. 이제부터 이 전쟁은 네 거다, 캡틴 웰치. 마음껏 날뛰어 봐라."

론타몬 군대의 패색이 짙었다.

그레이그가 이끄는 익셀런 기사단은 모든 기사단과 모든 군대를 물리치고 승리하였으나, 단 한 번의 전투에서 패하면서 전쟁에 지고 있었다.

아란티아의 울프 기사단.

언제나 더 적은 숫자로 더 많은 숫자를 상대해 승리해 왔던 검은 기사들이, 이번만큼은 오히려 더 적은 숫자의 하얀 기사들에 패한 것이었다.

사람들은 환호했다. 선이 악을 이겼다!

검은 것은 악, 흰 것은 선.

검은 기사의 캡틴 웰치는 이제 곧 다가올 죽음의 시간을 기다렸다. 하지만 자신을 따라온 기사들과 병사들을 살릴 방법만큼은 마지막까지 고민했다.

'내 목숨 하나로 모두를 살릴 수만 있다면.'

그때 익셀런 기사단의 주둔지로 한 여자가 찾아왔다.

그레이그는 홀로 나가 그녀를 맞이했다. 어차피 죽음을 앞두고 있으니 무서울 것도 없다고 생각했다. 그런데 그렇게 되지 않았다. 그는 겁쟁이였다. 그녀를 만나자마자 그는 겁을 먹었다.

"들어라, 아이야."

또한 매료되었다.

얼음 성의 군주라 불리는 슈라이튼 백작보다, 눈빛으로만 공포를 안겨줬던 빅터보다 그녀의 눈빛이 더 강렬했다.

아이에게 젖을 물린 엄마처럼 따뜻하고, 사랑하는 연인을 무릎에 눕힌 여자처럼 다정하면서도 전쟁의 여신이 분노를 토해 내는 듯 무서웠다.

그녀는 아란티아의 여왕 새나디엘이었다. 그녀는 길 잃은 소녀 같은 모습으로 세상 사람 모두가 악마의 군대라고 두려워하는 적 진지 한가운데에 수호기사 한 명만 데리고 들어온 것이었다.

두려워해야 할 사람은 그녀였지만, 두려워하는 사람은 그레이그였다.

"이 전쟁은 론타몬을 위한 것이 아니다. 오직 사악한 존재가 인간을 이용하여 이 세계를 파괴하기 위해 일으킨 전쟁이다. 너처럼 여리고 선량한 아이가 그 선두에 서는 모습을 나는 더는 지켜보고 있을 수가 없구나."

여왕이 손을 내밀었다.

"칼을 내려놓거라. 너는 여기서 죽을 아이가 아니다."

말을 하며 그녀는 눈물을 흘렸다. 진실로 슬퍼하는 것처럼 보였다. 그 악의 없는 눈물에 그레이그는 혼란에 빠졌다.

'거짓말! 날 만난 적도 없는 사람이 진심으로 울 리가 없어!'

그는 마음을 굳게 먹었다.

'마녀다!'

그는 소리쳤다.

"그런 식으로 나를 유혹하여도 소용없소!"

"유혹이 아니다, 캡틴 웰치. 스스로 판단해라. 나는 너에게 항복을 제안하는 것이 아니다. 진실을 깨닫길 원하는 것이다."

새나디엘은 더욱 가까이 다가왔다. 뒤에 선 그녀의 수호기사가 안절부절못하는 것만 봐도 지금 이것이 계산된 행동이 아니라는 걸 알 수 있었다.

무서웠지만 여자를 상대로 달아날 수 없다는 마음에 그레이그는 그 자리에서 움직이지 않았다.

그녀는 팔을 들어 그의 뺨에 가만히 손을 댔다. 그리고 차분하게 눈을 감았다.

그녀의 긴 속눈썹 뒤에 가려진 반짝이는 눈동자를 다시 바라볼 용기가 나지 않아 그레이그 역시 눈을 감아 버렸다.

'안 돼! 속임수야. 적국의 여왕이 진정으로 날 위해 눈물을 흘릴 리 없어!'

그리고 그녀의 손길을 쳐내며 소리쳤다.

"무, 물러나시오! 난…… 론타몬의 기사며, 내게 명령을 내릴 수 있는 이는 론타몬의 황제뿐이오."

"불쌍한 아이. 다른 이가 아니라 로핀이 너를 발견했더라면 너는 내 옆에서 그 힘을 썼을 텐데 어찌하여……."

'로핀?'

빅터와 싸워 한 팔을 잃은 정체불명의 나그네.

'찾아왔어. 하지만 너무 늦게 온 거야. 그때의 난 이미 내 기사단을 이끌 캡틴이라는 족쇄에 매여 있었으니까.'

새나디엘은 한참이나 맑은 눈동자로 바라보다가 말했다.

"이것이 네가 가진 운명이고, 너의 사명감이라면 나는 거기에 더 이상 개입하지 않겠다. 스스로의 판단에 최선을 다하라."

새나디엘은 천천히 돌아섰다. 그녀의 등이 보였다. 손으로 쥐면 부러질 것처럼 가늘었다.

그레이그는 떨리는 손으로 할버드를 들었다.

"당신을 벤다면……, 당신을 벤다면 이 싸움에서 승리할 수 있소. 론타몬이……."

"그만하렴. 이제 와서 네가 승리하여도 화이트 게이트로 함께 들어와 보상을 받아야 할 동료들이 없지 않느냐?"

새나디엘은 돌아보지 않았다.

꽉 쥐고 있는 할버드의 날이 공포와 슬픔으로 크게 흔들렸다.

그를 캡틴으로 인정한 동료들, 서로가 서로의 존재를 인정해 준 세상 단 하나의 친구들.

'다시 론타몬으로 돌아간다 해도 우리의 기사도는 절대 변하지 않을 겁니다. 빅터의 말이 틀렸다는 걸 증명해 주세요. 다시 돌아가도 당신은 저의…….'

그레이그는 죽어가던 동료의 마지막 손길이 떠올랐다.

'캡틴입니다!'

그리고 새나디엘의 등을 향해 할버드를 내리쳤다.

붉은 핏줄기.

하얗게 보이는 뼈.

선명하게 각인된 그 색깔과 손의 느낌만 남았다.

세상에서 가장 고귀한 여성은 그레이그가 내리친 쇠붙이 앞에 힘없이 무너졌다.

그리고 그의 안에 있던 모든 것이 함께 무너졌다.

'무슨 짓을 한 거냐?'

'이 여자는 49번도 아니다.'

'188번도 아니다.'

'베리 소장도 아니다.'

'그런데 나는 어찌하여…….'

빅터의 비웃음이 들렸다.

'자기보다 상대가 더 강하다고 뒤통수를 돌로 후려치는 놈이 기사라고 할 수 있을지 모르겠군.'

그레이그는 무릎을 꿇었다.

'너희들의 본성은 절대 변하지 않는다!'

그다음은 빅터가 아니라, 자신의 목소리였다.

'나는 죄인이다. 누구도 용서해 주지 못할 죄를 지은 죄인이다.'

일어나라 검은 기사여.

그대에게 죽지 않을 힘을 내리노라.

새로운 기회를 부여하니

그대가 하지 못했던 일을 다시 하라…….

어둠 속에서 눈을 뜨는 순간 그는 기억을 더듬어 간다.

나는 누구이며 왜 여기에 있는가?

그는 긴 시간 동안 해답을 얻지 못한다.

걷는다. 하지만 방향을 알 수가 없다.

이질감. 자신의 몸이 자기 것이 아니라는 확신이 든다.

숨을 쉴 수가 없다.

호흡이 사라졌다.

감각이 있다는 인식조차 할 수 없다.

만나는 사람들이 모두 달아난다.

왜지? 지금 내 모습이 어떻기에?

그는 자신을 감싸는 풍경이 알고 싶다.

모든 것이 흑백으로밖에 보이지 않는다.

주위에 풀과 나무가 있는가? 그렇다면 어째서 풀 냄새를 맡을 수 없는가?

하늘에 태양이 존재하는가? 그렇다면 어째서 내 눈에는 태양이 보이지 않는가?

내가 지금 걷고 있는 방향이 동쪽인가, 서쪽인가?

또 방향을 안다 한들 나는 또 어디로 가야 하는가? 북쪽인가, 남쪽인가?

어디로 가야 하는지도 모르고 계속 걷는다.

철그렁. 철그렁.

처음 돌아온 감각은 청각, 처음 들리는 소리는 쇳소리.

내 발소리구나.

익숙하다. 하지만 벗고 싶다.

그는 이미 오랫동안 이 금속의 감옥 안에 갇혀 지내왔다. 어떤 편안한 옷보다 마음을 안정시켜 주는 마음의 방패였지만, 지금은 답답하다. 더 이상 쇠붙이를 몸에 지니고 싶지 않다.

그는 좌절감에 걸음을 멈춘다.

어디로 가야 하지?

어느 순간 그의 앞에는 두 명의 소년이 앞장서 있다. 태양은 아직도 보이지 않았지만 그 두 소년이 길을 안내해준다.

그가 대륙 정벌을 나설 때보다 나이가 많은 그 아이들이, 어째서인지 그의 눈에는 열다섯 살 소년으로 보인다.

그중 하나는 빌리, 다른 하나는 슈벨.

빌리에게서 기이한 운명이 느껴진다.

기억은 나지 않는다.

내가 만난 적이 있던가.

또 한 아이가 그의 앞을 가로막는다.

하얀 늑대들의 캡틴, 카셀.

카셀은 그의 눈에 더 어려 보인다. 그가 '검은 바위'에 처음 들어갔을 때처럼.

그 아이는 놀랍게도 그를 두려워하지 않는다. 이 검은 갑옷을 입은 후 만난 모든 이들 중 유일하게 두려워하지 않는다. 그러자 거꾸로 그 아이가 두려워진다.

빛이 어둠을 잠식하듯이 카셀이 그의 죄책감을 일깨운다.

그는 카셀에게 캡틴의 자격을 묻고 호통친다.

그런 말을 할 자격이 있는가? 나 역시 모르는 것을.

그는 후회한다.

옆에 두고 두려움의 정체를 알고 싶었으나 뜻대로 되지는 않는다.

그는 카셀을 떠나보낸다. 다시 만날 거라는 생각이 든다.

다시 만나면 그땐 캡틴의 자격과 기사도에 대해 말할 수 있겠지.

그는 전진한다.

계속.

계속.

계속.

두 명의 소년이 그를 골드 게이트로 안내한다.

십 년 만에 돌아온 격전지.

게이트를 앞에 두고 그에게 기사도를 가르친 소년이 무릎을 꿇고 있다.

소년은 울고 있다.

그의 과거를 내다보고 있다.

골드 게이트와 네나드로스 평원 앞에서 쓰러진 그의 동료들이 다시 그의 옆에 선다.

죽음에서 깨어난 동료들이 묻는다.

이제 뭘 해야 합니까?

기억이 떠오른다.

살갗을 베는 손의 느낌이 선명하다.

무엇 때문에 깨어났는가?

뭔가를 해야 한다. 그게 무엇인가?

빌리도 같은 질문을 한다.

"지금부터 해야 할 일이 있다면 저도 따르게 해 주십시오, 캡틴 웰치."

그는 거부한다.

"산 자가 죽은 자를 따를 이유는 없다, 빌리. 죽은 자가 산 자를 따르는 것이다."

그는 소년에게 론타몬의 보검을 내준다.

"처음부터 이 보검의 주인은 너였다, 빌리. 네가 가지고 있어라."

처음에는 거부하나 소년은 결국 보검을 받아든다.

"자, 우리를 화이트 게이트로 안내하라, 캡틴 빌리."

소년은 다시 한 번 그의 인도자가 되어준다.

'기사도에 이유 같은 건 없지.'

그는 죽음에서 깨어난 동료들을 돌아본다.

'가자, 친구들. 날 좀 도와주게. 지금부터 난 아란티아의 여왕님을 만나러 갈 걸세. 그분 앞에 무릎 꿇고 드릴 말씀이 있어.'

그는 골드 게이트를 향해 돌진한다.

'이 죄인이 살아서 빌지 못한 용서를, 죽어서라도 빌러 왔다고.'

「Episode Welch. The memory of the black knight」 끝

◆Episode 4◆

# 꺾이지 않는 검

빅터는 깨지지 않도록 신경 써서 가져온 크리스털 잔을 꺼냈다. 그리고 붉은빛 와인을 정성 들여 잔에 따르고 한 모금 입에 머금고 나서야 자리에 앉았다.

그는 풀밭을 쓰다듬고 올라오는 차가운 바람을 맞으며 치즈를 한 조각 입에 물었다.

'피 냄새가 나는군.'

빅터가 앉은 언덕은 약간 고지대라 주변의 숲이 모두 내려다보였다. 바람이 불면 숲은 마치 나뭇잎으로 된 바다가 출렁이는 것처럼 보였다. 그리고 그가 앉은 언덕은 나뭇잎 파도에 뜬 나룻배 같았다.

술 마시기 좋은 자리를 찾으려고 헤맨 보람이 있는 자리였다. 여기 말고도 다른 둔덕이 있고 바위산도 있었지만 둘 다 숲의 너무 외곽에 있거나, 아니면 풍경이 그리 좋지 않았다.

청량감 가득한 이 숲에서 피 냄새가 난다고 딱히 술 마시는 데 지장은 없었다.

일평생 전쟁터나 땀 냄새 나는 남자들에게 검술을 가르치며 살아왔으니 바로 옆에서 전투가 벌어져도 방해만 하지 않으면 그는 홀로 술을 즐길 수 있었다.

'뭐, 커다란 짐승 두 마리가 뒤엉켜 싸웠거나 맹수가 사냥이라도 했겠지.'

빅터는 다시 술잔에 와인병을 기울였다. 한 손뿐이라 잔과 병을 둘 다 들고 따를 수 없어 불편했다.

빅터는 적당히 따른 잔을 눈 가까이 가져갔다. 잔 속에서 빙글빙글 돌던 붉은 와인이 눈물을 맺어 잔의 굴곡을 따라 흘러내려 갔다. 그 너머로 피 묻은 칼 한 자루가 시야에 들어왔다.

빅터는 잔을 내리고 칼을 든 사람을 확인했다.

방금 전 진흙 위를 뒹굴었는지 마르지 않은 묽은 흙이 머리 색깔도 알아볼 수 없게 덕지덕지 붙어 있었다. 갈기갈기 찢어진 셔츠는 겨우 어깨에 걸려 있었다.

들고 있는 칼에서 피가 뚝뚝 흐르고 있었다. 격전지를 통과해 온 전사의 모습이라기보다 방금 도축을 끝내고 잠깐 쉬러 나온 백정 같았다.

보통 사람 같으면 비명이 절로 나올 법한 모습이었지만 빅터는 별 감정이 없었다.

하지만 그 칼잡이의 나이가 꽤 어리다는 점은 흥미로웠다. 그렇다고 술 마시는 시간을 양보하고 싶지는 않았다.

빅터는 귀찮은 일이 없기를 바라며 그 소년에게 말했다.

"도망치는 길이라면 이 언덕은 너무 눈에 띈다. 내려가라. 혹시 먹을 걸 뺏으러 오는 거라면 포기하고. 나 싸움 되게 잘하거든."

진흙으로 목욕한 얼굴이라 정확한 나이는 가늠하기 어려웠다. 하지만 핏대가 선 눈빛에 나이를 넘어선 경험과 힘이 보였다. 녀석은 빅터의 말이 들리지도 않는지 칼을 늘어뜨린 채 다가왔다.

어깨도 살짝 늘어뜨리고 칼 손잡이는 간신히 떨어뜨리지 않을 만큼만 가볍게 쥐고 있었다. 금방이라도 앞으로 넘어질 듯 무릎까지 구부리고서 소년은 빅터의 오른손을 바라보았다.

'호오, 내가 어떻게 싸울지 계산하고 있구만? 자세도 좋고.'

빅터는 칼 쪽으로 손을 가져가지도 않았다.

'내 목을 벨 수 있는 거리와 각도를 재고 있군. 어린 나이에 저 정도면 나중에 볼만하겠어.'

빅터는 잔을 들어 와인을 한 모금 했다. 일부러 내보인 빈틈이었다.

'그런데 왜 하필 내게 온 거냐?'

소년은 계산을 끝냈는지 즉시 그에게 다가왔다.

빅터는 잔 너머로 소년의 눈을 바라보았다.

'네가 그렇게 오면 난 널 죽일 수밖에 없잖아.'

빅터는 소년이 공격해 들어오는 순간 칼을 빼앗아 소년의 배를 찌르는 부분까지, 그리고 만에 하나 배를 찌르려다 실패했을 경우, 소년의 역습을 오히려 반격해 결정타를 날리는 부분까지 계산했다.

이런 계산을 뚫고 날아온 공격은 지금까지 그의 인생을 통틀어 딱 한 번뿐이었다.

익셀런 기사단을 찾아온 추레한 꼴의 남자는 당당하게 기사들 사이에 서서 누가 제일 강하냐고 물어왔고 당연히 빅터가 나섰다.

'호기가 마음에 드는군. 살려둬서 익셀런 기사단에 넣을까? 아니야. 성격이 익셀런에 어울리지 않아. 나중에 적이 될 테니 팔만 하나 뺏어 두자.'

실제로 놈과의 싸움은 빅터의 계산대로 이루어졌다. 모든 면에서 빅터가 우위에 있었다. 힘, 속도, 기술, 경험!

그러나 놈에게 숨겨둔 일격이 하나 있었다. 그 단 한 번의 공격을 빅터는 막지 못했다. 양손에 잔과 병을 동시에 들지 못해서 와인 따르기도 어렵게 된 몸이 된 것도 그때부터였다.

웰치란 녀석에게 익셀런 기사단의 캡틴 자리를 넘겨주는 바람에 마음이 흔들렸다고 변명해 보았다. 아닌 척했지만 빅터는 캡틴 자리에서 물러난 것이 큰 충격이었다. 그런 정신 상태가 빈틈을 낳은 것이다.

하지만 지금 생각해 보니 팔 하나 잃고 끝난 건 차라리 다행이었다. 상대의 팔을 같이 빼앗은 건 순전히 운이 좋아서였던 것 같았다.

그 증거로 빅터의 팔을 벤 그놈은 자기도 팔을 잘린 주제에 당당했다.

'어떠냐? 이겼다고 생각한 순간 방심했지?'

그 녀석은 그 뒤 이해할 수 없는 말을 덧붙였다.

'이게 나의 이빨이다!'

그게 뭔 개소리인지 모르겠지만, 빅터는 그 후 스스로에 대한 실망으로 꽤 오랫동안 검을 다시 쥐지 못했다. 익셀런 기사단에서 홀가분한 척 나왔지만 실은 극도로 흔들리고 있었다.

그 뒤로 몇 달이나 지났지만 빅터는 그 순간이 잊히지 않았다.

아직도 잘린 부위는 온전히 낫지 않고 가끔 불타오르는 듯 뜨거웠다. 있지도 않은 손가락이 아플 때도 많았다. 고통을 잊으려고 마시는 술만 늘었다.

'쉬자. 당분간 검이고 지랄이고 다 잊고.'

어떤 경우에도, 누구에게도 휴식을 방해받고 싶지 않았다.

지금도 그저 호신용 정도로나 칼을 가지고 있을 뿐이었다. 하지만 빅터는 피 묻은 칼을 들고 다가오려는 소년을 향해 호신용 칼도 뽑지 않았다. 녀석의 칼을 빼앗아 제거할 생각이었다.

빅터는 잔에 입술을 대고 그다음 벌어질 일을 기다렸다.

그런데 소년은 몸의 균형이 완전히 앞으로 쏠린 상태에서 갑자기 뒤로 물러나려 했다. 발이 엉킨 소년은 뒷걸음질 치다가 언덕을 굴렀다.

빅터는 소년이 얼떨떨한 표정으로 일어나는 모습을 지켜보기만 했다. 녀석은 자신의 목을 만져 보더니 고개를 갸웃거렸다.

'이 녀석 봐라? 방금 내 공격을 읽은 건가?'

소년은 다시 시도했다. 이번에도 똑같이 칼을 쥐고 어디로 공격할지 준비했다.

'어디 다시 해볼까?'

빅터는 와인잔을 내려놓고 허리에 차고 있던 칼 위에 손을 짚었다.

소년은 또 열심히 뭔가를 계산하더니 칼을 고쳐 쥐었다.

'내가 앉아 있는 자세라는 걸 이용해서 목을 칠 셈이군.'

빅터는 앉은 자세를 바꿀 생각이 없었다. 얼마든지 더 빨리 칼을 뽑아 녀석의 두 팔을 날려 버릴 수 있었다.

그러자 소년은 또 놀라며 뒤로 크게 도약했다가 발라당 자빠졌다.

옆에서 보고 있자면 참으로 희극적이었다. 하지만 빅터는 녀석의 반응이 인상적이었다.

빅터는 칼에서 손을 떼고 물었다.

"너 몇 살이냐?"

"열일곱."

대답하지 않을 줄 알았더니, 소년은 이글이글 타오르는 눈빛으로 대답했다. 아직 패배를 인정하지 않는 눈빛에, 손에는 힘이 잔뜩 들어가 있었다.

'저렇게 힘이 들어가면 안 되지.'

빅터가 생각하자 녀석은 그 생각을 읽기라도 한 것처럼 힘을 늦추고 부드럽게 자세를 잡았다.

먹이를 노리는 짐승 같은 몸놀림이었다. 소년은 꼼짝도 안 하는 빅터 주위를 천천히 돌며 등 뒤를 점했다. 하지만 빅터는 뒤를 돌지 않고 물었다.

"이름은?"

"네이슨."

"칼은 누구에게 배웠지?"

"스승은 없다."

"그래서 정해진 검술도 없이, 본능만으로 공격해 오는구나."

네이슨은 마침내 결심이라도 한 듯 빅터의 등 뒤를 칼로 내리쳤다. 빅터는 느긋하게 일어나며 어깨를 틀었다.

칼은 어깨 옆을 지나 바닥에 내리꽂혔다가 되돌아갔다. 헛치더라도 칼을 되돌리는 속도가 보통이 아니었다.

"하지만 네 경험이 본능을 따라오지는 못하나 보군."

빅터는 와인병의 마개를 닫으며 말을 이었다.

"이럴 때 네가 할 일은 두 가지다. 달아나거나, 무시하거나. 내가 가진 치즈 몇 조각을 빼앗으려고 굳이 뒤따라오는 추적자들에게 시간을 줄 필요는 없지."

"그 녀석들은 귀찮아서 내가 피해 주는 거다."

네이슨이라는 소년은 호기롭게 말했다. 하지만 자신의 공격이 너무 쉽게 무위로 돌아간 것에 놀란 건 분명했다.

"귀찮으시다?"

빅터는 소년의 차림새를 살폈다. 하루 이틀 쫓겨 다닌 꼬락서니가 아니었다. 칼도 날이 깨지고 금이 가 있었다. 다리는 떨리고 있었고 찢어진 셔츠 안으로 잔 상처도 많이 보였다.

"그런 말을 할 수 있을 정도로 네 실력이 압도적인 것 같지는 않다만."

"흥, 날 상대하는 녀석들은 다들 그런 말을 했지. 그리고 다들 죽었어."

"네가 운이 좋았던 게지, 그럼."

네이슨은 다시 칼을 들었다. 아까보다 자세는 좋아졌지만 투지는 많이 떨어졌다. 뭣도 모르던 좀 전의 칼이 더 살벌하고 날카로웠다.

"네 운을 나에게 시험해 볼 생각이냐?"

빅터는 여자에게 춤을 권하는 무도회장의 신사처럼 부드럽게 한 손을 내밀었다. 네이슨은 그 손을 마치 몇 미터짜리 창을 대하듯 뒤로 물러났다.

'이대로 죽이기는 좀 아까운걸.'

그런 생각을 하고 있던 차에, 빅터는 언덕으로 올라오는 한 무리의 사내들을 발견했다.

그들 역시 오랜 행군을 해온 듯 너덜너덜한 옷차림에 온몸이 진흙으로 얼룩져 있었다. 걸음걸이만 봐도 그들이 꽤나 노련한 검사들이라는 걸 알 수 있었다.

모두 세 명이었다. 그들은 짧은 수신호 한 번으로 대열을 짜서 세 방향을 에워쌌다.

빅터는 손을 내리며 네이슨에게 말했다.

"나한테 신경 쓸 처지가 아닌 것 같구나, 얘야."

네이슨도 고집을 부리지 않고 칼끝을 내렸다.

그 순간 빅터가 손을 번쩍 들어 손가락으로 네이슨의 이마를 가리켰다. 네이슨은 놀라며 뒤로 한 걸음 물러났다.

"내가 그렇게 말했다고 금방 칼을 내려? 그것도 너보다 실력이 좋은 사람을 앞에 두고서? 넌 이미 한 번 죽었어."

네이슨은 이를 부득부득 갈았다. 그사이 사냥꾼 세 명이 둘을 포위해 왔다. 빅터는 한 손으로 앞머리를 쓸어 올리며 그들이 먼저 말을 걸어오길 기다렸다.

사냥꾼들 중 하나가 물었다.

"넌 누구냐?"

"구경꾼이다."

빅터의 느긋한 대답에 사냥꾼들은 당황하며 서로 눈치를 살폈다. 뭘 망설이는지는 뻔했다. 사냥꾼이란 원래 사람을 죽여 돈을 버는 족속이라 생명의 가치 기준을 '죽였을 때 돈이 되느냐 안 되느냐'로밖에 보지 않는다.

그런 그들에게 있어 빅터는 '돈은 안 되지만 돈 버는 데 방해되는 존재'였다. 즉, 근처에 인적도 없겠다, 죽이는 게 낫겠다고 판단할 수도 있었다.

"그 아이와 관련이 있소?"

묻던 자가 계속 물었다.

"없다."

빅터는 한 손에 와인병과 잔을 동시에 들고 천천히 언덕의 더 높은 곳으로 올라가 앉았다.

자연스럽게 네이슨을 비롯한 모두가 빅터만을 주시했다.

빅터는 이런 게 익숙했다. 아무 짓도 안 해도 상대가 알아서 기가 죽는 일이 어렸을 때부터 늘 있어왔다.

열 살도 안 된 그를 두려워한 유모는 매달 바뀌었고, 열 살이 넘어서부터는 어머니도 가까이하지 않았다.

'그런데 최근에만도 두 명이나 눌리지 않았단 말이지.'

빅터는 언덕에 앉아서 손을 휘휘 저었다.

"난 상관 말고 하던 일들 해."

사냥꾼 중 한 명이 아무래도 신경이 쓰이는지 말을 걸어왔다.

"우린 데이먼드 자작에게서 법적인 허락을 받은 사냥꾼들이오."

"그렇군."

별로 관심 없었으나 관심 있는 척하며 빅터는 대꾸했다.

"뉘신지 모르오나 아마도 우리가 이 소년을 괴롭히는 악당들이라 생각할 것 같아 미리 말씀드리는 거외다. 오해 없길 바라겠소."

"처음부터 오해 안 했어. 난 그냥 이 모든 게 빨리 끝나고 마시던 술이나 계속 마셨으면 한다. 너희들이 저 꼬마를 죽이건, 저 꼬마가 너희들을 죽이건."

"하지만 아무래도 설명을 하지 않으면 껄끄러운 법. 내 이름은 데란로우, 여우 꼬리 다섯짜리 사냥꾼이오."

뒤따라 다른 사냥꾼들이 시키지도 않은 자기소개를 했다.

"난 켄트릴."

다람쥐 가죽으로 만든 부푼 모자를 쓴 남자가 고개를 살짝 까닥이며 말을 이었다.

"여우 꼬리 여섯짜리 사냥꾼이오."

"내 이름은 매드우드고, 여우 꼬리 다섯짜리 사냥꾼이오."

빅터는 더 이상 참지 못하고 웃음을 터트렸다.

"내가 이 지역 사냥꾼들의 체계에 대해서는 잘 모르는데 그 여우 꼬리라는 건 뭔가?"

첫 번째 사냥꾼 데란로우가 설명했다.

"그건 우리 사냥꾼들의 등급을 정하는 기준이오. 사냥꾼들끼리 범죄자를 두고 맞닥뜨리면 자칫 서로 싸우느라 범죄자를 놓치게 되는 경우도 있고 무의미한 피를 흘리게 되는 경우가 많아서 보통 꼬리가 더 높은 쪽에게 낮은 쪽이 양보하기로 되어 있소."

"그럼 그 꼬리 개수는 누가 정하는 거지?"

"데이먼드 자작께서 위험한 범죄자를 잡아 오는 경력을 종합하여 등급을 내려주시오. 특히 가장 흉악하고 위험하다고 분류된 범죄자를 잡으면 단숨에 꼬리 여섯을 받을 수도 있소."

"재미있군. 그럼 누가 등급이 제일 높고 그자는 꼬리가 몇 개인가?"

"아홉이오. 드필더라는 사냥꾼인데 저 소년에게 당했소."

갑자기 재미있어졌다. 빅터는 이걸 보면서 와인을 마셔도 좋겠다는 생각이 들어, 술을 잔에 따랐다. 기울어진 바닥에 잔을 똑바로 세워놓는 것도 고역이었다.

데란로우가 다가왔다.

"자, 이제 말해 주시오. 당신은 누구며 왜 여기 있는 거요?"

"아까 말했잖은가? 난 구경꾼이야. 내가 먼저 있던 곳에 너희들이 온 거지, 너희들 때문에 여기 있는 게 아니야."

"그럼 거리를 떨어뜨려 주시오. 저 소년을 잡을 때 피를 보지 않을 수 없으니 당신에게 위험할 수도 있소."

빅터에겐 가끔 세상이 묘하게 일렁거려 보일 때가 있었다. 하늘의 구름 색이 달라 보이고 강물의 흐름이 곧지 못하며 어둠이 어둠으로 보이지 않고 빛이 빛으로 보이지 않을 때가 있었다.

지금도 데란로우의 얼굴이 일그러져 보이고 그의 목소리가 웅얼거림으로 들렸다.

이럴 때 빅터가 칼을 뽑으면 상대는 죽는다. 죽이기 전에 이미 죽을 상대를 아는 것이었다. 그렇다 보니 종종 빅터는 칼을 뽑을 흥미조차 잃어버릴 때가 있었다.

'맞아. 얼마 전 그놈은 팔을 베는 그 순간까지도 생생했지.'

이런 생각이 들면 들수록 그때의 결투가 더더욱 분했다.

'잊자. 지금은 지금 일만 생각해.'

빅터는 다시 데란로우를 바라보며 말했다.

"내 걱정은 말고 너희들 걱정이나 하는 게 어때?"

"지금 협박하는 거요?"

데란로우를 포함해 사냥꾼 셋의 눈빛이 험악하게 변했다.

빅터는 예닐곱 걸음쯤 떨어져서 칼을 들었다 내렸다 하는 네이슨을 가리켰다.

"그냥 계산해 본 거야. 저 애가 드필더라는 사냥꾼을 죽였다며? 그럼 저 애는 꼬리 아홉이 넘겠군. 그러니 꼬리 아홉 개가 안 되는 너희들은 그렇게 여럿이 몰려다니는 거지? 모자란 여우 꼬리를 서로 보완하려고?"

사냥꾼들은 대꾸하지 못했다.

"그런데 셋이 몰려다닌다고 정말 모자란 부분이 채워졌나? 만약 채워졌다면 저 아이는 왜 달아나지 않지?"

빅터는 네이슨을 가리키던 손을 접었다.

"잘 이해가 안 되는 표정이군. 꼬리 다섯, 여섯, 다섯 이렇게 셋이서 꼬리 아홉을 상대한다면 가능한 일이겠지만, 꼬리 백 개를 상대하면 너희들 쪽이 어렵지 않을까?"

데란로우가 칼을 뽑아 빅터에게 들이대고 말했다.

"내가 이 정도까지 설명한 건 당신이 귀족이거나 중앙의 기사쯤 된다고 생각해서였지만 아무리 봐도 그냥 정신 나간 건달 놈인가 보군. 체포에 방해되었다고 말하면, 널 죽여도 아무 문제 되지 않아."

"아까부터 말했지만, 방해하는 건 너희들 쪽이었어."

"그렇군."

데란로우는 피식 웃으며 예고 없이 빅터의 목에 대고 칼을 그었다. 소리도 기척도 없었다.

'이런 식으로 사람 여럿 죽여 봤나 보군? 익숙해.'

빅터는 이미 칼을 피한 후였다. 데란로우의 칼은 허공만 벤 셈이었다.

그다음 데란로우는 빅터의 발아래 코를 박고 쓰러졌다. 그는 바닥에 엎어져 꿈틀대는 데란로우의 뒤통수를 부츠 굽으로 밟았다.

다른 사냥꾼 둘은 깜짝 놀라 뒤로 물러났다. 방금 무슨 일이 벌어졌는지 모르는 모습이었다.

빅터는 네이슨에게 시선을 돌렸다.

'저 녀석은 방금 내가 뭘 어떻게 했는지 아는 눈치인데?'

빅터는 소년에 대한 관심이 점점 커졌다.

불행히도 방금 싸우는 사이, 와인잔이 풀밭 위에 엎어져 버렸다. 빅터는 잔을 포기하고 병을 입에 대고 마셨다.

"규칙을 말해두지. 방금처럼 내 손이 닿는 곳에 서지 마라."

빅터는 병을 든 손을 내저으며 말을 이었다.

"그다음은 알아서들 해."

켄트릴이 작은 눈을 수없이 깜박거리며 매드우드의 눈치를 살폈다. 그들은 방금 데란로우에게 벌어진 일을 어떻게 받아들여야 할지 모르고 있었다.

켄트릴이 한 걸음 다가오려다 방금 빅터의 경고가 생각나 도로 한 걸음을 물러서며 물었다.

"뉘, 뉘신지 말씀만 해주시면, 저, 저희가 물러나겠습니다."

"난 물러나라고 한 적 없어. 하던 일을 하라고 했지. 대체 왜 사람 말을 곧이듣지 않는 거야?"

빅터는 신경질적으로 말을 이었다.

"그리고 내 정체가 그리 궁금하다면 너희 식대로 말해 주지. 나는 여우 꼬리 만 개쯤 되는 사람이다. 됐지? 이제 말 시키지 마."

더 이상 두 사냥꾼은 빅터에게 아무 말도 하지 못했다.

켄트릴과 매드우드는 슬금슬금 물러나는가 싶더니 소년 쪽으로 다가갔다. 네이슨은 마지막까지 빅터의 눈치를 살피다가 비로소 두 사냥꾼을 동시에 맞아 칼을 들었다.

빅터는 병을 내려놓고 앉아, 구경꾼 본연의 자세로 돌아갔다.

'자, 네이슨. 네가 가진 힘이 어느 정도인지 나한테 보여 봐라.'

빅터는 벌써 사냥꾼 두 녀석의 이름이 가물가물했다.

'켄트릴이었던가? 이런 정면 대결 방식을 하는 타입은 아니군. 지금쯤 머릿속으로 아까 단검을 던져 죽일 걸 하고 후회하고 있겠지?'

켄트릴은 매드우드에게 계속 수신호를 보내며 네이슨을 앞뒤로 싸서 협공하려고 했다. 네이슨은 서 있는 위치를 몇 번 바꾸며 포위당하지 않게 애썼다. 켄트릴이 먼저 공격하려고 했다.

"지금 들어가면 죽을걸?"

빅터가 말했다.

기습을 하려던 켄트릴이 멈칫하며 화를 냈다.

"관여하지 않는다 하지 않았소?"

"오, 미안. 하지만 싸움이 너무 싱겁게 끝날까 봐. 방금 저 애는 빈틈을 일부러 노출시킨 거야. 들어갔으면 넌 죽었을 거야."

이번엔 네이슨이 빅터를 노려보았다.

"저거 봐. 저놈이 화를 내잖아?"

빅터는 한 손으로 턱을 괴고 말했다.

"2 대 1이 정말 유리할까? 2 대 1이라서 마음가짐이 해이해진다고는 생각 안 해 봤나?"

켄트릴은 잠시 고민하는 모습을 보였다.

'좋은 자세야. 그나마 이 녀석이 셋 중에서 제일 쓸 만하겠어.'

"야, 이 작자 신경 쓰지 말고 그냥 쳐! 앞뒤에서 동시에 찌르면 못 막을 거다."

빅터에게 맞고 쓰러져 있던 데란로우가 어느새 일어나 소리치고 있었다. 코를 막은 손가락 틈으로 피가 콸콸 쏟아지고 있었다.

빅터는 사과의 의미로 손을 들었다.

"그래, 그래. 난 신경 쓰지 말고 마음대로 해."

"다, 당신 누구야? 누군데 이런 짓을 하는 거야?"

데란로우는 코 막힌 소리로 말했다. 피는 나도 기는 죽지 않았음을 과시하려고 인상을 찌푸렸지만, 빅터가 무서워서 땅에 떨어진 칼도 줍지 못했다.

"내가 뭘 어쨌다고 그러는 거야?"

빅터가 되물었다.

데란로우는 힘 있게 말했다.

"넌 분명 저놈과 한 패거리야. 그래서 지금 일부러 이런 상황을 만들어서 저놈에게 유리하게 싸움을 이끄는 거지. 그렇지 않나? 일대일 대결을 하게 만들려고 말이다."

빅터는 머리를 긁적였다.

"그냥 구경꾼이라니까 그러네. 그래서 넌 어쩌려고? 갈 거면 가고, 저기 낄 거면 껴. 솔직히 너 일어나고 나서 약간 재미없어지려고 하거든."

그때 고민을 마친 켄트릴이 선언했다.

"일대일로 싸우겠다."

"무, 무슨 소리야?"

데란로우가 당황해서 물었다.

"나도 언젠가 이런 싸움을 하고 싶었어. 뒤에서 급습하는 사냥꾼 말고 정식 대결 말이야. 하지만 한 번도 이런 근사한 자리가 마련된 적이 없었지."

"개소리하지 마!"

데란로우가 소리쳤다.

빅터는 와인병을 던져 그의 머리를 맞혔다. 병이 깨지고 그는 쓰러져 언덕을 굴렀다.

"아이, 시끄러워."

빅터는 다시 켄트릴에게 말했다.

"하던 일 해. 뭐 어차피 네 동료도 아니었지, 이 녀석?"

제대로 짚은 모양이었다. 켄트릴은 병에 맞아 데란로우가 쓰러진 걸 보고도 개의치 않고 자세를 잡았다. 앞에 있던 매드우드도 인정하고 뒤로 물러섰다.

다시 싸움이 시작됐다. 눈치 보기는 없었다.

'자, 네이슨. 넌 언제나 널 어리다고 깔보는 상대만 만나 왔겠지. 그래서 넌 그 빈틈을 노리고 언제나 반격하는 기술로 싸웠을 거야. 네 검술은 그런 식으로 발전해 왔을 거다. 이렇게 전력을 다하는 적은 처음 만나 봤을 텐데, 어떻게 싸울 테냐?'

빅터는 흥미롭게 네이슨의 대응을 지켜보았다.

켄트릴의 검은 생각 이상으로 날카로웠다. 과연 정식 대결을 한 번 해보고 싶었다는 말이 거짓이 아니었다.

하지만 그의 칼은 네이슨의 팔뚝만 스치고 지나갔다. 그리고 네이슨의 칼은 그의 목덜미를 깊게 베었다.

켄트릴은 목을 손으로 짚고 무릎을 꿇었다. 네이슨은 뒤로 물러나며 반사적으로 팔뚝에 손을 댔다.

그러자 가만히 지켜보고 있던 매드우드가 나섰다.

'이 녀석도 같은 부류였군. 어디 잘해 봐라.'

네이슨과 매드우드의 싸움은 훨씬 격렬했다. 네이슨은 무수히 날아드는 날카로운 공격을 받아내다가 팔과 어깨에 심한 상처를 입었다.

하지만 매드우드가 결정타로 내지른 검은 네이슨의 옆구리만 스쳤고 네이슨의 검은 매드우드의 목을 베고 지나갔다.

매드우드는 즉사했지만, 켄트릴은 아직도 살아 있었다. 빅터는 켄트릴 쪽으로 다가갔다.

빅터가 다가오자 네이슨은 공격 자세를 잡았다.

빅터는 네이슨을 무시하고 켄트릴 옆에 한쪽 무릎을 꿇고 앉았다.

"멋진 싸움이었다. 잘했어. 편하게 해줄까?"

아무 말 없을 줄 알았으나 켄트릴이 힘겹게 입을 열었다.

"정말…… 멋진…… 싸, 싸움이었소?"

"중간은 매드우드가 더 나았고, 마지막 일격은 네가 더 나았다."

빅터는 냉정히 평가했다.

"고맙소……. 근데 치료해 줄 순 없고?"

"난 의사가 아니야."

"그럼 죽여주시오……."

빅터는 칼을 한 손에 들어 켄트릴의 목을 깊이 찔렀다가 뺐다. 켄트릴은 그대로 주저앉은 채로 죽었다.

"미쳤어."

또 정신을 차린 데란로우가 뒷걸음질 치며 말을 이었다.

"다들 미쳤어. 기사들 간의 승부라 한들 이런 식으로 이뤄지진 않아!"

그는 겁에 질려 언덕을 달려 내려가다가 넘어졌다. 바로 일어나 뛰다가 또 넘어졌다. 그 후 몇 번이나 더 그 짓을 반복하면서 점점 시야에서 사라졌다.

빅터는 칼을 집어넣으며 물었다.

"너는 어떠냐, 네이슨? 만족스러우냐?"

"내가 이겼으니 만족스럽소."

전혀 만족스럽지 않은 얼굴로 네이슨이 대답했다.

'이 녀석 갑자기 어른스러운 말투를 쓰려고 하네? 나한테 애 취급당하기 싫어서 그러는 건가?'

빅터가 고개를 갸웃하며 물었다.

“정말 만족스러워?”

“나더러 어쩌란 거요? 왜 날 도운 거요?”

“글쎄, 딱히 도운 건 아니긴 한데…….”

빅터는 스무 살도 안 된 청년의 얼굴을 바라보며 생각에 잠겼다.

‘난 대체 이 녀석에게 뭘 바란 거야? 또 다른 익셀런의 기사? 이미 익셀런은 내가 생각했던 것 이상으로 성장했어. 거기에 이 녀석을 하나 넣는다고 크게 전력이 강화되는 건 아니지. 익셀런의 캡틴도 웰치면 충분하고.’

빅터는 네이슨이 했던 질문을 스스로에게 하고 있었다.

‘어쩌라는 거야?’

빅터는 일부러 숲 쪽을 돌아보았다. 이제 데란로우의 뒷모습도 보이지 않았고 다른 추적자는 아직 없었다.

“넌 상처 입었다, 네이슨. 그리고 데란로우는 이제 너의 실력을 알아버렸으니 절대 셋 이하로 오지 않을 거다. 그리고 지금처럼 일대일 대결도 하지 않고 활과 창으로 대응하겠지.”

네이슨은 인상을 구겼다. 가까스로 자존심을 이겨내고 묻는 모습이 엿보였다.

“어떻게 하면 빠져나갈 수 있소?”

“지금 며칠째 쫓겨 다니고 있느냐?”

“보름째요.”

“흐음, 너도 대단하다만, 널 쫓는 사냥꾼들도 보통이 아닌 모양이군. 그리고 내가 널 돕기 시작하면 나도 표적이 되겠어.”

“당신처럼…….”

네이슨은 신중하게 단어를 골라 말했다.

"……대단한 사람도 사냥꾼을 피해 달아날 수 없는 거요?"

빅터는 웃음을 터트렸다.

"먼저 말해봐라, 네이슨. 날 따라가겠느냐?"

따라간다는 말에 자존심이 상했는지, 네이슨은 몇 번이나 대답을 하려다 말았다.

빅터는 그사이 짐을 챙겼다. 그리고 따라오든지 말든지 나는 갈 길 가겠다는 식으로 언덕을 내려가려 하자 뒤늦게 네이슨이 대답했다.

"따라가겠소."

빅터는 대꾸해 주지 않고 그냥 걸었다.

옆으로 따라붙은 네이슨이 말했다.

"대신 사냥꾼들을 상대로 어떻게 도망칠 수 있는지 알려주시오."

"안 도망칠 거야."

"뭐요?"

"도망칠 수 없는 상대로부터 도망치면 안 되지."

'지금 내가 뭘 하고 있는 거야?'

숲을 통과하면서 빅터는 몇 번이고 그 질문을 던졌다. 그리고 면밀히 네이슨의 행동과 검술, 하는 말을 지켜보았으나 딱히 그 질문의 해답이라 할 만한 모습은 드러나지 않았다. 그렇다고 서두르지는 않았다.

네이슨은 연쇄 살인범이라는 말을 들어도 변명의 여지가 없을 만큼 닥치는 대로 사람을 죽인 흉악범이었다.

나름대로의 이유가 있긴 있었다.

처음 죽인 남자는 자기 어머니를 죽인 자였다. 두 번째 죽인 남자는 자기 아버지를 죽인 자였다. 세 번째 죽인 남자는 자기 여동생을 죽인 자였다. 네 번째 죽인 여자는 자기 남동생에게 중노동을 시켜 돈을 갈취하고 실컷 농락하다가 결국 자살하게 만든 자였다.

모두 증거는 없었다. 그래서 네이슨은 자신의 증언을 들어주지 않는 어른들을 설득하기보다 자신의 힘으로 복수를 했다.

어렸을 때부터 주먹질로 싸움판에서 돈을 벌어 와서 그런지 네이슨은 사람을 죽이고도 별 죄책감이 없었다.

'할 일을 했을 뿐이고, 앞으로도 얼마든지 같은 짓을 할 수 있다.'

그것이 네이슨의 행동 방침이었다.

문제는 네이슨이 죽인 피해자들이 다들 귀족에, 재력가였다는 점이었다.

네이슨에 대한 현상금은 이쪽 귀족이 보태고 저쪽 귀족이 보태고 하는 중에 가격이 뛰었고, 결국 꼬리 아홉 개짜리 사냥꾼까지 뛰어들게 된 것이었다. 도리어 당했지만.

"너처럼 달아나면 추격 의지가 더욱 거세진다. 낚싯줄에 매달린 지렁이가 흔들흔들 물고기를 유혹하는 것처럼 보일 지경이야."

빅터는 우선 네이슨에게 사냥꾼들로부터 벗어나는 방법을 가르쳐주었다. 특별히 가르침을 내리기 위해서라기보다는 귀찮은 일을 직접 하고 싶지 않아서였다.

"일부러 그런 것도 있어요. 그렇게 해서 쫓아오는 놈들을 한 놈씩 죽였죠. 그렇게 시체를 보여주면 언젠가 무서워서 못 따라올 줄 알았고요."

네이슨은 시간이 지나며 조금씩 고분고분해졌다. 어른스러운 말투를 쓰는 것도 금방 포기한 모양이었다. 하지만 반항심은 남아 있었다. 예전의 빅터였으면 그 반항심마저 꺾어 버렸겠지만, 지금은 내버려 뒀다.

"시체는 말을 못 하잖아. 경고도 못 하지."

빅터는 모닥불 위에 올라간 토끼 바비큐를 빙글빙글 돌리며 말했다. 그 토끼 바비큐의 본래 주인은 두 사람을 추격해 오던 사냥꾼들이었다.

그들은 지금 토끼 가죽 벗겨 놓은 통나무 옆에 시체가 되어 벌러덩 누워 있었다.

다섯 명.

모두 네이슨에게 죽었다. 빅터는 손 하나 까딱할 필요가 없었다.

"사냥개는 달아나는 목표에 달려들지. 시체 좀 봤다고 달리는 걸 멈추지는 않아. 하지만 사냥감이 거꾸로 달려들면 오히려 멈칫하게 되지. 멧돼지들이 그런 걸 아주 잘하니까 기회 되면 봐 둬."

"멧돼지가 되란 소린가요?"

"왜, 싫어? 멧돼지 똑똑해."

"그래 봐야 돼지잖아요."

"사냥꾼을 죽일 수 있는 돼지지."

빅터는 구운 토끼를 통째로 내밀었다.

"먹기 좋게 찢어라."

"한 손이라 불편하겠군요. 언제 그렇게 된 거예요?"

네이슨이 다리 한쪽을 떼어 빅터에게 나눠주며 물었다.

"묻지 마. 하기 싫은 얘기야."

"그런데 여기에서 토끼 고기 먹는 것도 작전 중 하나인가요?"

"작전이라니?"

"그러니까 '우리는 여기에서 식사까지 하는 녀석들이다.'라는 걸 알려 주는 그런 것?"

네이슨은 주변에 널려 있는 시체들을 돌아보며 물었다.

빅터는 고기를 입에 물고 뭔 엉뚱한 소리냐는 듯 대꾸했다.

"이 친구들이 애써 구워놓은 건데, 아깝잖아. 자리 옮겨서 불 피우는 것도 귀찮고."

빅터는 머릿속으로 계획을 세웠다.

'내일이면 숲을 빠져나갈 텐데, 이 녀석을 어떻게 해야 할지 아직도 못 정했네.'

빅터가 물었다.

"이 나라를 떠나 본 적이 있나?"

"없어요."

"그럼 이로피스를 한번 가 볼까?"

"거긴 왜요?"

"이로피스의 왕실 기사단을 한번 만나 보려고. 꽤 재미있을 거다. 어떠냐?"

네이슨은 망설였다. 아직 그는 빅터를 완전히 따르는 것은 아니었다.

"내일 결정할게요. 아직 우린 사냥꾼들의 추적을 벗어난 게 아니니까."

'역시 어린애야. 날 따라오고 싶은데 자존심이 허락하지 못하나 보군.'

빅터는 기름 묻은 손가락을 빨며 대충 대꾸했다.

"두 팀 정도 더 따라붙을 거다. 하지만 지금처럼만 하면 별로 위험한 일은 없어."

숲이 끝날 무렵이라 사냥꾼들은 초조한 나머지 허술한 기습을 시도했고, 네이슨에게 당했다.

그것으로 사냥꾼의 추적은 끝났다. 더 이상 다른 사냥꾼들은 따라오지 못할 것이다.

마지막 싸움이 끝난 후 네이슨은 자신의 손을 한참이나 내려다보고 있었다.

"왜 그러지? 손이라도 다쳤나?"

"이상하게 들릴지 모르지만……."

네이슨은 괜히 손을 털며 말을 이었다.

"사람을 죽이기가 더 쉬워졌어요."

"미리 말해 두지만 난 가르쳐 준 거 없다?"

"알아요."

숲이 끝나고 평지가 나왔다. 빅터는 따라오라는 말을 하지 않았다. 하지만 네이슨은 계속 그의 옆에 서서 나란히 걷고 있었다.

네이슨과 빅터는 이로피스의 국경을 넘어선 지 사흘째 되는 날, 왕

실의 문장이 박힌 망토를 두른 기사를 만났다. 피투성이가 된 시체로.

빅터는 혹시나 해서 시체를 발로 툭 건드려 보았다. 일어나지 않았다. 맥을 짚어 볼 필요도 없었다.

"아무리 봐도 결투 흔적 같지?"

"전 잘 모르겠는데요."

네이슨은 자세히 살펴보려고도 하지 않았다.

빅터는 근처의 흔적을 살폈다.

"죽은 지 얼마 되지는 않았군. 싸움은 방금 벌어졌지만 다른 발자국이 거의 없어."

빅터는 발자국을 몇 개 가리킨 다음 길가의 풀을 뜯는 주인 잃은 말을 가리켰다.

"말도 훔쳐 가지 않은 걸 보니 단순한 도적질도 아니고……. 이건 일대일 싸움이고 이 기사는 그 싸움에서 패한 거야."

"그래서 우리와 무슨 상관이라도 있나요?"

"없지. 주변을 조사하는 건 그냥 내 버릇이야. 네 말이 맞아. 우리와 상관없는 일이지."

빅터는 가던 길을 가려 했다.

그때 반대쪽 방향에서 한 무리의 기사들이 달려왔다. 선두의 기사는 이로피스의 문장이 박힌 커다란 깃발을 휘날리고 있었고, 깃발과 같은 문장이 수놓인 옷을 입고 있었다.

'이거 골치 아프게 됐군. 여기 시체랑 같은 복장을 하고 있잖아?'

깃발을 세운 기사가 빅터의 코앞에 말을 세우더니 말했다.

"칼을 버리고 항복하라. 나는 이로피스 왕실 기사단의 버리스터다.

왕실의 이름으로 너희 두 사람을 체포하겠다."

곧 좌우의 두 기사가 빅터의 얼굴에 창을 들이밀었다. 다른 기사들도 순식간에 대열을 갖추어 네이슨과 빅터가 달아나지 못하도록 에워쌌다.

빠른 속도로 달려오다가 멈춰서 대열을 갖추는 기마술이 소름 끼치도록 매끄러웠다.

'이런 기사들이라면 말 위에서의 전투는 익셀런이 좀 밀리겠군. 돌아가면 기마 전투 훈련을 더 시켜야겠어.'

속으로는 그런 생각을 했지만, 겉으로는 억울한 표정으로 빅터는 손을 내저었다.

"오해야. 우린 그냥 길을 가다가 이걸 발견한 것뿐이다."

버리스터라는 기사는 날카로운 시선으로 빅터와 네이슨을 번갈아 보았다.

"그럼 둘 다 칼을 뽑아봐라. 핏자국이 있는지 확인해 봐야겠다."

빅터는 서슴없이 칼을 뽑다가 아차 싶었다. 네이슨의 칼에는 피가 묻어 있었다. 버리스터는 '잡았다 요놈' 하는 표정으로 눈을 부라렸다.

"이건 한 시간쯤 전에 길 가다 만난 강도를 죽인 거야. 만져 봐. 피도 굳어 있어."

빅터가 말했지만 자기 생각에도 변명처럼 들렸다. 그래서 얼른 말을 돌렸다.

"그런데 무슨 일이라도 있나? 보통 이런 변방까지 왕실의 기사가 오지는 않는 걸로 안다만."

"유명한 기사만 찾아다니며 살해하는 흉악범이 있다."

"흐음, 우리가 그럴 예정이었는데 선수 친 놈이 있었나 보네?"

빅터가 말했다. 버리스터는 눈살을 찌푸렸다.

투구를 써서 얼굴이 거의 보이지는 않았으나 들썩이는 어깨를 보니 다른 기사들도 그의 말에 자극받은 게 분명했다.

"농담이 과하군."

버리스터가 말했다.

"굳이 내가 여기에서 진실이니 뭐니 주장해 봐야 믿지 않을 것 아닌가?"

빅터는 여전히 도발하는 미소로 말했다.

"우린 증거 없이 너희를 몰려는 게 아니다. 자세히 조사에 응하면……."

"싫어."

"뭣이?"

"조사는 안 받을 거다. 흉악범이 있다고? 이제부터 우리가 그 흉악범이 되면 어떨까?"

빅터의 말에 네이슨도 얼굴을 찌푸렸다. 그가 입 모양으로 물었다.

'미쳤어요?'

버리스터는 화를 참는 듯 나직이 말했다.

"기사에 대한 모욕죄가 처벌이 따르는지 모르는 걸 보니 기사도라고는 없는 론타몬에서 온 녀석들 같구나. 무장을 풀어라. 이 자리에서 체포하겠다."

오른쪽에서 창을 내밀고 있는 기사가 빅터의 얼굴 쪽으로 창끝을 더 가까이 댔다. 빅터가 그 기사를 힐끗 올려다보며 물었다.

"네이슨, 네가 보기에 이 창 겨누고 있는 녀석은 꼬리 몇 개 정도로 쳐주고 싶으냐?"

"여섯 개."

"왕실의 기사가 다 이런 건 아닐 게다."

빅터는 그 창을 잡아 확 끌어당겼다. 순간적으로 그 기사는 말 위에서 떨어졌다.

옆에 있는 다른 기사가 즉시 빅터에게 창을 내리찍었다. 하지만 빅터는 슬쩍 피하며 빼앗은 창으로 그 창을 쳐냈다. 그 기사의 창이 허공을 날아 열 걸음쯤 떨어진 풀밭에 떨어졌다.

창을 떨어뜨린 기사는 급히 말고삐를 잡고 뒤로 물러났다. 말에서 떨어진 기사는 떨어진 충격으로 정신을 잃었는지 미동도 없었다.

버리스터가 모두에게 명령을 내렸다.

"포위하라!"

그들은 역시나 놀라운 기마술로 두 사람을 에워쌌다. 버리스터가 소리쳤다.

"감히 왕실의 기사에게 이런 짓을 저지르고도 무사할 줄 알았더냐?"

"이런 짓? 난 아직 시작도 안 했어."

빅터는 창을 던져 버리고 자신의 칼을 들었다.

포위한 기사들은 버리스터의 명령이 떨어지길 기다리며 창과 칼을 들었다.

'와보길 잘 했군. 이로피스 왕실 기사단의 실력을 체크해 두면 도움이 될 거야.'

빅터는 네이슨이 싸울 준비가 되었는지 여부를 확인한 후 말했다.

"결투를 청하고 싶다. 이로피스의 기사라면 그 정도 요구는 들어주지 않으려나?"

버리스터는 어림도 없다는 듯 고개를 저었다.

"왕실의 기사는 범죄자와 싸우지 않는다."

"아하, 너희들이 어째서 범인을 못 잡는지 알겠군."

"뭐라고?"

"범인은 일대일 싸움을 즐기는 놈이다. 그런 자가 너희처럼 떼로 몰려다니는 놈들 앞에 모습을 드러낼 리가 없지 않은가?"

빅터는 칼끝으로 맨 처음 발견한 시체를 가리키며 말을 이었다.

"적어도 저기 죽은 네 동료는 범인과 일대일로 대결을 펼친 모양이다. 차라리 말 위의 너희보다 길바닥의 네 동료가 기사의 자질은 뛰어나다는 생각이 드는군."

그래도 버리스터는 별다른 반응이 없었다. 빅터는 한 번 더 도발해 보았다.

"뭐, 이런 게 이로피스의 기사도라면, 받아들이지!"

"헛소리 마라. 네가 원한다면 내가 상대해 주겠다!"

한 기사가 소리쳤다. 뒤이어 다른 기사들도 자기가 하겠다고 소리쳤다.

빅터는 거 보란 듯 버리스터를 바라보았다. 버리스터가 손을 들자 다들 입을 다물었다. 그는 한참이나 빅터를 노려본 다음에야 말했다.

"여기 죽은 동료가 아무리 정식으로 싸움을 했다손 치더라도 증인이 없는 싸움을 우리는 결투라 칭하지 않는다."

"그건 그렇겠지. 저기 죽은 기사는 증인도 없이 싸워서 참 안됐군. 하지만 지금은 이렇게 증인이 많지 않나?"

빅터는 지지 않고 말했다.

버리스터는 망설이고 있었다.

'왜? 체포를 거부하는 외팔이와 스무 살도 안 된 꼬마를 상대로 말 위에서 창을 찔러 대는 게 창피한가? 그래서 이런 도발에 넘어가는 거야? 멍청하긴.'

기사도를 들먹이는 웰치가 생각나 빅터는 씁쓸했다.

'봤느냐, 웰치? 기사도란 건 이렇게 쓸데없는 거야. 여기서는 당연히 여럿이 힘을 합쳐 우리를 쳐야 옳지. 하긴 너라면 말에서 내려와 일대일로 싸워 이길 자신이 있으니 이런 식으로 나설 테지만 저 녀석은 그것도 아니거든.'

빅터는 칼등으로 어깨를 툭툭 두들기며 버리스터의 선택을 기다렸다. 녀석들이 단체로 덤벼들 경우도 미리 대비해야 했다. 아직 그는 한 손 검술이 익숙하지 않았다.

"이로피스의 기사 버리스터의 이름으로 결투를 받아들이겠다."

버리스터는 마침내 칼을 뽑았다. 그러자 옆에 있는 다른 기사가 얼른 끼어들었다.

"기사 버리스터, 범인의 말에 말려들지 마시오. 받아 줄 가치가 없는 싸움이오."

'그나마 이 녀석이 제일 똑똑하군.'

빅터는 속으로 그 기사를 칭찬했다.

하지만 버리스터는 단호했다.

"아니요, 기사 카빌드. 사실 꽤 오랫동안 왕실의 기사에게 도전해 오는 바보는 없었소. 우리는 우리의 실력을 증명할 기회를 많이 놓친 셈이지."

버리스터는 말에서 내려 빅터와 네이슨 앞에 섰다.

"둘 중 누가 싸우겠느냐? 원한다면 너희 두 사람 모두 같이 덤벼도 좋다."

빅터는 네이슨을 돌아보았다.

"어떠냐, 네이슨? 네가 해볼 테냐?"

네이슨이 칼을 들고 나섰다.

"해보죠."

버리스터는 말 위에 있을 때는 그저 권위에 빠져 잘난 척하는 기사로 보였다. 하지만 말에서 내려 결투에 임하자 싸움꾼의 눈빛이 살아났다.

네이슨은 머뭇거리다가, 자기가 머뭇거리고 있다는 사실이 마음에 들지 않았는지 무작정 달려들었다.

'저런, 엉망이군. 죽겠어.'

빅터는 속으로 안타까워했지만 끼어들지 않았다.

'여기서 저 녀석이 죽으면 난 뭐 하러 여길 온 게 되는 거지?'

빅터는 씁쓸한 기억이 떠올랐다.

'내 팔을 벤 그 녀석은 지금 뭘 하고 있을까? 혹시 나처럼 어울리지 않게 제자나 키우고 있는 건 아니겠지?'

예상대로 버리스터의 칼이 네이슨의 칼을 가볍게 쳐냈다.

네이슨의 칼이 허공을 날아 빅터의 옆에 떨어졌다. 빅터는 칼을 굳이 주워 주지도 않고 기다렸다. 하지만 멍청하게도 버리스터는 결정타를 내지 않고, 칼을 뒤로 접었다.

"동료에게 무기를 주워 주지 그러나?"

“우린 그냥 동행일 뿐이다. 도울 생각 없어.”

빅터는 두 팔이 남아 있었다면 팔짱을 낄 자세로 서서 대꾸했다.

네이슨이 다가오자, 빅터가 속삭였다.

“저 멍청한 녀석이 네 목숨을 한번 살려 줬구나. 다시 해보겠느냐?”

네이슨은 손을 내밀었다.

“칼 좀 빌려 줘요.”

“내 칼은 좀 무거운 편인데?”

네이슨은 고집스럽게 내민 손을 접지 않았다.

“좋을 대로.”

빅터는 네이슨에게 칼을 던져 주고 바닥에 떨어진 네이슨의 칼을 주웠다.

‘확실히 저 녀석이 쓰기에는 너무 가볍군. 원래 자기 칼도 아니었겠지. 하지만 갑자기 무거워진 칼로 제대로 싸울 수 있을까? 사냥꾼들과는 수준이 다를 텐데.’

네이슨은 새로운 칼을 몇 번 세차게 휘둘러 연습해 보더니 버리스터를 향해 다가섰다.

둘은 다시 격돌했다. 이번엔 일격에 칼을 놓치는 일은 없었다. 하지만 점차 밀리는가 싶더니 네이슨은 기어이 칼을 놓치고 말았다.

버리스터는 이번 것까지 봐주진 않았다. 그는 단숨에 따라붙어 무방비인 네이슨의 머리를 향해 칼을 내리쳤다.

하지만 네이슨은 오히려 버리스터에게 달려들면서 공격을 피했다. 버리스터는 그의 어깨에 배를 부딪쳐 뒤로 휘청하고 물러났다.

그사이 네이슨은 허둥지둥 빠져나와 떨어뜨린 칼을 다시 집어 들었다.

네이슨은 숨을 헐떡이고 있었다. 네이슨이 약한 게 아니었다. 버리스터는 강했다.

빅터는 이로피스의 왕실 기사단 오백을 상대로 자신이 키운 익셀런 삼백이 승리를 거둘 수 있을지 걱정되기 시작했다.

'내가 너무 무리를 시켰군. 조금쯤은 가르친 다음에나 이런 싸움을 시켰어야…….'

그 순간 버리스터가 한 손을 길게 뻗어 네이슨의 얼굴을 찔렀다. 거의 눈에 보이지 않을 정도로 빨랐다.

하지만 그보다 더 빨리 네이슨의 칼이 버리스터의 머리를 치고 지나갔다.

네이슨은 상대의 공격을 피하며 약간 비틀거렸다. 하지만 다치진 않았다.

반면 칼날에 머리를 맞은 버리스터는 그대로 무릎을 꿇었다.

버리스터의 얼굴을 타고 피가 흘렀다. 그는 뼈가 부서진 이마 윗부분을 만져 보더니 천천히 뒤로 넘어갔다. 곧 그는 숨을 거두었다.

모든 기사들이 경악했다. 그때 버리스터의 싸움을 말렸던 카빌드라는 이름의 기사가 말 위에서 훌쩍 뛰어내렸다.

그는 창끝을 바닥에 쿵 내리찍으며 네이슨에게 말했다.

"원하는 게 일대일 싸움이라면, 끝까지 해 주지."

"좋다."

"창도 괜찮나?"

"뭐든."

네이슨은 지친 기색이 역력했지만 싸움을 피하지 않았다.

빅터는 카빌드가 휘두르고 찌르는 동작 몇 번만 봐도 알 수 있었다. 그는 창이라는 무기를 어떻게 써야 할지 확실히 아는 기사였다.

'제법이군. 이놈의 창술 기본기를 연구해 익셀런으로 가져가고 싶을 정도야.'

네이슨은 창날에 어깨를 베이고 창으로 내리치는 힘을 감당하지 못해 손목까지 다쳤다.

'네이슨 이 녀석, 지금 창을 처음 상대해 보는 거야. 간격을 재고 있군.'

곧 네이슨은 카빌드가 휘두르는 창의 범위 안으로 들어가더니 그의 이마를 내리쳤다.

거의 두 조각이 난 머리에서 철퍽 튀어나간 피가 옆에 있던 말의 얼굴로 튀었다. 흥분한 말이 앞발을 들며 울었다.

네이슨은 자신의 뺨에 묻은 피를 소매로 스윽 닦고 다른 기사들을 올려다보았다.

"다음은 누군가?"

'아이고 이 녀석아, 지금은 도발할 단계가 아니야.'

빅터도 별수 없이 싸울 준비를 하며 말했다.

"이제 이 친구들은 더 이상 일대일 대결은 안 할 거다, 네이슨. 다들 한꺼번에 공격해 오거나 한꺼번에 달아나겠지. 준비해라."

그 말이 자극제가 될지 아니면 협박이 될지는 알 수 없었다. 빅터는 둘 다를 대비해야 했다.

"아직이요. 저 녀석 남았어요."

네이슨이 칼끝으로 한 명을 가리켰다.

다른 기사들도 네이슨이 가리킨 방향을 보았다. 기사들 사이에 무기는커녕 아예 갑옷도 입지 않은 녀석이 한 명 있었다. 나이는 아직 스무 살이 안 됐지만, 눈매가 매섭고 제법 근육도 붙어 있는 걸 보니 단순히 기사들 시중드는 녀석도 아닌 듯했다.

청년은 말에서 내리더니 천천히 빅터 쪽으로 걸어왔다. 그 자리에 있는 누구에게도 덩치로는 지지 않았다. 심지어 빅터 앞을 아무렇지도 않게 지나친 것도 모자라 피 묻은 칼을 든 네이슨의 옆에도 서슴없이 다가갔다.

"넌 누구냐?"

빅터가 물었다.

"나는 기사단의 사무관이오."

청년이 대꾸했다.

"이름은?"

그는 대꾸하지 않고, 죽은 기사들의 몸을 확인했다. 그리고 어깨에 멘 가방 안에서 꺼낸 펜으로 양피지에 뭔가를 적기 시작했다.

"뭘 하는 거냐?"

빅터가 물었다.

"정식 결투였으니 그 기록을 남기는 거요. 그게 내 할 일이오. 이게 당신들이 원하던 거 아니었소?"

그는 적을 걸 다 적고 시체를 수습하려고 무릎을 구부렸다.

네이슨이 그 청년 앞에 서서 말했다.

"너 하나뿐이었다."

"뭐가 말이오?"

"버리스터와 싸울 때는 신경 쓰지 못했지만, 카빌드와 싸울 때 봤지. 내가 싸우는 동안 카빌드가 아닌 내 검술을 관찰한 건 너 하나였다. 왜지? 싸울 것도 아니었다면 뭘 연구한 거냐?"

오히려 그 말에 빅터가 놀랐다.

'네이슨 넌 그 와중에 저 녀석을 보고 있었던 거냐?'

청년은 차분하게 설명했다.

"내가 관리하는 기사와 싸우는 적의 검술을 살피는 건 내 버릇이자 내 의무이기도 하오. 외부인이 상관할 바가 아니오."

그는 네이슨을 앞에 두고도 전혀 긴장하거나 두려워하는 기색이 없었다. 네이슨의 공격 범위 안으로 멍청하게 걸어 들어오는 모습을 보니 검술에 완전히 문외한인 건 분명했다. 하지만 녀석의 대담함만큼은 빅터도 흉내 내기 힘들 정도였다.

'크게 될 놈이군.'

빅터는 괜히 한번 떠보려고 말을 걸었다.

"어이, 자네. 왜 자네가 펜대를 잡고 있는지 그 사정은 모르지만 칼을 한번 배워 보지 그러나?"

"관심 없소."

그 어린 사무관 녀석은 당돌하게 대답하더니 다른 기사들을 돌아보며 말을 이었다.

"여기서 또 싸울 겁니까, 아니면 돌아갈 겁니까? 이들은 범인도 아니고 방금 싸움은 형식적으론 정식 결투였습니다."

"닥쳐라, 쉐이든! 네가 결정할 일이 아니다."

기사 중 하나가 버럭 화를 냈다.

"더는 결투가 없을 분위기라 한 말이었습니다. 시체를 수습할까 하는데요."

쉐이든이라는 청년은 물러서지 않고 말했다. 인상적인 광경이었다.

이로피스에서 왕실 기사단은 꽤 높은 직책이었다. 그런데 기사들은 자기보다 어리고 직책이 낮은 쉐이든을 상대로 징징대듯 말하고 있었다. 심지어 네이슨과 빅터도 쉐이든의 결정을 기다리는 우스운 꼴이 되고 말았다.

네이슨이 빅터에게 다가와 불만스럽게 물었다.

"우리가 기다릴 이유가 있어요?"

"딱히 없지만 나설 명목도 없지 않나? 설마 칼도 쓸 줄 모르는 저 청년의 뒤통수를 찔러 보고 싶은 건 아니겠지?"

그때 멀리서 말 한 마리가 급히 달려왔다.

"범인의 소재가 파악되었습니다. 지금 남쪽 게네르빌 마을에서 동쪽으로 달아나고 있습니다."

기사들은 급히 말 머리를 돌렸다. 하지만 그들의 증오가 담긴 시선은 계속 네이슨과 빅터를 향했다. 한 명이 대표로 말했다.

"너희 둘, 아직 끝이 아니다."

"그러시든가."

빅터는 대꾸한 뒤 다른 시종들과 시체를 수습하는 쉐이든을 물끄러미 바라보았다.

'쉐이든이라, 검을 모른다고?'

빅터는 픽 웃었다.

'지금이라도 당장 칼을 잡으면 앞선 두 기사보다 더 잘 싸울 것 같은

데?'

빅터는 잠시 고민하다가 판단을 네이슨에게 넘겼다.

"네가 결정해라."

"뭘 말입니까?"

"미리 처리하고 싶으면 지금 해야 할 것이다. 만약 저 아이가 검을 배우면 필연적으로 네 적이 될 테니까."

"그래서요?"

"검을 모르는 지금 죽일 테냐, 아니면 널 위협할 정도로 성장한 적이 된 후에 칠 테냐?"

네이슨은 고개를 저었다.

"그런 먼 미래까지 생각하면서 살고 싶지 않아요."

"그럼 그렇게 하자."

빅터는 판단을 네이슨에게 맡긴 걸 후회했다.

'죽이는 게 나은데.'

빅터는 마지막까지 미련을 두고 사무관 청년을 돌아보았다.

그 청년 역시 떠나는 빅터와 네이슨을 노려보고 있었다.

'지금 저 녀석도 나와 같은 고민을 하나 보군.'

빅터는 이로피스의 기사를 죽인 그 흉악범이라는 놈을 찾아보기로 했다.

일종의 심심풀이였다. 그게 한 달이나 걸릴 줄 알았다면 시작도 안

했을 테지만.

놈의 이름은 위슬런이었다. 과거 이로피스 기사직을 십 년이나 지내고 은퇴한 베테랑 중의 베테랑. 하지만 은퇴 후 그는 사기꾼에게 재산을 빼앗기는 바람에 파산했고, 이혼 당한 다음 가문에서 버림받았다.

거기까지 알아내자 나머지는 쉬웠다.

위슬런은 자신의 마지막을 결투로 장식하고 싶었다. 그래서 후배들을 찾아가 대결을 청했다.

후배 기사는 기꺼이 그를 영광스러운 죽음으로 인도하려고 그 청을 받아들였다. 그런데 엉뚱하게도 실력이 녹슬지 않은 위슬런이 이겨 버렸다. 결투 상대를 죽이기까지 했다.

위슬런은 다음 기사와 또 싸우고 그 기사를 이긴 다음에 또 싸워서 계속 이겼다. 거기서 그는 젊음과 피를 맛본 나머지 연쇄 살인마가 되고 말았다. 급기야 나중에는 기사가 아닌 민간인까지 죽이기 시작했다.

빅터가 난장판이 된 허름한 술집에서 위슬런을 발견했을 때는 이미 백 명이나 죽인 후였다.

"날 잡으러 온 왕실의 기사는 아닌 것 같고……, 누구냐?"

위슬런이 길게 숨을 몰아쉬며 물었다.

"알 거 없다."

빅터는 차갑게 대꾸하고, 그의 상태를 확인했다. 언뜻 보기에는 가슴을 가르는 커다란 상처가 치명적으로 보였지만, 실제로는 목덜미에 패인 상처가 더 컸다. 거기에서 새는 출혈이 그를 죽음으로 이끌고 있었다.

"누구에게 당했나, 위슬런?"

빅터가 물었다.

위슬런은 체념한 듯 멍하니 빅터를 보다가 말했다.

"그 질문에 대답해 주면 내 부탁을 들어줄 수 있나?"

"들어줄 수 있는 부탁이라면 들어주지."

"보아하니 대단한 실력의 기사 같은데, 날 좀 죽여 줄 수 없겠나? 적어도 기사의 손에 죽고 싶다."

"다른 사람을 그렇게 죽여 와 놓고 이제 와서 명예라도 찾으시나? 웃기는 아저씨군."

빅터는 칼을 뽑았다.

"좋다. 들어주지."

시원스러운 쉿소리를 듣고 위슬런은 부드럽게 미소 지었다. 그 미소만 보고 있자면 도저히 죄 없는 사람을 백 명이나 죽인 살인마 같지는 않았다.

"역시 내 눈썰미는 틀리지 않았어. 자네, 외팔이긴 하지만 엄청난 실력자로군."

"질문에 대답이나 해. 누구한테 당한 거야?"

빅터는 윽박지르듯 말했다. 하지만 그 이상 협박을 할 수는 없었다. 죽어 가고 있는 주제에 죽여 달라는 부탁을 하는 기사에게 이 이상 어떤 강요를 하겠는가.

위슬런은 입에서 피를 쿨럭쿨럭 토하면서도 잡담을 시도했다.

"그리고 네 옆에 있는 저 꼬마, 자네 못지않은 실력자지? 지금 당장은 아니더라도 조만간 자네를 능가할 거야. 그걸 보고 싶어서 옆에 두고 있나?"

"어디 계속 떠들어 봐. 네 부탁 안 들어줄 거니까."

"날 이렇게 만든 놈, 그리고 고통스럽게 죽으라고 이대로 버리고 간 놈, 딱 네 옆의 꼬마 같은 놈이었다."

"어렸다는 뜻인가?"

"어렸지만 어린 티가 전혀 나지 않더군."

"현상금 사냥꾼? 아니, 아니겠군. 네 목이 그대로 붙어 있는 걸 보니."

"맞아. 근방에서는 유명한 용병 같았다. 고작해야 열여섯, 열일곱? 그 나이에 그 정도 실력이라면 앞으로 어떻게 성장할지 궁금하군. 천재라는 말이 어울리는 아이였어."

"상처 입고 날뛰는 늙은 곰 한 마리 잡았다고 천재라는 말을 붙일 수는 없지."

"네가 날 얕보는 거냐, 아니면 내 말을 이해하지 못할 정도로 멍청한 거냐?"

빅터는 그자의 말투와 눈빛 모두가 마음에 들지 않았다.

"나는 성장 후의 실력을 말한 거다."

위슬런은 다시 천천히 말을 이었다.

"그 무자비한 잠재력, 스승조차 필요치 않는 성장의 힘은 내 짧은 검술의 경험 어디에서도……."

"닥치고 그놈의 이름이나 말해."

"이름은 듣지 못했다. 이 꼴이 되어 버린 내가 녀석에게 이름을 물어볼 여유가 있었을 것 같은가?"

위슬런은 피 묻은 이를 드러내며 씩 웃었다. 빅터는 칼을 옆으로 그었고 위슬런은 마지막 남은 숨도 토하지 못하고 죽었다.

'죽이지 말걸. 이 작자가 원하는 대로 해준 꼴이잖아?'

빅터는 후회했다.

옆에서 감정 없는 시선으로 두 사람의 대화를 지켜보던 네이슨이 물었다.

"나랑 위슬런이랑 결투 시키려고 찾아다닌 거죠?"

빅터는 대꾸하지 않고 칼을 집어넣었다.

네이슨이 계속 물었다.

"그럼 이젠 어쩔 거예요? 이 기사가 말한 그 천재라는 녀석이라도 찾아요?"

"아니, 이제 됐다."

빅터는 돌아섰다. 뒷맛이 썼다.

'오지 말았어야 했어. 아니, 처음부터 네이슨을 데리고 다니는 게 아니었어. 대체 난 뭘 찾아 헤맸던 거야?'

네이슨은 버릇처럼 빅터의 뒤를 따라왔다.

"이제 어디 가요?"

"론타몬. 익셀런 기사단으로 돌아가야겠다."

빅터는 비명을 지르며 잠에서 깼다. 온몸이 식은땀으로 축축했다. 팔이 없는 부위가 잘려나가는 그 순간처럼 뜨겁게 욱신거렸다.

"빌어먹을."

한 팔을 잃은 상실감은 생각보다 크지 않았다. 불편한 것도 금방 익숙해졌다.

하지만 패배의 아픔은 몇 번이고 악몽 속에서 불쑥 불쑥 튀어나와 그를 괴롭혔다.

'그때 그놈을 죽였어야 했다. 내 말 한마디면 주위에 있는 녀석들이 달려들어 아작 냈겠지. 웰치가 빌어먹을 기사도를 강요해도 그 순간의 내 명령이라면 따랐을 거야.'

빅터는 침대에서 일어나 세숫대야에 받아놓은 물로 얼굴을 씻었다. 아직도 한 손으로 세수하기란 쉽지 않았다.

어둠 속에서 빅터는 한동안 대야를 바라보며 서 있었다. 얼굴에서 떨어지는 물방울이 대야의 수면 위로 소리 내어 떨어졌다.

'그리고 그런 식으로 놈을 죽였다면 더 후회했겠지.'

녀석은 빅터가 추구하는 최강의 검사에 가장 근접한 모습을 가지고 있었다. 하지만 뭔가 부족했다.

'내가 부족한 부분을 그 녀석은 가지고 있었다. 대신 녀석에게 부족한 부분을 내가 가지고 있었지. 녀석도, 나도 그 부분을 채우기 위해 서로를 죽이지 않고 물러난 거다.'

빅터는 얼굴이 젖은 채로 거울 속의 자신을 바라보았다.

'네놈은 지금 부족한 걸 채우고 있나? 설마 해내고 있는 거냐? 내가 이렇게 질문도, 답도 찾지 못한 채 허우적거리고 있는 동안 너는 해내고 있는 건 아니겠지?'

상상 속에서 놈은 웃었다.

빅터는 놈을 향해 대야를 집어 던졌다. 하지만 대야는 요란한 소리를 내며 바닥을 뒹굴 뿐이었다.

'내가 먼저 이룰 것이다. 내게만 있는 걸 네가 채우기 전에 네게만 있고 내게 없는 걸 먼저 채울 거야. 그렇게 하면…….'

그건 빅터가 처음 칼을 배웠을 때부터 가졌던 궁극적인 목표였다. 아마도 칼을 배우는 사람이라면 누구나 꿈꾸는 절대적인 영역.

'……난 세상에서 가장 강한 자가 될 것이다.'

그 순간 빅터는 네이슨을 떠올렸다.

"맙소사, 난 벌써 찾은 거였구나."

빅터는 다시 한 번 거울을 바라보며 말했다.

"나와 녀석의 부족한 부분이 채워진 재능."

빅터는 네이슨이 자고 있어야 할 침대로 다가갔다.

네이슨은 침대에 없었다.

"이 녀석이 이 시간에 어딜 갔지?"

네이슨은 잠도 오지 않고 갑자기 술 생각이 나 마을을 배회하고 있었다.

위슬린이라는 기사가 술집을 박살 내 버린 통에 술을 파는 곳이 없었다. 포기하려다 마을 입구 쪽에서 소란스러운 소리가 들려 혹시나 하고 가 보았다.

술이 있었다. 게다가 축제 분위기였다.

커다란 술통 옆에 배 나온 인심 좋아 보이는 아저씨가 잔을 들이대는 사람들에게 술을 따라 주었다.

네이슨은 다가가 물었다.

“한 잔 마실 수 있소? 돈은 있소.”

“오늘은 그냥 마시는 날이야. 내가 쏘는 거지!”

그는 두말도 않고 옆에 엎어 놓은 잔에 맥주를 거품 넘치게 따라주었다.

“무슨 일인데 공짜 술이오?”

그 남자는 껄껄대고 웃으며 설명했다.

“오늘 내 술집에 그 유명한 살인자가 쳐들어왔지. 나도 꼼짝없이 죽었다고 생각했는데 여기 있는 이 용병 친구들이 들어와서 구해 줬지 뭔가? 죽다 살아났는데 이 정도 서비스야 우습지.”

“위슬런 얘기로군.”

네이슨의 눈빛에 살기가 담겨 있는 것도 모르고 술집 주인은 넉살 좋게 어깨동무를 했다.

“그렇지, 그렇지. 아까 가 보니 누가 목을 잘라 놨더구먼. 시체가 그대로라 현상금도 내가 받게 생겼지. 그러니 술을 공짜로 나눠 준다고는 해도 손해 보는 장사는 아니지 뭘.”

모닥불 빛이 일렁이는 와중에 술 취한 용병들이 춤을 추고 저질스러운 농담을 하면서 놀고 있었다.

위슬런은 분명 ‘한 명’을 칭했다. 저기 있는 용병들이 떼거리로 달려들어 위슬런을 공격한 건 아닐 것이다.

네이슨은 맥주 거품을 천천히 입에 흘려 넣으며 그 용병들을 한 명 한 명 신중하게 살폈다.

'그게 누구지?'

용병들은 모르는 사람이 자기들의 파티에 꼈는데도 경계하지 않았다.

특별히 대단한 놈은 보이지 않았다. 한참 눈에 힘주고 찾다 보니 금방 피곤해졌다.

'내가 지금 뭘 하고 있는 거지? 빅터, 그 남자한테 전염되었나?'

네이슨은 남은 맥주를 비우고 자리에서 일어났다.

'이제 됐다. 찾아서 뭘 하려고? 시비 걸어서 싸우기라도 하려고? 관두자.'

네이슨이 맥주잔을 돌려주고 막 돌아서려는데, 두 용병의 대화가 들렸다. 또 음담패설이겠거니 하고 귀담아듣지 않았다.

"어이, 하란! 어디 갔다 이제 온 거야?"

"오줌 싸러 갔다가 도랑에 빠졌어."

"푸핫, 왕실의 기사들조차 어쩌지 못한 살인마를 해치운 영웅께서 똥 냄새를 풍기고 계시는군."

네이슨은 그 순간 뒤를 획 돌아보았다. 아까는 보지 못했던 놈이 하나 있었다.

모닥불의 불빛 속에서 그의 얼굴은 붉고 강렬하게 빛이 났다. 어깨는 용병들 중 누구보다 넓고 팔뚝은 통나무처럼 굵었지만 키가 커서 그런지, 날렵해 보였다.

"좋아. 내가 지금 오늘의 영웅께 도전하겠다."

술에 취해 자세도 못 잡은 녀석이 혀 꼬인 소리를 하며 자리에서 일어났다.

"덤벼라, 하란! 나한테 네 놈의 잘난 검술을 어디 한 번……."

하란이라는 청년은 술 취해 비틀거리는 자기 동료의 머리를 목검으로 툭 내리쳤다. 취한 용병은 그대로 고꾸라져 기절했다.

"봤냐? 여기 불꽃 용병께서 또 한 번 승리하셨도다."

하란이 잘난 척하며 두 손을 치켜들었다.

다른 용병들이 좋다고 깔깔대며 박수를 쳤다.

"이번엔 내가 도전하겠다!"

또 한 명의 용병이 나섰다.

"좋다. 덤벼라."

두 번째 녀석은 아직 덜 취했는지 제법 버티는 듯했다. 하지만 오래 가지 않았다. 아무래도 하란의 실력을 제대로 보기에는 여기 용병들 수준이 너무 낮은 듯했다.

그다음에도 도전자가 줄을 이었지만 하란은 장난질로 모두를 쓰러뜨렸다. 어차피 다들 술에 취해 어린애가 밀어도 넘어지는 상태였다.

'이대론 한도 끝도 없겠군.'

네이슨은 참지 못하고 용병들 틈으로 끼어들었다.

"다음은 내가 도전하겠다."

처음 듣는 목소리라 다들 웃음을 멈추고 네이슨을 바라보았다.

네이슨은 상대에게 자신의 얼굴을 보여 주지 않기 위해 일부러 모닥불을 사이에 두고 건너편에 섰다. 일렁이는 불꽃이 자신의 얼굴을 가려줌과 동시에 상대의 얼굴도 가리고 있었다.

"뭐야, 너? 이 마을 사람이냐?"

하란은 어깨에 손을 올리고 주물럭거리며 물었다. 이제 보니 녀석은 어깨에 큰 부상을 입고 있었다.

'위슬런에게 당한 모양이군. 하긴 그 정도 적을 상대로 부상 없이 끝내긴 어려웠을 거야.'

네이슨은 자기도 모르게 긴장된 어깨를 풀며 대꾸했다.

"그냥 지나가는 여행자다."

"그럼 가던 길이나 마저 가지 왜 나서? 괜히 다치려고."

"살살 하면 되지 않나? 나도 살살해 줄 테니 한 번 붙자."

네이슨은 바닥에 뒹구는 목검 하나를 쥐며 말을 이었다.

"어차피 술기운에 하는 장난이잖아. 지든 이기든 큰 의미도 없고."

네이슨은 위슬런이 말한 '무자비한 잠재력'이라는 것을 구경하고 싶었다. 방금 말한 대로 이기든 지든 그것만 볼 수 있다면, 대충 져주고 미련 없이 떠날 수 있었다.

"장난? 그거 좋지."

하란은 모닥불을 사이에 두고 빙글빙글 돌면서 말했다.

용병들이 좋은 구경거리라는 듯 발을 쿵쿵 울렸다.

네이슨도 하란과 같은 방향으로 모닥불 주위를 돌다가 기습적으로 목검을 밑에서 위로 올려 쳤다. 모닥불이 바람에 쓸려 올라갔다. 두 사람 사이는 타는 장작과 희뿌연 잿더미로 막이 쳐졌다.

네이슨은 그 옆을 지나며 목검을 휘둘렀다. 하란은 꼼짝없이 거기에 얻어맞고 뒤로 나가떨어졌다. 그걸로 끝이었다.

'잠재력이 뭐 어쩐다고? 위슬런도 별거 아니었군.'

네이슨은 픽 웃으며 돌아섰다.

"어?"

그 순간 네이슨은 다리에 힘이 풀려 무릎을 꿇었다. 뒤늦게 배에 고통이 밀려왔다.

“뭐야?”

“둘 다 왜 저래?”

다른 용병들은 둘 사이에 벌어진 공방전을 전혀 보지 못했다. 어둠 속이기도 하고 네이슨이 올려 친 모닥불의 잿더미 때문에 시야가 가려 있기도 했다.

“야, 너 어디 가지 말고 거기 있어.”

하란이 쓰러진 채로 으르렁거리며 말했다.

‘제대로 안 들어갔나?’

네이슨은 실수로 그만 상대를 죽일 정도로 치고 말았다고 생각했다. 그런데 그게 아닌 모양이었다.

하란은 이마에서 살짝 피만 흐르는 상태로 자리에서 일어났다.

‘배를 얻어맞는 바람에 정확히 맞히지 못했나 보군.’

네이슨은 배에 힘을 줄 수가 없어 잠깐 동안 일어나지도 못했다. 다행히 하란도 이마를 짚은 채로 비틀거렸다.

둘은 한동안 끙끙대고 있었다. 잠시 후 네이슨이 일어나자 하란도 이마에서 손을 뗐다.

모닥불이 흩어져 조명으로 쓸 만한 불빛이 거의 없는 가운데 두 사람 사이에 오고 가는 눈빛이 강렬했다.

하란은 성큼성큼 다가왔다.

“넌 이제 죽었어!”

녀석은 검술의 자세를 잡지도 않았다. 상대의 공간을 읽지도 않았고, 호흡을 가다듬지도 않았다.

'그냥' 공격해 왔다.

'뭐야, 저게?'

네이슨은 하란이 전력을 다해 내리치는 목검을 가까스로 받아냈다. 손목이 어긋나는 것 같았다.

하란에게는 검술이란 게 없었다. 예비 동작도 없었고 결정타를 위한 속임수 동작도 없었다. 한 번 한 번이 모두 다 결정타였다. 그저 그 결정타들의 연결 동작을 반복하고 있는 것뿐이었다.

'오냐, 그런 식으로 싸우길 원한다면 나 역시 그렇게 해 주지.'

네이슨은 상대의 패턴을 파악해 약점을 찌르던 평소 싸움 방식을 버리고 똑같이 힘으로 격돌했다. 두 사람의 목검이 부딪칠 때마다 나무 파편이 튀었다.

두 사람이 내딛는 자리에서 피어오른 먼지가, 안 그래도 어두운 공간의 시야를 더욱 가로막았다.

땀이 튀고 영혼이 부딪치며 보이지 않는 불꽃이 피어올랐다. 두 사람의 목검이 모두 부러졌다.

부러지는 순간 하란의 주먹이 네이슨을 후려쳤고 네이슨은 발로 하란의 턱을 올려 쳤다. 둘은 동시에 뒤로 나가떨어졌다.

거칠게 숨을 몰아 내쉬는 두 사람 사이로 용병들과 술집 주인이 우르르 달려들었다.

"그만, 그만!"

"그 정도면 됐잖아."

"야아, 멋진 싸움이었다."

"둘 다 술이나 마시자! 여기, 맥주는 얼마든지 있어."

하란은 술집 주인이 내주는 맥주를 단숨에 들이켰고 네이슨은 거절했다.

네이슨은 한참이나 하란을 노려보다가 휙 돌아섰다. 그의 걸음이 빨라졌다.

'나 아직 안 졌어!'

뒤에서 자신의 뒤통수를 쏘아보는 하란의 시선이 따갑게 느껴졌다.

'그리고 이건 도망치는 게 아니야!'

하란에게 하는 변명이라고 생각했지만, 말하다 보니 자신에게 하는 변명이었다.

'아니야!'

네이슨은 여관방으로 쿵쾅대며 들어왔다. 그리고 들어오자마자 자신의 짐을 뒤져 칼을 꺼냈다. 그때까지도 그는 자신에게 소리치고 있었다.

'네가 무서워서 도망친 게 아니야. 널 죽일 검을 가지러 온 것뿐이야. 난 도망치지 않았어!'

네이슨이 다시 방을 나가려는데 자는 줄 알았던 빅터가 문을 막고 서 있었다.

"왜 그렇게 흥분했느냐?"

네이슨은 침을 꿀꺽 삼키고 말했다.

"죽일 녀석이 하나 있어요."

"흐음, 정확히 말해야지. 죽일 녀석이냐, 싸우고 싶은 녀석이냐?"

당연히 죽일 녀석이었다. 그러나 막상 빅터를 앞에 두고 그 질문을 받으니 할 말이 없어졌다.

"모르겠어요."

"그래? 그럼 내가 한번 보자."

"시, 싫어요!"

이유는 몰랐지만 네이슨은 빅터에게 그 용병을 보여 주고 싶지 않았다. 하지만 빅터는 그걸 네이슨의 투정으로 받아들였는지 가볍게 미소 지으며 고개를 끄덕였다.

"그래? 그럼 나도 상관하지 않도록 하지."

빅터는 문에서 비켜서며 말을 이었다.

"하지만 이대로 나가면 넌 다시는 돌아오지 못할 것 같구나."

네이슨은 문고리를 잡았다가 멈칫했다.

"뭐라고요?"

"앉아라."

"싫어요."

"앉아!"

빅터가 버럭 소리 질렀다. 네이슨은 처음으로 빅터의 목소리에 기가 죽었다.

네이슨이 앉자 비로소 빅터는 입을 열었다.

"내게 무슨 일이 일어났는지 설명할 필요 없다. 딱히 궁금하지도 않아. 칼로 싸우고 왔는지, 말로 싸우고 왔는지, 그냥 동네 양아치에게 욕이나 먹고 왔는지, 그게 뭐든 간에 그저 방금 벌어진 일을 머릿속에서 한번 되새겨 봐라. 그 일의 시작과 경과, 그리고 결과를 차근차근

씹어서 삼켜. 그래도 네 손이 떨리지 않으면 그다음에는 나가도 좋다."

네이슨은 그제야 자기 손이 떨리고 있는 걸 알았다. 심장의 박동에 얼굴 근육까지 떨리고 있었다.

"흥분하는 건 나쁜 게 아니야. 뭔가에 흥분하지 않는 놈은 목표를 향해 나갈 추진력조차 없는 놈이지. 너에게 부족한 것은 바로 그 열정이었다. 그런데 방금 그걸 어디서 배워 왔군! 난 네게 그걸 가르친 그 녀석에게 감사하고 싶을 정도다."

빅터의 비꼬는 말에 네이슨은 더욱 화가 났다. 하지만 그의 말대로 상황을 다시 돌이켜보았다.

날이 밝을 무렵까지 고민하던 네이슨에게 빅터가 물었다.

"정리가 좀 됐어?"

"아니요."

"내가 좀 도와주지. 얘기해 봐."

빅터는 하란이라는 용병과의 싸움 얘기를 다 듣고 나서 크게 웃음을 터트렸다.

"검술에는 상극이라는 게 있지. 넌 앞으로도 그런 종류의 녀석과 싸우면 고전을 면치 못할 거다."

네이슨은 다시 한 번 분노로 이를 부득 갈았다.

"어떻게 하면 그걸 지울 수 있습니까?"

빅터는 이를 드러내며 웃었다.

"이제 네가 다음 단계로 갈 준비가 된 것 같구나. 너의 빈 곳을 날 통해 채워 보겠느냐?"

"네."

"그럼 이제부터 날 마스터라 불러라."

네이슨은 어색하게 대답했다.

"네, 마스터."

"잘했다. 짐을 싸라."

"그 녀석한테 다시 가는 거 아니었어요?"

"필요 없다. 넌 어제 그저 운이 안 좋았을 뿐이야. 또 싸워봐야 배울 것도 없고, 용병 죽이면 귀찮아지기만 한다. 훨씬 더 좋은 상대와 붙여주지."

"그게 누군데요?"

"웰치. 익셀런 기사단의 캡틴이다."

네이슨은 저도 모르게 주먹을 꽉 쥐었다.

"그를 이기면 어제 만난 하란이란 놈도 이길 수 있습니까?"

"너 스스로 찾아봐라. 네 부족한 부분은 웰치와 싸우면 채울 수 있을 것이다. 그리고 웰치는 자신의 부족함을 널 통해 채울 것이다."

네이슨은 빅터가 그 뒤에 이어지는 말을 하지 않았다는 걸 눈치챘다.

'그리고 빅터 당신은 날 통해 뭔가를 채우려 하고 있군.'

네이슨은 개의치 않았다. 어제 같은 굴욕만 당하지 않을 수 있다면!

"네가 한 팔을 잃은 것은 전혀 예상치 못한 일이었다, 빅터."

얼음 성의 군주가 말했다.

얼음 성이라 불리는 저택은 황폐했고, 저택 안에 놓인 회색 의자에 앉아 있는 남자는 더욱 황폐했다. 혈색이라고는 없는 창백한 얼굴에 살갗이 갈라진 뺨과 초점 잃은 눈동자를 보면, 네이슨도 같이 얼어 버릴 것 같았다.

"죄송합니다, 슈라이튼 백작."

빅터가 고개를 숙여 말했다.

"상대가 너보다 더 강했느냐?"

"비슷했습니다. 제 실수였죠. 아, 그런데 지금 옆에 서 있는 이것들은 새로 들인 '경비병'입니까? 들어올 때도 몇 명 보이던데요."

네이슨은 이런 일에 호들갑 떠는 성격은 아니지만 정말이지 유령의 성에 들어온 기분이었다. 게다가 지금 슈라이튼 백작 옆에 서 있는 병사들은 분명코, 단호히 말하건대, 인간이 아니었다.

"나도 명색이 백작인데 경비병은 있어야지."

슈라이튼 백작은 음산한 목소리로 말했다.

경비병은 인간이라기보다는 바싹 마른 시체였다. 하지만 그것들은 움직이고 있었고, 창을 들고 투구까지 쓰고 있었다. 푹 파인 눈동자에서 썩은 눈동자가 굴러다니고 입에서 서리 낀 입김이 새어 나왔다.

빅터는 그런 소름 끼치는 모습을 보고 '저런 녀석도 숨을 쉬네?' 하는 속 편한 소리를 하다가 말했다.

"주위에서 보기 안 좋습니다. 아직 왕실과 관계를 맺어야 하지 않습니까? 그쪽에서 누가 찾아오면 어쩌시려고요?"

"왕실 일은 이미 심어 놓은 녀석들이 있으니 알아서 할 일이지. 왕실 귀족이 이 저택을 찾을 일은 없다."

"뭐, 좋으실 대로 하시죠."

"그보다 그 애는 누구냐?"

슈라이튼 백작은 무서운 시선으로 네이슨을 노려보았다. 어쩌면 나름대로 인자하게 쳐다본 것인지도 몰랐다.

"제자입니다."

"네가 제자를 둘 만한 나이냐?"

"뭐 어떻습니까? 전 스무 살 이후로 이미 스승으로 여길 만한 존재를 보지 못했습니다."

네이슨은 점차 빅터를 마스터로 모시는 데 익숙해져 가고 있었다.

지금도 저런 무서운 백작과 자연스럽게 대화를 나누는 모습을 보고 존경심을 품었다. 단순히 담만 크다고 될 일이 아니었다.

네이슨은 여기 오기 전에 이미 빅터에게 이런 경고를 들었다.

'백작이 인간 같아 보이지 않는 건 사실 인간이 아니라서 그런 거니 놀라지 말 것이며 저택에서 어떤 해괴한 것을 보더라도 내 옆에 있는 동안은 안전할 것이다. 또 백작은 자신의 임무를 수행하는 자에게는 누구보다 너그러우니 두려워 할 필요가 없다.'

나중에 곱씹어 보니 별로 안심시키는 말은 아니었다.

"이름이 무엇이냐?"

백작이 물었다.

"네이슨입니다."

입이 얼어붙어 한마디도 못 할 줄 알았더니 다행히 했다. 목소리가 떨리지도 않았다. 백작은 네이슨에게 시선을 고정한 채로 빅터에게 물었다.

"전쟁 준비는 어떻게 되었느냐? 듣자니 꽤 오래 기사단을 비워 둔 모양이더구나."

"진작 끝냈습니다. 제가 부재중이라도 일을 처리할 사람은 있습니다."

"남에게 자신의 일을 떠넘기지 마라."

"저보다 잘 하는 녀석이 있으니까 넘겼죠."

"그게 누구냐?"

"웰치."

백작은 추억을 떠올리듯 먼 곳을 바라보았다.

"검은 바위에서 데려온 소년이군. 크게 될 줄은 알았는데, 벌써 네 신임을 얻었구나."

"딱히 신임이라고 할 것까지야……."

빅터는 불만스럽게 중얼거렸다.

"가넬로크까지 무너뜨리는 데 얼마나 걸릴 것 같으냐?"

백작이 다시 물었다.

"일 년."

"아란티아까지는?"

"아란티아? 거기는 내버려 둬도 되지 않습니까? 우리 목적은 어디까지나 가넬로크의 드래곤인……."

"하늘 산맥의 드래곤이다."

백작은 그의 말을 수정했다.

"그런 얘기는 처음 듣는군요, 백작님."

"아직 네가 모르는 일은 많다, 빅터."

"알려주시지 않은 일이겠지요!"

빅터는 삐딱하게 서서 백작을 노려보았다.

네이슨은 새삼스럽게 여기 오기 전에 했던 대화가 떠올랐다.

'슈라이튼 백작은 누굽니까?'

네이슨의 질문에, 빅터는 대단한 비밀도 아니라는 듯 다 얘기해 주었다.

'십오륙 년쯤 전인가? 원래는 민심을 잘 다스리고 왕에게 충성하는 평범한 영주였지. 어떤 계기인지는 모르지만 그는 지금 세상을 무너뜨릴 힘을 가지고 있다.'

'보통 옛날 얘기 들으면 그 경우에는 우리가 백작을 퇴치해야 하는 거 아닙니까?'

빅터는 손뼉을 치며 칭찬했다.

'좋은 발상이다. 하지만 다른 선택지도 있어.'

'뭔데요?'

'우리가 세상을 무너뜨리는 일에 앞장서는 거다.'

네이슨은 막상 백작의 모습을 보자 그를 퇴치한다고 말했던 순간이 창피했다. 감히 그런 상상은 할 수도 없었다.

그러나 빅터는 달랐다. 그는 얼마든지 백작을 자신의 칼로 쓰러뜨리고 세상을 구하는 영웅이 될 힘이 있었다.

아무리 백작의 마법이 산을 무너뜨리고 바다를 일으킬 수 있다 해도, 빅터 한 사람의 칼은 당해 낼 수 없었다. 그러나 빅터는 그렇게 하지 않았다.

그것이 그의 선택이었다.

네이슨 역시 같은 선택을 했다.

빅터가 백작에게 말했다.

“곤란합니다, 백작님. 익셀런 기사단은 어디까지나 가넬로크의 네 마리 드래곤을 떨어뜨릴 전력이지, 하늘 산맥의 드래곤을 때려잡을 힘은 없습니다. 게다가 인간은 하늘 산맥을 넘어가지 못합니다.”

“공식적으로는 그래야지. 굳이 하늘 산맥의 드래곤을 때려잡기 위해 익셀런 ‘전체’가 나서지 않아도 된다.”

백작은 썩은 이빨을 드러내 웃으며 덧붙였다.

“이 정도 말해 두면 다음은 무슨 일을 해야 할지 알 것이다. 넌 뭐든 다 알아야 해. 내가 모르는 것도 알아야 하고, 내가 없어도 내 의도를 알아야 한다.”

“꼭 죽음 후를 대비하시는 것 같군요?”

“인간의 관점에서 죽음이긴 하나, 난 영원하다. 하지만 계획을 계속 이어갈 사람은 필요하다, 빅터.”

백작은 다시 네이슨을 돌아보았다.

“그런 의미에서 네이슨을 찾아낸 것은 훌륭하구나. 내가 직접 지시하고 싶었는데, 넌 스스로 해냈어.”

네이슨뿐 아니라 빅터도 놀라며 물었다.

“잠깐만요, 백작님. 네이슨을 알고 계셨습니까?”

“그렇다.”

네이슨은 음산한 기분이 들어 등 뒤를 돌아봤더니 방의 문이 보이지 않았다. 방의 벽도 어느 순간 어둠으로 감싸였다.

“네이슨은…….”

백작은 두 사람의 공포에 개의치 않고 말했다.

"내버려 두면 '너의 팔을 가져갔던 그자'에게 가 버릴 힘이었다. 그걸 중간에 네가 낚아챈 셈이지."

"낚아채다니요? 우린 우연히 만났는데요."

"아란티아의 축복이 무슨 힘인지 아느냐?"

"모릅니다."

"그 나라가 자기 자신을 지킬 힘을 스스로 훔쳐 가는 간악한 저주다. 그 저주에 의해 탄생한 힘이 울프 기사단."

"울프 기사단이라면 익히 들어 알지만, 글쎄요. 소문만 무성한 그런 녀석들쯤은 지금의 익셀런 기사단으로도 충분히 박살 낼 수 있습니다. 여왕의 축복이니 뭐니 하는 건 철로 만든 무기 앞에 다 허상일 뿐입니다."

"그런 자신감이 좋아 너를 내 옆에 둔 것이니 뭐라 하지 않겠다. 하지만 적어도 아란티아 안에서는 울프 기사단을 절대 꺾을 수 없다. 그 힘에 다른 힘이 보태지는 걸 막는 것은 익셀런 기사단을 하나 더 만드는 것만큼 가치 있는 일이었다. 빅터 네가 아란티아의 축복을 이겨낸 것이다."

백작은 뼈만 남은 앙상한 손을 들었다.

"네이슨, 빅터를 따르라. 그리하면 너는 누구에게도 꺾이지 않는 검이 될 것이다."

네이슨은 자신이 겁에 질려 아무 대꾸도 못 할 거라 생각했다. 하지만 뜻밖에도 입이 열렸다.

"이미 저는 누구에게도 꺾이지 않습니다."

빅터가 재미있다는 듯 웃으며 네이슨을 돌아보았고, 백작도 큰 소리로 웃었다. 네이슨은 긴장했지만 백작의 시선을 피하지는 않았다.

"빅터를 따라 여기까지 왔다면 이미 그 정도 자신감과 배짱은 있었던 게지. 그런고로 내가 너에게 축복과도 같은 저주를 내리노라."

백작이 내밀고 있는 손을 중심으로 주변의 어둠이 네이슨을 감쌌다. 네이슨은 눈 하나 깜짝 않고 그 어둠을 응시했다.

"어떤 인간도 네 힘을 넘어서지 못하리라. 드래곤조차 너에게 축복과 저주를 내리지 못하리라. 어떤 마법사도 이 저주를 깨뜨리지 못하리라. 세 가지 힘이 합쳐지기 전까지는 그 무엇도 널 죽이지 못할지어다."

백작이 말을 마치자 방 안은 다시 밝아졌다. 네이슨은 혹시라도 자기 몸에 변화가 있나 살폈으나 아무 변화도 없었다.

백작은 손가락을 내리며 물었다.

"빅터, 이제 네가 할 일이 보이느냐?"

"기사단을 분할해 훗날 하늘 산맥을 올라갈 정예 멤버를 따로 꾸려놔야겠습니다. 하지만 하늘 산맥은 인간의 힘으로 들어가지 못하지 않습니까?"

"그때쯤이면 하늘 산맥에 나를 대신하는 또 다른 존재가 너희를 기다리고 있을 것이다."

"그게 뭡니까?"

백작의 머리 뒤로 섬광 같은 그림자가 슬쩍 비쳤다가 사라졌다. 그것은 드래곤의 형상이었다.

"드래곤이군요. 이름은요?"

"카-구아닐."

백작은 천천히 의자에 등을 기대었다. 빅터는 고개를 끄덕이며 말했다.

"나머지는 제가 알아서 하겠습니다."

"아까 백작님이 제게 내린 마법 말입니다."

네이슨이 빅터에게 물었다.

"그게 왜?"

"축복 같은 저주라 했는데, 좀 이상해서요."

네이슨은 좀 전에 했던 말을 떠올리며 말을 이었다.

"꼭 '드래곤'의 힘을 가진 '인간 마법사'가 나타나기 전까지 전 영원히 죽을 수조차 없단 뜻으로 들렸습니다."

빅터는 그의 어깨를 두들겼다.

"백작님의 모습을 처음 보더니 네가 이상한 상상력이 생겼구나. 드래곤의 힘을 가진 인간이란 게 뭐냐?"

"저야 모르죠."

"쓸데없는 생각은 접어라, 네이슨. 우린 앞으로 해야 할 일이 많다."

"구체적으로 무슨 일을 하게 되는 겁니까? 백작님이 계획하신 대륙 정복 전쟁인가요?"

"아니. 그건 웰치가 할 거다. 너는 음지에서 활약해야 해. 명성 따위는 모두 익셀런 기사단에게 넘겨주면 된다. 너와 내가 진짜로 할 일은 하늘 산맥에 있다."

"하늘 산맥의 드래곤을 잡는 겁니까?"

"인간을 상대하는 지루한 싸움보다 더 낫지 않나?"

"그렇긴 하네요."

"혹시 아직도 하란이란 용병을 생각하고 있다면, 잊어버려라. 두 번 다시 만나지도 않을 것이고 만에 하나 만난다 해도 더 이상 널 상대할 수 있는 수준도 못 될 테니까."

빅터는 마치 몰아붙이듯 강조했다.

"드래곤도, 마법사도, 인간도, 그 누구도 꺾을 수 없는 검이 되어라."

네이슨은 진심으로 모닥불 앞의 전투가 잊히길 바라며 대답했다.

"그렇게 되겠습니다, 마스터."

「Episode Nathan. The invincible」 끝

◈ Episode 5 ◈

# 천사의 목소리

“절 구해 주세요.”

천사가 말했다. 그 목소리가 너무나도 간절하여 앤필리아는 도저히 무시할 수가 없었다. 앤필리아는 송곳이 박힌 바닥을 걷는 심정으로 조심스럽게 다가갔다.

천사는 발가벗은 몸을 감싸 쥐고 오들오들 떨고 있었다. 파랗게 질린 입술을 보니 앤필리아도 추워지는 기분이었다.

“어, 어떻게 구해 줘야 하나요?”

앤필리아가 물었다.

“당신의 아버지가 날 죽일 거예요. 그를 막아주세요.”

천사가 말했다.

“그럴 리가 없어요. 제 아버님은 누구보다 자상하고 인자하세요. 전쟁이 터지면 가장 선두에 서서 싸우는 용감한 기사고, 공정하게 백성을 다스리는 훌륭한 영주세요.”

앤필리아는 머뭇거리다가 덧붙였다.

“그런 아버지께서 당신 같은 천사를 죽일 리가 없어요.”

“아니에요. 진실을 보셔야 해요. 당신의 아버지는 악마의 하수인이에요.”

천사는 눈물 젖은 푸른 눈으로 간절히 애원했다.

앤필리아는 고개를 저었다.

“그럴 리 없어요.”

“제발이요! 그를 막을 사람은 당신뿐이에요.”

“하, 하지만…….”

“시간이 없어요!”

천사는 겁에 질린 눈동자로 주위를 두리번거렸다. 누군가 엿듣기라도 한 듯 조심스러운 모습이었다.

“오늘 저녁에 한 남자가 당신을 찾아갈 거예요. 겉보기에는 허름해도 제 친구입니다. 그에게 자비를 베풀어 하룻밤만 이 저택에 머물게 하세요. 그러면 그가 당신을 도울 거예요.”

그 말을 끝으로 천사는 눈앞에서 사라졌다.

앤필리아는 찻잔을 떨어뜨렸다. 어지간한 소작농의 밭 하나 값어치는 족히 되는 찻잔 세트 중 한 개가 깨졌다.

옆에서 시중들고 있던 하녀가 비명을 질렀고 앤필리아의 어머니도 눈을 동그랗게 떴다. 정작 찻잔을 깨먹은 앤필리아는 찻잔은 보지 않고 멀뚱히 정원 한가운데를 바라보기만 했다.

"저, 저기에……."

앤필리아가 가리킨 자리엔 찬바람에 꽃이 진 정원의 입구만 있을 뿐, 추위에 떠는 날개 달린 천사는 없었다.

그녀는 가리켰던 손가락을 접었다.

'나 방금 무슨 얘길 들은 거지?'

어머니가 걱정스레 물었다.

"저기 뭐가 있다는 거니, 얘야?"

"그게……."

앤필리아는 말하려다 말았다. 도저히 다른 사람에게 말할 만한 내용이 아니었다.

'아버지가 악마의 하수인? 맙소사, 내가 정신이 나간 건가?'

앤필리아의 아버지 슈라이튼 백작은 추운 론타몬의 북부 불모지를 이십여 년 만에 농사지을 수 있는 땅으로 일구고, 왕국에서 가장 가난한 마을을 살기 좋은 마을로 만든 영주였다.

어머니에게는 좋은 남편이었고, 앤필리아에게는 좋은 아버지, 그리고 그녀의 남편 렌클에게는 좋은 장인이었다. 최근에는 바빠서 잘 만나지 못하긴 했지만, 그렇다고 가정에 소홀하지도 않았다.

"아무것도 아니에요. 그냥 갑자기 현기증이……. 죄송해요. 왜 그랬는지 모르겠어요."

앤필리아는 머리에 손을 짚고 억지로 피곤한 척했다.

어머니는 안쓰러워하며 물었다.

"몸은 괜찮니?"

"예. 하지만 좀 쉬어야겠어요. 아기가 놀랐을지도 모르니까요. 아, 그런데 찻잔은 어쩌죠?"

앤필리아는 만삭인 배를 쓸어내리며 물었다.

"그러게. 딱 네 개짜리 세트였는데……."

어머니는 웃으면서도 못내 아쉬워하긴 했다.

앤필리아는 하녀의 도움을 받아 방으로 돌아갔다.

방에는 한 달쯤 후에 태어날 아이를 위한 옷과 장난감이 가득 차 있었다. 그녀가 아이 태어날 날만을 손꼽으며 직접 만든 것들이었다.

너무 재미있어 시간 가는 줄 모르고 만드는 바람에, 아이가 다섯 살이 될 때까지 입힐 수 있을 만큼 많은 옷이 생겨버렸다.

옷을 보고 있으면 괜히 뿌듯한 기분이 들어 치우지도 않고 있었다.

'천사라니, 나도 참…….'

아기 옷을 보고 나니 긴장이 풀려 앤필리아는 웃음을 터트렸다.

"아가한테 좋으라고 동화만 읽었더니 이제 헛것이 보이나 봐."

앤필리아는 아이 옷을 몇 개 개어두고 어제 뜨개질로 뜨다 만 남편의 목도리를 집어 들었다. 갑자기 우울한 기분이 들었다.

'렌클을 보려면 한 달이나 더 기다려야 돼.'

남편 렌클이 떠난 곳은 여기보다 더 북쪽이라 추위에 떨고 있지는 않나 항상 걱정이었다.

렌클은 원래 아버지 슈라이튼 백작을 모시는 기사로 근방에서 누구도 검을 견줄 수 없는 실력자였다. 외모도 우락부락하지 않고 잘생겨서 앤필리아는 사춘기 시절부터 렌클을 흠모하고 있었다. 그러던 차에 앤필리아는 열여덟이 되었고 렌클이 청혼을 해 왔다.

아버지는 렌클과 앤필리아의 나이 차가 열다섯 살이나 되는 점을 용납할 수 없다며 반대했다. 하지만 앤필리아가 하도 적극적으로 나서는 바람에 아버지도 포기했다. 대신 렌클을 적극적으로 활용해서 본전을 뽑고 있었다.

렌클은 원래 백작의 총애를 한 몸에 받던 기사였으니 기꺼이 그 임무를 모두 받아들였고 또 잘 해냈다.

처음에 앤필리아는 남편의 과도한 업무가 불만이었다. 하지만 아버지가 남편에게 맡기는 임무란 모두 가문의 명예가 걸린, 이를테면 후계자가 아니면 맡길 수 없는 중대한 일이었다. 그걸 알고 비로소 그녀도 여유를 찾았다.

집안은 화목했고 그녀는 아무 불만도 없었다.

'악마의 하수인?'

앤필리아는 웃었다. 그녀는 오래 기억할 가치도 없다고 결정하고 낮잠을 청했다.

'피곤해서 그런 거야, 피곤해서…….'

"이 자식 끈질기네. 아, 글쎄 나가라니까."

저택의 하인은 문 앞에서 머리를 조아린 거지를 쫓아내려 했다. 하지만 거지는 매를 맞으면서도 버텼다.

"제발 하룻밤만 지내게 해 주세요. 헛간이라도 좋아요. 오늘은 너무 추워서 그래요. 이대로 밖에서 자면 얼어 죽을 겁니다. 제발이요."

거지는 거의 우는 목소리였다.

하인은 팔까지 걷어붙이고 손에다 침을 탁 뱉더니 빗자루를 치켜 세웠다.

“오냐, 네가 이래도 안 나가나 보자.”

“잠깐, 기다려라!”

앤필리아는 치마를 부여잡고 뛰어와 외쳤다.

하인은 만삭인 앤필리아가 달려오니 도리어 달려가 부축했다. 충성심 넘치는 하인들은 그녀를 자기 딸보다 더 소중히 여겼다.

“아가씨, 날도 추운데 왜 나와 계십니까요?”

앤필리아는 호흡을 가다듬을 틈도 없이 명령했다.

“그 사람, 그냥 들여라.”

“네?”

하인은 무슨 말인지 알아듣지 못하는 표정이었다.

앤필리아는 최대한 근엄한 표정을 지으려 애쓰며 말했다.

“건초 쌓아 둔 헛간이라면 얼마든지 있지 않느냐?”

“있긴 합니다만……. 이런 녀석을 한번 받아들이면 끝도 없습니다. 안 그래도 주인님의 명성에 기대려고 온갖 곳에서 손을 벌리는데…….”

“내가 책임질 터이니 어서.”

“그렇지만, 아가씨. 아무리 그래도 이런…….”

“내 말을 안 듣겠다는 거냐? 아니면 이런 거지 하나 재워 주는데도 집무에 바쁜 아버님의 허락이 일일이 필요하다는 게냐?”

하인은 마지못해 옆으로 물러났다. 거지는 굽실거리며 안으로 들어

앤필리아는 고민했다. 지금이라도 모른 척 넘어가면 거지를 하룻밤 재운 배려로 끝낼 수 있었다. 하지만 그녀는 아직도 낮에 봤던 이상한 광경을 잊을 수가 없었다.

아버지가 악마라니, 누군가와 상의할 수도 없는 일이었다.

'그래도 린디라면 혹시?'

린디는 어렸을 때부터 그녀의 옆에서 친구처럼 지내 온 하녀였다.

린디는 렌클에게 느끼는 감정을 어떻게 해야 좋겠냐는 고민도 같이 해 주었고, 결혼식 때는 자기가 결혼하는 것도 아니면서 감정에 복받쳐 엉엉 울음을 터트렸고, 지금은 곧 태어날 아기가 아들일지 딸일지 자기가 더 궁금해하며 안절부절못하고 있었다.

'안 돼. 아무리 린디라도 이것만은 말할 수 없어.'

결국 앤필리아는 아무에게도 말하지 못하고 몰래 정원을 나와 헛간 앞에 섰다.

'딱 한 번만 만나보는 거야. 확인만 하는 거지. 별일이야 있겠어?'

몰래 온 주제에 노크하는 것도 우스워 앤필리아는 그냥 문을 열고 들어갔다.

헛간에는 촛불 하나 켜 있지 않아 어두웠다. 등불을 가져오지 않은 걸 후회했지만 헛간에 불이 들어오는 걸 하인이나 경비에게 들키는 것보다 나았다.

"아무도 없느냐?"

앤필리아는 목소리에 위엄을 담아 물었다.

대꾸는 없었다.

어둠이 눈에 익자 달빛만으로도 그럭저럭 헛간 안이 보였다. 하지만 구석은 여전히 잘 보이지 않았다.

그녀는 몇 걸음 더 구석의 어둠 쪽으로 다가가며 말했다.

“거기 아무도 없느냐?”

앤필리아가 한껏 앞에만 신경을 쓰고 있을 때 그 거지가 뒤에서 덮쳐 왔다. 그의 냄새나는 커다란 손이 입과 코를 막고 다른 쪽 손은 가슴을 세게 끌어당겼다.

그녀는 순간 입을 막은 손을 쥐고 비명을 지르려고 했다. 하지만 그녀의 목소리는 손 밖으로 새지 않았다.

“조용히 해. 가만히 있으면 아무 일도 벌어지지 않을 테니까.”

그의 말을 듣는 순간 앤필리아는 후회를 넘어 머리가 어지러울 지경이었다.

‘아아, 내가 대체 무슨 짓을 한 걸까?’

그의 숨소리가 귀를 간질였고 지독한 악취가 코를 마비시켰다.

“아까 낮에는 고마웠어. 그럼 보답을 해 줘야지?”

그의 손이 가슴을 지나 만삭인 배의 곡선을 따라 내려갔다. 그녀는 음음 하고 소리 내면서 고개를 세게 저었다.

“자자, 가만히 있으라고. 나쁜 짓 하는 거 아니니까.”

그는 키득대며 말했다.

앤필리아는 확신했다.

‘이자는 천사 따위가 아니야.’

그녀는 잡고 있는 그 남자의 손을 확 뒤로 꺾었다.

“아악!”

그가 비명을 질렀다. 이제 상황이 역전되어, 그녀가 도리어 그의 뒤에 서게 되었다. 그녀는 그의 꺾인 팔에 더욱 힘을 주었다.

"감히 슈라이튼 백작의 딸이자, 기사 렌클의 아내를 건드려? 오늘 중으로 네 목은 네 몸과 이별할 준비나 해라!"

앤필리아는 그의 귀에 대고 소리 질렀다.

거지가 울먹이는 목소리로 말했다.

"아아, 젠장, 오해하지 마. 확인해 볼 게 있어서, 그냥 만지기만 한 거야."

"오해? 그냥 만져? 지금 그걸 변명이라고 하는 거야?"

앤필리아는 어처구니가 없어 으르렁거리듯 말했다.

"진짜야. 물론 네가 하도 조심조심 걸어 들어오기에 약간은 장난삼아 그런 거긴 한데, 네가 생각하는 그런 건 아니었다고! 인간도 아닌 내가 성욕이 있을 리가 없잖아. 아, 혹시 내가 인간이 아니라는 소리는 못 들었어?"

앤필리아는 기가 차서 한동안 말도 안 나왔다. 그녀는 상대가 더욱 위압감을 느끼길 바라며 큰 소리로 말했다.

"임신까지 한 내가 욕정을 품은 남자의 손길과 아닌 손길도 구분 못 할 것 같으냐?"

"지금 보니 못 하네 뭘!"

거지는 피하지 않고 말했다.

'이제 됐어. 이 일은 이걸로 끝이야.'

앤필리아는 즉시 두 가지 계획을 떠올렸다.

비명을 질러 하인들을 부른다. 저택의 하인들은 하나같이 칼을 잘 쓰고 앤필리아를 끔찍이 생각했다. 방금 일을 얘기하면 이 거지는 한 시간 안에 목이 매달릴 것이다.

이대로 어깨를 탈골시킨다. 그녀는 렌클에게 호신술을 배워둬서 그 정도는 쉽게 할 수 있었다. 어깨를 탈골시킨 후에 인대를 꺾어 버리면, 이 녀석은 앞으로 남은 평생 기지개 켤 때마다 어깨가 덜컥덜컥 빠져나가는 고생을 하게 될 것이다. 물론 그 경우에도 경비병을 부를 것이다.

그녀는 두 가지를 고민하다가 문득 방금 이 거지가 한 말이 뭔가 이상하다는 걸 깨달았다. 그녀는 꺾은 팔을 놓지 않은 상태로 물었다.

"네가 인간이 아니라고?"

"그래."

"네가 인간이 아니라는 소리를 내가 들었다는 걸 네가 어떻게 알아?"

"잉? 뭐, 뭐, 뭐가 어쩐다고?"

"말해!"

그녀는 팔을 더 세게 꺾었다. 거지는 신음하면서 대꾸했다.

"낮에 내 친구한테 듣지 않았어? 아이고야, 나, 진짜 아픈데."

"좋아. 그럼 뭐든 증거를 대 봐. 안 그러면 소리를 지르겠어. 내가 비명 한번 지르면 하인들이 열 명은 뛰쳐나와서 지금 아픈 것보다 백배는 더 아프게 해줄 거야."

"증거? 증거라면야……."

거지가 뒤를 돌아보았다. 애초에 목을 돌릴 수 없게 팔을 꺾고 있다고 생각했는데, 고개를 돌린 것이었다.

그는 앤필리아를 바라보며 빙그레 미소 지었다. 그의 눈빛은 음흉한 거지의 눈빛에서, 장난치는 어린아이의 눈빛으로 바뀌어 보였다. 심지어 이런 순진한 얼굴을 한 사람의 팔을 꺾고 있는 것에 죄책감이 느껴질 정도였다.

그다음 그가 앤필리아의 목 뒤를 끌어안았다. 분명 그녀는 그의 뒤통수를 내려다보고 있었는데 이제는 위치가 바뀌어 있는 것이었다.

그가 그녀의 귓가에 대고 부드러운 목소리로 말했다.

"입 안 막을 테니까 소리 지르면 안 돼?"

잠시 후 두 사람을 중심으로 환한 빛이 퍼져나갔다.

그의 등에서 뻗어 나온 날개가 두 사람을 감싸 안았다. 백조의 깃털처럼 하얗고, 밤하늘의 달빛처럼 환하고, 추운 날 벽난로처럼 따뜻한 날개였다.

앤필리아는 얼어붙은 채로 뒤를 돌아보았다. 더 이상 그 남자의 얼굴은 지저분한 부랑자의 얼굴이 아니었다. 악취는 사라지고 꽃향기만 가득했다.

"이걸로는 증거가 안 될까?"

그가 부탁하듯 물었다.

앤필리아는 아무 말도 할 수 없었다.

앤필리아는 한동안 빛이 나는 날개에 감싸여 가만히 서 있기만 했다. 그녀를 감싼 거지도 그저 끌어안고만 있고, 다른 특별한 행동은 하지 않았다.

앤필리아는 가까스로 입을 열 수 있었다.

"어, 어떻게 한 거야?"

"뭘?"

"내 뒤로 돌아간 거."

"음, 하기는 쉽지만 설명하기는 어렵군. 놀랐어?"

"당연히 놀라지!"

"흠, 좋아할 줄 알았는데. 그럼 원래대로."

거지는 속삭이더니 뒤에서 껴안은 손을 풀었다.

다음 순간 앤필리아는 거지의 팔을 꺾고 있는 자세로 돌아와 있었다. 거지는 고통스러운 목소리로 말했다.

"이젠 좀 믿어 줄래? 아프다니까."

앤필리아는 손을 놓았다. 그의 부탁 때문이 아니라, 그저 놀라서.

거지는 어깨를 빙글빙글 돌리며 짧게 휘파람을 불었다.

"대단한걸. 귀족 집 따님께서 쓸 기술이 아니야. 만삭인 몸이 아니었다면 팔이 부러졌겠지? 나도 참 너무 위험한 장난을 쳤군."

앤필리아는 언제 또 그가 등 뒤에 설지 몰라 주위를 두리번거리며 물었다.

"다, 당신 누구야? 마법사? 처, 천사?"

"인간이 아닌 존재라고 해 두지. 원래 이름은 너희 인간들이 발음하기 너무 힘드니, 그냥 이곳 세계의 이름으로 패러데인이라고 부르면 돼."

패러데인은 친근하게 말하며 다가왔다. 앤필리아는 두려움이 앞서 천천히 뒤로 물러섰으나 어느새 벽에 등을 부딪쳤다.

강압적인 행동은 전혀 없었다. 비명을 지르지 못하게 입을 틀어막지도 않았다. 그런데도 그녀는 아무것도 할 수 없었다.

그가 앤필리아의 얼굴에 손을 대며 말했다.

"무서웠지? 미안해. 이제 장난 안 칠게."

다시 한 번 하얀 날개가 앤필리아의 주위를 감싸고 있었다. 패러데인의 손은 그녀의 뺨을 지나 목덜미를 타고 부드럽게 어깨를 감싸 쥐었다.

앤필리아는 다리에 힘을 잃고 후들거렸다. 그는 자연스럽게 두 손으로 그녀의 어깨를 잡아 쓰러지지 않게 지탱해 주었다.

무서웠지만 따뜻했다. 헛간 안은 낮처럼 밝아졌고 불안했던 마음은 차츰 편해졌다.

솔직히 이대로 정신을 잃고 그의 품에 안겨 잠들어 버리고 싶었다. 그녀는 한 줄기 남은 이성의 끈을 붙잡고 아슬아슬하게 버텼다.

패러데인의 손은 이제 어깨에서 손으로, 그다음 허리에서 배로 옮겨갔다. 아까와 달리 음흉한 손길이 아니었다. 마치 산파가 건강을 확인하는 것 같았다.

"진정해. 아까도 그랬지만, 지금도 그냥 알고 싶어서 이러는 거야."

그가 말했다.

"알고 싶다니 뭘?"

앤필리아가 물었다.

"네 아이의 성별. 알려줄까?"

패러데인이 물었다.

앤필리아는 말도 안 된다고 생각하면서도 반사적으로 고개를 끄덕였다.

"아들이야."

"아들?"

"응."

"어떻게 알아?"

"그냥 알아. 네 아들은 위대한 영웅이 될 거야."

패러데인의 목소리는 전설 속의 예언자처럼 근엄하고 확신에 차 있었다.

"네 아들은 아버지보다 더 뛰어난 기사가 되어 론타몬 왕국을 호령하다가 론타몬 왕실에서 가장 아름답고 총명한 공주와 결혼할 거야. 국왕은 그 아이를 자기 아들처럼 신임하게 될 거야. 안타깝게도 왕의 후계자가 되지는 못하지만, 왕실의 가장 강력한 후원 가문이 되겠지. 슈라이튼의 이름으로!"

앤필리아는 그가 말하는 미래가 보이는 듯했다.

멋진 수염을 기른 금발의 남자가 밤색 갈기를 휘날리는 말을 타고 수많은 군중들 앞을 지나고 있었다. 사람들은 그를 두려워하면서도 존경하고, 질투하면서도 사랑했다. 그의 옆에는 론타몬의 공주가 나란히 말을 타고 있었다.

그의 바로 뒤에 나이는 들었으나 지금과 별로 다름없는 젊음을 유지하고 있는 자신과 렌클이 흐뭇한 얼굴로 따라가고 있었다.

"아아."

앤필리아는 거의 황홀경에 가깝게 낮은 신음을 냈다. 하지만 그다음 순간 모든 것이 뒤바뀌었다. 꽃 날리는 환한 낮에서 먹물을 뿌린 듯 시커먼 어둠으로!

"윽!"

앤필리아는 누가 뺨이라도 한 대 친 것처럼 놀라 외마디를 질렀다.

더 이상 아들의 모습은 론타몬 공주 옆의 기사가 아니었다. 그는 망토를 휘날리는 기사의 모습에서 두 자루 단검을 쥔 살인자가 되어 있었다. 따뜻하게 공주를 바라보던 눈빛이, 차갑게 희생자를 바라보는 눈빛으로 바뀌어 있었다.

그는 닥치는 대로 사람을 죽이고 있었다. 어린아이도 여자도 가리지 않았다. 아들의 칼에 죽어 가는 희생자들의 비명이 귀청을 울렸다.

앤필리아는 귀를 틀어막았다. 그녀의 입에서 비명은 나오지 않고, 뜨거운 호흡만 터져 나왔다. 더 이상 패러데인의 날개도 그녀를 따뜻하게 감싸주지 못했다.

앤필리아는 오들오들 떨면서 자리에 주저앉았다.

패러데인도 그 광경을 같이 지켜본 듯 쓸쓸한 눈망울로 허공을 응시하고 있었다. 더 이상 그의 등에는 날개가 보이지 않았다.

"하나는 왕실의 위대한 기사, 또 하나는 사악한 암살자. 그 아이의 운명은 태어나는 순간 둘로 갈리게 될 거야. 그리고 그걸 선택하는 건 너야."

패러데인이 말했다.

"내, 내가? 내가 선택한다고?"

앤필리아는 본능적으로 배를 감싸 안았다.

패러데인은 그녀의 머리를 부드럽게 쓰다듬었다.

"잘 들어. 지금 너에게 많은 말을 해 줄 수는 없어. 넌 절대 믿지 않을 테니까."

그의 목소리는 다시 처음 만났을 때처럼 가래가 끼고 거칠었다. 얼굴도 여전히 지저분했으며 악취도 심했으나, 더 이상 그녀는 그런 걸 신경 쓰지 않았다.

"미, 믿어. 당신의 말이라면 믿을게, 패러데인. 그러니까 말해줘. 전부 다!"

앤필리아가 간절히 말했다. 그러나 패러데인은 고개를 저었다.

"아니. 함부로 믿지 마. 네가 어떤 입장인지 내가 너에게 바라는 일이 뭔지를 알게 되면 넌 날 증오하게 될 거야. 그러니 오직 네 자신만 믿고, 모든 것을 네가 직접 선택하고, 또한 직접 실행해야 해."

"내가 뭘 해야 하지?"

"진실을 봐야 해."

앤필리아는 비틀비틀 자리에서 일어났다.

패러데인이 손을 내밀어 그녀를 부축하려 했으나, 그녀는 그의 손길을 거부했다. 오히려 그의 양어깨를 꽉 쥐었다.

"그런 식으로 뜬구름 잡는 말 하지 마. 구체적으로 얘기해 줘."

패러데인은 희미하게 웃으며 물었다.

"슈라이튼 백작의 개인 서재 알지?"

"알아. 하지만……."

앤필리아는 그가 뭘 시킬지 벌써 감이 왔다.

"거, 거긴 출입 금지야. 아무도 들어가지 못해. 어머님도……."

"알아. 그래서 어려운 일이 될 거야. 거길 들어가야 해. 그 서재의 가장 끝 책장 어딘가에 오래된 두루마리가 있어. 아마도 뼈로 만든 장치로 묶여 있을 거야."

"뼈로 만든 장치?"

"드래곤의 뼈. 어둠의 힘이 풀려나지 않게 만들려면 그 정도 장치는 되어 있어야지. 걱정 마. 그걸 보는 것만으로 위험한 일이 벌어지지는 않을 거야."

"그걸 찾은 다음에는?"

앤필리아가 물었다.

패러데인은 빙그레 웃으며 말했다.

"읽어 봐. 거기에 진실이 적혀 있으니까."

'아버지의 개인 서재엔 뭐가 있을까?'

어린 시절 가장 큰 궁금증이었다. 하녀들은 거기에 귀신이 산다며 괜히 무서운 얘기를 만들어 어린 앤필리아를 놀렸다.

어머니께도 물었지만 모른다고 대답했다. 어머니는 아예 알고 싶어 하는 것 같지 않았다. 하지만 집요하게 물으니 딱 한 번 들어가 본 적이 있다며 얘기해 주었다.

'네 아버지는 어렸을 때부터 호기심이 많았단다. 내가 처녀 때부터 그는 이상한 괴물처럼 생긴 동물의 박제를 서재 안에 처박아 놓고 살았지. 한 번은 뭘 그렇게 숨기나 싶어서 몰래 서재를 열었다가…….'

어머니는 몸서리를 쳤다.

'아이구, 내가 그때 일만 생각하면 지금도 심장이 벌렁거리는구나. 이상한 괴물이 입을 딱 벌리고 있지 뭐니? 난 그 뒤로 네 아빠가 열쇠를 내주며 그 서재에서 뭘 갖다 달라고 부탁해도 거절했단다. 아마 그 열쇠는 네 남편인 렌클이 이어받겠지만 너도 굳이 거길 들어갈 생각은 말아라.'

서재의 열쇠는 아버지만 가지고 있고 그 열쇠는 딱 하나밖에 없었다. 청소하는 하녀조차 그 방에는 들어가지 못했다.

아버지는 수백 년 된 그릇도 버젓이 거실에 전시해 놓고 유명 화가의 비싼 그림도 계단 옆에 방치해 놓았다. 실수로 명화를 한 장 찢어 먹고 자살하려는 하녀에게 한 달 치 봉급 삭감이라는 처벌만 내려놓고, 너무 심한 처벌을 내렸나 자학하는 사람이었다. 그러니 그 방에 비싼 고서적이 있어서 문을 잠가 둔 건 분명 아니었다.

지금까지 앤필리아는 그 서재에 들어가 보려고 애쓴 적이 없었다. 굳이 그럴 필요성도 못 느꼈으며 책에 관심도 없었다. 막 그런 호기심을 가질 나이에는 오직 렌클에 대한 사랑만 키웠다.

어린 시절 어머니의 말대로 지금도 그 서재 안에는 흉한 괴물의 박제나 아버지가 가둬 둔 유령이 꿈틀대고 있는지도 몰랐다.

'그런 곳을 임신한 몸으로 가도 되는 걸까?'

앤필리아는 몇 번이나 망설이다가 용기를 냈다.

'아니, 해야 돼! 잽싸게 들어갔다가 안 되겠다 싶으면, 나오면 그만이지.'

앤필리아는 계획을 세웠다. 개인 서재에 들어가려면 열쇠가 필요했고, 서재의 열쇠는 아버지의 집무실에 있었다.

집무실은 항상 열려 있었고, 모든 일을 정해진 시간 내에 집중력 있게 끝내는 아버지는 오랜 시간 집무실에 있는 일이 별로 없었다.

아버지는 보통 아침 식사 후부터 점심시간까지만 일하고, 점심을 끝낸 후 어머니나 앤필리아와 시간을 보낸다. 그 후 개 두 마리와 산책한 다음 저녁 먹기 전에 그날 업무를 정리하는데, 이건 안 하는 날이 더 많았다.

저녁 시간에는 독서를 하거나 어머니와 얘기를 했다. 앤필리아의 장래 얘기를 하기도 했다. 결국은 렌클에 대한 얘기로 끝나지만.

'넌 좀 더 너 자신에 대한 생각을 준비할 필요가 있겠구나. 렌클은 네 남편이지, 너 자신은 아니야.'

그럴 때면 앤필리아는 '남편은 이제 제 전부예요'라고 말하곤 했다. 그래도 아버지가 아직도 자신을 '결혼한 여자'가 아닌, '꿈 많은 젊은이'로 바라봐 주는 점이 좋았다.

생각해 보면 앤필리아가 친구들과 파티에서 만나 하는 얘기는 전부 남편 얘기였다. 결혼 전에는 남편감 얘기였고.

다들 남편 자랑으로 상대 기를 죽이고 자신의 가치를 높이려 했다. 거기에 휩쓸려 앤필리아도 지지 않고 렌클의 대단함을 떠들며 친구들을 이기려 들곤 했다. 그러나 그렇게 파티가 끝나고 나면 허무하기만 했다.

지금까지는 그 이유를 알지 못했지만 아버지의 말을 듣고 알았다. 이제 친구들은 아무도 자기 자신의 얘기를 하지 않았다. 자신의 꿈도, 하고 싶은 일도…….

아버지가 오히려 그런 고민을 알게 해주었다.

렌클을 사랑하지만, 아버지를 버리고서라도 선택할 수 있느냐 하면 그건 아니었다. 그 정도로 그녀는 아버지를 사랑하고 의지했다.

그녀는 자신을 다잡았다.

'이건 아버지의 결백을 입증하기 위해서야! 그러니 용기를 내, 앤필리아.'

우선 앤필리아는 확실하게 아버지가 집무실에 없는 새벽 시간을 택했다.

만에 하나 들키더라도 태연하게 보이려고 잠옷도 갈아입지 않았다. 변명도 준비했다. 허리가 아파서 좀 걸어 다니고 있었다고.

집무실은 정원과 정문이 보이는 1층이었다. 하인 한 명 정도 마주칠 각오를 하고 있었지만, 운 좋게도 아무도 만나지 않고 집무실에 들어갈 수 있었다.

백작의 집무실치고는 작은 편이었다. 창가에 테이블 하나와 커다란 가죽 의자 외에는 책장으로 가득 차 있었다.

여기만 해도 벽면에 기이한 동물의 조각상이 많이 걸려 있었다. 또 조각상이 없는 자리에는 풍경도 초상도 아닌 이상한 그림 액자가 걸려 있었다.

아버지의 개인 서재 열쇠는 방구석에 놓인 작은 금고에 들어 있었다. 그리고 금고 열쇠는 서재의 가장 끝에 있는 책 사이에 끼어 있었다. 외국어라 제목도 읽을 수 없는 두꺼운 책.

'아버지는 내게 이 금고 열쇠 위치도 서슴없이 알려주셨어. 나를 믿으니까!'

사무적인 부분에만 한정하면, 앤필리아는 아버지의 비밀을 어머니보다 더 많이 알았다. 어머니는 여느 귀족 여인들처럼 남편의 일에 절대 관여하지 않았다. 어머니는 자신이 좋아하는 차와 쿠키와 보석으로 평생을 보내고 싶어 하는 여자였다.

'그러니 이건 어떤 의미에서 배신이 아닐까?'

앤필리아는 책 사이에 낀 금고 열쇠를 꺼내며 불길한 생각이 엄습했다.

'만약 그 거지가 천사가 아니라면? 천사의 모습으로 위장한 악마라면? 그럼 반대로 난 아버지를 위험에 빠뜨리는 첩자가 되는 거야.'

앤필리아는 이 저택에 대해 가장 잘 아는 사람이며, 아버지가 믿는 사람이었다. 그런 만큼 적이 이용해 먹기 가장 적절한 존재이기도 했다.

'미쳤어! 평소의 아버지를 믿지 못하고 오늘 처음 만난 거지를 믿고 있다니.'

패러데인을 떠올리자, 절로 등을 감싸는 따스함이 떠올랐다. 그 하얀 날개는 진짜였다. 그리고 전날 낮에 본 천사의 백일몽도 있었다. 천사가 그녀를 향해 외치는 애절한 목소리는 아직도 귀에 선했다.

'내 눈으로 직접 확인해 보는 거야. 그리고 아니면 당장 아버지에게 지금까지의 일을 보고하자. 그럼 그 거지는 처벌받을 것이고 난 신경 끄면 돼.'

금고 열쇠를 바라보며 앤필리아는 굳게 다짐했다.

'배 속의 아이만 신경 쓰는 거야! 렌클과 나의 아이만 생각해!'

금고 안에는 값비싼 보석 몇 개와 도장, 중요한 업무에만 쓰는 서류가 들어 있었다.

그녀는 여기 있는 보석을 하나만 팔아도 작은 영지를 사들일 수 있으며 도장이나 서류는 거의 전쟁에 준하는 중요한 일에만 쓰인다는 것도 알고 있었다.

그것들 사이에 서재 열쇠가 있었다.

앤필리아는 열쇠를 집어 들었다.

밖은 동이 터오는 새벽이지만, 계단과 2층 복도에는 아직 빛이 들어오지 않아 어두웠다.

앤필리아는 촛대를 들고 조심조심 맨발로 걸었다. 오늘따라 서재로 올라가는 계단이 유난히 삐걱거렸다. 하지만 부모님의 방은 여기에서 한참 떨어진 곳이라 소리가 들릴 염려는 없었다. 매일 규칙적으로 활동하는 아버지와 정오쯤에나 아침 식사를 하는 어머니가 이 시간에 이곳으로 올 리도 없고.

활동 시간과 행동반경이 불규칙한 하인들이 좀 걱정이었다. 그들이 그녀를 막을 순 없지만, 아버지에게 보고할 수는 있었다. 일단 변명거리는 생각해 두었으나, 만삭인 임산부가 새벽부터 평소 다니지 않는 복도를 맨발로 걷는 걸 들켜 좋을 건 없었다.

앤필리아는 최대한 발소리를 죽여 걸었다. 들고 있는 촛대가 괜히 부들부들 떨렸다. 촛농을 바닥에 떨어뜨리면 눈썰미 좋은 하녀가 발견할지도 모른다는 생각이 들어 촛대가 옆으로 기울지 않게 더욱 조심했다.

아버지의 개인 서재 앞에는 마치 경고라도 하듯 흉측한 드래곤이 부조로 새겨져 있었다.

아버지는 문이라는 요소를 굉장히 중요하게 생각했다. 그래서 저택의 문이란 문에는 전부 다 예쁜 장식이 조각되어 있었다. 정문에는 장미가 살아 있는 듯 조각되어 있었고, 조각할 수 없는 재질의 문에는 나무나 태양, 초승달이나 산이 그려져 있었다.

앤필리아의 방에도 다섯 송이의 꽃이 직접 문 위에서 망울을 틔운 듯 세밀하게 새겨 있었고 그 주위에는 읽을 수는 없지만 보기에 예쁜 문자가 잔뜩 쓰여 있었다. 어머니가 그녀를 낳기 전날, 꽃 다섯 송이가 배 위로 떨어지는 꿈을 꾸었다고 해서 결정한 장식이라고 들었다.

'맞아. 개인 서재만 이래. 여기만은 아버지의 취향이 아닌 것처럼 꾸며져 있어.'

앤필리아는 드래곤을 본 적이 없었다. 아버지는 젊었을 때 가넬로크 의회를 방문해 딱 한 번 드래곤을 봤는데 그때의 위용을 아직도 잊지 못한다고 했다. 그 감동을 살리기 위해 드래곤을 한 마리 문에 새겨 넣고 싶었는데 그때 마침 개인 서재를 만들던 때라 조각을 넣었다고 설명해 주었다.

'드래곤의 위용이라……. 그럼 의도대로 됐어. 실제로 난 지금 무서우니까.'

앤필리아는 문 앞의 드래곤이 노려보는 기분이 들어 열쇠를 꽂아 넣기까지 한참이나 망설였다. 일렁이는 촛불 앞에서 드래곤이 날개를 퍼덕이는 것처럼 보였다.

'위협해 봤자 소용없어. 넌 내게 해를 끼치지 못하니까.'

그녀는 드래곤에게 중얼거리며 열쇠를 꽂아 열었다.

딸칵.

앤필리아는 이러고 있는 자신이 한심스러워졌다.

'아무리 무섭다고 문이랑 대화를 하다니…….'

앤필리아는 소리가 나지 않게 살짝 문을 밀고 들어갔다.

서재 안은 생각보다 깨끗하고 잘 정리되어 있었다. 그녀의 침실과 비교하면 반밖에 되지 않은 공간에 온통 책장이 가득 차 있었다. 책장과 책장 사이는 지나다니기도 좁았다.

책장 자체는 특별하지 않았다. 꽂혀 있는 책을 보호하기 위한 문짝도 따로 없었다.

앤필리아는 서재 문을 닫고, 거기에 기대어 잠시 숨을 골랐다. 아직까지는 들키지 않았지만 이 서재 열쇠를 집무실에 넣어 둘 때까지는 끝이 아니었다. 또 패러데인이 말한 그 두루마리를 보지 않고서는 아무것도 한 게 아니었다.

서재는 대낮에도 방을 어둡게 할 만한 두터운 커튼이 쳐 있었다. 이 시간이라면 밖에서 촛불 불빛이 보일 텐데, 그걸 가려줄 수 있게 되었다.

앤필리아는 책장을 차근차근 훑으며 두루마리를 찾았다.

양장으로 제본된 책이 진열된 집무실의 책장과는 달리 이곳 책장에는 온통 두루마리가 꽂혀 있었다. 양피지 두루마리나 두꺼운 종이 두루마리, 비단 두루마리 등 재질도 다양했다.

벽에는 어머니가 보고 기겁했다는 괴물의 박제가 걸려 있었다. 앤필리아도 발견한 순간 움찔 하고 놀랐다. 하지만 자세히 보니 그건 괴물이 아니라, 기형으로 태어나 뿔이 셋 달린 염소였다. 그 옆에 있는 것도 부리가 길어 오래 살지 못해 죽은 어린 독수리에 불과했다.

어떤 것인지 알고 나자 무섭다기보다 연민이 느껴졌다.

'뼈로 만든 장치로 묶인 두루마리라고 했지? 가장 끝에 있는 책장?'

책장에 꽂힌 두루마리는 촛불을 일일이 들이대 가며 금방 찾을 수 있을 정도로 적은 양이 아니었다. 그렇다고 오늘 절반만 찾았다가 내일 또 찾는 식으로 나눠서 하고 싶지 않았다. 새벽에 몰래 계단을 걷는 일은 한 번으로 족했다.

앤필리아는 책장의 제일 위에 있는 두루마리부터 하나씩 만져보았다.

대부분의 두루마리는 실이나 비단 끈으로 고정되어 있었다. 그러니 뼈로 만든 장치라면 손에 닿기만 해도 알아낼 수 있을 것이다.

그러다 선반에 놓인 작은 병을 건드렸다. 병이 밑으로 뚝 떨어졌다. 잡으려고 손을 내밀어 봤지만, 이미 늦었다. 아차 하며 그녀는 눈을 질끈 감았다.

쿵!

묵직한 소리가 났다. 깨지는 소리는 아니었다. 살짝 실눈을 뜨고 밑을 내려다보니 주먹보다 약간 작은 병이 양탄자 위에서 데구르르 구르다가 멈췄다.

잉크병이었다.

"휴우."

앤필리아는 가슴을 쓸어내렸다.

'위험하게 왜 이런 곳에 잉크병이 있지?'

잉크병이 놓였던 자리에는 펜도 있었다. 그녀는 병을 집어 원래 자리에 놓았다. 병뚜껑이 닫혀 있었고 바닥이 푹신한 양탄자라 다행이었다.

방금 실수를 통해 앤필리아는 몇 가지 중요한 사실을 깨달았다.

아버지는 여기서 잉크와 펜을 쓰는 작업을 하고 있다! 그리고 잉크병이 놓인 자리에 먼지가 쌓인 자국이 남아 있지 않았다. 청소도 자주 하고 있다는 의미였다. 아니면 잉크병의 위치가 자주 바뀌고 있거나.

'그럼 아버지는 이곳을 단순히 두루마리를 저장하는 장소로만 쓰고 있는 것이 아니라는 뜻이야.'

가끔 외출도 하지 않은 아버지가 어디로 갔는지 궁금할 때가 있었는데 이제 그 궁금증 하나는 풀렸다.

앤필리아는 계속 두루마리들을 더듬으며 옆으로 이동했다. 혹시라도 다른 잉크병이 있는지도 살피고 두루마리들의 위치가 바뀌지 않도록 조심하면서…….

뼈로 된 장치로 묶은 두루마리는 마지막 구석 책장에 있었다.

만지는 순간 알았다. 그것은 실이 아니었다. 두루마리 자체를 열 수 없게끔 봉인해 둔 기계 장치 같은 것이었다.

그녀는 우선 그 두루마리를 책장에서 꺼내 바닥에 내려놓았다. 뼈로 된 둥근 장치가 집게처럼 집고 있다는 점을 빼면 다른 두루마리와 겉보기로는 다르지 않았다.

'어떻게 여는 거지? 이것도 열쇠가 필요한 걸까? 열쇠 구멍은 안 보이는데. 괜히 잘못 건드리면, 건드렸다는 흔적이 남을 수도 있어.'

앤필리아는 몇 번 좌우로 만지작거리다 집게 같은 부분을 손가락으로 꾹 눌렀다. 찰칵 하는 작은 소리와 함께 저절로 집게가 활짝 열렸다. 그녀는 흠칫 놀라며 손가락을 뗐다.

열린 집게를 손가락으로 살짝 누르니 도로 찰칵 하며 잠겼다. 몇 번이고 잠갔다 열었다 할 수 있었다.

앤필리아는 괜히 또 숨을 몰아쉬었다. 다행히도 만진 흔적 없이 두루마리를 갖다 놓는 문제는 해결되었다. 이제 이 두루마리 안의 내용!

그녀는 만지면 바스러지는 종이에 손대는 고고학자처럼 신중하게 두루마리의 한쪽을 손바닥으로 누르고 다른 한쪽을 펼쳤다.

앤필리아는 마침내 두루마리의 내용을 보게 되었다.

막상 보니 김이 빠졌다. 괴이한 그림이라도 그려져 있는 줄 알았더니, 읽을 수 없는 글자만 잔뜩 적혀 있었던 것이다.

'읽으라며? 읽을 수가 없잖아?'

그녀는 촛불을 비춰 가며 혹시라도 귀퉁이 어디에 있을지도 모를 번역문을 찾아 세세하게 살폈다. 하지만 없었다.

'이걸로 나더러 어쩌라고?'

앤필리아는 한참이나 멀뚱히 두루마리를 살폈다. 닭 우는 소리가 들렸다. 생각보다 시간을 많이 허비했다. 이제 하인들이 더 많이 복도를 돌아다닐 것이고, 부지런한 아버지도 조만간 집무실로 갈 것이다.

포기할 수밖에 없었다. 그녀는 두루마리를 접으려다 문득 떠오르는 생각에 도로 폈다. 두루마리의 가장 윗줄에 적힌 글자는 어디선가 본 기억이 있었다. 읽을 수는 없지만 낯이 익었다.

'어디서 봤지?'

앤필리아는 아까 봤던 펜과 잉크를 가져왔다. 그리고 두루마리의 첫 줄에 적힌 몇 글자를 자신의 손바닥에 썼다. 썼다기보다 그리는 꼴이었지만.

'첫 줄이니까, 아마 이게 제목이겠지? 제목만 알아도 어느 정도 내용을 유추할 수 있을 거야.'

앤필리아는 펜촉에 묻은 잉크를 닦고 잉크병도 원래 있는 곳에 둔 다음 두루마리를 뼈로 된 집게로 잠갔다. 그리고 두루마리를 처음 놓인 위치에 정확히 내려두고 촛대를 들었다.

그녀는 혹시 바닥에 발자국이라도 남기지 않았나 싶어 촛불로 자기가 걸었던 자리를 살폈다.

양탄자인 데다가 맨발이었으며 아버지가 워낙 청소를 깨끗이 해 둔 방이라 흔적은 거의 남지 않았다.

앤필리아는 서재를 나와 열쇠를 잠갔다. 나와 보니 이제 촛불이 필요 없을 정도로 밖이 환해졌다.

벌써 누군가 올라오는 소리가 들렸다. 청소하는 하녀였다. 저택 이층 복도는 이틀에 한 번만 치우는데 하필 그날이 오늘이었던 모양이다.

앤필리아는 하는 수 없이 복도의 반대쪽으로 걸었다. 그 하녀가 워낙 힘차게 계단을 삐걱대며 올라와서, 그녀가 복도를 밟는 작은 삐걱거림은 거기에 묻혔다.

그녀는 반대쪽 계단을 내려가 아버지의 집무실로 향했다.

집무실은 아직 비어 있었다. 앤필리아는 다시 금고 열쇠를 꺼내 금고를 열고 서재 열쇠를 그 안에 넣었다. 서재 열쇠가 처음 놓였던 위치까지 정확하게 확인하면서.

마지막으로 금고 열쇠를 책장 끝에 있는 두툼한 책 사이에 끼워 넣고 책을 책장에 넣는 순간, 집무실 문이 덜컥 열렸다.

앤필리아는 화들짝 놀라며 뒤를 돌아보았다.

아버지였다.

슈라이튼 백작은 눈을 동그랗게 뜨고 있었다.

"앤필리아, 여기서 뭘 하고 있니?"

아버지가 물었다.

'놀라셨겠지. 아침잠 많은 딸이 임신한 몸으로, 그것도 잠옷 바람으로 책장 앞에 서 있는 모습이라니.'

앤필리아는 일부러 호들갑을 떨며 가슴을 쓸어내렸다.

"애, 애 떨어질 뻔했잖아요, 아빠."

"그, 그랬니? 미안하구나."

"아니에요. 제가 죄송해요. 놀라셨죠?"

"아니다. 그보다 이른 아침에 여긴 웬일이냐?"

"아빠야말로 일찍 나오셨네요. 전 한참 후에나 오실 줄 알았어요. 그래서 몰래 왔다가 가려고 했는데……."

앤필리아는 책장에 꽂힌 소설책을 자연스럽게 꺼내 들었다.

"어제 일찍 잠들어서 오늘은 너무 일찍 일어나 버렸어요. 그래서 간만에 책이라도 읽으려고요."

슈라이튼 백작은 웃음을 터트리며 딸에게 다가왔다.

"드디어 동화만 읽기에 지친 게로구나."

하필 꺼낸 든 게 기사들의 잔인한 싸움 얘기였다. 하지만 처녀 때는 자주 읽던 책이니 의심받을 책은 아니었다.

"그렇죠, 뭐."

앤필리아는 얼른 화제를 돌렸다.

"그런데 요새 너무 바쁘신 건 아니에요?"

"그러게나 말이다. 덕분에 렌클에게도 과다한 임무를 줘 버렸지. 아, 그리고 어제 렌클에게서 편지가 왔더구나."

"렌클의 편지요?"

"아침 먹으면서 주려고 했는데 온 김에 가져가렴."

슈라이튼 백작은 탁자 위에 놓인 편지 중 한 통을 내주었다.

열쇠에만 신경 쓰느라 테이블 위의 물건에는 신경을 쓰지 못했는데, 이제 와서 보니 쌓여 있는 편지 중에 루티아에서 온 편지가 한 통 있었다. 봉투에 푸른 보석처럼 빛나는 인장이 박혀 있어 금방 알아볼 수 있었다.

편지를 받으며 앤필리아는 일부러 기분이 좋은 척 밝게 말했다.

"고마워요, 아버지."

"저, 아이는 괜찮니?"

"아까 놀란 것 때문에요? 괜찮아요. 워낙 튼튼해서요. 느껴져요. 이 아이는 커서 훌륭한……."

그 말을 내뱉는 순간 패러데인이 보여 준 아이의 두 가지 모습이 보이는 바람에 말을 멈췄다.

하나는 위대한 기사, 하나는 사악한 암살자.

"훌륭한 영주가 되겠지. 참, 오늘은 점심 같이 먹자꾸나."

아버지는 자연스럽게 이어 말했고, 앤필리아는 재빨리 대꾸했다.

"좋아요."

"그럼 추운데 어서 돌아가렴. 그리고 다음에 또 책이 읽고 싶으면 일부러 내려오지 말고 그냥 하녀를 시켜라."

"괜찮아요. 아직은 움직일 만해요. 그리고 산파가 그러는데, 가끔 이렇게 걸어 다녀야 애를 잘 낳는대요."

"그럼 적어도 슬리퍼 정도는 신고 다니거라."

"예?"

"신발 말이다."

앤필리아는 뒤늦게 자신의 맨발을 내려다보았다.

"아, 예. 그럴게요."

앤필리아는 애써 웃으며 돌아섰다.

아버지의 눈썰미는 보통이 아니었다. 그녀는 서재에서 건드린 물건들을 전부 원래대로 해 뒀는지 걱정이 앞섰다.

방에 돌아온 그녀는 가져온 소설책을 침대에 대충 던져두고 먼저 손바닥에 적은 그 이상한 문자를 조심스럽게 일기장에 옮겨 적었다. 그리고 배 때문에 힘들게 자세를 잡은 다음, 옆으로 누워서 곰곰이 그 문자를 어디서 봤는지 생각했다.

'분명 자주 본 문자야. 어디서 본 걸까? 북쪽 나라 문자인가? 바다 건너 문자는 좀 더 꼬부랑 글씨체인데?'

앤필리아는 혹시나 하고 다시 몸을 일으켜 책장에 꽂힌 책들을 쭉 훑었다. 어렸을 때부터 지금까지 읽은 책이었고, 거의 백여 권에 가까운 양이었다.

아버지의 독서량에 비하면 초라한 분량이었다. 하지만 또래 귀족 친구들이 고작해야 일 년에 한두 권 읽는 것에 비하면 앤필리아의 독서량은 말도 안 되는 수치였다. 심지어 친구들은 앤필리아가 한 달에 책을 최소한 한 권씩 읽는다고 하자, 미쳤다고 했다.

'앤필리아가 낳은 아기는 엄마 젖보다 책을 먼저 찾을 거야.'

그녀는 예전에 읽었던 책들을 쭉 훑으며 일기장에 옮겨 적은 글자와 일치되는 것을 찾아 헤맸다.

론타몬 고대 문자도 아니었다. 이로피스의 왕실에서 공식 문서에만 쓴다는 꽃 문자도 아니었다.

닥치는 대로 살폈지만 없었다. 아침 식사로 하녀가 갖다 준 빵과 계란에 우유를 먹으며 서성대다 보니 어느새 점심시간이 되어 버렸다.

'패러데인에게 보여 주는 수밖에 없겠어.'

앤필리아는 일기장의 종이를 찢어 주머니에 담았다. 그러다 창문 너머로 패러데인을 발견했다. 그는 저택의 경비병에게 양팔을 붙잡혀 정문으로 끌려 나가고 있었다.

패러데인이 그녀의 방 쪽을 쳐다보았다. 멀지만 알아보았는지, 그는 빙그레 웃어 보였다. 그리고 도로 고개를 푹 숙인 채로 저택 밖으로 쫓겨났다.

"어, 어째서……?"

앤필리아는 얼른 방 밖으로 나갔다. 그 순간 그녀는 그 문자를 어디에서 봤는지 기억했다. 아니, 정확히 말하면 발견했다.

'많이 본 정도가 아니었네?'

그녀의 방문에 새겨진 다섯 송이의 꽃 조각을 중심으로 그 주위에 동그랗게 감싸고 있는 원은 자세히 들여다보면 글자의 연속이었다. 하지만 읽을 수 없는 글자라, 지금껏 그림으로 인식되었던 것이다.

어렸을 때 아버지한테 물은 적이 있었다.

'이건 무슨 뜻이에요?'

'이 방에 잠드는 영혼에 모든 행운과 축복이 함께하길, 이라는 뜻이란다.'

'어느 나라 글자예요?'

'이건 인간이 쓰는 글자가 아니야.'

'그럼요?'

'레미프들의 언어지.'

'레미프가 뭐예요?'

'인간과 다르게 생긴, 우리가 요정이라고 알고 있는 하늘 산맥 너머에 사는 종족이란다. 나도 한 번도 본 적은 없지만 전설은 몇 개 알지.'

앤필리아는 주머니에서 종이를 꺼내, 거기 적힌 글자와 문에 새겨진 글자들을 세세하게 비교해 보았다. 분명히 같은 글자였다.

'레미프의 언어?'

"왜 그 사람을 쫓아내셨어요?"

점심을 먹다가 지나가는 투로 앤필리아가 물었다. 아버지와 어머니는 정원의 꽃이 또 말라 죽어 간다며 정원사가 일을 제대로 하는지의 여부를 두고 논쟁을 펼치던 중이었다.

"누구 말이냐?"

아버지는 어머니와의 대화에서 옮겨 온 미소 그대로 물었다.

"제가 어제 들어오라고 허락한……."

앤필리아는 패러데인이라고 말하려다 멈췄다. 이름을 밝힐 수는 없었다. 그럼 단둘이 만난 얘기까지 꺼내 놓아야 했다.

"……부랑자요. 아까 창문으로 내다보니 도로 쫓겨나고 있던데요."

"아, 그자 말이냐?"

"항상 어려운 사람을 도우라는 아버지의 말씀에 모순되는 일 아닌가요?"

"그 사람이 평범한 부랑자라면 나도 얼마든지 네 뜻에 동의한다."

"집사가 자꾸 그런 식으로 사람을 돕는 건 오히려 어려운 사람을 진짜로 도우려는 뜻이 곡해될 수 있다는 이론에 동조하시는 건가요?"

앤필리아는 날카롭게 말했다.

그 말에 어머니가 눈살을 찌푸렸다.

"얘야, 말이 과하구나."

"죄송해요. 저도 모르게 그만……."

"아니, 충분히 설명하지 않은 내 잘못도 있지."

슈라이튼 백작은 여유를 잃지 않는 미소를 보이며 말을 이었다.

"그자는 마을에서 부녀자들을 희롱하고 아이들에게 못된 장난질을 치는 등 안 좋은 행각을 벌이고 있는 건달이란다. 사실 마을에서도 문제가 커지니 추방시키는 게 어떨지 촌장이 물어 온 적도 있단다. 그런 놈을 저택에 머물게 할 수는 없지 않니?"

여기에서 패러데인을 두둔하면 의심을 살 우려가 있었다. 앤필리아는 수긍하며 식사에 열중하는 척하다가 접시를 내갈 때쯤에 화제를 돌려 물었다.

"그러고 보니 아버지, 오래전에 레미프라는 종족에 대한 얘기를 하신 적이 있죠?"

아버지는 워낙 그런 쪽 얘기를 좋아해서 갑자기 이런 소재를 던져도 언제나 잘 받아 주었다.

"그랬지."

"만나 보신 적은 있나요?"

"없지만 언제고 은퇴할 때쯤에는 혼자서 루티아라도 방문해 볼 생각이란다. 루티아는 적어도 일 년에 한 번은 레미프들과 교류를 한다고 하니까 말이다."

"와아, 그럼 만나 본다는 게 그렇게까지 꿈같은 일은 아니겠네요."

"그렇지. 그때는 너도 같이 가겠느냐?"

"그야 물론이죠. 당장이라도 가고 싶은걸요."

어머니는 그런 종류의 얘기를 싫어했다.

"괜히 헛바람 넣지 말아요. 다 큰 애한테!"

"뭐 어떻소? 그런 꿈은 나이와 상관없이 꾸는 법이오."

아버지는 허허 웃었다.

앤필리아는 기회다 싶어 말했다.

"그럼 언제고 레미프를 만날 날을 대비해서 언어를 배워 두는 건 어떠세요?"

"나 말이냐? 한번 배워 보려고 했지만 그쪽 발음이 보통 어려운 게 아니라서 일이 년 공부로는 무리였단다. 루티아의 마법사 중에도 레미프의 언어를 할 줄 아는 사람은 거의 없다고 하는구나."

"그럼 문자는 어때요?"

"그건 조금 읽을 줄 알지."

"아, 그럼 레미프와 만났을 때는 말이 아닌 글자로 대화하면 되겠네요."

앤필리아는 웃으며 말했다.

"하하, 내 딸이 거기에 흥미를 가지고 있다니 나도 즐겁구나."

아버지는 진심으로 기뻐했다. 그 모습을 보니 아버지를 속이고 있는 이 상황이 무서워졌다.

'저런 아버지가 악마의 하수인이라고? 아니야. 그럴 리가 없어…….'

이미 여기까지 온 이상 멈출 수 없었다. 직접 눈으로 모든 것을 확인하기 전까지는 어떤 것도 믿을 수 없었다. 아버지의 말도, 패러데인의 말도, 그 천사의 말도!

"저도 레미프의 언어를 배워 볼래요. 말은 선생이 없으니 못 배워도 문자 몇 개 배워 두는 건 나쁘지 않을 것 같아요."

아버지는 약간 머뭇거리는 표정을 지었다. 앤필리아는 탁자 밑으로 치맛자락을 꽉 쥐었다.

곧 아버지가 말했다.

"좋지. 네가 요새 지나치게 남편과 아이에만 신경 쓰는 것 같아 걱정이었는데 배움에 뜻을 잃지 않았다면 나는 언제든 환영이란다."

아버지는 하인을 하나 불러 자신의 집무실에 있는 책을 하나 가져오게 했다. 식사가 끝날 무렵 가져온 책은 레미프의 언어를 분석한 루티아 마법사의 서적이었다.

"시간 날 때 이거라도 읽어보렴. 조심해서 다뤄라. 귀해서가 아니라, 낡아서 부서질 수 있으니까."

"물론이죠."

앤필리아는 환한 표정으로 말했으나 속으로는 가슴이 아팠다.

'죄송해요. 하지만 이건 모두 아버지께서 무죄라는 사실을 입증하기 위해서예요.'

그 책을 처음 펼친 후 일주일이 지나면서 앤필리아는 저자인 마법사를 증오하기 시작했다.

이런 학술적인 책에 비교적 익숙한 앤필리아도 첫 장을 넘기기 힘들 정도로 난해한 문장과 설명으로 가득 차 있었다. 읽는 사람을 농락하는 듯, 레미프의 언어를 해석한 설명에 또 다른 해설을 달아야 할 판이었다.

거의 끙끙 앓듯이 겨우 한 문장 읽어냈다 싶으면 그다음은 더 어려웠다. 몇 글자 안 되는 문장 하나를 해독하는 데도 족히 반나절은 걸렸다.

아직 그 두루마리에서 적어 온 제목은 손도 대보지 못했다.

만약 그 두루마리의 내용을 전부 필사해 왔거나 두루마리 자체를 훔쳐 왔다손 치더라도 모두 읽는 데에는 일 년쯤 걸릴 것 같았다.

레미프 언어 책을 읽는 사이, 남편으로부터 편지가 또 왔다.

지난번에 온 편지에서는 태어날 아이의 이름을 연구한 내용으로 가득했었다. 앤필리아는 벌써부터 아이를 사랑으로 키울 훌륭한 남편의 모습을 그릴 수 있어 흐뭇했다.

그녀는 남편이 구상한 이름 중 셋을 추려 그 셋 중 하나를 택하라는 편지를 보냈다. 그래서 이번 답장에도 아이 이름에 대한 얘기였다.

자기 부하 장수에게 물었다는 둥, 점쟁이에게 어느 이름이 좋겠냐고 물었다는 둥의 긴 사연과 함께 마지막 줄에 마침내 결정한 이름이 적혀 있었다.

신중하게도 아들일 경우와 딸일 경우 모두 적혀 있었다. 앤필리아는 그 이름이 둘 다 마음에 들어 당장 펜을 들어 답장을 썼다.

'저도 찬성이에요. 아이가 태어날 때까지는 꼭 돌아오셔야 해요. 기다리고 있어요.'

처음에는 지금 자신이 하고 있는 일을 쓸까 하다가 말았다. '모든 것이 오해였다.'라는 즐거운 이야기를 쓰기 전까지 이 일은 남편에게도 비밀로 하고 싶었다.

그날 밤 그녀는 마침내 레미프의 언어 책과 전에 필사해 둔 종이를 펼쳐 두고 해독에 들어갔다.

이미 첫 몇 단어는 알아냈다. 그리고 이제 읽을 수도 있게 되었다. 발음의 정확성은 어찌 되었건 간에.

'드루 즈누흐 두 아이바주 드루 튀트.'

일주일의 고생 끝에 알아낸 처음 두 단어 '드루 즈누흐'는 '마법', '주문', 심지어 '노래', '예언'이라는 뜻으로까지 활용되고 있었다. 아이바주는 '떠오르다', '일어서다', '바람이 불다', '깨어나다' 등 활용할 만한 단어가 아주 많았다.

마지막 두 단어가 핵심이었다. 그것만 알아내면 이 문장의 의미를 알게 되고, 그 두루마리에 무슨 내용이 있는지 유추할 수 있을 거라고 기대했다.

'무슨 마법일까? 바람을 불게 하는 마법? 잠에서 깨게 하는 노래? 미래를 예언하는 주문?'

나름대로 설레기도 하고, 두려워하기도 하면서 앤필리아는 책장이 상하지 않게 그 단어를 찾아 천천히 페이지를 넘겼다.

마지막 두 단어의 뜻을 알아낸 후 그녀는 들고 있던 펜대를 떨어뜨렸다.

펜은 잉크가 묻어 있는 그대로 레미프의 언어 서적 위를 굴렀다. 그녀는 잉크 방울이 종이에 떨어지는 것을 보고도 치우지 않고 손만 떨었다. 고서적이니 조심해서 다루라는 아버지의 말도 잊어버렸다.

앤필리아는 떨리는 손을 가슴에 모아 쥐고 펜대를 치웠다. 그리고 뒤늦게 손수건으로 책장 위의 검은 잉크 자국을 조심스레 찍어 냈다. 잉크 자국이 선명하게 남아 버렸지만 그런 것은 눈에도 들어오지 않았다.

"말도 안 돼."

그녀는 참지 못하고 자리에서 일어났다.

'이게 진실이라고? 패러데인, 당신이 말하고 싶은 게 정말 이거야?'

몸만 안 무거웠으면 발이라도 동동 구르고 싶은 심정이었다. 아니길 바라며 다시 한 번 책을 살피고 문장을 곱씹었으나, 오히려 뜻이 더 명확해졌다.

'패러데인을 만나야 해!'

앤필리아는 겉옷을 챙겨 입고 밖으로 뛰쳐나갔다. 밤공기는 그녀의 여린 피부를 얼릴 듯 차가웠고 바람은 언 피부를 뜯어낼 것처럼 세찼지만 그녀는 개의치 않았다.

밤인 데다, 날씨도 추운 탓에 저택 정문을 지키는 경비는 없었다. 있어도 상관없었다.

'어디서 찾아야 하지?'

앤필리아는 저택과 마을을 잇는, 경사가 완만한 내리막을 걸어 내려가며 고민했다.

날이 추워 평소에도 사람 보기 힘든 마을에서 거지 한 명 찾아내기가 쉬운 일은 아니었다. 급한 마음에 무작정 뛰쳐나오기만 했지, 대책은 없었다.

내리막의 끄트머리에서 머뭇거리던 앤필리아는 놀랍게도 마을 입구의 골목에서 손짓하는 패러데인을 발견했다. 그녀는 보는 사람이 없는지 주위를 두리번거리며 그에게 다가갔다.

"어떻게 알고 나와 있었어?"

"몰랐어. 계속 기다리고 있었을 뿐이지."

패러데인은 앤필리아를 골목 안으로 끌어당기며 물었다.

"그래, 서재에는 들어가 봤어?"

앤필리아는 고개를 끄덕이며 대꾸했다.

"두루마리에는 모르는 글자만 잔뜩 있었어."

"하지만 해독을 해 봤지?"

"내가 해독을 했다고 확신하듯이 말하네?"

"물론 호기심 많은 소녀가 그런 걸 보고 그냥 넘어가지는 않았을 거라고 생각해."

"그럼 당신은……, 처음부터 그게 뭔지 알고 있었던 거야?"

"알지. 하지만 난 네 눈으로 직접 보길 바랐지. 안 그랬으면 믿었겠어, 네가?"

"솔직히 말해 난 아직도 당신을 믿는 게 아니야."

패러데인은 키득대고 웃으며 방금 쓰레기라도 뒤졌는지 냄새나는 손으로 그녀의 뺨에 손을 댔다.

이 추운 날씨에 그의 손은 놀라울 정도로 따뜻했다.

"아이쿠, 볼이 땡땡 얼었구만. 손 좀 줘 봐."

그는 반강제적으로 앤필리아의 손을 움켜쥐었다. 거부하려 했으나 이 추위에 그가 보내는 포근함을 뿌리치기는 힘들었다.

이런 작은 접촉도 렌클에 대한 배신 같았지만 패러데인의 등 뒤로 희미하게 보이는 하얀 날개를 보고 그만 잊어버렸다.

"패러데인, 당신이 정말 천사라면 아마도 바람둥이를 지켜 주는 천사일 거야."

"후후, 천사에게 남성이라는 게 있다면 말이지."

"아버지께서 그러셨어. 당신, 이 마을 부녀자들을 희롱했다고."

"당사자들의 증언은 들어보지 못했겠지? 나는 그들이 원하는 대로 해 주었어. 하지만 마을 사람들 눈에는 어떻게 비쳤을까? 자상한 천사가 수줍은 여자를 끌어안아 주었다고 생각할까? 아니, 그저 웬 부랑자가 부녀자들을 희롱했다고 하겠지."

"거짓말!"

"글쎄, 어떨까? 지금 이 모습, 누군가 본다고 가정해 봐. 천사가 임산부의 몸을 따뜻하게 해 준다고 봐 줄 것 같아?"

그는 또 짓궂게 웃었다. 앤필리아는 부정할 수가 없었다.

"그나저나 너무 얇게 입고 나왔구나. 네 아버지의 영지가 어디에 박혀 있는지 잊고 산 거 아니야? 아무리 내가 따뜻하게 해 준다 해도 그런 옷으로 이런 날씨에 오래 있으면 안 되지. 아이를 좀 생각해."

"알아. 금방 들어갈 거야. 오래 비울 수도 없으니까."

"그럼 어서 말해 봐. 그 두루마리에는 뭐가 쓰여 있었지?"

"죽은……."

앤필리아는 망설이다가 말을 이었다.

"죽은 자들을 일으키는 마법."

패러데인은 부드럽게 미소 지으며 앤필리아가 발음하기 힘든 그 언어를 아주 쉽게 읊었다.

"드루 즈누흐 두 아이바주 드루 튀트."

자신이 읽었을 때는 그저 우스꽝스럽다고 생각했지만 패러데인의 입에서 굴러가는 그 발음은 놀라울 정도로 맑고 깨끗했다.

"죽은 자들을 걷게 만드는 마법, 죽은 자를 마치 살아 있는 사람처럼 되돌리는 마법. 인간의 언어로 표현하면 그쯤 되겠지. 훌륭해. 일주일 만에 레미프의 언어를 읽어 낸 거야. 역시 내가 사람은 잘 봤지."

"하지만 이런 문서를 가지고 있다고 해서 아버지가 정말 그런 마법을 쓰는 건 아니잖아."

앤필리아는 패러데인의 거짓말을 읽어내기라도 하듯 눈을 뚫어지게 쳐다보았다. 하지만 오직 그의 순수함만 보였다.

"난 이 반대의 경우도 생각해 봤어. 패러데인 당신이 나를 이용해서 이 저택의 비밀을 빼내고 있는 거야. 난 저 저택을 자유롭게 드나들 수 있는 엄청난 권한을 가진 사람이니까. 그렇지 않아? 다시 말해 두지만 난 당신을 아직 믿고 있지 않아."

"난 날 믿어 달라는 말은 한마디도 한 적 없어."

패러데인은 천천히 손을 놓아 주었다. 더 이상 등 뒤의 날개도 보이지 않았다.

앤필리아는 방 안에서 이불을 뒤집어쓰고 있다가 눈보라 속으로 뛰어든 것처럼 추워졌다.

"난 네가 진실을 보길 바라는 거야."

앤필리아는 또 그 뜬구름 잡는 말에 인상을 구겼다.

"진실……이란 게 뭐지?"

"이 경우에는 '뭐지?'라는 질문보다 '어디에 있지?'라는 질문이 어울릴 것 같군. 다시 물어봐."

"유도 심문 같아. 알았어. 진실이 어디에 있지?"

"지하실."

"대관절 무슨 뚱딴지같은 소리야? 저택에는 지하실이 없어."

"그럴까? 다행이네. 그럼 넌 그 길로 모든 걸 잊어버리고 네 일상으로 돌아가면 돼. 태어날 아이만 생각하고 남편이 돌아오길 기다리며 온 가족이 행복하게 살 걱정만 해. 진심으로 그랬으면 좋겠어. 진심으로……."

그는 묘한 여운을 남기며 천천히 뒷걸음질 쳤다.

"가지 마! 좀 더 얘기해 줘."

"아이를 생각하라고 했잖아. 넌 이런 추운 곳에 있으면 안 돼."

그 말을 끝으로 패러데인은 어둠 속에 녹아들듯이 사라져 버렸다.

앤필리아는 저택으로 향하는 오르막을 천천히 걸었다.

돌아오는 길은 몸이 더 무거웠다. 임신 전에는 한달음에 숨도 안 쉬고 왕복하던 길을 지금은 한 걸음 한 걸음 신중하면서도 느린 걸음으로 걸어야 했다.

내일이면 더 무거워질 것이고 모레면 더 무거워질 것이다. 어머니는 자신을 낳기 바로 전날까지도 친구들과 소풍을 다녀왔다며 용기를 주었지만 그녀는 불안했다.

정문에는 아직 아무도 없었다. 하지만 그녀는 소리가 나지 않도록 쇠문을 천천히 열고 천천히 닫았다. 누구라도 만나면 이 시간에 산책 나갔다고 변명할 자신이 없었다.

'지하실. 그런 게 있나? 아니, 잘못 안 거야. 그 바보 천사가 저택에 대해 뭘 알겠어? 하룻밤 헛간에서 잤을 뿐인데.'

앤필리아는 부정했다가 다시 그 부정을 부정했다.

'정말? 난 비밀 서재에 뭐가 있는지 패러데인이 말해주기 전까지는 알지도 못했잖아.'

앤필리아는 저택에 대한 기억을 더듬어 갔다.

가만 생각해 보니 창피하게도 앤필리아는 이 저택에서 이십 년 넘게 살면서도 저택의 전체를 알지 못했다. 넓기도 하거니와 그럴 필요성도 느끼지 못했다.

어머니는 모든 집안일을 하녀들에게 맡겼고, 바깥일에는 무관심했다. 친구들도 자기 집에 말이 몇 마리 있는지, 창고가 몇 개 있는지 아는 것 자체를 수치로 여겼다. 난 그딴 것에 관심 없어, 라고 말해야 품격이 올라가는 것처럼 굴었다.

앤필리아는 자신은 좀 다르다고 생각하면서도 은연중에 그걸 따르고 있었던 모양이었다.

차라리 어렸을 때 더 잘 알았다. 어른들이 파티를 하는 동안 아이들은 숨바꼭질을 했는데, 그 덕분에 앤필리아는 집안 곳곳 안 가 본 곳이 없었다. 아버지조차 모르는 비밀 장소도 있을 정도였다. 하지만 그때의 기억 속에서도 그녀는 지하실을 찾을 수 없었다.

'아니, 아예 못 간 장소가 있어!'

창고나 정원 뒤쪽 건물에는 위험하다는 이유로 가지 못했다. 그리고 손님이나 하인들이 묵는 별채에는 예의상의 문제로 발을 들여놓은 적이 없었다.

'그럼 창고부터 뒤져봐야 하나? 한두 곳이 아닌데…….'

화분에 꽃을 심어볼까 해서 모종삽을 찾아 창고 몇 곳을 뒤지던 기억이 났다. 농기구 넣어두는 창고 바닥에 뚜껑이 달려 있는 것도 어렴풋이 기억났다.

'거길 지하라고 할 수 있을까? 그런 식으로 치면 주방의 음식 재료 보관하는 곳도 반 지하라고 할 수 있고.'

그렇게 하나씩 짚어보니 저택 안에도 지하실이라고 할 만한 곳이 없진 않았다.

'와인 저장소!'

지하에 있지만 아예 지하라고 생각해 본 적이 없는 곳이었다. 어지간한 귀족의 저택에 으레 마련된 그런 창고였다. 이 지역의 경우에는 와인이 상하지 않기 위해서라기보다 얼지 않게 보관하는 용도였다.

'술 창고를 진실이 숨어 있는 비밀 공간이라고 하는 건 좀 우스운데.'

숨바꼭질 장소로 쓰지 못했을 뿐, 비밀의 장소도 아니었다. 앤필리아는 나이가 찬 후 마시고 싶은 와인을 찾아 몇 번이나 가봤다.

'거긴 비밀의 장소가 아니야. 그럴 리가 없어.'

생각은 그리 하면서도 앤필리아는 방으로 돌아가지 않고, 와인 저장소로 갔다. 워낙 고가의 와인이 많이 보관된 곳이라 거기도 열쇠가 채

왔다.

앤필리아는 거지를 곁눈질로만 힐끗 쳐다보았다.

더러웠다.

얼굴을 지저분하게 덮고 있는 수염에, 뺨과 목덜미는 흉터투성이였고, 찢어진 옷은 떼로 얼룩져 있었다. 온몸에서 나는 악취에 구역질이 날 것 같았다. 하지만 먼지와 흙으로 떡 진 머리카락은 신비한 은빛이었다.

'은색 머리카락이라니, 처음 봤어.'

앤필리아는 그의 머리를 감겨보고 싶다는 충동에 사로잡혔다.

"고맙수, 레이디."

그가 한마디 툭 내뱉었다. 끔찍하고 거친 목소리, 그리고 음흉한 눈빛을 보자, 앤필리아는 그의 머리에 손대고 싶다는 생각을 당장 접어버렸다.

하인은 거지의 등을 떠밀었다.

"닥치고 들어가기나 해."

"아, 밀지 마요! 들어가잖아요. 힘들어서 그렇단 말이에요."

문 앞에서 실랑이를 벌이고 있는 광경을 보고 놀라 달려 나오긴 했지만 잘하는 짓인지, 앤필리아는 걱정되었다.

'저런 남자가 천사의 친구라고?'

밤이 되자 앤필리아는 마음이 조급해졌다.

'잊기로 했잖아. 어쩌자고 그런 거야?'

워져 있었다.

하지만 그곳 열쇠는 앤필리아도 가지고 있었다. 그녀가 이 저택에서 자유롭게 들어가지 못하는 곳은 개인 서재 한 곳뿐이었다.

'이제 거기마저 들어갈 수 있게 됐지. 정말 나, 이래도 되는 걸까?'

와인 저장 창고는 겨울이든, 여름이든 항상 비슷한 온도로 유지됐다. 그래서 추운 밤공기를 맡다가 이곳에 들어오니 따뜻했다.

그녀는 기름 램프를 하나 켜고 저장소 깊은 곳까지 들어갔다. 좋은 와인일수록 깊은 곳에 보관하고 있어, 저장소 끝에 있는 와인은 오랫동안 건드리지 않아 두터운 먼지를 덮고 있었다.

그중 제일 아래 선반에 있는 와인은 아버지가 앤필리아더러 마시라고 준비해 둔 것이었다.

'저기서부터 여기까지는 내 와인이란다. 내 아버지, 그러니까 네 할아버지께서 보관해 둔 것이지. 좋은 일 있을 때면 자식이랑 같이 마시라고 말이야. 그리고 여기서부터는 네가 마실 와인이란다. 내가 너와 네 자식에게 주는 선물이지. 훗날 너도 네 자식에게 이렇게 이어가주면 된단다.'

저장소 벽을 더듬어 봤지만 특별히 비밀 문 같은 건 보이지 않았다. 바닥을 살펴봐도 문고리나 경첩 같은 건 없었다.

'패러데인이 틀린 걸까? 아니면 여기가 아닌 다른 곳에 비밀 입구 같은 게 있는 걸까? 어쩌면 지하실이라는 게 아예 없을지도 모르지.'

앤필리아는 좀 더 수색해 보려다, 포기했다.

육체적으로도, 정신적으로도 너무 힘들었다.

'내일 수색하자. 오늘은 피곤해…….'

그때 누군가 속삭이는 목소리가 들렸다. 속삭였다기보다 웅얼거리는 소리.

앤필리아는 귀를 기울이며 저장소의 벽에 귀를 댔다. 아무 소리도 들려오지 않았다.

'바람 소리? 아니야, 분명 사람 목소리였어.'

사람 목소리가 벽을 통과하면 발음은 구별되지 않고 웅얼거리고 울리기 마련인데, 지금이 그랬다.

앤필리아는 혹시나 하고 소리가 난 쪽 벽을 밀어 보았다. 당연히 벽은 꿈쩍도 안 했다. 혼자서 바보 같다는 생각이 들 때까지 벽 여기저기를 밀어도 마찬가지였다.

'내가 미쳤지.'

그녀는 마지막으로 벽의 끄트머리를 힘주어 밀었다. 그러자 벽 전체가 흔들렸다. 앤필리아는 소스라치게 놀라며 뒤로 한 걸음 물러섰다. 와인병들이 흔들리다가 다시 잠잠해졌다.

착각이 아니었다. 그녀는 기름 램프를 내려놓고 벽면 밑을 살폈다. 바닥에 무거운 것이 돌에 긁혀 패인 흔적이 있었다.

벽 전체가 여닫이문이었다. 지금까지 문의 중심이나 경첩 부분을 밀었으니 움직이지 않은 것이었다. 그리고 방금은 여닫이문의 끝부분이라 밀렸던 거고.

그녀는 다시 한 번 벽 끝에 서서 있는 힘을 다해 밀었다. 벽은 거의 소리를 내지 않고 천천히 움직였다. 안에서 희미한 빛이 새어 나오고 있었다.

'빛이 있다?'

앤필리아는 떨리는 가슴을 진정시키며 재빨리 기름 등불부터 껐다. 그리고 다시 몸이 살짝 통과할 정도까지만 벽을 밀었다. 꽤 많이 열었는데도, 배가 나와 통과하기가 쉽지 않았다.

안에서 커다란 목소리가 터져 나와 쩌렁쩌렁 울렸다. 소리가 벽을 따라 메아리치면서 발음이 뭉개지는 바람에 무슨 말인지 알아들을 수가 없었다.

앤필리아는 힘들게 몸을 웅크리고 천천히 안으로 들어갔다.

안에는 엉성하게 만든 계단이 나 있었고 경사가 비교적 가팔랐다. 허리가 아팠지만 참고 계속 같은 자세로 걸어 계단을 내려갔다.

천장은 고깔을 거꾸로 엎어 놓은 듯 뾰족한 바위가 주렁주렁 매달려 있었다.

계단은 큰 반원을 그리며 밑을 향하고 있었다. 계단의 한쪽 면은 돌벽이고 다른 한쪽 면은 나무로 만든 엉성한 난간이 걸쳐 있었다. 앤필리아는 난간 밖으로 고개를 살짝 내밀어 밑을 내려다보았다.

4미터 정도 되는 높이 아래 계단의 끝이 있었고, 지하 광장으로 이어졌다. 횃불 몇 개로는 다 밝혀지지 않을 정도로 넓은 공간이었다.

밑에서부터 뜨듯하면서도 시큼한 공기가 올라왔다. 그녀는 괜히 숨을 참게 되었다.

광장의 한쪽 벽면에는 이상한 괴물이 한 마리 새겨져 있었다. 일렁거리는 횃불의 불빛으로는 형태를 정확히 알아보기 힘들었다. 그 앞에는 돌로 만든 테이블이 놓여 있었다.

거기에 아버지가 있었다.

"진짜 그 방법밖에 없단 말이냐?"

"어쩔 수 없습니다, 슈라이튼 백작님."

검은 로브를, 얼굴도 안 보이게 뒤집어쓴 남자가 대꾸했다. 광장에는 모두 다섯 명이 있었고 모두 같은 복장이었다. 아버지만 평소의 복장이었다.

아버지의 뒤에는, 마치 사냥용 덫처럼 생긴 쇠창살 케이지가 하나 놓여 있었다. 그 안에 패러데인이 말한 '진실'이 있었다.

개 한 마리 겨우 들어갈 만한 좁디좁은 케이지 안에 '천사'가 갇혀 있었다.

때가 타 더러운 날개가 쇠창살 밖으로 삐져나와 축 늘어져 있었다. 패러데인의 하얀 날개와 같은 생김새였지만, 그가 보여줬을 때처럼 빛을 내지도 않았고 그의 것처럼 크지도 않았다.

돌바닥 위에는 하얀 깃털이 지저분하게 떨어져 있었다. 그의 날개에서 깃털이 빠진 부분은 까맣게 썩어가고 있었다.

창살 밖으로는 한쪽 다리와 팔도 빠져 나와 있었으나, 기운 없이 축 처져 있었다. 피곤에 지친 얼굴에는 생기가 없었다. 환각 속에서 봤던 고귀한 모습 같은 건 없었다.

이미 짐작하고 있었지만, 막상 보고 나니 확신할 수 있었다. 그 하얀 날개 달린 생물은 천사가 아니라, 하늘 산맥의 요정 레미프였다.

'아버지, 뭘 하시는 건가요?'

앤필리아는 입을 가리며 신음했다. 소리가 조금이라도 샐까 봐 입을 가린 손에 힘을 잔뜩 주었다.

다섯 명 중 한 남자가 소리쳤다.

"이대로 가면 지금까지의 노력이 물거품이 됩니다. 백작님, 우리에게는 선택의 여지가 없습니다."

"나도 그 노력이란 게 뭔지 잘 알아. 강조할 것 없다!"

슈라이튼 백작은 전쟁터에서 지휘하듯 거칠게 소리 질렀다.

그는 신경질적으로 머리를 헝클이며 불안하게 주위를 왔다 갔다 했다. 평소의 아버지에게서 볼 수 없는 모습이었다. 어둠 속에서 봐서 그런지 생긴 것조차 다른 사람 같았다.

"하지만 선택의 여지가 없다는 말에는 동의할 수 없다."

아버지는 주변을 왔다 갔다 하며 혼잣말처럼 중얼거렸다.

"어떻게 살아 있는 사람을 제물로 쓴단 말이냐? 다른 방법이 있겠지."

그의 발걸음 소리만 광장 안을 울렸다. 로브를 쓴 남자들은 침묵을 지키며 그의 선택을 기다리고 있었다. 또각또각, 앤필리아에게도 그 소리는 초조함을 증폭시키는 압박처럼 느껴졌다.

한 남자가 참지 못하고 말했다.

"백작님! 부디……."

"다른 방법이 있을 것이다. 찾아 봐."

"이미 찾아보지 않았습니까?"

"더 찾아보란 소리다!"

"단 하나의 생명만 희생하면 됩니다, 백작님. 이미 루티아의 마법사들도 다른 방법이 없다고 조언을……."

"루티아의 멍청이들 따위, 내 알 바 아니다."

루티아의 마법사들을 항상 현자라 말하며 존경을 표하던 아버지의 모습은 보이지 않았다.

"게다가 그들에게는 아직 전후 사정 전부를 설명하지 못했다. 모든 조건을 알지 못하는 상태에서 제대로 된 답변을 냈을 리 없어."

"그렇다고 모든 것을 알릴 수도 없는 노릇 아닙니까?"

"다시 검토해 봐라. 나는 아무리 생각해도 제물의 조건이 납득이 가지 않는다. 넘어서는 안 될 선이 존재하는 법이야. 양! 소! 말! 뭐든! 다른 짐승을 쓸 수도 있다. 아니, 하다못해 그냥 아무 인간이라도! 그럼 내 권한으로 사형수 한둘쯤은 구할 수 있어. 그러니 재검토해!"

앤필리아는 끔찍한 몰골로 늘어져 있는 천사, 아니 레미프를 계속 보고 싶지 않았다. 그리고 저런 아버지의 모습도 더 보고 싶지 않았다.

무엇보다 토할 것 같았다. 계단 옆에 쭈그리고 있는 자세도 힘들었다. 추운 곳에서 갑자기 따뜻한 곳으로 들어와서 그런지 어지럽기도 했다. 이러다가 계단에서 굴러떨어질 것 같아 무서웠다.

앤필리아는 몸을 돌려 계단을 조심스럽게 돌아 나왔다. 그 순간 정말 듣고 싶지 않은 말을 듣고 말았다.

"재검토할 필요도 없습니다. 몇 번이나 검토했습니다. 제물은 분명 갓 태어난 아이라 했습니다!"

그녀는 흠칫 놀라며 배를 끌어안았다.

아버지에게 선택의 여지가 없다는 말을 한 남자의 목소리가 이어졌다.

"백작님, 따님께서 아이를 임신한 것은 어쩌면 계시일지도 모릅니다."

"그게 무슨 헛소리냐?"

"갓 태어난 아이가 곧 우리 손에 떨어질……."

"네 이놈! 지금 내 손주를 제물로 바치라는 소리냐?"

아버지는 짐승처럼 으르렁거렸다. 하지만 그 남자는 침착하게 대꾸했다.

"진정하십시오. 위대한 희생이 될 것입니다……."

"내가 하고 싶은 건 이 짐승을 죽여 버리는 일이다. 내 가족의 희생이 아니야!"

"아시잖습니까, 백작님? 인간의 힘으로 죽일 수 있는 존재가 아닙니다. 오직 암흑의 힘을 이용해야만……."

그 뒤는 들리지 않았다. 이미 앤필리아는 그 남자가 자기를 잡으러 오기라도 하는 듯 서두르고 있었다.

그녀는 와인 저장소로 돌아와 벽을 잡아 당겼다. 중간에 손잡이처럼 쓰는 선반을 놓쳐 손톱이 깨졌다. 피가 나고 아팠지만, 그녀는 필사적으로 문을 닫았다.

방까지 돌아오는 길은 한없이 멀었다.

'갓 태어난 아이……. 제물…….'

침대에 누운 후에야 앤필리아는 자기가 눈물을 흘리고 있다는 걸 깨달았다.

'거짓말.'

그녀는 눈을 꾹 감고 필사적으로 잠을 청했다. 마치 자고 일어나면 모든 것이 원래대로 돌아가기라도 할 것처럼 잠들기 위해 애썼다. 하지만 그럴수록 잠은 오지 않고 지하실에서 봤던 광경만 떠올랐다.

'다 거짓말이야.'

"입맛이 없니?"

아버지가 걱정스레 물었다.

저녁때까지 아무것도 먹지 않다가 그나마 입에 대는 것도 부실한 앤필리아를 앞에 두고 아버지와 어머니는 서로의 눈치를 살폈다.

"난 널 낳기 전에 꽤 건강한 편이었지만 입맛은 없는 편이었단다. 사람마다 다르긴 하지만 너도 아마 나랑 비슷하지 않을까 싶구나. 그래도 혹시 모르니 의사를 불러올까?"

어머니도 걱정스러운 목소리로 물었다.

"괜찮아요. 그냥 피곤해서 그래요. 그리고 아이를 낳으려면 아직 한 달은 더 있어야 하는걸요."

앤필리아는 힘없이 대꾸하며 억지로 고기를 썰었지만, 도저히 입에 넣을 수가 없었다. 냄새만으로도 역겨웠다. 삶은 콩에서도 쓴맛만 느껴졌다.

"꼭 그런 것도 아니지. 내가 아는 사람 중에는 예정보다 두 달이나 더 일찍 아이를 낳은 경우도 있으니까. 아마 신께서 서둘러 큰일을 하라는 뜻으로 일찍 내보내신 걸지도 모르지."

아버지는 농담조로 말했고 어머니도 작은 소리로 웃었다.

앤필리아는 자신의 접시를 노려보며 물었다.

"아이가 일찍 나와야 할 이유라도 있나요?"

슈라이튼 백작은 어깨를 으쓱했다.

"손주를 일찍 보고 싶은 할아버지의 마음이지, 딱히 다른 이유야 있겠니?"

아버지는 눈곱만큼의 빈틈도 보이지 않고 허허 웃었다. 어머니 역시 같이 웃었다.

"우리가 벌써 할아버지 할머니라니 믿어져요?"

"늙은 게지."

언뜻 들으면 화목한 가정의 정겨운 대화였다. 하지만 앤필리아는 그 속에서 오히려 고독과 공포를 느꼈다.

'안 속아. 어떻게 된 건지 알아야겠어. 대체 그 케이지 속의 존재가 뭔지, 그리고 그 제물이란 게 뭔지, 대체 아버지께서 뭘 하려고 하는 건지 전부 다!'

앤필리아는 또 한 번의 외출을 준비하면서 우선 남편에게 편지를 썼다.

'이 집에 뭔가 좋지 않은 비밀이 있어요. 만약 지금 하는 임무가 급한 일이 아니라면 바로 돌아와 주세요. 단순히 당신을 그리워한 나머지 한탄하는 여자의 어리광이 아닙니다. 무서운 일이 벌어질지도 몰라요.'

앤필리아는 밤에 떠나는 가장 빠른 마차를 불러 편지를 전해주고 그 길로 정문을 나서려 했다. 하지만 항상 들키지 않을 수는 없었다.

"아가씨, 이 밤중에 어딜 가시는 겁니까?"

문을 지키는 하인 겸 경비병이 물었다.

앤필리아는 옷깃을 여미고 근엄한 목소리로 대꾸했다.

"외출이다."

"어딜 가시는데요?"

"내가 그런 걸 일일이 보고라도 해야 하느냐?"

"그런 건 아닙니다만 날씨도 추운데 그렇게 얇게 입고 나가시기에는……. 제가 당장 두꺼운 옷을 가져오겠습니다."

"난 괜찮아."

"산모와 아이 둘 모두에게 좋지 않습니다요."

"내가 괜찮다는데 네가 무슨 상관이냐?"

"그럼 적어도 등불을 들고 따라가는 일이라도 맡겨 주십시오."

"괜찮다 하지 않았느냐!"

앤필리아는 그를 무섭게 쏘아보았다.

그는 움찔하며 고개를 조아렸다. 무서워서 그러는 게 아니었다. 그녀의 이런 모습을 처음 봐서 당황한 것이었다.

"죄송합니다. 걱정이 앞서 그만……."

앤필리아는 만사가 귀찮은 듯 손을 내저었다.

"몇 달이나 집 안에 틀어박혀 있었더니 차가운 바람이라도 맞고 싶어졌구나. 이제 내일부터는 꼼짝없이 움직이지도 못할 테니 오늘만큼은 내가 하고 싶은 대로 두어라. 어렸을 때부터 눈 감고도 내달리는 거리를 내가 경호까지 받아야 하느냐?"

앤필리아는 그가 더 말할 기회도 주지 않고 얼른 정문을 빠져나왔다.

경비는 이러지도 저러지도 못하고 문 앞에서 쩔쩔매고 있었다.

'내가 뭐라고 하든, 아버지께 보고하겠지? 그전에 만나야 해.'

앤필리아는 걸음을 빨리했다. 그래 봤자 임신 전과 비교하면 느릿느릿 걷는 정도밖에 안 되지만.

패러데인은 또 마을 어귀에서 기다리고 있었다. 그리고 앤필리아를 보자마자 얼른 손을 잡고 골목 안으로 이끌었다.

"자, 말해. 뭘 봤어?"

앤필리아는 어제 봤던 얘기를 빠짐없이 했다. 얘기가 끝날 무렵에 앤필리아는 눈물을 흘리고 말았다.

"그랬단 말이지?"

패러데인은 그녀의 눈물을 닦아 주며 고개를 끄덕였다. 그의 깊은 눈빛은 맑게 반짝였고 여전히 보이지 않는 온기로 그녀를 안아 주고 있었다.

앤필리아는 패러데인의 옷깃을 꽉 쥐고 물었다.

"대체 갓 태어난 아이를 제물로 바쳐서 아버지가 하려는 일이 뭐지?"

"지하에 갇혀 있는 그 날개 달린 생물이 뭐라고 생각해?"

그는 굳이 생물이라는 단어를 썼다. 앤필리아는 자신의 생각 그대로를 말했다.

"처음에는 천사라고 생각했어. 당신도 마치 자신을 천사인 듯 말했고. 하지만 아니지?"

"그럼?"

"레미프. 하늘 산맥의 날개가 달린 인간이 아닌 종족."

"맞았어."

그는 자신의 옷을 벗어 등을 보여 주었다. 환상처럼 보이던 그 하얀 날개는 보이지 않았다. 대신 날개가 붙어 있어야 할 그 자리에 뜯겨져 나간 흉터가 남아 있었다. 앤필리아는 눈을 동그랗게 떴다.

"놀라지 마. 하늘 산맥에서 벗어난 레미프들이 당하는 고통은 이런 눈에 보이는 것 정도가 아니야."

그는 부스스하게 일어난 머리카락을 들춰 보였다. 귀가 흉하게 찢겨 반쪽만 남아 있었다.

앤필리아는 살짝 그 귀를 만져 보고 얼른 손을 뗐다. 살갗이 뜯긴 자리를 만지는 것만으로 소름이 끼쳤다. 날카로운 도구로 잘라낸 흔적이 아니라 강제로 잡아당기거나 짐승이 물어뜯은 자국이었다.

"나와 그는 레미프 중에서도 조금 특별한 존재야. 우린 와자이브트지."

"와자이브트?"

"인간의 언어로 치자면 마법사야. 하지만 인간이 생각하는 마법사와는 약간 의미가 달라. 그걸 설명하려고 그 단어를 말한 건 아니니 너무 머리를 쓰진 말고."

그는 긴장을 풀라는 뜻으로 웃으며 말을 이었다.

"특히 네가 지하에서 본 그 아이는 몸속에 악마의 영혼을 지니고 있는 레미프지."

"악마?"

"달리 뭐라고 말해야 할까?"

패러데인은 정리해서 다시 말했다.

"봉인이지. 원래 레미프들의 마을에서 조용히 살고 있어야 할 평범한 소년이지만 악마가 몸에 들어서 버리는 바람에 하늘 산맥에서 살지 못하게 된 불쌍한 아이야. 난 그 아이를 구하기 위해 같이 하늘 산맥을 내려온 수호자고."

"그럼 내 아버지는 레미프를, 그리고 악마를 어쩌겠다는 거야?"

"하아, 이 얘기를 하지 않을 수 없게 되었구나. 언제고 해야 했지만 시기가 조금 이르군."

패러데인은 혼자서 알아내라는 듯 숙제만 내주던 전과는 달리, 모든 것을 쏟아내듯 얘기해 주고 있었다. 뭔가에 쫓기고 있다는 느낌이 들었다.

"세상에 죽음을 안겨 주는 존재가 있었어. 그 존재를 지칭하는 많은 단어가 있지만 인간에게 이해하기 가장 쉬운 단어를 택해 말하자면 '죽지 않는 자들의 군주'라고 하면 될 거야."

단지 그 단어를 말하기만 했음에도 주위의 어둠이 짙어지는 기분이 들었다.

실제로 아까까지 보였던 골목 끝의 벽이 보이지 않았다. 마을에서 밝혀 놓은 횃불과 집집마다 켜놓은 촛불의 희미한 불빛이 여기에 도달하지 않고 중간에 증발해 사라졌다. 심지어 달빛과 별빛조차 침침해졌다.

"그것은 하늘 산맥의 여신 나디우렌을 위협하는 고대의 악마였대. 천 년 전 아란티아에서 드래곤과 마법사들에게 죽었는데, 어느 순간 다시 부활해서 저주라는 이름으로 이 땅을 떠돌았지. 그러다가 위대한 마법사가 레미프의 몸 안에 가두었다고 하더군."

"그게 지하실의 그 레미프라고? 그가 악마를 몸에 품었다는 거야?"

"정확히는 그의 영혼에 악마의 영혼이 깃든 거라고 해야겠지만."

"잘 이해가 안 가. 그럼 아버지는 그 레미프를 죽이려는 건가?"

"그래."

"그, 그럼 아버지는 옳은 일을 하는 거잖아? 악마를 죽이는 거니까."

패러데인은 고개를 저었다.

"그 반대야."

"반대라니?"

"생명 그 자체가 봉인인데, 그 생명을 지워 버리면 봉인이 깨져."

"봉인이 깨지면?"

"그럼 이 세상에 죽지 않는 자들의 군주가 부활하게 돼."

일상의 모든 것이 무너지는 소리가 들렸다.

먼 나라의 어느 땅 어느 지방에서 이런 일이 실제로 벌어지고 있다는 얘기만 들어도 무서워서 침대 밖으로 나오지 못할 그런 일이 바로 코앞에서 벌어지고 있었다.

앤필리아는 배를 끌어안았다. 아팠다. 가끔 불끈불끈하는 뜨거운 느낌과 아이의 발버둥이 유독 심할 때가 있었다.

하지만 지금은 그때와는 전혀 다른 고통이었다.

'아직 아니야. 한 달 남았어. 지금일 리가 없어. 이건 아이와 상관없는 통증일 거야.'

앤필리아는 고개를 숙이고 이를 악물었다.

"악마를 몸에 품고 있기 때문에 본의 아니게 불사의 생명을 가지고 있어."

패러데인이 계속 말했다.

"네 아버지의 힘, 그러니까 인간의 힘으로는 죽일 수 없어. 그래서 그 레미프를 죽이려면 악마의 힘을 꺼내 써야 하지. 바깥에서 두들겨도 깰 수 없고 안에서 두들겨도 깰 수 없다면 양쪽에서 동시에 힘을 가해야 한다는 원리로……."

"그만해."

앤필리아는 가늘게 신음하며 손을 내밀었다. 그리고 배의 통증이 가실 때까지 기다렸다가 말을 이었다.

"다 알겠어. 그러니까 이제 더 이상 설명 안 해줘도 돼."

앤필리아는 이해하고 싶지 않았지만 저절로 정리가 됐다.

죽지 않는 자들의 군주라는 악마를 품은 레미프가 어떤 경로를 통해 아버지에게 붙잡혔다.

아버지는 악마를 풀어주려 하고 있다. 그러려면 레미프를 죽여야 한다. 하지만 인간의 힘으로는 죽일 수 없다.

그 레미프를 죽이려면 같은 악마의 힘이 필요하다. 그 악마의 힘을 꺼내 쓰려면 제물이 필요하다.

제물은 갓 태어난 아이!

"넌 왜 여기 이러고 있어? 어서 그걸 막아야지! 네 친구를 살려야 하잖아."

"내가 할 수 있었으면 진작 뭔가를 했겠지."

패러데인은 또 초조하게 주위를 두리번거렸다. 그리고 조용히 말을 이었다.

"그가 왜 너와 날 만나게 했을까? 왜 그 애가 용맹한 기사도 아니고 루티아의 마법사도 아닌 너에게 나타났겠어?"

"이상한 말 하지 마! 난 아무것도 못해. 날 봐. 걷기도 힘든 내가 뭘 할 수 있다는 거야?"

앤필리아는 배를 움켜쥐고 악을 썼다. 고통이 점점 심해지고 있었다.

"패러데인, 당신이 막아야지. 마법사라며? 레미프잖아. 인간보다 더 위대한 종족, 더 강한 종족, 그런데 왜 못하는 거야?"

"네 아버지의 힘이 나날이 강해지고 있어. 내 힘으로는 그를 꺾지 못해."

앤필리아가 뭔가 더 말하려 했지만 패러데인이 더 빨리 말했다.

"잘 들어. 시간이 없어. 조만간 난 죽을 거야. 그전에 다 말해 줄게."

"주, 죽다니?"

남편 렌클도 없고 아무것도 믿을 수 없게 된 지금, 유일하게 기댈 수 있는 기둥은 패러데인이었다. 그런데 그가 스스로 죽는다고 말하고 있었다.

"어쩔 수 없어. 너에게 접근하는 순간 내 죽음은 결정되었어. 처음부터 내가 할 일은 진실을 보여 주는 것, 그 이상은 없었어."

패러데인은 앤필리아의 뺨에 손을 대더니 힘없이 손을 떨어뜨렸다.

"네가 해야 해, 앤필리아 슈라이튼! 이 땅에 죽지 않는 자들의 군주를 부활시켜선 안 돼."

갑자기 마을 여기저기에서 횃불이 올라갔다. 사람들이 어수선하게 떠들고 있었고 말발굽 소리가 요란하게 들렸다. 말을 타고 달리는 사람들의 고함이 들렸다.

"내, 내가 뭘 해야 하지?"

앤필리아도 다급해졌다.

"네가 봤던 그 두루마리 기억나지?"

"죽은 자들을 일으키는 마법."

"그 두루마리의 마지막 석 줄을 해독해 내야 해. 그것은 죽은 자를 다시 죽이는 마법이야. 네 아버지를 예전의 모습으로 되돌리고 그 레미프를 자유롭게 풀어 줄 거야."

"난 레미프어를 읽을 수 없어."

"할 수 있어! 이미 해냈잖아."

"그건 고작해야……."

앤필리아는 뒷걸음질 치는 패러데인에게 한 걸음 내디뎠다.

쉭 하고 화살 한 자루가 둘 사이로 지나갔다. 패러데인은 뒤로 길게 뛰어 벽에 거미처럼 달라붙었다. 순식간에 지나간 일이라 앤필리아는 상황이 벌어진 후에야 정신을 차렸다.

골목 끝에서 말을 타고 있는 아버지가 이쪽을 향해 활을 겨냥하고 있었다.

어둠 속에서 검은 말을 타고 있는 아버지의 모습은 평소에 봤으면 늠름한 기사라고 생각했을 텐데, 지금은 어둠의 군주로밖에 보이지 않았다.

"내 딸에게서 물러서라."

슈라이튼 백작이 소리쳤다.

패러데인은 이를 드러내며 으르렁거렸다.

"넌 절대 성공하지 못한다. 인간이 할 수 있는 일이 아니야."

"인간의 힘이 아니라면 그 이상의 힘을 동원해서라도 막겠다."

"너도 죽을 것이다."

"그 정도는 각오했어."

슈라이튼이 신호하자 골목 반대편에서도 칼을 든 기사들이 나타났다. 그들은 일제히 방패를 들이밀고 패러데인과 앤필리아에게 달려왔다.

패러데인이 다급하게 소리쳤다.

"기억해. 두루마리의 마지막 세 줄. 내가 할 수 있는 건 여기까지야."

"패, 패러데인."

"네 아버지가 악의 힘으로 살아남으면 네 아들도 악의 힘으로 빠진다. 절대 물러서지 말고 진실을 봐."

패러데인은 크게 말했다가 이내 희미한 미소를 지었다.

"앤필리아, 위대한 아이를 품은 여인. 너에게 내가 줄 수 있는 힘은 축복이 아닌 저주뿐이구나……."

그는 마지막으로 말하고 허공으로 튀어 올라갔다. 그 순간 반투명한 하얀 날개가 등 뒤로 활짝 펼쳐졌다. 주변이 환하게 밝아졌다.

그는 말 위에 있는 슈라이튼에게 달려들었다. 그러자 슈라이튼이 손바닥을 보이게 내밀었다. 패러데인은 그에게 닿기도 전에 보이지 않는 뭔가에 머리를 부딪쳐 튕겨져 나갔다.

패러데인의 이마가 깨져 피가 터졌다. 그의 피가 슈라이튼이 손 앞에 만든 투명한 막을 적셨다. 다시 날개가 사라진 패러데인은 슈라이튼이 타고 있는 말 아래 떨어졌다.

한순간 밝아졌던 골목이 다시 어둠에 잠겼다. 그 자리에는 지저분한 얼굴에 피가 얼룩진 거지만 남아 있었다.

패러데인은 점점 빛을 잃어 가는 눈으로 앤필리아를 돌아보았다.

그의 눈동자 안에서 또 하나의 모습이 보였다.

태어나는 아이.

사지가 절단 난 남편 렌클.

그리고 불타오르는 저택.

그 안에서 죽어 가는 어머니.

'네 아이는 듣지도 말하지도 못하리라.'

앤필리아의 귀에 패러데인의 목소리가 들렸다.

'널 낳은 여자가 불에 타 죽으리라.'

앤필리아는 귀를 틀어막고 싶었다. 하지만 배의 통증이 심해 배에서 손을 떼지 못했다.

슈라이튼은 말을 몰아 패러데인에게 다가오더니 창을 치켜들었다.

그녀는 안 된다고 소리 지르려 했지만 목소리가 나오지 않았다. 그녀의 허벅지를 다고 뜨뜻한 것이 흘렀다.

그것은 양수가 아니라 피였다.

'안 돼, 내 아이……. 내 아들. 아아!'

앤필리아는 주저앉아 비명을 질렀다. 하지만 그 소리는 겨우 목구멍 안에서만 맴돌았다.

"아버지, 안 돼요. 안 돼요."

슈라이튼의 창이 패러데인의 가슴을 꿰뚫었다.

'네 남편은 객지에서 살해당할 것이며, 네 아들은 성스러움을 베는 악의 검이 될 것이다.'

머릿속에 울리는 패러데인의 목소리도 점점 희미해졌다.

'기억하라. 나의 심장이 너의 무기가 되리라…….'

패러데인의 몸이 축 늘어졌다.

슈라이튼이 말을 타고 앤필리아의 옆으로 다가왔다.

"큰일 날 뻔했구나. 이 남자는……. 앤필리아?"

그녀는 하얗게 질린 얼굴로 아버지를 올려다보았다. 식은땀이 그녀

상의하고 있었고 어머니가 다급히 외치고 있었다. 하지만 누구의 목소리도 들리지 않았다.

'왜 그래요? 다들 왜 그러는 거예요? 어서 내 아기를 안게 해 줘요. 어서!'

앤필리아는 내밀고 있는 손이 너무 무거워 침대 옆으로 떨어뜨렸다. 그리고 산파의 품에서 울지 않는 아기를 바라보았다.

'왜 안 울지? 지금 내 귀가 이상한 건가? 그렇구나. 다른 사람의 목소리도 들리지 않고, 아무 소리도 들리지 않으니까.'

그녀의 눈에서 흐르는 고통의 눈물 위로 슬픔의 눈물이 겹쳤다.

그때 산파의 목소리가 들렸다.

"아이가 울지 않아요."

앤필리아는 하늘이 무너지는 것 같았다. 패러데인이 말하는 대로 사건이 일어나고 있었다.

'그가 말했던 이다음이 뭐였지? 그게 뭐였지?'

하지만 그녀는 아버지가 아이를 껴안는 모습을 보고 다 잊어버렸다.

"안 돼요……."

앤필리아의 목소리가 작아서 누구에게도 들리지 않았다.

"걱정 말아라, 얘야. 아이는 잘 살아 있단다."

그는 아이를 안고 딸에게 다가와 속삭였다.

'무엇을 위해 살아 있는 아이죠?'

앤필리아는 소리 지르고 싶었다.

'사실 아이가 그렇게 된 것도 아버지가 의도한 거 아닌가요?'

울지 않는 아이는 눈을 감고 움직이지 않았다. 죽어서 태어난 것처럼 보였다.

아버지는 아이를 안고 어딘가로 갔다.

'내 아기, 데려가지 말아요.'

앤필리아는 소리 지르고 싶었지만 목소리가 나오지 않았다. 그녀는 다시 정신을 잃었다.

정신을 차리고 나니 방을 청소 중인 린디가 있었다. 그녀는 어렸을 때부터 앤필리아와 같이 생활한 하녀였다.

린디는 걸레질을 하는 중간에 몇 번이고 훌쩍이고 있었다.

앤필리아는 멍청히 허공을 응시하다가, 천천히 몸을 일으켰다. 귓가에는 아직도 패러데인의 저주 비슷한 예언이 들리는 듯했다.

"린디."

"일어나셨어요, 아가씨?"

린디가 다가오더니 눈물을 왈칵 쏟았다.

"왜 우는 거니?"

앤필리아는 힘없이 물었다.

"죄송해요, 아가씨."

"왜 네가 미안해?"

"제가 제대로 모시지 못한 탓이에요. 그래서 아이가……."

"네 탓이 아니니 그만 울어라. 그보다 나 좀 부축해 줘. 가 봐야 할 곳이 있다."

"예? 저, 깨어나면 주인님께서 보고하라고……."

"그 주인이란 분은 지금 어디 있지?"

앤필리아가 차갑게 물었다.

린디는 순간 당황하며 말을 더듬었다.

"저, 저는 잘 모릅니다만……."

"어머님은?"

"주무십니다. 어제 밤새 간호하셔서."

"그럼 내 아이는 어디 있지?"

'이제 내게도 아이가 있어. 언제든 바깥 공기를 마시면 세상에 다시 없는 행복을 안겨 주고 싶었던 내 아이.'

앤필리아는 모든 것을 다 희생할 각오가 되어 있었다. 말을 못하건, 듣지 못하건, 사악한 암살자가 되건 그 아이의 옆에 있어 주는 엄마가 되어야 했다.

"일찍 태어나 버린 아이라 아직 바깥에 내놓기는 위험하다며 의원댁에 데려간다고 하셨습니다."

"의원? 어느 의원? 마을의 어떤 곳이 이 저택보다 더 안전하단 말이냐?"

"그것까지는 잘 모, 모르겠습니다."

무섭게 쏘아붙이는 앤필리아의 목소리에 린디는 그만 말을 잇지 못했다. 그녀는 침대 밖으로 다리를 내밀며 소리쳤다.

"도와다오."

"예? 아, 저, 지금은 안정을 취하셔야……."

"어서!"

"예."

린디는 앤필리아를 부축했다.

앤필리아는 비틀거리며 아버지의 집무실로 향했다. 집무실은 비어 있었다.

언제나 이 시간이면 일과를 보던 아버지가 없었다.

테이블 위에는 얼마 전에 도착한 남편의 편지가 놓여 있었다. 받는 사람은 아버지의 이름으로 되어 있었다.

앤필리아는 그 편지의 인장을 뜯어 내용을 확인했다.

두 장이 들어 있었다. 앞의 한 장은 그저 일과 보고였다. 날짜를 보니 아직 도움을 청했던 자신의 편지가 도착하기 전이었다.

앤필리아는 더 읽어 볼 것 없이 던져 놓으려다 다시 들었다. 추신이 있었다.

'빅터라는 어린 녀석이 찾아와 백작님의 수하 기사로 써 달라고 요청해 왔습니다. 아버님이 조만간 세상을 지배하실 분이라는 꿈을 꿨다는군요. 열다섯도 안 된 녀석이 제게 결투를 요청하는 포부가 마음에 들지만 위험하다는 느낌이 들어 일단 돌려보냈습니다. 언젠가 저택에 직접 찾아갈지도 모르겠습니다. 무슨 엉뚱한 짓을 할지 모르니 조심하십시오.'

앤필리아는 고개를 갸웃했다.

'빅터? 처음 들어보는 이름인데 어째서 이 일에 관련된 기분이 드는 거지?'

"저, 이제 어디로……?"

린디가 안절부절못하며 물었다.

'아버지는 지하실에 있겠지?'

확인해 볼 필요도 없었다. 오히려 잘된 일이었다.

그녀는 금고 열쇠를 꺼내 금고를 열었다. 아무도 봐선 안 되는 비밀 공간을 봐 버린 린디는 흠칫 놀라며 모른 척 고개를 돌렸다.

"위층으로 가자."

앤필리아는 금고에서 꺼낸 개인 서재 열쇠를 들고 계단을 올랐다.

가쁜 숨소리를 내며 걷는 앤필리아를 염려하며 린디는 천천히 걸으려고 애썼다. 하지만 오히려 앤필리아가 더 린디를 재촉했다.

이젠 문을 지키는 드래곤 부조 따윈 조금도 무섭지 않았다. 생각 같아선 동화 속의 과격한 영웅처럼 문을 발로 걷어차면서 쳐들어가고 싶은 심정이었다.

그 두루마리는 아직도 그때 그 자리에 있었다. 하지만 잉크나 펜의 위치는 바뀌어 있었다. 두루마리들도 몇 개 없어졌다.

'아버지는 지금 뭔가를 시작하신 거야.'

앤필리아는 두루마리를 들고 다시 자신의 방으로 돌아갔다. 머리가 어지러웠고 속이 뒤집혔으며 다리가 후들거렸다.

그녀는 몇 번이나 침착하자고 마음을 다잡은 다음 린디에게 말했다.

"차를 끓여 오렴. 여러 잔 마실 거야. 어머니는 절대 깨워선 안 돼. 아버지도 부르지 마."

'어차피 넌 어디 계신지도 모르겠지만…….'

앤필리아는 대답을 하지 않는 린디에게 대답을 강요했다.

"알았지?"

"예."

앤필리아는 린디가 못미더워 몇 번이나 확인시킨 후에야 내보냈다.

"듣지도 말하지도 못하는 아이가 태어날 것이다, 널 낳은 여자가 불에 타 죽을 것이다……."

앤필리아는 패러데인의 말을 중얼거리며 두루마리를 감싼 집게를 열었다.

'마지막 석 줄.'

린디가 가져온 차를 석 잔이나 단숨에 들이켜며 그녀는 레미프의 언어 해석 책에 매달렸다.

'아빠, 만약 아이를 죽이면 나도 죽어 버릴 거예요.'

앤필리아는 어린아이가 된 심정으로 아버지가 아닌 아빠라고 불렀다.

'아빠가 악마의 하수인이라면 저 역시도 살아 있을 자신이 없으니까요.'

앤필리아는 혼란스러웠다.

'왜 그런 거죠, 아빠? 왜?'

누군가의 도움이 간절히 필요했지만 아무도 도와줄 수 없었다.

렌클이 그 편지를 받고 여길 오려면 아무리 빨라도 하루나 이틀은 더 걸릴 것이다. 그리고 온다 한들 그가 도움이 될까? 아무리 뛰어난 기사라지만 인간이 아닌 존재와의 싸움에서 그의 검이 힘을 발휘할 수 있을까?

'내가 해야 해. 내가 모든 걸 끝내야 해.'

포기하고 싶은 마음이 들 때마다 앤필리아는 아직 울음소리 한번 못 낸 아이를 생각하며 힘을 냈다.

그렇게 나온 석 줄의 해독은 간단하지만 끔찍한 내용이었다.

'한 줌의 피로 그린 원 안에 서서 이 주문서 위에 순교자의 심장을 놓으라.

시전자의 피가 묻은 칼을 순교자의 심장에 꽂으라.

아이바주, 아이바주, 아이바주. 세 번의 외침으로 모든 것이 끝나리라.'

아이바주는 일어나라는 뜻이었다. 그리고 순교자는…….

앤필리아는 두루마리를 품에 넣고 자리에서 일어나 당장 부엌으로 달려갔다. 그리고 선반에서 칼을 꺼냈다.

허둥지둥 뒤따라온 린디가 그 모습을 보고 비명을 질렀다.

"아, 아가씨!"

"아무 말도 하지 마. 그리고 이 저택에서 도망쳐. 될 수 있는 한 멀리!"

"아가씨, 왜, 왜 칼을……."

"미안해. 설명할 시간이 없어. 지금까지 도와줘서 고마워."

앤필리아는 가까이 오면 칼로 찔러 버리겠다는 듯 눈을 치켜뜨고 린디가 막고 있는 부엌문으로 걸어갔다. 린디는 너무 겁에 질린 나머지 주저앉아 버렸다.

앤필리아는 린디를 제치고 저택 밖으로 뛰어나갔다.

밖은 눈이 내리고 있었다. 이 시기에 눈이 오는 건 조금도 이상한 일이 아니었지만 드물게도 폭설이었다. 이미 저택에서 마을로 내려가는 언덕길은 눈으로 뒤덮여 있었다.

앤필리아는 구두가 미끄러워 중간에 몇 번이나 쓰러졌다.

몸이 이상했다. 몇 달이나 배 속에 품고 있던 아이가 사라졌기 때문인지, 아니면 얼마 전에 기절했던 충격 때문인지 모르겠지만, 걷는 게 걷는 게 아닌 것 같았다.

그 와중에 구두도 벗겨졌다. 구두가 눈 속에 파묻혔는데, 넘어지는 와중에 어디로 굴러갔는지 찾을 수가 없었다.

'이럴 시간이 없어.'

앤필리아는 맨발로 눈길을 뛰어 내려갔다.

그녀는 패러데인이 죽었던 그 자리로 달려갔다. 하지만 그의 시체가 아직도 그대로 남아 있을 리는 없었다.

'공동묘지? 아니야. 영주에게 처형당한 범죄자인 데다 부랑자에 불과한 사람을 마을 사람들이 쓰는 공동묘지에 묻지 않겠지.'

앤필리아는 열심히 기억을 끌어모았다. 어둠 속에서 눈까지 내리고 있으니, 주변이 잘 보이지 않았다.

'그럼 화장시켰을까? 아니, 아버지는 그런 관습을 싫어했어. 죄인들만 묻는 묘지. 그래. 그런 게 있었어. 거기가 어디였지? 공동묘지 근처 어디였는데?'

앤필리아는 무작정 공동묘지로 갔다. 막 묘지 문을 닫고 퇴근하는 묘지 관리인이 보였다.

그녀는 칼을 허리 뒤에 감추고 그에게 다가갔다.

"묘지기시죠?"

"아, 저택의 아가씨로군요. 이렇게 추운 날 여긴 웬일입니까?"

다행히 그 뚱뚱한 묘지기는 앤필리아에게 관심이 없었다.

저택의 딸이 임신해 있다는 건 마을 사람들 대부분 아는 일이었다. 그런 여자가 이제 배가 불러 있지 않은 걸 보고도 그는 아무런 의심도 하지 않았다. 굽실거리느라 바빠, 앤필리아를 제대로 쳐다보지 못한 덕인지도 몰랐다.

“물어볼 게 있어요. 얼마 전에 부랑자가 한 명 길에서 죽었어요. 그 사람, 어디에 묻혀 있죠?”

앤필리아는 ‘그건 왜 묻는가’ 하는 질문이 되돌아올까 봐 잔뜩 긴장했다. 마땅히 생각나는 변명도 없었다.

최악의 경우에는 칼을 들이밀면서 말 안 하면 죽일 거야! 하고 협박할 참이었다.

“아, 그런 연고지 없는 사람은 일단 시체를 보관소에 넣어 뒀다가 간단한 절차를 거친 후 여기서 하루 정도 걸리는 거리에 있는 산 묘지에 묻죠. 저는 그런 놈들은 화장이나 시키자고 했지만 백작님께서는…….”

“그럼 그 사람도 벌써 그 산에 묻혔겠군요.”

앤필리아는 얘기가 길어지기 전에 끊었다.

“아니요. 아직 보관소에 있어요.”

“그렇군요. 혹시나 했어요.”

“왜 그런 걸 물으시나요?”

“왜일까요? 후후, 일주일쯤 후에 그 비밀을 알려드리죠. 기대하셔도 좋아요.”

앤필리아는 의미를 알 수 없는 미소를 지었고 묘지기는 쉽게 넘어가 주었다.

“그러세요. 그럼 조심해서 들어가세요, 레이디.”

그는 끝내 앤필리아가 맨발이었다거나 등 뒤로 식칼을 숨기고 있다는 사실을 눈치채지 못했다.

앤필리아는 얼른 시체 보관소로 갔다. 말이 보관소지, 나무판자로 엉성하게 지어진 집이라 바람만 세게 불어도 부서질 듯 허름했다. 어차피 누가 시체를 훔쳐 갈 일도 없으니 자물통도 형식적으로 걸려 있었다. 그래도 그녀에겐 커다란 난관이긴 했다.

그녀는 커다란 돌을 하나 들어 자물통을 내리쳤다. 손이 빨갛게 물들어 있었고 발은 얼음처럼 얼어 있었다.

그녀는 끈기를 가지고 몇 번 자물통을 쳤다. 자물통은 끝내 부서지지 않았다. 대신 자물통이 걸린 고리의 못이 부러지며 떨어져 나갔다.

안은 바로 계단으로 연결되어 있었고, 그 안에 거적으로 덮은 시체가 한 구 있었다.

앤필리아는 거적을 벗겼다. 거기에 죽은 패러데인이 누워 있었다.

앤필리아는 반사적으로 고개를 돌렸다. 그리고 한참이나 숨을 몰아쉬며 마음을 진정시킨 다음 다시 내려다보았다.

패러데인은 멍한 시선을 천장에 고정시키고 있었다. 그의 가슴에 시커멓게 뚫린 상처가 선명하게 보였다. 아버지가 창으로 찌른 자국이었다.

아직 부패한 건 아니었다. 와인 저장소와 비슷한 원리였다. 한여름이 아니고서는 가만 놔둬도 음식이 잘 썩지 않는 것이 이곳의 기후였다. 그 안에 뉜 시체가 벌써 썩을 리는 없었다.

"미안해요, 패러데인."

앤필리아는 칼을 거꾸로 쥐고 그의 가슴에 칼을 내리쳤다.

앤필리아는 패러데인의 가슴에 칼을 꽂은 채로 한참이나 그대로 있었다.

아무리 죽어 있다고는 해도 얼마 전까지만 해도 살아서 자신과 대화하던 이였다. 맨정신으로 할 수 있는 일이 아니었다.

그러나 그녀는 했다. 칼을 찔러 살을 헤집고 뼈를 부숴다.

앤필리아는 어느 순간부터 신음을 내지르고 있었다. 하지만 멈추지 않았다. 질척한 피와 살점이 손톱에 묻고 손등을 적셨다.

심장은 갈비뼈 안에 축 처져 있었다. 부순 뼈 너머에 보이는 그 살덩이를 꺼내려고 뼈를 잡아당겼지만 부러지지 않았다.

앤필리아는 숨을 들이마시며 칼을 힘껏 내리쳤다. 그래도 뼈는 단단하게 버텼다. 그 충격에 튀어나온 핏줄기가 그녀의 하얀 얼굴에 튀었다.

놀랍게도 죽은 지 며칠은 됐을 텐데, 그의 몸에는 아직 피가 흐르고 있었다. 마치 죽지 않은 것처럼! 그래서 더욱 망설이게 됐다.

"못 해. 난 못 해."

앤필리아는 눈물을 터트렸다.

"아니야. 할 수 있어."

앤필리아는 울면서 중얼거렸다.

"엄마라는 단어는 뭐든지 할 수 있는 마법이고 기적을 일으키는 주문이야. 넌 엄마야, 앤필리아. 너도 이제 엄마가 되었어. 그러니까 할 수 있어."

앤필리아는 다시 힘을 주어 칼을 내리쳤다. 두 손에 힘을 너무 주는 바람에 내리치는 순간 손잡이에서 손이 미끄러졌다.

그녀의 손바닥이 칼날을 쥔 채로 밑으로 미끄러졌다. 칼날이 손바닥을 뱄다.

앤필리아는 비명을 지르며 손을 움켜쥐었다. 그녀의 새빨간 피가 검게 굳은 패러데인의 시체 위로 후두둑 떨어졌다. 그녀는 비틀거리며 일어나 주위를 살폈다.

'침착해. 억지로 해서 될 일이 아니야.'

그녀는 렌클이 종종 들려주던 검술의 얘기를 떠올렸다. 칼이란 도구는 단련하지 못한 사람이 쓰기에는 그리 좋은 무기가 아니었다.

'칼이 아닌, 다른 게 필요해.'

주변을 살펴보니 땅을 파는 곡괭이와 삽이 벽에 기대어 있었다.

그녀는 손수건으로 다친 손을 감싸 쥐고 곡괭이를 잡았다. 그다음 그 끝을 패러데인의 가슴에 댔다.

'아니야. 이렇게 치면 심장이 손상될 거야.'

그녀는 심장이 있는 반대쪽 가슴에 곡괭이를 내리쳤다. 나무가 부서지는 것과 전혀 다른 파열음이 들렸다.

그녀는 한 번 더 곡괭이를 내리쳤다. 또 핏물이 허공으로 튀었다가 멍한 시선의 패러데인의 얼굴로 떨어졌다.

그녀는 다시 칼을 들어 부서진 갈비뼈를 헤집어 핏줄을 자르고 살점을 찢어냈다. 중간에 몇 번이나 얼굴로 피가 튀었지만 이번에는 피하지도 않았다.

그녀는 마침내 패러데인의 심장을 손에 쥐었다. 호흡이 가빠졌고 앞이 잘 보이지 않았다. 맨정신으로 버티기가 힘들었다.

'기절하지 마. 여기서 기절하면 아무것도 할 수 없어. 아버지, 어머니, 내 아들, 내 남편, 그들의 운명이 나한테 달려 있어.'

앤필리아는 스스로가 대견하다고 생각될 정도로 잘 버텼다. 아니 버티고 있다고 생각했다. 하지만 그녀의 볼은 눈물로 축축하게 젖어 있었고 그 눈물이 얼기 시작했다. 입에서 거친 호흡이 터져 나왔고 다리는 수습이 되지 않을 정도로 흔들렸다.

"안 돼."

앤필리아는 울면서 무릎을 꿇었다.

"못 하겠어, 패러데인. 난 못 해."

앤필리아는 주저앉은 채로 울었다. 이제 심장까지 파헤쳐진 시체가 도움이 될 리도 없건만 그녀는 자꾸만 그의 얼굴을 돌아보고 있었다.

기적은 일어나지 않았다. 죽은 자가 벌떡 일어나 미소 지으며, 힘내라는 격려도 해 주지 않았다.

앤필리아는 그 말을 스스로 내뱉고 있었다.

"힘내, 앤필리아. 힘내."

다음 순간 그녀는 스스로의 말에 힘을 얻어 벌떡 일어났다. 그리고 바닥에 떨어진 식칼을 집어 들어 뒤춤에 꽂아 넣었다.

앤필리아는 다시 시체 보관소를 나왔다. 아직도 눈은 그치지 않았고 날씨는 더욱 추워졌다. 하지만 패러데인의 심장이 그녀의 손을 따뜻하게 했다.

아까보다 더욱 거세진 눈발이 앤필리아를 몰아붙였다. 여전히 걷는 게 힘들었고 균형을 잡기가 어려웠다.

저택으로 올라가는 언덕길에서 앤필리아는 다리에 힘이 빠져 넘어지는 바람에 심장을 놓쳤다. 심장은 눈 위를 구르다가 돌부리에 걸려 멈췄다.

앤필리아는 쓰러지며 그것을 잡았다. 그리고 그대로 웅크리고 앉아 훌쩍였다.

눈보라의 바람이 모든 소리를 차단했다. 있는 힘을 다해 악을 써도 몇 걸음 앞에 있는 사람에게 들릴까 말까 한 바람 속에서 그녀는 작게 흥얼거리고 있었다.

그것은 다섯 살 때까지 가끔 불러 주던 엄마의 자장가였다.

"하늘에서 눈이 와요. 고요한 밤이 와요.

바람은 속삭여요. 달님은 노래해요.

배에 돛을 달아 해님 뜨는 동쪽으로,

천사가 지켜 줘요. 축복이 깃들 거야.

잘 자요, 우리 아가. 엄마가 여기 있어요.

잘 자요, 우리 아가, 엄마가 지켜줄게요."

더 이상 앤필리아는 아무 생각도 하지 않았다. 어딘가로 가야겠다는 생각은 하지만, 그게 어디인지 구체적으로 생각나지 않았다.

굳이 생각하고 싶지도 않았다. 머릿속이 텅 빈 기분이었다.

앤필리아는 다시 심장을 두 손에 쥐고 저택으로 올라갔다. 하지만 저택 앞에는 이미 열 명쯤 되는 경비들이 길을 막고 서 있었다.

그들 뒤로 린디가 서 있었다. 그녀의 손에는 앤필리아가 입을 외투가 들려 있었다.

"아, 아가씨. 아무에게도 말하지 말라고 하셨지만……."

린디가 떨리는 목소리로 말했다.

경비가 다가왔다.

"아가씨. 날씨가 춥습니다. 어서 안으로 드십시오."

앤필리아는 자장가를 흥얼거리다가 멈췄다. 그리고 초점을 잃은 눈동자로 모두를 돌아보다가 등 뒤에 숨기고 있던 식칼을 꺼냈다.

"가까이 오지 마."

그들은 칼을 보고 미동도 하지 않았다.

산전수전 다 겪은 기사들이었다. 진짜 검을 쥐어 본 적 없는 여자의 짧은 칼을 두려워할 리 만무했다.

"저희들은 아가씨를 해치려는 게 아닙니다. 보호하려는 거예요. 이제 막 해산한 몸으로 그렇게 돌아다니시면 위험합니다."

오히려 그들은 앤필리아의 손을 보고 걱정했다. 쥐고 있는 손수건에서 배어 나온 피가 뚝뚝 떨어지고 있었다.

"그리고 그 손부터 어서 치료를……."

"가까이 오지 말라니까!"

앤필리아는 악을 썼다.

"너희들은 이해 못 해. 이 저택에서 무슨 일이 벌어지고 있는지 이해 못 해. 너희들이 지금 무슨 일을 하는지 알기나 해?"

"예, 압니다. 바로 아가씨를 보호하는 일이죠. 칼을 내려놓으십시오. 그리고 그 '왼손에 든 것'도 내려놓으시고요."

경비는 더 다가오며 손을 내밀었다. 그는 앤필리아를 상대로 칼을 꺼내지도 않았다. 앤필리아는 심장을 등 뒤로 감추고 계속 물러섰다.

"안 돼, 오지 마. 제발 날 가게 해 줘."

"안 됩니다."

앤필리아는 포기한 듯 떨리는 손으로 칼을 들었다.

"예, 그렇게 천천히, 천천히 칼을 주세요. 괜찮습니다. 아무 일도 일어나지 않아요. 제게 칼을……."

앤필리아는 칼을 자신의 목에 들이댔다. 그 기사는 손을 내밀고 다가오다가 그대로 얼어붙었다.

단순한 위협이 아니었다. 그녀는 진짜로 칼을 든 손에 힘을 주었다. 목에서 피가 났다.

안 그래도 하얗게 질린 피부에 피가 흐르니 그 색이 더욱 선명했다. 기사들은 자기 목에 칼날이 들어온 것보다 더 당황했다.

"오지 마. 죽어 버릴 거야."

"아, 아가씨."

"물러서."

그녀는 아까처럼 악을 쓰지도 않았다. 그저 칼끝을 턱 바로 밑에 겨누고 웅얼거릴 따름이었다.

앤필리아는 저택을 지키는 기사들의 충성심을 이용하고 싶지 않았다. 그들의 사랑을 이용하고 싶지 않았다. 그래서 이런 식으로밖에 할 수 없는 자신이 한없이 증오스러웠다.

"미안해. 이 방법밖에 없어. 그러니 제발, 물러서."

앤필리아는 눈물을 흘리며 천천히 옆으로 걸었다. 와인 저장소까지는 아직 멀었고 마음은 급했다. 하지만 기사들은 몇 걸음만 물러날 뿐 포기하지 않았다.

"왜 그러시는지는 몰라도 저희들 역시 필사적입니다. 절대 아가씨를 죽게 내버려 두지 않아요."

"왜 그렇게들 이해 못 하는 거야? 나는……."

갑자기 뒤에서 달려든 기사가 앤필리아를 덮쳤다. 그 기사는 단숨에 그녀의 칼을 든 손을 제압하고 허리를 감쌌다.

"이거 놔!"

앤필리아는 비명을 지르며 몸을 뒤틀어 저항했다. 그 와중에 심장을 떨어뜨리고 칼을 떨어뜨리며 몸부림쳤지만 소용없었다. 더구나 그녀는 이미 눈길을 왕복하는 데 남은 힘을 다 소모한 후였다.

"놔……."

그녀는 힘을 잃고 선 채로 늘어졌다.

모든 것이 끝났다.

기사들이 다가와 그녀를 잡아 부축했다. 그리고 한 명은 그녀가 떨어뜨린 심장을 집어 들었다.

"맙소사, 아가씨. 이걸 어디에 쓰시려고……."

그 순간 심장이 꿈틀거리며 크게 한 번 박동했다. 그리고 그 기사의 손바닥 위에서 피를 왈칵 쏟아냈다. 그는 놀라며 심장을 떨어뜨렸다.

처음 그 심장을 잡았던 남자가 자신의 가슴을 움켜쥐었다. 그는 숨을 헐떡이며 고통스럽게 무릎을 꿇더니 그대로 눈밭에 얼굴을 묻고 숨을 멈췄다.

"어?"

앤필리아를 뒤에서 잡고 있던 남자도 외마디와 함께 가슴을 쥐고 쓰러졌다. 거의 동시에 주위에 있던 기사들이 똑같은 반응을 보이며 죽어버렸다.

쏟아지는 하얀 눈보라 속에서 살아서 숨을 쉬는 건 앤필리아와 린디뿐이었다.

"이, 이게 대체……."

린디는 앤필리아만큼이나 하얗게 질려 입을 가렸다.

앤필리아는 떨어뜨린 칼을 도로 집으며 말했다.

"도망가렴, 린디. 앞으로 무슨 일이 벌어질지 나도 잘 모르겠어. 그러니 부탁이야. 도망쳐."

린디는 허둥지둥 저택 밖으로 달아났다. 하지만 그녀 역시 정문을 넘지 못하고 눈 속에 미끄러져 넘어지더니 다시는 일어나지 못했다.

어린 시절 앤필리아의 소꿉친구는 눈에 천천히 파묻혀 갔다.

앤필리아는 눈을 질끈 감았다.

'패러데인, 이럴 수밖에 없는 거야? 난 이제 더 이상 내가 하고 있는 일이 옳은 일인지 모르겠어. 정말 아빠가 악마인 거야? 사실은 네가 악마고 날 이용하는 건 아니니? 그럼 난 대체 뭘 어떻게 해야 하는 거지?'

선택의 여지가 없었다. 앤필리아는 피가 흐르는 심장을 쥐고 와인 창고로 향했다. 입에서는 계속 자장가가 맴돌고 있었지만 어느 순간부터 내용은 바뀌어 있었다.

"……천사가 부활해요, 축복을 내려 줘요, 말해요, 우리 아가. 엄마가 가고 있어요……."

저장소의 벽으로 막혀 있던 비밀 통로는 활짝 열려 있었다. 그래서 안에서 새는 소리가 바깥으로 여과 없이 들렸다. 하지만 알아들을 수 없는 언어였다.

앤필리아는 몇 번이나 넘어질 듯 비틀거리며 계단을 내려갔다. 그리고 계단 중간쯤에서 멈춰 쭈그리고 앉아 난간 너머를 내려다보았다.

광장 아래는 처음 봤던 것과 별다를 게 없었다. 하지만 이젠 더 이상 그런 광경이 두렵지 않았다.

'내 아기.'

발가벗은 갓난아기가 커다란 석조 테이블 위에 눕혀져 있었다.

'내 아기 돌려줘!'

제단의 주위를 검은 로브를 입은 사람 다섯 명이 빙글빙글 돌면서 알아들을 수 없는 언어로 중얼거리고 있었다. 제단 앞에는 아버지가 하얀 로브를 입고 무릎 꿇고 앉아 기도를 올리고 있었다.

케이지에 갇힌 레미프는 늘어진 날개를 힘없이 퍼덕이며 멍한 시선으로 제단 쪽을 바라보고 있었다. 어떤 감정도 보이지 않던 그 레미프가 짧은 순간 앤필리아에게 시선을 주었다. 하지만 곧 자연스럽게 슈라이튼 백작에게 눈길을 돌렸다.

아기는 하얀 이불 위에 누워서 바동거리고 있었다. 분명 울고 있어야 할 아이는 그저 얼굴로만 고통스럽게 울부짖고 있었다.

울음소리 없는 아이의 울음을 보고 있자니 앤필리아는 가슴이 찢어지는 것만 같았다.

앤필리아는 품에 구겨 넣었던 두루마리를 펼쳤다. 돌돌 말려 있던 것을 한 번 또 접은 거라 잘 펼쳐지지 않았다.

그녀는 근처에 떨어진 돌을 몇 개 주워 두루마리의 모서리에 올려 다시 말리지 않게 했다. 피로 축축하게 젖은 손수건을 아직도 쥐고 있어, 두루마리 여기저기에 그녀의 피가 묻었다.

그녀는 두루마리 앞에 무릎을 꿇었다.

'한 줌의 피로 그린 원 안에 서서…….'

그녀는 쥐고 있는 손수건을 적신 자신의 피를 쥐어짜, 두루마리를 중심으로 원을 그렸다. 생각보다 출혈이 심했는지, 원 하나 그리기에는 충분했다.

'……이 주문서 위에 순교자의 심장을 놓으라.'

패러데인의 심장에서는 아직도 피가 흐르고 있었다. 미세한 맥박도 느껴졌다. 몇 번이나 눈 위를 굴렀는데도 도리어 점점 따뜻해지고 있었다.

패러데인이 골목길에서 꽉 잡아 주었던 손처럼 따스했다.

'시전자의 피가 묻은 칼을 순교자의 심장에 꽂으라…….'

앤필리아는 식칼을 들었다. 이미 칼날에는 그녀의 피가 적셔져 있었다.

그때 아버지의 목소리가 들렸다.

"룬 무 사나딜 포푸투즈 오그 즈비 모에프디압."

레미프어를 못한다더니 패러데인과 비교해도 전혀 어색하지 않은 발음이었다.

그 말에 반응하듯, 케이지에 갇힌 레미프가 고통스럽게 몸부림쳤다. 큰 날개를 퍼덕이자 무거운 케이지가 통째로 들렸다 내렸다 했다.

그 소리 없는 고통이 마치 아들의 울음 같았다.

아버지는 품에서 금빛으로 빛나는 단검을 꺼내 들었다. 그리고 테이블 위에서 버둥거리는 아이 앞으로 다가갔다.

붉고 노란 횃불의 불빛과 전혀 다른 하얀빛이 천장 쪽에서 직선으로 뻗어와 단검 위에 쏟아졌다. 검은 로브를 쓴 남자들은 그 빛의 기적을 보고 탄성을 내질렀다.

앤필리아는 조금도 놀라지 않았다. 오히려 그 빛이 신호였다. 그녀는 식칼을 두 손에 쥐고 머리 위로 쳐들었다. 그리고 아버지보다 더 빨리 패러데인의 심장에 칼을 내리꽂았다. 그 순간 심장에서 환한 빛이 터져 나왔다.

귀를 멍하게 만드는 파열음이 지하 공동을 크게 울렸다. 잠깐 동안이지만 지진이라도 일어난 듯 모든 것이 좌우로 흔들렸다.

심장은 살아 꿈틀대며 칼을 감쌌다. 칼날이 심장을 뚫은 게 아니라 심장이 칼날을 먹어 삼킨 것 같았다.

당연히 제단에서의 의식은 중단되었고 다들 놀라며 이쪽을 바라보았다.

그중 아버지는 크게 눈을 뜨고 엄청난 속도로 달려와 단숨에 계단 밑에 다다랐다.

마지막 세 번째 줄을 실행시킬 차례였다.

'아이바주, 아이바주, 아이바주, 세 번의 외침으로 모든 것이 끝나리라.'

앤필리아는 외쳤다.

"아이바주."

레미프어로 말하는데도 그녀는 익숙한 발음을 하는 것처럼 느꼈다.

일어나라!

패러데인의 심장이 불타올랐다. 그 엄청난 불길에 머리카락이 흩날리고 주위로 바람이 불어 나갔다. 그러나 정작 앤필리아는 전혀 뜨거움을 느끼지 못했다.

불길은 천장 위까지 다다라 지하 공간을 모두 채웠다. 어두웠던 동굴 안이 단숨에 대낮처럼 밝아졌다.

"멈춰라!"

슈라이튼 백작이 다급하게 외쳤다.

"앤필리아, 그 이상 말해선 안 돼. 이 의식을 망쳐선 안 돼!"

"안 되긴요."

아버지는 계단을 천천히 올라섰다. 앤필리아는 가까이 오지 말라는 경고도 하지 않았다.

"아버지가 악마의 힘을 쓰려는 걸 막아야겠어요."

앤필리아는 칼이 박혀 있는 패러데인의 심장을 두 손에 쥐고 얼굴 높이로 들어 올렸다. 불타는 심장은 끝없이 피를 벌컥벌컥 토해 내고 있었다.

피는 마치 불붙은 기름처럼 그녀의 손에 닿자마자 타올랐다.

"아, 알고 있었느냐?"

백작은 당황하며 물었다.

앤필리아는 힘없이 말했다.

"언제나 그렇지만 솔직하시네요. 왜 그동안 절 속였죠?"

"속이려고 한 게 아니다. 이 일은……, 인간을 위한…… 선택이었다."

"듣지 말아요!"

그때 갇혀 있던 레미프가 다급하게 외쳤다.

"이미 당신의 아버지가 아닙니다. 당신의 말을 들을 수 없는 존재가 되어 버렸어요."

아버지는 손을 내밀며 소리쳤다.

"닥쳐라!"

보이지 않는 힘이 케이지를 세게 때렸다. 허리를 구부린 채 안에 갇혀 있던 레미프가 크게 몸을 떨며 바닥에 고꾸라졌다. 차가운 바위에 얼굴을 떨어뜨린 레미프의 입에서 피가 왈칵 쏟아져 나왔다.

"아이바주."

앤필리아는 한 번 더 그 말을 외쳤다. 심장 주위를 맴돌던 불길이 앤필리아를 중심으로 불어 나갔다. 불길은 단숨에 슈라이튼 백작을 휘감았다.

앤필리아는 갑작스러운 불길의 폭발에 놀라 고개를 한쪽으로 돌리고 눈을 질끈 감았다. 급변한 상황에 놀라 어찌할 바를 모르던 검은 로브를 입은 인간들을 향해 불길이 뻗어나갔다. 불길은 순식간에 그들이 입고 있는 로브를 태우고 몸을 태웠다. 다섯 명의 비명이 광장 안을 가득 채웠다.

앤필리아가 다시 고개를 들었을 때는 이미 다섯 명의 육체가 증발하고 사라진 후였다.

앤필리아는 제단 위의 아들을 바라보았다. 제단은 마법의 힘으로 보호받고 있는 것인지 불길의 영향을 받지 않았다.

앤필리아는 다시 아버지에게 고개를 돌렸다. 그 역시 불길에 휩싸여 있었다. 하지만 다른 사람들처럼 타지 않았다.

점차 불길이 가라앉으며 그의 모습이 드러났다.

"아, 아버지?"

불길이 사라지고 남은 자리에 있는 것은 더 이상 그녀가 알던 아버지가 아니었다.

피부가 벗겨져 타 버린 안쪽에는 붉은 비늘이 있었고, 팔뚝으로 긴 갈퀴가 뻗어 나왔으며 눈동자는 황금빛으로 빛나고 있었다.

그가 천천히 입을 열었다.

"내 딸아……, 그 말을 해선 안 된다. 마지막 말은 절대 해선 안 돼!"

"아빠."

앤필리아는 결혼한 이후로 쓰지 않았던 호칭으로 슈라이튼 백작을 불렀다. 이제 한마디만 하면 모든 것이 끝난다. 하지만 그 말을 하기 전에 꼭 알고 싶은 것이 있었다.

"내 아이로 뭘 할 생각이었죠?"

앤필리아가 물었다.

'제발 아니라고 말해요. 지금이라도 아빠가 하는 말이라면 믿을게요. 사랑하는 아빠, 그런 모습을 하고 있다 해도 아빠는 아빠예요. 날 무릎에 앉히고 동화를 읽어 주던 그 자상한 아빠라고요. 그런 분이 내 아이를 죽일 리는 없어요. 그렇죠? 제발 아니라고 말해요.'

슈라이튼은 모든 것을 포기한 듯 말했다. 더 이상 설득하는 어조도 아니었다.

"제물로 바칠 생각이었다."

"뭘 위해서요?"

"악마를 퇴치하기 위해서."

"악마는 아빠잖아요!"

"이 모습은 드래곤의 힘을 빌렸기 때문에……."

"겉모습 이야기가 아니에요!"

앤필리아는 울면서 소리 질렀다. 더 이상 남은 눈물이 없을 줄 알았지만 또 눈물이 쏟아졌다.

"손자를 죽이는 할아버지가 어디 있어요?"

"앤필리아…… 내 말을 들어라."

그때 케이지에 갇힌 레미프가 동시에 말했다.

'들어선 안 됩니다. 앤필리아, 당신은 진실을 봤어요. 아무리 잔혹해도 그 진실에서 눈을 돌려선 안 돼요!'

아버지의 목소리는 귀로 들렸고 레미프의 목소리는 마음으로 들렸다. 머릿속이 엉망으로 뒤엉켰고 뭐가 옳고 뭐가 그른지 분간할 수 없었다.

"저 괴물은 수백, 수천 년 전부터 부활하려고 했던 태고의 악마다."

아버지의 목소리가 귀로 들렸다. 그리고 바로 뒤이어 레미프의 목소리는 머릿속으로 들렸다.

'제 몸에는 수백, 수천 년 전부터 부활하려고 했던 태고의 악마가 잠들어 있어요.'

"녀석은 다시 부활할 힘을 얻기 위해 레미프와 인간의 몸을 옮겨 다니고 있었다. 녀석의 다음 목표는 나였다. 날 현혹시켜 내 몸을 빼앗아 이 나라를 지배할 속셈이었지."

'슈라이튼 백작은 이미 석 달 전에 죽었습니다. 지금 그는 이미 악마에게 몸을 빼앗겼고 제 몸 안의 악마가 시키는 대로 하고 있어요. 자기

가 뭘 하고 있는지도 모르고 있습니다.'

"난 저항했고 녀석을 오히려 여기 가두는 데 성공했다. 하지만 죽일 수가 없었다. 그냥 죽이면 다른 희생자의 육체에 깃들 테니까! 그래서 루티아의 조언을 빌려 놈의 영혼을 완전히 제거할 조건을 알아냈는데, 거기에서 벗어나기 위해 녀석이 널 이용하는 거야. 속아선 안 돼."

'이미 저자의 몸에는 카-구아닐이라고 하는 사악한 드래곤의 힘이 잠들어 있습니다. 죽지 않는 자들의 군주를 지키는 가장 강력한 수호신이에요. 그 드래곤이 론타몬에 나타나면 이 세상은 끝장입니다. 누구도 막지 못해요. 어떤 말에도 넘어가지 말아요. 당신은 진실을 봤어요!'

"앤필리아, 제발 그 불덩어리를 내려놓아라. 그리고 저 괴물의 겉모습에 현혹되어선 안 돼! 악마는 언제나 인간에게 성스러운 모습으로 나타나는 법이야! 난 네 아빠란다. 절대 널 속이지 않아."

'악마가 마지막으로 공격해 오는 것은 언제나 사랑입니다. 그 말에 귀 기울이지 말아요. 자신을 믿으세요.'

"앤필리아."

'앤필리아.'

"저 녀석이 바로 죽지 않는 자들의 군주다!"

'당신의 아버지가 바로 죽지 않는 자들의 군주입니다.'

앤필리아는 마침내 고개를 들었다. 그리고 떨리는 입술을 열었다.

"제 아들을 제물로 바친다는 건……, 죽인다는 거죠?"

슈라이튼 백작의 눈동자에 짧은 망설임이 일었다.

"애, 앤필리아."

앤필리아는 그의 눈빛을 읽었다.

"미안해요, 아빠."

그 순간 슈라이튼 백작은 손을 치켜들었고 손끝으로 굵직한 발톱이 튀어나왔다.

"용서하거라, 내 딸아."

발톱의 끝은 그녀의 얼굴을 향하고 있었다. 이상하게도 앤필리아는 그 모습을 봐도 전혀 두렵지 않았다. 그녀는 힘없이 웃으며 말했다.

"아이바주."

슈라이튼 백작은 손톱이 길게 자란 손을 치켜든 채로 눈을 질끈 감았다.

불길은 사라졌다. 한 번 그 단어를 외칠 때마다 폭발이라도 하듯 큰 소리가 울렸으나 마지막 세 번째에서는 아예 모든 소리를 먹어 버린 듯 조용해졌다.

잠시 후 레미프를 가둔 케이지가 유리처럼 깨졌다. 하지만 그 소리도 거의 들리지 않았다. 자잘하게 부서진 쇳조각이 바닥에 닿는 소리는 물속에서 들리는 것인 양 무겁고 희미했다.

슈라이튼 백작은 씁쓸한 미소를 지으며 딸을 내려다보았다. 들고 있던 손으로 그녀의 머리를 부드럽게 쓰다듬었다. 깨진 쇳조각을 털며 날개를 펼치고 있는 레미프는 돌아보지 않았다.

"내가……."

그는 뒷말을 잇기 힘들어했다. 그의 몸은 드래곤의 비늘을 달고 있는 흉측한 육체에서 도로 인간의 모습으로 돌아오고 있었다.

"아니, 아니다."

레미프는 천천히 걸어와 계단을 올라왔다. 슈라이튼 백작은 마지막까지 앤필리아만 쳐다보았다. 마치 죽기 전에 한 번이라도 더 딸을 봐두기라도 하는 것처럼.

"아빠?"

앤필리아는 영문을 알 수 없는 눈동자로 그를 올려다보았다.

"암흑의 힘을 막기 위해 암흑의 힘을 이용하려 한 것이 옳지 못했던 게지."

슈라이튼 백작은 천천히 말을 이었다.

"내가 너무 초조한 나머지 잘못 생각한 게야. 네 아들을 희생시키고 싶은 마음은 없었는데, 그만 욕심을 부리고 말았구나. 다 내 잘못이다. 미안하구나."

그는 눈물을 흘렸다.

"진실로 널 죽이려고 팔을 든 게 아니야……."

"죽였으면 좋았을 텐데, 아쉽게 됐군. 손자는 죽일 수 있어도 딸은 못 죽이겠지?"

등 뒤에 선 레미프는 빙그레 웃더니 손을 들어 슈라이튼의 등을 손끝으로 찔렀다. 백작의 가슴을 뚫고 나온 레미프의 손에서 피가 주루룩 흘렀다.

슈라이튼은 힘을 잃고 돌계단 위에 떨어졌다. 그리고 움직이지 않았다.

"앤필리아."

레미프는 진짜 천사처럼, 성스러워 보이는 미소를 지었다. 그의 날개는 점점 줄어들더니 사라졌다. 잿빛 머리카락도 금발로 변했다. 곧 얼굴까지 변했다.

레미프는 슈라이튼 백작이 되어 있었다.

"수고했다, 내 딸아."

"아, 아빠?"

"그래. '이제부터' 그렇게 부르렴."

지금 그의 모습은 아버지와 똑같고 목소리도 완전히 같았지만 전혀 아버지 같지 않았다. 차라리 좀 전의 비늘 달린 남자가 더 아버지 같았다.

"아……."

앤필리아는 나직이 신음을 내뱉었다.

처음 천사가 했던 말이 떠올랐다.

'절 구해주세요……. 당신 아버지가 날 죽일 거예요……. 그를 막을 사람은 당신뿐이에요…….'

그것은 천사가 아니었다. 몸속에 악마의 영혼을 지니고 있는 레미프였다.

'네 아버지의 힘이 나날이 강해지고 있어. 내 힘으로는 그를 꺾지 못해.'

패러데인이 보라고 말한 두루마리에는 죽은 자들을 일으키는 마법이 적혀 있었다.

'그 두루마리의 마지막 석 줄을 해독해 내야 해. 그것은 죽은 자를 다시 죽이는 마법, 네 아버지를 예전의 모습으로 되돌리고 그 레미프를 자유롭게 풀어 줄 거야.'

"아아……."

앤필리아는 피 묻은 손으로 얼굴을 감싸 쥐었다.

'내가 풀어줬어!'

아버지는 이미 차가운 시체가 되어 있었다. 천장의 불길은 어느새 와인 저장소로 이어졌고 저택까지 옮겨 붙고 있었다.

그 순간 패러데인이 말한 또 하나의 예언이 떠올랐다.

널 낳은 여자가 불에 타 죽을 것이다…….

'저주라는 이름으로 이 땅을 헤매다 다시 형체를 갖추려는 순간 인간의 위대한 마법사가 레미프의 몸 안에 가두었지.'

'너에게 내가 줄 수 있는 힘은 축복이 아닌 저주뿐이구나…….'

그것은 예언이 아니었다. 그의 말대로 저주였다.

"아아, 아아."

앤필리아는 앉은 채로 점점 뒤로 물러나 차가운 벽에 등을 기대었다. 그녀는 두 손으로 얼굴을 감싸 쥐고 같은 말만 되풀이했다.

"내가 풀어줬어, 내가 풀어준 거야……."

아버지의 모습을 한 레미프는 재미있다는 듯 그 모습을 가만히 내려다보다가 말했다.

"네가 지금 어디까지 생각하고 있는지는 잘 알고 있단다, 앤필리아. 하지만 복잡하게 생각할 거 없어. 앞으로 내가 네 아버지를 대신할 뿐이니까."

그는 칼이 박힌 패러데인의 시커멓게 탄 심장을 주워들고 말했다.

"수고했다, 패러데인. 넌 이제 쉬어도 된다."

앤필리아는 피가 나도록 손톱으로 머리를 세게 움켜잡았다.

'내가 무슨 짓을 한 거지?'

슈라이튼 백작이 그녀의 앞으로 다가왔다.

"날 자유롭게 해 준 대가로 네 운명은 네 선택대로 해주겠다, 앤필리아."

슈라이튼 백작이 그녀의 머리를 움켜잡았다.

"계속 내 딸이 되어, 영원한 삶을 누릴 군주의 한쪽 자리를 차지할 수도 있다. 하지만 이대로 안식을 택할 수도 있다. 어느 쪽이냐?"

앤필리아는 아무런 대답도 하지 못했다. 아예 그 질문을 듣지도 못하고 있었다. 그저 같은 말만 반복하고 있었다.

"내가 풀어줬어……."

슈라이튼 백작은 고개를 저었다.

"죄책감 가질 것 없다. 원래 이렇게 될 일이었으니까. 네 아비가 아니었다면 네 아들이 내 영혼을 담았을 테지."

그는 뒤이어 대답을 강요했다.

"어서 말해라, 앤필리아. 안식이냐, 불멸이냐?"

대답은 계단 위쪽에서 들려왔다.

"둘 다 거절한다."

계단에서 치솟는 불길을 뚫고 한 남자가 달려 내려오더니, 그 속도를 그대로 살려 슈라이튼 백작의 가슴을 향해 칼을 찔러 넣었다.

백작은 미리 알고 있었다는 듯 느긋하게 한 손을 내밀어 보이지 않는 방패를 만들었다. 칼날은 그 방패에 부딪쳐 막히는가 싶었으나 푸른 섬광을 터트리며 보이지 않는 막을 깨트렸다. 칼날은 백작의 손가락을 베고 목까지 뚫고 들어갔다.

백작과 그 남자는 서로 뒤엉켜 계단 끝까지 떨어졌다. 남자는 칼을 놓고 즉시 일어나 백작에게서 떨어졌다. 칼이 목을 꿰뚫고 있음에도 불구하고 백작은 살아 있었다.

앤필리아의 남편, 렌클이었다.

"여기 있어서는 안 되는 녀석이 왔구나."

슈라이튼 백작은 목에 칼이 꽂힌 채로 일어나 말했다.

"어디에서 나타난 악마냐?"

렌클은 허리춤에서 단검을 꺼내 겨누었다.

"장인의 모습을 하고 있는데도 서슴없이 칼을 찌르다니, 통찰력이 보통이 아니군."

슈라이튼 백작은 목에 꽂힌 칼을 천천히 뽑아냈다. 완전히 뽑혀 나오자마자 피가 역류하는 폭포처럼 쏟아져 나왔다.

그사이 렌클은 제단에 놓인 아이를 끌어안고 계단을 올라왔다.

"앤필리아, 아이를 안아요."

그는 앤필리아에게 아들을 안기고 아내를 안아 올렸다.

슈라이튼 백작은 목에서 뺀 칼을 손으로 꽉 쥐었다. 성스러운 마법검이었으나 그 손길 한 번에 검은 재로 타 버렸다.

"렌클!"

슈라이튼 백작은 굳이 두 사람을 쫓지 않았다. 그저 목에서 샘솟는 피를 손바닥으로 막고서 말했다.

"네 운명은 비극과 슬픔으로 이어져 있다. 그런 운명을 따를 테냐? 그러지 말고 날 따르는 건 어떠하냐?"

그 말에 렌클은 계단 끄트머리에서 멈춰 서서, 아래 있는 백작을 내려다보았다. 백작이 계속 말했다.

"너라면 가능하다. 세상을 멸망시킬 수도 있는 강대한 힘을 얻고 싶지 않은가?"

"그런 힘, 나는 필요 없다. 그리고 난 악마의 하수인이 아니야."

"그럼 악마의 하수인이었던 아내를 보호하는 것이 너의 임무더냐?"

슈라이튼 백작은 웃음을 터트렸다. 하지만 렌클은 듣지 않고 아내를 안고 밖으로 나갔다.

백작은 아직도 천장에 타오르는 불길을 올려다보더니 손을 휙 저었다. 불은 순식간에 사라지고 곧 그 자리에 얼음이 얼기 시작했다.

"믿음이란 게, 이렇게까지 이용하기 쉽다면 내 새로운 무기로 써도 좋겠군."

그는 칼이 꽂힌 패러데인의 심장을 집어 들며 고개를 갸웃했다.

"이제부터 만들 종교의 상징으로는 이게 좋겠군."

하고 싶은 장난이 너무 많아 뭘 먼저 해야 할지 고민하는 장난꾸러기 같은 미소를 지으며 그는 혼잣말을 중얼거렸다.

"하늘 산맥을 넘길 군대를 짜려면 '녀석'이 필요한데……. 꿈으로 계속 암시를 줬는데도 아직 찾아오지 않다니 생각보다 둔한 녀석이군. 뭐, 시간은 많으니까."

저택이 불타고 있었다. 렌클의 품에 안겨 있는 앤필리아는 눈을 가늘게 뜨고 불길을 바라보았다.

어머니는 침실에서 나오지도 못하고 죽었다. 패러데인의 저주, 그리고 자신이 야기한 죽음이었다.

'악마를…… 내 손으로 풀어줬어.'

앤필리아는 아기를 끌어안았다.

'미안해, 아가야. 내가 너에게서 세상의 소리를 빼앗아 버렸구나.'

마을 사람들이 저택 근처로 달려와 있었다. 하지만 워낙 큰불이라 어찌해 보지도 못하고 두 손을 놓고 있었다.

"편지를 봤소."

렌클은 지금까지 계속 말을 타고 달려온 데다, 또 격렬한 싸움을 치른 터라 호흡이 거칠었다.

"백작님께서는 오래전에 그 악마를 사로잡은 후 처치하기 위해 계속 고생하셨소. 그 일에 전념하기 위해 내가 백작님의 일을 대신하고 있었던 거요. 하지만 당신의 편지를 보고 뭔가 잘못되었다는 사실을 깨닫고 그 길로 달려왔소. 너무 늦고 말았지만……."

남편의 말 한마디 한마디가 날카로운 바늘이 되어 그녀의 가슴에 꽂혔다.

아버지를 죽였다.

어머니를 죽였다.

그리고 이제 그녀의 차례였다.

남편도 패러데인의 저주대로 살해당할 것이다. 하지만 그녀는 남편에게 그 말을 해줄 용기가 없었다. 그리고 이미 그는 알고 있는 듯 보였다.

앤필리아의 눈에 저주와도 같은 앞날이 선명하게 보였다. 보고 싶지 않아 눈을 꼭 감았는데도 보였다.

슈라이튼 백작이 일으킨 군대가 전쟁을 일으켰다.

검은 갑옷을 입은 기사들이 사람들을 죽이고 있었다.

성스러운 드래곤이 그 기사들의 창에 숨을 거두었다.

앤필리아가 거부한 운명을 이어 받은 붉은 머리카락의 소녀가 보였다. 그녀 역시 어둠의 힘을 먹고 되살아난 자신의 아버지를 거부하고 있었다. 그리고 그 소녀는 자신을 되살리지 말라고 부탁하고 죽었다.

보이는 것은 온통 죽음뿐이었다.

'싫어. 이제 그만해……. 보고 싶지 않아!'

앤필리아는 남편의 허리를 끌어안고 말을 타고 오는 내내 고통스럽게 신음했다.

렌클은 마을을 벗어나 풍차 근처에 있는 헛간에 멈췄다. 그리고 아내를 서둘러 말에서 내려 짚더미에 내려놓았다.

"렌클. 모든 게 제 잘못이에요."

앤필리아는 짚더미에 파묻힌 채로 죽어가는 목소리로 말했다.

렌클은 창백한 아내의 손을 꽉 쥐었다.

"그렇지 않소, 앤필리아. 아직 우리에게 희망은 있소."

"악마가 세상에 나왔어요. 세상을 멸망시킬……. 다 내 잘못이에요."

"그런 말 마시오!"

"약속해 줘요. 운명에 지지 않고 모든 저주를 이겨내겠다고……."

그녀는 남편에게 아이를 건네주었다.

"왜 그런 말을?"

"약속해요!"

시간이 얼마 남지 않았음을 예감한 앤필리아는 마지막 힘을 짜내어 말했다.

렌클은 아내의 눈동자를 똑바로 바라보며 고개를 굳게 끄덕였다. 그녀는 그의 그런 믿음직스러운 눈을 사랑했다.

"고마워요."

앤필리아는 젖은 눈동자로 남편의 품에 안긴 아이를 바라보았다.

"아이의 이름은…… 편지에 적힌 대로 정할 거죠?"

"그렇소."

"테마르."

앤필리아는 눈물을 흘리며 처음이자 마지막으로 아들의 이름을 불렀다.

"슈라이튼이라는 성은 붙이지 말아요."

"알았소."

"사악한 엄마 얘기도 하면 안 돼요. 할아버지 얘기도, 이 저택의 얘기도 하면 안 돼요. 저주가 이어가게 하면 안 돼요……."

그 순간 앤필리아의 눈에 아이의 미래가 보였다.

패러데인의 예언대로 렌클이 죽고, 그의 뒤로 초점 잃은 눈동자의 금발 소년이 보였다.

소년은 죽은 렌클을 내려다보고 있었다. 복수심으로 들어찬 살기 넘치는 눈동자를 하고서 소년은 말없이 아버지를 죽인 남자의 뒤를 따르고 있었다.

그리고 소년은 조용히 칼을 다루는 법을 배웠다.

복수를 위해!

그러나 그 복수의 시기보다 먼저 다른 암살자들이 아버지의 원수를 죽여 버렸다. 복수의 방향을 잃은 소년은 암살자들을 죽였고, 결국 잡혔다.

소년의 앞에 또 다른 남자가 나타났다. 렌클과 닮은 남자였다.

그 남자는 말 못하는 소년을 위해 바닥에 글씨를 써서 물었다.

'내 제자가 되겠느냐?'

안 돼! 앤필리아는 외쳤지만 미래에 개입할 수는 없었다. 알면서도 앤필리아는 소리쳤다.

'그 남자는 암살자야. 그 사람의 제자가 되어 더 큰 죄를 저질러서는 안 된다.'

그러나 바람과는 달리 그녀의 아들은 암살자의 말에 따랐다.

그 뒤 소년은 검은 옷을 입고 두 자루 단검을 쥐고 서슴없이 사람을 베는 암살자가 되어 갔다.

패러데인이 예고했던 그 미래는 바뀌지 않았다. 악마가 자신을 조종하기 위해 보여 준 그 미래만큼은 거짓이 아니었다.

'내 죄를 이고 가선 안 돼, 아가야. 그럼 안 돼.'

앤필리아는 가늘게 떨며 손을 내밀었다. 이미 아내의 죽음을 예감한 렌클도 눈물을 흘리며 그녀가 마지막으로 아들을 만질 수 있도록 옆에 앉았다.

앤필리아는 아무것도 모르고 눈만 깜빡이는 갓난아기의 얼굴을 어루만졌다.

'누가 이 아이를 구해 주세요. 이 아이가 죄를 짓지 않도록 구원해 주세요. 제발…….'

앤필리아의 힘을 잃은 손이 천천히 밑으로 떨어졌다. 그리고 삶과 죽음의 경계선으로 넘어가는 마지막 순간, 어른이 된 앤필리아의 아들이 하얀빛을 뿜는 눈부신 머리카락의 여인 앞에 서 있는 것을 보았다.

그녀의 머리카락은 금빛이 되었다가 붉은빛이 되었다가 다시 은빛으로 변하며 눈을 현혹했다.

앤필리아의 아들은 그녀 앞에 무릎을 꿇었다. 그러자 그 여자는 아들의 이마 위에 손을 얹고 있었다.

앤필리아는 그 여자가 자신의 눈을 현혹하는 또 다른 악마인지, 아니면 보이는 그대로의 성스러운 여자인지 모르지만 거기에 매달렸다.

'누군지 모르오나, 여신과도 같은 여인이시여.'

앤필리아는 기도하는 심정으로 간절히 말했다.

'부디 제 아이를 지켜 주세요.'

마지막 순간 그 눈부신 여인이 뭐라고 말을 했다. 그 말을 들은 앤필리아는 눈을 크게 떴다가 이내 미소 지었다.

"고맙습니다."

그리고 그녀의 숨이 끊어졌다.

렌클은 힘을 잃은 아내의 눈동자를 감겨 주며 옆에 무릎 꿇고 흐느꼈다. 그의 눈물은 곧 오열이 되었고 고통이 되었다. 하지만 그는 고통을 안은 채로 자리에서 일어나야 했다.

렌클은 아내의 시체가 있는 헛간을 불태웠다. 그리고 아이를 안고 그 모습을 지켜보았다.

아직 눈발은 멈추지 않았고 갓난아이가 견디기에는 지독히 추운 날씨였다.

아이는 울지 않았다. 타는 불길에 시선을 고정시키고 있었다.

"알고 있단다, 테마르. 내 힘이 그 악을 꺾기에 미약하다는 것을."

그는 말에 올라 눈 속을 달렸다.

"하지만 난 결코 포기하지 않겠다. 내가 못하면, 적어도 네가 할 수 있도록!"

렌클은 굳게 다짐하고 또 다짐했다.

아내가 마지막에 무슨 환상을 보았을까? 그러나 그 환상을 보고 아내는 기쁜 미소를 지었다.

"희망을 보았을 거요, 앤필리아. 그러니 나도 희망을 잃지 않겠소."

환하게 빛이 나는 여인은 성인이 된 앤필리아의 아들, 테마르의 머리에 손을 얹고 말했다.

"내게 주어진 권한으로 지금부터 널 울프 기사단으로 임명하겠다."

곧 앤필리아의 아들은 위대한 기사가 되어 전쟁터의 한가운데 서 있었다.

귀가 들리지 않는 그가 동료 기사들의 눈이 되었고, 보호자가 되었고, 최전방에 서는 용맹한 전사가 되어 있었다. 그가 쥔 칼은 성스러움을 베는 악의 검이 아니라, 성스러움을 지키는 수호자의 검이었다.

그리고 마침내 그녀의 아들이 죽지 않는 자들의 군주 앞에 섰다. 지상의 모든 생명을 지워 버릴 그 강대한 악의 힘 앞에 조금도 주눅 들지 않는 모습으로!

테마르는 그곳에서 다른 이름으로 불리고 있었다.

하얀 늑대, 던멜 울프.

앤필리아는 테마르를 받아준 그녀를 향해 감사 인사를 올렸다.

"고맙습니다."

「Episode Enphilia. The voice of angel」 끝

의 뺨을 타고 흘렀다. 그녀는 의식하지도 못하고 옆으로 쓰러졌다.

아버지가 말에서 뛰어내렸다.

"어서 의사를 불러라!"

앤필리아는 아무것도 보지 못했다. 오직 아버지의 목소리만 들렸다. 그녀는 들리지도 않는 목소리로 간절히 외쳤다.

"어째서……."

앤필리아는 패러데인이 창에 찔려 죽은 이후부터의 기억이 남아 있지 않았다.

차라리 기절해 버렸으면 하는 고통만 있었다. 죽음과 삶을 오가는 수차례의 혼절 속에서 앤필리아는 생의 의지마저 포기하고 싶었다. 하지만 어느 순간 들리는 패러데인의 목소리가 기운을 북돋아 주었다.

'지지 마. 살아야 해.'

뭐가 어떻게 지나갔는지도 모르는 긴 시간이 흐른 후 산파가 피투성이 아이를 들고 있는 모습이 보였다. 앤필리아는 떨리는 손을 내밀었다.

"내 아들……."

산파는 아이를 내주지 않았다.

"내 아들……, 줘요……, 나한테……."

앤필리아는 떨리는 목소리로 부탁했다.

노파의 얼굴에는 수심이 가득했다. 노파와 옆에 있는 의사가 뭔가를

N
W
E
S
이로피스
아란티아
루티아